覆雨翻雲

黃易

異俠大系・新編完整版

卷七

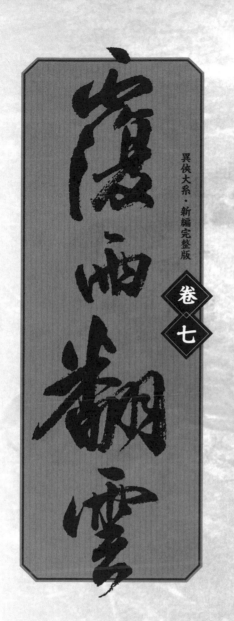

覆雨翻雲

卷七

目錄

覆雨翻雲

卷七

目錄

第一章　西寧道場

走了一段路後，葉素冬的隨從不斷離隊轉進了橫街小巷裡，最後只剩下葉素冬和韓柏兩人策馬緩行。

離秦淮河愈遠，行人車馬明顯地減少，燈火黯淡了，長街有點疏落淒涼之態。

回頭望去，秦淮河那邊的天空反映著沿河的燈火，使韓柏分外有種離群落寞的感覺，不禁後悔沒有到那裡去湊湊熱鬧。現在改口嗎？又不大好意思。

明天吧！總有機會的，怎能為虛夜月而致光陰虛擲呢？

唉！又想起她了。

她眞的很美，黠慧動人。

胡思亂想間，葉素冬道：「專使大人，這條街現在雖黑沉沉的，但白天時不知多麼熱鬧呢！」

韓柏醒了過來，用神打量，旅館、飯店、酒肆林立兩旁。街景樸素，建築均為兩坡瓦頂、木樺穿斗結構，三、五間乃至七、八間進深，鱗次櫛比，舖面只佔一兩間，看來店舖的人都住在內間更廣闊的空間處。

街的盡端是座大門樓，門作拱券，兩層三開間，成為街軸線的對景，門樓內燈火通明，另有天地。

葉素冬微笑道：「這就是以敝派為名的西寧街，那座門樓是道場的進口，乃江湖中人到京必訪之地。」最後一句隱透傲意。

韓柏見到了目的地，他的隨從尙未有一個回來，忍不住問道：「貴屬們到哪裡去了？」

葉素冬隨口解釋道：「若我們大隊人馬操進道場去，那誰也知道我們目的何在，會打草驚蛇，不若差他們扼守要點，聞警即可加以攔截，勝過一大堆人擠作一團。」

說話間，兩人進入門樓。

把門那數名身穿青色勁服、胸繡白龍的西寧派弟子恭敬地向葉素冬敬禮。

門樓後是個大廣場，停滿了車馬，看得韓柏愕然道：「來了這麼多人，甚麼眞假薛明玉都要給嚇走了。」

一座巍峨聳峙的宏偉三進八合院式建築物，矗立在廣場對著門樓的一端，進口處有塊大橫匾，上書「西寧道場」，旁邊的落款赫然是「大明皇帝御書」和御印。道場後則是參天的古樹，氣象萬千。

韓柏暗忖，老范又說朱元璋是個不懂書法的老粗，難道這些所謂御書，全是捉刀代筆嗎？不由感到好笑。

道場內隱隱傳來吐氣揚聲的聲音。

葉素冬道：「大人聽到了沒有，這是道場晚課的時間，弟子們都集中道場聽講練武，乃每日例行的活動，絕不會啓人疑竇。嘿！想成爲我們道場的弟子絕不容易，每年都有招募，藝成後由末將代皇上在這些人裡，精選出來加入禁衛軍，所以我們選弟子，除了資質、人品外，最重要就是身家清白。」

這時有弟子迎上來，爲他們牽著馬匹，神態自是誠惶誠恐，畢恭畢敬。

兩人躍下馬來，往道場走去。

葉素冬道：「道場後是我們在京師非常有名的『萬花園』，佔地百畝，有大小荷池三十八個，六十座假石山，亭台樓閣隱在林裡，小橋流水，環境怡人。青霜居住的『向日樓』在園內的北端，四周植了她喜愛的向日葵，京師的青年和好事者都戲稱青霜的小樓作『金屋藏霜』，哈！這眞虧他們想出來，不過金黃的向日葵，盛開時眞像黃金遍地的樣子。」

韓柏聽得心都癢了起來，勉力把虛夜月拋諸腦後，試探道：「那現在我們是否應立即到那裡去保護她呢？」

葉素冬心中暗笑，道：「專使想見青霜姪女，那還不容易，她每晚都會到道場來，不要看她年紀小小，但卻是很多人的大師姊哩！」

兩人踏入道場大門。

韓柏爲之愕然。

原來竟是個比外間較小的廣場，一條碎石道接通了大門和對向的宏偉練武廳，路的兩旁放滿盆景，而教他驚異的是路旁的空地跪了至少三、四百人，神態恭謹地面向著燈火通明的練武廳，他們步過時，沒有半個人側頭往他們瞧來，神態嚴肅專注。

葉素冬低聲向他道：「這些都是想入門的弟子，要跪足十日表示出誠意，才有資格接受進門的挑選，這一關並不易捱哩！讀書不成又想當官的，自然要辛苦點了。」

碎石路已盡，兩人步上練武大廳的台階，十多名守門的弟子齊向他們施禮。

韓柏暗覺西寧派的派頭眞是嚇人，不過有朱元璋在背後撐腰，亦是難怪。

來到最高一級台階，整個練武廳的形勢赫然入目。

大廳分內外兩進，地上鋪滿了草蓆。

外進只佔全廳的十分之一，密密麻麻坐滿了弟子，翹首望進寬廣可容數百人一起舞刀弄棒，差點有奉天殿那麼大的練武廳裡，那偌大的空間中，分作八排席地坐了百來個衣繡黃邊的弟子，全部集中在近門處，騰出了大片空間。

兩名弟子正劍來刀往，比拚得不亦樂乎。

大廳兩旁每邊放了二十張太師椅，坐滿了人，顯是派內身分較高的人。坐人的椅後又站了數十人，個個表情嚴肅，屏息靜氣注視著場上練武的兩個人。

對正大門的一方建了一層的看台，只放了十二張椅子。椅後是幅十六屏連成的大山水畫屏風，成一弧形，更襯托出坐在看台上的人的尊貴身分。

此時有三個人坐在這最重要的位置上，居中的是位相貌堂堂的中年儒生，如電的雙目在他們甫進門來時便點頭打個招呼，喚他們過去，沒有甚麼架子，教人生出好感。

在他右面是個長著銀白長鬚的老翁，一隻腳踏上了椅子，兩眼鷹隼般投在比試的兩名弟子身上。如此坐姿，應該很不雅觀，可是他這樣坐來卻又出奇地好看和自然，教人印象深刻。

另有一個年不過三十的男子，遠坐在左方最靠邊的那張椅裡，一臉英氣，生得非常俊秀。年紀這麼小便可與西寧派的元老平起平坐，不用說身分不比尋常，只不知是何方神聖。

葉素冬領著韓柏，穿過外進處弟子間留出來的通道，由右側椅子和站立的弟子後的空間繞往中年儒生等人坐著的平台去，解釋道：「外進的人比外面的人又升了一級，不過只是登堂，尚未入室，能踏入練武廳的弟子，都要有我派師父級的人推許才成。」

韓柏暗忖只看你們派內等級如此分明，便知有很多臭規矩，此刻他哪有閒心聽這類事，環目四顧，搜索莊青霜的芳蹤。

道場內陰衰陽盛，近六百人裡雖有數十個女子，大都五官端正，卻沒有應屬莊青霜般級數的絕色，大感失望時，已隨葉素冬登上了前方高高在上的看台去。

那中年儒生長身而起，高度竟可與韓、葉兩人平頭，自具一派宗主的氣勢。

韓柏眼利，見那人右手缺了尾指，忙趨前作揖道：「高麗朴文正，見過莊節宗主！」

西寧派掌門「九指飄香」莊節微笑道：「朴大人乃少林外傳高手，算得上自家人，不用客氣。」

那銀鬚公眼睛依然不朝他們瞧來，卻老聲老氣道：「素冬你不是要陪大人逛窰子嗎？為何逛到這裡來？」

韓柏絲毫不感慚愧，笑答道：「小使心儀沙公久矣，故放下其他一切，特先來請安！」

沙天放向場中兩人冷喝道：「住手！」

兩名弟子立時收械後退。

沙天放皺起白眉不悅道：「你兩人給我滾回家去，再苦練十日我派的起手十式，才准再來道場，基本功都未練好，出場可是丟人現眼。」

兩人叩頭後惶然退下。

內外進近六百人，一點聲音都沒有發出來，眼光集中到台上韓柏的身上。

沙天放這時才抬起頭來，深陷眼眶內那閃著藍色精光的眼珠神光閃閃，斜眼兜著韓柏道：「大人在高麗也聽過老夫的名字嗎？」

韓柏見他恃老賣老的神氣，想起了范良極，故作訝然道：「怎會沒有聽過，我們高麗京城亦有個道場，每月都有個聚會，提到中原武林時，每次都有人提起沙公的名字哩！」

沙天放眼中閃過欣然之色，但臉上表情卻裝作不爲所動的樣子，語調畢竟溫和多了，向葉素冬道：「還不請專使大人坐下，嘿！待會請大人表演一下貴國武術流派的絕技！」

韓柏心中叫苦，他哪懂甚麼高麗絕學，不要講表演，只是略懂一二的人問他兩句，保證要在這數百對眼睛前出醜，還會惹起葉素冬的懷疑。不禁後悔剛才的亂吹牛皮。

莊節極有氣度地招呼他到另一旁的椅子坐下，和葉素冬把他夾在中間，給足他面子。

磬聲響起，另有一對弟子各持雙劍對打起來。

韓柏見他們武功平平，又不見莊青霜，心中納悶，向獨坐看台一角那俊秀青年瞟了兩眼。

這人除在他剛登看台時朝他略略點頭外，一直皺眉苦思，再沒有理會其他人，他禁不住好奇心大起。

葉素冬服侍慣朱元璋，最懂看眉頭眼額，湊過來低聲道：「大人不要奇怪，他是燕王的長子朱高熾，我們都叫他作小燕王，文武全才，非常人也。」

韓柏愕然道：「原來是小皇爺，爲何不給小使引見問安？」

葉素冬低聲道：「小燕王深得乃父之風，不喜擺皇室的架子，愈隨便愈好。」

韓柏輕鬆起來，「哦」了一聲後，點頭應是道：「想不到他這麼好武，眞是難得。」

葉素冬微笑道：「他固是好武，可是這些弟子的三腳貓本領，怎會看得入眼，來這裡卻是另有目的。」

韓柏還想追問，那小燕王忽地精神大振，站了起來。

韓柏順著他眼光往偏門望去，亦「啊」的一聲張大了口，差點饞涎亦流了出來。

上官鷹和凌戰天見推門走出來的是乾虹青，大出意外，一時目定口呆。

上官鷹和凌戰天兩人在赴怒蛟之戰前，早聞得那令封寒戰死，使甄夫人一夜成名的花街之戰這回事，卻不知道乾虹青有分參與。

戚長征曾答應乾虹青不把她和封寒隱居田園的事告訴上官鷹，所以沒有在任何書信提起此事。

乾虹青摟著上官鷹，溫柔如昔地伸手翻開他的衣服，審視著肩膊處瘀黑的傷痕，淒然道：「一定又是那甄夫人的所爲，若不是他們，誰能在凌副座的眼皮子下傷你？」

上官鷹心頭湧起往事，眞想賞她一個巴掌，可是她淒然的俏臉閃耀著神聖的光輝，連惡話也說不出口，只是憤然道：「若不是見你從尼姑庵走出來，我早拔劍殺了你，滾回去吧！」

乾虹青微微一笑低聲道：「若你眞的殺了虹青，她會很感激你。」

嗅著倚著她身體的芳香，上官鷹心頭一陣迷糊。

爲何我不推開她？

自己新婚不久，爲何仍像抗拒不了她的樣子？

自己不是一直恨她入骨嗎？

可是她眞的變了！還變了很多，變得絲毫不受任何約束的清淡自如。

就像一株小草迎風飄舞的自然。

頹然道：「我現在一敗塗地，亦沒有心情和你再計較了，乾小姐請回吧！希望你以後能過點安靜的日子。」接著勉力由她懷裡掙脫站了起來。

凌戰天一手拍在上官鷹肩上，喝道：「幫主且慢！」望向給雨水打得渾身濕透，盡顯美麗曲線的乾虹青道：「剛才為何乾小姐一看便知是甄夫人下的手呢？」

乾虹青平靜地道：「封寒亦是這樣死了，我怎會不知道呢？」

凌戰天和上官鷹交換了一個眼色，這才明白自封寒受浪翻雲之託，把乾虹青帶離怒蛟島後，兩人便一直在一起生活。

凌戰天亦感意興索然，再沒有興趣去翻陳年舊賬，道：「鷹兒進去吧！你要立即乾身敷藥療傷，這些事虹青都可以幫手。封寒以一死救回長征，甚麼都可以恩怨相抵了。」

上官鷹苦笑一下，頷頭走進庵裡。

浪翻雲這時正坐在落花橋的石欄上，凝視著反映兩岸燈火的流水。

心神忽又回到那最美麗的一天裡。

當紀惜惜提出若他能猜中她心中想問的那兩件事，便肯嫁他時，浪翻雲愕然道：「那小姐豈非明要嫁給我，否則怎會用這麼容易的事來難我？」

紀惜惜欣然道：「若別人像你般自信托大，定會惹惜惜反感，可是浪翻雲你卻有一股令人心儀、不滯於物的灑脫氣度。快說吧！」接著甜甜一笑，輕柔地道：「就算錯了，惜惜亦或會暗裡包涵，將就點嫁了給你。唉！我怎可放過這可拋棄一切、遠走高飛的機會？」

浪翻雲大馬金刀在椅子坐下，微微一笑道：「小姐的兩個問題不外：『這人是誰？』和『他在想甚麼呢？』對嗎？」

紀惜惜先蹙起黛眉，接著「噗哧」一聲笑了出來，輕移玉步，坐到他腿上，半喜半嗔道：「你在取巧！」

她的責怪並非沒有理由。

她要浪翻雲猜的是她心中所想事情的細節，例如她爲何會對他生出興趣，邀他上船諸如此類。可是浪翻雲這兩個猜測廣泛至可包容一切。自使紀惜惜不大心服，可偏又情不自禁，坐入他懷裡撒嬌，擺明一見鍾情，芳心明許。

浪翻雲伸手摟著她柔軟纖細的腰肢，嗅著她的髮香，享受著股腿交接那令人魂銷的醉人感覺，淡然道：「我浪翻雲從未做過取巧使詐的事，今次卻要破例一次，都是拜小姐所賜哩！」

紀惜惜湊上香唇，在他臉上吻了一口，嬌嗲無限地不依道：「那惜惜豈非罪大惡極，累你破了戒。」

浪翻雲手一緊，紀惜惜嬌呼一聲，倒入他懷裡。

軟玉溫香抱滿懷，浪翻雲輕吟道：「夕陽西下幾時回！無可奈何花落去，似曾相識燕歸來。小姐見浪某觀花落之跡，動了好奇之心，我有說錯嗎？」

紀惜惜歡喜地雙手纏上他粗壯的脖子，輕喚道：「翻雲的確是眞正的英雄人物，不肯勝之不武，惜惜哪能不對你傾心呢？不過你也太低估自己了。只看你站在橋上那不可一世的氣魄，惜惜便情難自禁，生出想知你是誰的心。」接著微笑道：「兩個問題算你都過了關好嗎？」

浪翻雲心神顫動，緊擁著她，吻在她朱唇上。紀惜惜俏臉生輝，讓灼熱的香唇離開浪翻雲，情深款款柔聲軟語道：「當時惜惜在想，世間竟有如此人物，惜惜怎可輕易錯過，惟有拋下自尊，厚顏邀約翻雲上船，想不到只此一念，竟決定了終身。這不是緣分是甚麼？」

浪翻雲愛憐地審視著這霞燒玉頰的才女，嘆道：「能得小姐垂青，浪翻雲何憾可言！而且浪某明明不能準確猜中小姐心意，小姐仍將就包涵，浪某只想痛哭一場，以舒心中感激之意。」

紀惜惜俏臉更紅，嗔道：「惜惜不是表明了是情不自禁嗎，還要說得這麼清楚，是否要人家把心掏出來給你看呢？」垂頭淺笑道：「人家早打定主意，無論你如何離題萬丈，也硬著頭皮說你猜中了，好能嫁了給你，一了百了。誰想到你這人竟懂取巧，害人還白擔心了呢！」言罷白了他一眼。

浪翻雲摟著玉人，心中湧起滔天愛念，如此蘭心蕙質的美女，竟給自己碰上了。

紀惜惜低聲道：「我們立即乘夜離開京師，否則會有天大的麻煩呢！」

第二章　金屋藏霜

四名衣繡紅邊，看來有點身分的西寧派弟子，簇擁著一位婀娜娉婷，秀髮紮了一條長辮子，動人之極的絕色美女，步進大堂裡，沿著靠牆的通道，朝他們所在的看台走過來。

韓柏至此才明白爲何葉素冬會讚「金屋藏霜」這形容是既妙且絕。

莊青霜和虛夜月是絕對不同的美女。

若說虛夜月是黑夜裡照人的明月，那莊青霜就是深山絕峰上孤傲的霜雪，使人難以親近。

她並非特意作態，而是她那種美麗是像霜雪般既使人目眩，亦令人只敢俯首遠觀、偷偷欣賞。

她的皮膚晶瑩雪白，氣度超凡脫俗，雖在眾男簇擁中，可是她卻透出一種傲然不群，偏又醉人之極，遺世獨立的丰采。這不單因她冷若冰霜的神情，更因她那能令任何人都感到她應該驕傲的體態。

和虛夜月相比，她有著絕不遜色、另具一格的味兒。

想到這裡，韓柏差點想打自己兩拳。

爲何自今晚與虛夜月別後，總不時想起她呢？

自己堂堂魔種傳人，男子漢大丈夫，怎可被這無情的美女佔據和控制了心神？

此時莊青霜來到右側登台的石階前，眾弟子一起止步，只剩下莊青霜獨自盈盈登上看台。

小燕王迎了過去，頗有龍行虎步之姿。

莊青霜見到小燕王朱高熾，秀目異采一閃，微微一福，垂下螓首。

韓柏胸口如受雷擊，暗叫完了，看來自己遲來一步，這冷若冰雪的美女一縷情絲已繫到這小燕王身上，自己再沒有希望了。

小燕王走至莊青霜旁，低聲說了幾句話後，聯袂到了看台左方最靠牆的兩張椅子坐下。

她連眼尾亦沒有望往韓柏，教後者更不是滋味。

奇的是莊節和葉素冬兩人亦像視若無睹，沒有為他這貴賓引見。

韓柏今晚已是繼虛夜月後，第二次受到挫折，又見兩人喁喁細語，神態親密，一時意興索然，向左旁的葉素冬低聲道：「禁衛長，看來今晚都不用小使在此丟人礙眼，我還是早些回家好好睡一覺吧！」

葉素冬神秘一笑，朝莊節道：「師兄！專使大人想走了。」

莊節早聽得他們對答，含笑站了起來道：「朴大人遠來是客，若莊某這樣未盡地主之誼便讓你走了，實在於禮不合，來！到後軒喝杯熱茶，大家好好聊一會兒。」

沙天放顯然對擅拍他馬屁的韓柏印象甚佳，笑道：「師弟陪大人去吧！這裡有老夫點撥便成了。」再向韓柏道：「大人不必急著要走，老夫還未和大人切磋交流呢！」

韓柏一聽乖乖不得了，更要溜之大吉，以最誠懇的語調道：「各位盛情小使心領了，橫豎我在京師最少還要留上幾個月，甚或一兩年，哪怕沒有機會，只是小使心掛賤內們擔心我不知到了哪裡去……」

葉素冬截入道：「大人放心，末將早派了人去通知貴侍衛長和尊夫人們……說大人已到了我們這裡來。」

韓柏爲之語塞，暗暗叫苦。

今次眞是偷莊青霜不著還會蝕了把米。

這時台下走了十六名弟子出來，分開八對比練，一時鏗鏗鏘鏘，熱鬧非常。

莊節故示熱情地伸手挽著韓柏臂膀，往小燕王和莊青霜道：「小燕王請移尊駕，到內軒坐一會兒，青霜你也來吧！」

挽著韓柏和葉素冬繞往屏風後，由後門穿過長廊，走往寬廣的內軒去。

三人在軒心的大圓桌坐下時，那小燕王和莊青霜亦隨後來到，經過禮貌的介紹後，都圍桌而坐，自有弟子奉上香茗。

那小燕王心神全放在莊青霜身上，只淡淡和韓柏打個招呼，便含笑凝望著莊青霜，像這世上只有她一個人的樣子，旁若無人。

莊青霜對韓柏襝衽施禮後，冷冷看了他一眼，才一臉不情願地坐了下來，顯是勉強非常。

韓柏出身寒微，本最受不得這種氣，不過他爲人灑脫，心中苦笑，下了追豬追狗也不追她的決心後，向葉素冬笑道：「禁衛長不要怪小使心野，忽然我又想到要往秦淮河逛逛，看看會否碰到熟人？」

莊青霜從沒聽過有青年男子敢在她面前公然說要去逛青樓歌舫的，微感意外，往他望來。

韓柏故意不看她，運起無想十式中的止念，整個人頓時神態一改，變得道貌岸然，有若世外高僧。

莊節、葉素冬和小燕王均爲當世高手，同時生出感應，三對銳目集中在他身上。

韓柏靈機一觸，藉想起了秦夢瑤的離去，心中一酸，眼神變得幽鬱深邃，掃了眼現出驚異之色的莊青霜，一拍額頭道：「對不起！我一時忘了禁衛長還有公事，都是自己一個人去尋幽探勝好了。」

葉素冬閱人千萬，還是首次見到有人能在一霎的瞬息光景裡眼神氣態可以如此轉變，像首次認識他般定眼瞧著他道：「專使莫要客氣，皇上曾囑末將好好招待大人，不過就算皇上沒有吩咐，專使乃我大明的貴賓，末將怎能不一盡地主之誼，喝過這杯茶後，末將和大人立即起程，讓大人好好欣賞秦淮動人的夜景。」

莊節呵呵笑道：「大人名士風流，聽得連我都心動了，可否讓我隨你們去趁趁熱鬧？」

韓柏和葉素冬禁不住面面相覷，都覺多了他有點尷尬和不方便，難以放情盡興。

莊節看到兩人表情，啞然失笑道：「放心吧！莊某並非第一次到那種地方去呢！」接著向莊青霜道：「青霜你也要隨爹來，若看不到你在身旁，爹會擔心死了。」

韓柏和葉素冬對望了一眼，同時明白了莊節並非想逛窰子，只是要給暗中窺伺可能是薛明玉的那個人，製造一個出手的機會。

莊青霜只是魚餌。

至此韓柏才體會到，這當上了西寧派之首的人那種輕描淡寫式漫不經意的深邃機心和厲害手段。

莊青霜愕然道：「爹！」垂下頭去，輕輕懇求道：「爹！你們去吧！青霜……」

小燕王拍胸道：「高熾今晚來此，就是要充當莊姑娘的小兵衛，莊掌門放心陪專使大人去吧！」

韓柏把手中茶一飲而盡，立了起來，變得威猛無儔，豪氣蓋天般道：「既是如此，莊掌門和禁衛長都不用費時間陪我了，本人這就打道到左家老巷去看舖子，嘿！明天我不用上早朝吧？」

葉素冬笑道：「早朝不用上，但皇上要在早朝後見大人呢！」

韓柏想起要見朱元璋便頭痛，頹然坐下，拿起空茶杯道：「我想喝三杯酒後才告辭起程。」連受兩次打擊，他忽感意冷心灰，連專使都不想扮了，露出眞性情來。

莊青霜首次用心打量起他來，但神情仍是冰冷落寞。

韓柏這時連她是否對自己生出興趣，亦毫不在乎了。

莊節拍手招來弟子，教他們取出珍藏美酒，氣度雍容道：「大家都陪專使喝點酒吧！醉眼看秦淮，不更是美事嗎？」

小燕王微感錯愕，想不到莊節會不賣他的賬，他和乃父燕王來京不到十天，大前天在清涼寺巧遇莊青霜，驚爲天人，使手下探到底細後，便不顧一切來追求她，以他的尊貴地位，一向要風得風，要雨得雨，怎想到莊節竟如此輕慢待他。

不過他儘管心中不滿，卻不敢表現出來，不要說莊節乃心中玉人的父親大人，只以他是西寧派之主的超然身分，便不敢任性開罪。

韓柏心中一動，直覺到莊節其實是要藉他迫小燕王知難而退。接著心中一懍，暗忖難道是莊節由葉素冬處得來消息，看淡燕王的行情，所以不想他接近自己的掌上明珠？

不由人起同情之心，向小燕王微笑道：「來……嘿！來甚麼燭夜遊，人生樂事，我們今晚不醉無歸。」

莊青霜冷然橫了他一眼，淡淡道：「青霜今晚沒喝酒的心情。」

葉素冬知這師姪女孤芳自賞，對青年男子話都不願多說半句，更不會當著父親莊節之前如此搶白客人，眼中閃過奇怪的神色。甚麼事令她失去了一向的矜持清冷？

韓柏早對她死了心，兼又對小燕王生出同情心，轉向莊節道：「莊宗主我們的夜遊節目，還是另擇吉日進行吧！」

這時美酒送到，弟子恭敬地爲各人換過新杯子，注上美酒，才退出軒外。

莊節從容笑道：「這酒當然比不上專使夫人的『清溪流泉』，但仍屬可入口的佳釀。我們飲杯！」

韓柏暗忖京城裡的事，恐怕沒有多少件能瞞過這看來隨和易與的人，忙舉杯互祝。

葉素冬和小燕王亦舉杯祝酒。

只有莊青霜冷眼旁觀，沒有附和舉盞。

莊節眼中閃過不悅之色，他自由葉素冬處得知朱元璋懷疑燕王棣有謀反之心後，立即警告女兒不得與小燕王來往，哪知莊青霜反對小燕王更加親近了，所以他才有異常之舉，想迫小燕王知難而退。

此時微微一笑，對莊青霜道：「霜兒今晚爲何神不守舍，專使大人和你葉師叔一聽我邀你同遊，便猜到是要製造陷阱，引薛明玉出來，好爲世人除害。你不是最恨這種採花淫賊的嗎？」

小燕王大感尷尬，莊節這些話其實是指桑罵槐，暗示自己符合不到他的心意，及不上這專使和葉素冬。

莊青霜呆了一呆。

事實上她確是神不守舍，卻不是爲了小燕王。

她對小燕王雖略有好感，但今晚表現出來的親熱態度，主要是不滿乃父如此看風頭火勢做人。當然想到假若燕王棣眞的造反，沾上點邊的人亦要株連九族！只是芳心仍是忿懣不平，才有今晚的反常表現。

她是故意對韓柏視若無睹的。

哪知這人千變萬化，每種神態，每句說話，都有著難以言喻的魅力，使她方寸大亂，才會有此疏忽，否則以她的冰雪聰明，怎會不明白父親的意思。

至此不由對小燕王好感略減，暗忖這人心神全被自己迷倒，實遠及不上這專使的超然灑脫，不當自己是一回事的氣度。

心中湧起刺激新鮮的感覺，首次露出笑容，向小燕王道：「噢！青霜差點忘了身負的任務，小皇爺武功高強，京城誰人不知，若有小皇爺隨在身旁，薛明玉定不敢出來了。」接著再向莊節和葉素冬道：「爹和葉師叔亦不可和我同行，讓那淫賊看見，否則他怎敢下手？」

莊節等面面相覷，都不明白她爲何忽然變得如此主動合作。

韓柏冷下來的心立時死灰復燃，暗忖小燕王對他如此倨傲無禮，自己亦無謂同情他，找到了這個藉口下，一拍胸膛道：「嘿！只有小使武功低微，最適合陪青霜小姐到外面繞個大圈，看看會否遇上那淫賊？」

小燕王皺眉道：「莊宗主，青霜小姐千金之體，宗主怎可讓她涉險？」語氣裡已隱帶命令的口氣，顯是沉不住氣，回復了頤指氣使的作風。

葉、莊兩人同感不悅。

葉素冬淡然道：「小王爺放心，我西寧派若讓青霜姪女有損分毫，敝派亦不用在江湖上混了。」

擺明不讓小燕王參與行動。

莊節呵呵一笑，向韓柏這假專使道：「專使太謙虛了，你昨晚和貴侍衛長夜離莫愁湖，早表現了一手，教素冬他亦大吃一驚呢！」

韓柏愕然向葉素冬失聲道：「甚麼？原來昨晚跟蹤了我們一會兒的人竟是禁衛長派來的。」

葉素冬若無其事道：「皇上既把專使的安全交到末將手上，末將自然要克盡全力了。」

韓柏苦笑道：「我怎說得過你呢！」

兩人對望一眼，同時捧腹笑了起來。

小燕王感到自己成了局外人，不禁對韓柏心生恨意，憤然起立，寒聲道：「看來今晚本王幫不上多少忙，告辭了！」猶豫片晌後，轉向莊青霜欲言又止，最後只道：「小姐小心了！」這才舉步走了，莊節和葉素冬不敢有失禮儀，忙起身把他送往門外。

剩下韓柏和莊青霜兩人默默對坐著。

韓柏見這小皇爺露出眞面目時，脾氣和架子都這麼大，對他僅有的一點同情亦消失無蹤，暗想莊青霜若嫁了這種皇室人物，哪有絲毫樂趣。嘿！若嫁給我，定快樂多了。

莊青霜的美目向他飄來，仍是那副冷若冰霜的樣子，淡淡道：「我們可以趁機溜了嗎？專使大人！」

莊節等三人早消失門外，看來是要送客至外大門，韓柏聞得莊青霜如此說，失聲道：「溜？」

莊青霜離椅飄起，一晃眼間閃出廳外，嬌喚道：「沒膽便算了，讓我自己一個人去把淫賊引出來吧。」

第三章　京師夜行

兩人一先一後掠進萬花園。

立時有人在樹叢暗處喝道：「誰？」

莊青霜嬌叱道：「是我和專使大人。」趁守在暗處的人一愕間，彩蝶般騰空飛起，足尖點在一個涼亭的尖頂處，如鳶升起，幾個起落，越牆去了。

韓柏想不到她輕功如此了得，哪敢怠慢讓她落單，全力運展魔功，依著從范良極處偷學來的身法，一溜煙追在她背後。

呼呼寒風中，莊青霜逢屋過屋，疾若流星般消失在一座大宅屋脊之後。

韓柏不慌不忙，趕了過去，魔種靈異的特性，助他遠躡著莊青霜的芳蹤。

越過屋脊，韓柏猛地停下。

只見莊青霜悠閒地坐在瓦背邊沿，雙腳懸空，遙望著隔了幾條街穿流過鬧市的秦淮河。

兩岸的燈火和花艇的綵燈，正爭妍鬥麗，一片熱鬧。

韓柏在莊青霜旁學她般坐著，忿然道：「不用騙我，你是有意想把我甩掉，對嗎？」

莊青霜吁出一口氣，淡淡道：「你若給人囚犯般管了兩天兩夜，會否再歡喜給人吊靴鬼般吊著呢？」

韓柏同情地道：「我明白你的心情，不過莊宗主是疼你和爲你著想，你這樣做，會令他擔心的。」

莊青霜冷然道：「薛明玉算甚麼東西，堂堂西寧派掌門之女，要靠人保護才成？傳出去眞是天大笑話。」

韓柏啞然失笑道：「說得好！我看眾人都把薛明玉的本領誇大了，我眞不相信他敢來搔擾青霜小姐。」

莊青霜朝他瞧來，冷冷盯著他。

韓柏忙以目光回敬。

在天上的月色和遠處河岸燈火的映照下，莊青霜的目光既大膽又直接，可是那冷若霜雪的表情，絕不會教韓柏誤會她對自己有何意思。

她的美麗絕對有異於虛夜月。

若說虛夜月是秀逸神秘，她的美麗則屬孤傲清冷。前者對周遭一切事物毫不在乎，但又喜遊戲人間；她卻採取了漠然不理的態度，甚麼事物她都不感興趣。

莊青霜見他瞪視著自己的眼神清澈澄明，芳心大訝。生平所遇男子裡，誰見到她時不意亂情迷，神魂顛倒。

韓柏一對虎目卻亮起詭異的光芒，透進她秀氣無倫的俏目裡。

莊青霜大感吃不消。

一般來說，年輕女子都較同齡的男子早熟，莊青霜年雖十八，但見慣場面，兼之修習玄門正宗心法，又艷色攝人，很少男子敢和她對望。豈知韓柏身具魔種，在魔種成長的過程裡，發展出吸引女性的魅力，又怎會怕她莊青霜呢？

莊青霜藉著望往秦淮河，收回了目光，一顆芳心不爭氣地躍動著，暗叫完了，心跳得這麼大聲，怎瞞得過這充滿侵略性的男人。

韓柏卻破例沒藉此大作文章，只長長嘆了一口氣，仰身躺在瓦面處，望往夜空，又再嘆了一口氣。

莊青霜心中不悅，暗忖這人爲何如此無禮，竟在自己身旁躺下，唉聲嘆氣，瞥了他一眼，只見他雙目閃動著智慧和思慮的光芒，姿態自然寫意，怒氣不由消了大半，微嗔道：「大人今晚爲何忽然改變主意到我們道場來呢？」

韓柏一震下眼光往她射去，傻兮兮搔頭道：「京師究竟是處怎麼樣的地方呢？爲何我的每個行動，好像人人都知道了的樣子？」

莊青霜正別轉頭來俯視著他，看見他的傻相，終忍不住「噗哧」一笑，旋又回復她的清冷自若，岸然道：「大人挾美來京，貴夫人之一又爲天下酒徒景仰的『酒神』左伯顏之女，釀出尤勝乃父的清溪流泉，加上剛抵京城便憑猜謎邀到出名難搞的虛夜月泛舟秦淮。現在誰不是摩拳擦掌，要一挫你的威風，並教你不能載美回國。」

韓柏倏地坐了起來，雙目生輝喜道：「小姐笑起來原來這麼好看的。」

莊青霜雪般白皙的玉臉微微一紅，佯怒道：「不准和我說這種輕薄話兒。」

韓柏這無賴見她粉臉緋紅，哪還把她的疾言厲色放在心上，笑道：「小姐切勿見怪，我這人心想甚麼，嘴就說甚麼。嘿！多笑一次給我看好嗎？」

莊青霜繃緊俏臉，別過頭去不理睬他，卻沒有拂袖離去。

韓柏嘆了一口氣，又躺了下去，看著天上的明月，想起了虛夜月。

她不知回家了沒有呢？

莊青霜忽然低聲道：「你還未答我，今晚到道場來幹甚麼？」

韓柏輕鬆地道：「若你不准我說輕薄話兒，我怎能答你這問題？」

莊青霜湧起一陣衝動，眞想痛揍他一頓，才能出了心頭那股恨氣。這人一言一行，都有種放蕩不羈、毫不檢點的味道，教她嗔怒難分，芳心大亂。

「咕！」

韓柏的肚子叫了起來。

莊青霜忍不住失聲淺笑，怒氣全消。

韓柏撫著肚子坐了起來，尷尬地道：「我忘了今晚尚未吃飯，不若我們找間夜檔店吃頓痛快的，我看薛明玉今晚絕不敢來了。」

莊青霜勉強擺出冷漠神色，道：「去便自己去吧！若教虛夜月知道我們在一起，雖然我們間清清白白，但依她的脾性仍會惱你的，你不怕嗎？」

韓柏狠狠道：「我韓……嘿！不！我朴文正一向不爲任何人喜怒介懷，她愛怎麼想便怎麼想吧！」

莊青霜聽他衝口說了「韓」字時，嬌軀一顫，往他望來。

這次輪到韓柏敵不過她的眼光，垂下頭去，心中叫糟。

自己眞不爭氣，和美女在一起時，甚麼偽裝都會忘了。

莊青霜緩緩吐出一口如蘭香氣，瞪著他輕輕道：「你剛才說甚麼？」

韓柏知她聽不清楚，暗叫僥倖，順口開河道：「那是我高麗話的名字，一時衝口而出，嘿！眞不好意思。」

莊青霜半信半疑打量了他一會兒後，長身而起，淡淡道：「走吧！」

韓柏正和她談得漸入佳境，大急立起，失望地道：「這麼快回家了？」

莊青霜在夜風裡衣袂飄拂，綽約動人，以她一貫冷淡的語氣道：「誰要回家了！秦淮河有間館子，包的餃子京師有名，你不是肚子餓了嗎？看在你終是道場貴客分上，青霜便勉爲其難，代爹請你大吃一頓吧！」

上官鷹在黑暗的房子醒了過來，屋外雨聲淅瀝，間中傳來低沉的雷鳴。

乾虹青的聲音在他耳旁響起道：「幫主好了點嗎？」

上官鷹猛覺乾虹青正緊摟著自己，不住藉身體的接觸，渡入珍貴的眞氣。記起了昨晚這曾爲自己妻子的美女先以熱巾替他抹身，其後凌戰天再爲他療傷，便人事不知沉沉睡去，現在氣力回復了大半，嘆了一口氣，不知說甚麼才好。

輕輕推開了她，坐了起來，發覺自己仍是赤條條沒有半點衣物。

乾虹青溫柔地牽起羅被裹著他的肩頭，愛憐地吻了他臉頰，輕輕道：「幫主的內傷非有十天半月，不能復元，明天虹青和主持說一聲，她亦曾是江湖中人，定能明白事理，讓你們在這裡休息一段日子。」

上官鷹湧起難以遏止的衝動，探手摟著她的香肩道：「讓我們忘掉過往的一切，再生活在一起好嗎？」

乾虹青歡喜地再吻了他一口，輕嘆道：「我們縱能忘記過去，但別的人能忘記嗎？你身為天下第一大幫之主，必須為幫眾樹立典模，冷靜點吧！虹青仍是深愛著你的，你若想要我的身體，虹青甚麼時候都肯給你。」

上官鷹憤然推開她，怒道：「我上官鷹不用你來憐憫我，你現在的心只有封寒，是嗎？答我！」

乾虹青撲上來摟緊他道：「幫主！求你不要為難虹青了。」

上官鷹嘆了一口氣，頹然道：「我實在不應提起這件事，好吧！我再不打擾你在這裡的平靜生活。」

乾虹青駭然望向他。

上官鷹決然道：「我立即要走了，甄夫人和官府定盡起人手，追捕我們。」

話猶未已，凌戰天推門走了入來，沉聲道：「有高手來了！我們立即走，虹青亦要跟來。」

鬧哄哄的餃子店裡，憑著莊青霜的面子，兩人佔到二樓臨窗的一張好桌子，餃子送來後，韓柏以所能扮出最文雅的食相，大吃大喝起來。

館內男女人客都有，女客看樣子不是窰子的姑娘，便是各大門派的女弟子，才會公然在這些地方出入。

蒙人入侵中原前，民間的風氣比較開放，但在異族統治下，正經人家的女子都足不出戶，以免給喇嘛僧或蒙人看上，飛來厄運。明代開國後，這種風氣仍殘延下來。

莊青霜才步入館子，立時吸引了全場目光，認得她或不認識她的男子，都對隨在她身後的韓柏既羨且妒，暗裡議論紛紛，猜估這幸運兒是何方人物。

莊青霜早慣了被人行注目禮，清冷自若，背著人向窗而坐，滿有興趣地看著正狼吞虎嚥的韓柏，態度好多了。

韓柏剛塞了一個餃子進大口裡，忽地渾身一震，朝樓梯處望去，兩眼瞪大。

莊青霜忍不住扭頭望去，只見眾星拱月般，七、八名貴介公子擁著比天上明月更艷麗的虛夜月，登上了這層樓來。

虛夜月仍是那笑吟吟的樣子，不望韓柏，反向她望來。

打個照面，兩位天之驕女目光一觸即收，都裝作看不到對方，那情景確是微妙之極。

莊青霜回過頭來，坐直嬌軀道：「若你要過去討好她，即管去吧！」

韓柏聽她語氣隱含醋意，大喜道：「有青霜小姐相陪，我哪裡還有興趣理會其他人。」

莊青霜毫不領情，冷冷道：「你再和我這樣說話，青霜立即回家。」

虛夜月和眾男子坐滿隔鄰靠窗另一張桌子。

這群公子哥兒誰不識西寧派這大美人，只是礙著虛夜月，不敢打招呼，卻不時偷看過來，氣氛怪怪的。

韓柏偷看了虛夜月一眼，見她故意和眾人談笑，裝作看不到自己，心中大恨，暗忖若莊青霜肯和自己親熱一點，那今晚甚麼深仇大恨都可報個夠本了。

妙想天開時，莊青霜嬌軀微俯向他，輕輕道：「吃飽了嗎？我們走吧！」

韓柏眼角射處，見虛夜月一對可人的小耳朵豎了起來，那是功聚雙耳的現象，知她在竊聽他們的對話，心中暗笑，亦俯身過去，低聲道：「不知這麼夜有沒有艇子可僱呢？」

莊青霜玉臉一寒，暗怒這人得寸進尺，竟想和她僱艇遊河，待要發作，耳邊傳來韓柏的傳音道：「不要東張西望，我察覺到有人在監視著我們，可能就是薛明玉，你懂怎樣做啦！」

莊青霜怎知他是胡謅，不過這樣接受一個男子的邀約，乃破題兒第一遭的事，垂頭含羞道：「好吧！」

韓柏見奸計得逞，心中大喜。

莊青霜的冷若冰霜，對他的吸引力絕不會遜於虛夜月。若能使這冰雪美人變得熱情如火，對男人來說是多麼偉大的成就。

正想以眼神向虛夜月示威，耳邊響起虛夜月那嬌滴滴的溫聲軟語道：「專使大人，若你不過來向夜月請安問好，我便大叫三聲韓柏。」

韓柏呆了一呆。

莊青霜奇道：「大人的臉色為何變得如此難看？」

韓柏故作神秘傳聲道：「那疑人亦在留心虛夜月，要不要警告她一聲呢？你是女孩子，由女孩子和女孩子說，嘿！怕是較好一點吧！」心中卻在祈禱她千萬不要答應。

幸好所料不差，莊青霜顯然和虛夜月有點心病，皺眉道：「不！青霜不想和她說話。她從來都不把任何人放在眼內。大人要去就自己去吧！」

虛夜月的聲音又在他耳旁道：「現在夜月開始數三聲……一、二……」

韓柏魂飛魄散，手足無措地站了起來，移步到了虛夜月那一檯處。

一眾公子哥兒的敵意眼光往他射來。

韓柏大方地向眾人施禮後，向巧笑倩兮、得意洋洋的虛夜月低聲下氣道：「小姐可否借一步說話？」

虛夜月發出銀鈴般的嬌笑，瞅他一眼忍著笑道：「事無不可對人言，這些全是我的好朋友，甚麼事都不用瞞他們。」

眾人差點鼓起掌來，更有人嘲道：「大人不是要談國家機密吧？你高麗這麼小，能說出來的怕都不會是甚麼大事吧！」

眾人一陣起哄附和。

韓柏暗忖高麗大或小關你的鳥事，嬉皮笑臉道：「夜月小姐既不怕在公開場合談私事，本使便直說吧！剛才我見到白小姐，她說你爹想你……」

虛夜月想不到他有此一著，就算明知他虛張聲勢，亦招架不住，喝道：「住嘴！」心中奇怪為何眼高於頂最不歡喜自己的莊青霜，竟可忍受這小子來向她說話兒。

韓柏攤手道：「那說還是不說呢？」

虛夜月氣得瓜子小臉漲個通紅，嗔道：「你給我滾回去！」

今次受不了的是莊青霜，倏地立起道：「不識好人心，專使我們走吧！」

第四章　河心遇襲

浪翻雲坐在岸旁一棵大樹的暗影裡，喝著清溪流泉，凝視著河上往來的船艇。

他今天曾到過莫愁湖去，見到明崗暗哨重重保護著韓、范等人落腳的賓館，放下心來，同時亦奇怪爲何朱元璋如此重視他們。

後來左詩等興高采烈到左家老巷去，他一直暗中保護，然後才到了這充滿美麗回憶的秦淮河旁喝酒。

夢瑤這仙子究竟到哪裡去了？

隱隱感到有點不妥。

她的傷勢其實已到了大羅金仙也難以救回的地步，全賴她本身精純的先天眞氣，加上他的蓋世神功，勉強延續生命。

雙修大法再加道胎魔種，雖是滿有把握地由他口中介述出來，實情卻只是姑且一試，能否成功他也半分信心都欠奉。

夢瑤若要覓地靜修，定是因韓柏魔功未足，所以要靠己身的苦修拖延性命。

就在這時，他看到韓柏載著一位絕色少女，隨著水流泛舟向長江口處划去。

岸旁黑影一閃，有人由陸上緊躡著他們的艇子，看其身手，便知是一流強手，並精通潛藏隱匿之術。

韓柏的艇子過後，又有幾艘快艇，貼著岸旁暗影遙遙追在韓柏的艇子後面。

浪翻雲納罕起來。

究竟發生了甚麼事呢？

坐到艇尾後，莊青霜一直默然不語，像在思索著甚麼事情。

韓柏怕她反臉無情，知趣地不去打擾她。

莊青霜忽低聲道：「大人的涵養眞好，受了虛夜月這樣不識好人心的侮辱也不動氣。你提的那白姑娘是否白芳華？爲何虛夜月這麼天不怕地不怕的人，都怕你說下去呢？」

韓柏的小艇避過迎頭駛來的一艘畫舫後，暗叫慚愧，自己其實是有痛腳被虛夜月拿著，才如此吞聲受氣，哪想到反獲得讚許，看來鬼王說得不錯，這正是傻有傻福。

現在這美女擺明想知道他和虛夜月的眞正關係，自是對他生出好奇心。

反正他對虛夜月已徹底死了心，以她的小姐脾氣，自己這麼當眾開罪她，她不恨死自己才怪呢！不若把心神全放到這世上最難相處的美女身上，在最短時間內俘擄了她，豈非男人最大的榮耀。

想到這裡，精神大振，魔種提升到前所未有的極限，眼中電芒一閃道：「若我說根本不知道她有甚麼私隱，只是虛言恫嚇，莊小姐信是不信？」

莊青霜秀目一亮，側頭凝神細思後，輕輕搖頭道：「對不起，青霜不信。」

水流忽地急了起來，小艇速度驟增，原來到了長江和秦淮河兩水交匯處。

韓柏心懷大暢，逆流而上，像個小孩子般完全沉醉在划艇之樂中。

莊青霜再沒有追問，看著永無休止往東逝去的江水，芳心一片寧洽，就像回到了童眞時代那無憂無慮再不可得的往昔歲月裡。

驀地芳心一顫，知道是因受到這充滿魅力的專使所感染。

唉！怎辦才好呢？爲何自己肯和他夜遊秦淮河呢？是否打一開始便拒絕不了他？使她連小燕王都不再理睬了。

韓柏乾咳一聲。

莊青霜嚇了一跳，嗔道：「嚇死人了！」

這罕見的女孩家情態，出現在她身上，就像陽光破開了烏雲，使韓柏雙目一亮，讚嘆道：「天啊！你不冷起俏臉時眞的動人極了。嘿！不過你冷若冰霜的樣兒亦很吸引人，另一種吸引人。」

莊青霜雖對他略生情愫，卻亦受不起他這種直接的輕薄話兒，俏臉一變道：「把船划回岸去，我要回家了。」

韓柏忽感心灰意冷，只想回家睡覺。這莊青霜美則美極了，可是喜怒難測，一如虛夜月般難以伺候，自己用盡方法取悅她，最後只落得這兩句絕情說話。

唉！夢瑤仍在就好了。

只有這仙子才可使自己感到有沒有虛夜月或莊青霜都不重要。

莊青霜突然低聲道：「對不起！那兩句話定是傷害了你，大人的眼神變得很憂鬱哩！」

韓柏一邊把艇掉頭往秦淮河划回去，意興索然地道：「我的心早碎了，還有甚麼好傷的。」想起了秦夢瑤，他眞的感到一顆心裂成了無數碎片。若失去了她，連虛夜月和莊青霜加起上來亦抵償不了那損失。

莊青霜出奇輕柔地道：「人家說了對不起都不可以嗎？」

韓柏一震瞪著她道：「天！你原來竟可變成現在這種神態和語調的。」

莊青霜玉容解凍，有若大地春回，萬花齊放，嫣然一笑道：「平時人家不冷著臉做人行嗎？惹來了像你般的吊靴鬼就眞是煩死了。」

韓柏這時才眞正領教到莊青霜驚心動魄的引誘力，一時連秦夢瑤也忘了，哪還肯放過在言語上佔她便宜的機會，故作驚訝道：「青霜小姐現在似擺明不怕小使追求你了。」

莊青霜嬌羞地點頭赧然道：「是的！我現在是故意遷就討好你，只爲想知道一個答案。」

這次韓柏眞吃了一驚，愕然道：「那是甚麼樣兒的天大問題呢？」

莊青霜秀目閃過動人心魄的彩芒，正要說話。

「卜！」

船底異響傳來，接著「砰」的一聲，兩人間的船底濺起碎屑，破開了一個小洞，河水狂湧上來。

韓柏眞的是魂飛魄散。

他的魔種靈異過人，又因今早受了影子太監村那異人的引發，功力大進，水陸兩路的跟蹤他全已心中有數，剛才本想告訴莊青霜，只是忽然岔開了話題，事實上他一直全神貫注，防止有人暗襲。

豈知這自水裡來的偷襲，事前全無先兆，難道敵人竟高明至可瞞過他的魔種，那就眞是糟糕透了。

「卡啦！」

裂痕中的破洞向小艇其他地方擴散，眼看小艇即要解體，兩人情急無奈之下，一起離艇躍起。

當兩人升上四丈許的高空時，小艇已裂成了碎片，教人想不通敵人是以何種霸道手法，如此快速無倫的弄沉小艇。

這處乃兩河交接處，水流既急，河面寬廣，離兩岸每邊至少有二十丈，就算是龐斑、浪翻雲之輩，怕亦未必可在空中換氣，安然回到岸上。

兩人在空中對望一眼，都看出對方的懼意，且都知道這神秘敵人正在水底內等待著獵物。

莊青霜家傳之學雖高明，實戰經驗卻完全欠奉，一驚下眞氣轉濁，眼看要跌回水裡去，韓柏一聲大喝，閃電般探手抓著她柔荑，硬在空中橫移四丈，離右岸的距離拉近了少許，才往下跌去。

莊青霜給他扯著玉手，嬌軀劇震，體內眞氣由濁轉散，身子一軟，全賴韓柏拉著，兩人跌速立即加遽。

就在這時，四艘快艇電射而來，卓立其中一艘艇上的莊節平和鎮定的聲音傳來道：「大人和霜兒不要驚慌，我們來了！」

韓柏早猜到跟蹤者裡定有一批人是莊節和葉素冬，這時見最近那艘快艇亦在二十丈外，他們趕到時，他和莊青霜早掉進了危機四伏的河水裡了。虧他臨危不亂，放開了莊青霜那可愛柔軟的小手，運氣下沉，趕過了她，先一步踏足河面。

莊青霜花容失色，想到水裡等待著的可能是薛明玉時，忽然給韓柏兩隻大手托著小蠻腰，一股大力湧來，騰雲駕霧般橫過河面，投往乃父箭矢般疾馳而來的快艇去。

她勉力提氣彎身，回頭望向韓柏。

只見這小子還不忘揮手向她道別，然後沉進河水裡。

一條索子由莊節手上飛出，捲在她腰間，把她接到艇上。

這時四艘快艇都趕到了他們遇險處，可是河水如常，平靜得像一點事情都沒有發生過般。

在另一艇上的葉素冬大驚失色，心想這專使若給人宰了，他如何向朱元璋交代，情急下領先投入河水裡。

他的手下哪敢怠慢，亦紛紛入水救人。

莊青霜站在臉色凝重的莊節身旁，完全失去了一向的清冷，熱淚滿面，若非莊節阻止，早投入水裡去找捨身救己的韓柏了。

葉素冬從河裡冒出頭來，見到莊節和莊青霜的神情，駭然道：「還沒有出來嗎？」又沉了進去。

莊青霜終哭出來道：「他……他定是給人害了。」

韓柏剛沉進水底，河水淹得他眼前一黑時，右腳踝一緊，給索子般的東西纏著，直拖進難以見物的冰寒水底裡，接著把他拖往上游去。

倏忽間已遠離落水之處，可知敵人水裡功夫何等高明。

韓柏驚魂甫定，猛地縮腳，身子一曲，就要往纏著足踝的東西抓去，豈知足踝一輕，那東西已離腳甩開，累得他空在水中一陣翻滾。

他頓時由此悟到，這在水底的人並非存心取他們性命，只是要戲耍他們一下，不由大叫有趣，全力運展魔功，憑魔種靈異的特性，瞬眼間潛至岸旁，搶上岸時，眼前疏林庭院，哪有敵人的蹤影。

就在這時浪翻雲的聲音在耳旁響起道：「小弟！這邊來！」

韓柏大喜，卻弄不清楚浪翻雲在哪處，遠方瓦面火熠子的光一閃即逝，他再不猶豫，狂追過去。

浪翻雲不住在前方爲他引路，倏忽間遠離了河岸區，到了林木婆娑的郊野。

他剛掠過一個密林，只見前方一道黑影，疾若流星般掠往一條小村莊。

韓柏大喜，曉得那黑影就是在水底作弄他的人，忙向那人追去。

浪翻雲的聲音又傳來道：「別讓他走脫了！」

韓柏忙把輕功提升至極限，剎那間把和那人的距離拉至二十丈許的短距離。

那人蒙著頭臉，回頭瞥了他一眼，大吃一驚，手中飛出一條細索，搭在前方一棵大樹的橫椏上，顯要借力加速逃遁。

韓柏大急，心中大叫浪大俠啊！還不動手攔人。

那人剛借力騰空而起。

眼看就要逃去，豈知那被借力、粗若兒臂的樹枝竟「啪」的一聲斷成兩截。

那人失了勢子，姿態惡劣之極的掉回地上。

韓柏一邊感謝浪翻雲，一邊加速趕去，「嗖」的一聲，已到了那踉蹌落地的神秘人後，一掌拍去。

豈知那人倏地轉過身來，挺起酥胸，扠腰嬌喝道：「韓柏你敢！」

韓柏連忙收掌，卻收不住前衝之勢，把她撞個滿懷。

那人想不到他有此一著，驚叫一聲，已和韓柏兩人一起變作滾地葫蘆。

他們由草地翻入了密林裡。

停下時韓柏剛好把她壓在草叢上。

那人變得嬌柔無力，只懂喘氣。

韓柏一把掀開她的頭罩，虛夜月絕美的嬌秀容顏，立時呈現眼下。

她俏目緊閉，極有個性的小嘴兒卻微喘著張了開來，不住吐出芳香醉人的芝蘭般氣息。

韓柏哪肯錯過這機會，忙吻下去。

虛夜月驚叫一聲，側轉俏臉，當然逃不過臉頰被吻的運道。

虛夜月不知哪來的氣力，一把撐開韓柏，滾了開去，再躍起來，叫道：「人家恨死你了。」

不待說完已不顧而去。

只剩下韓柏一人呆坐在地上，回味著剛才和這美女濕漉漉的身體全面接觸的銷魂滋味。

忽然間，浪翻雲到了他身旁坐了下來，含笑看著他。

韓柏大感不好意思，勉強道：「浪大俠！」

浪翻雲笑道：「夜月這丫頭對你的前途是很重要的，我才不憚煩助你一臂之力，不過你現在快回去見你的青霜小姐吧！她爲你急得哭死了。」

韓柏道：「但我還有很多事要給你報告呢！」

浪翻雲微笑道：「我曉得，不過事有緩急輕重，我自會找你們。快去吧！否則整條秦淮河都會給翻轉過來了。」

當韓柏來到秦淮河他們遇襲處時，那場面把韓柏嚇了一跳。

兩岸全是官兵，把守著不准任何人接近，水師船截著上下兩游，不放任何船艇經過。河面燈火通明，數十艘快艇來回梭巡，還不住有人從水裡冒出頭來。

他才出現即給西寧派的人發覺，擁著他到了正在岸旁苦待得心焦如焚的莊節等人處。最先迎來的本是哭得兩眼紅腫的莊青霜，不過她才走了兩步，立即止住，垂下頭去，不好意思讓這專使看到她曾爲他哭過。

葉素冬、莊節和沙天放三人越過莊青霜，把他團團圍著。

葉素冬放下心頭大石，叫道：「謝天謝地，大人沒事眞好極了。」

沙天放道：「追不到那賊子嗎？」

韓柏暗忖，追是追到了，但能拿她怎樣呢？口中卻繪影繪聲，把虛夜月改爲薛明玉，自己如何施展神威，趕上去將對方打傷，可恨仍給他藉密林逃走了。

秦淮河封鎖解開，轉眼回復了先前的熱鬧。

莊節伸手拍了拍他的肩頭，感激地道：「想不到薛明玉如此厲害，幸好專使武功高強，又捨身救了霜兒，大恩大德，不敢只是空言道謝，有空請到敝府吃頓便飯，這事由素冬安排吧！」

葉素冬點頭答應，道：「專使怕亦累了，理應回賓館換衣休息，侍衛長和貴夫人已回賓館了。」接著低聲道：「我們尙未通知他們專使河上遇襲的事，請專使包涵。」

韓柏口中應著，心中卻想著俏立在一旁的莊青霜，暗忖今次因禍得福，對追求她應大有幫助，正要找藉口溜去和她說兩句親密話兒，倚老賣老的沙天放已向莊青霜喚道：「霜兒還不過來向大人致謝？」

莊青霜走出小半步，便停了下來。

葉素冬在他背上輕推一把，韓柏借勢走出人堆，來到莊青霜面前，低聲道：「小姐受驚了，都是我保護不周之過。」

莊青霜咬著下唇，低聲道：「那怎關你的事呢？你是否仍想知那問題呢？」

韓柏見她變了另一個人似的，神態誘人至極點，禁不住渾身酥癢，欣然道：「當然想知道，縱死都想知道。」

莊青霜嘴角逸出一絲笑意，飛快地瞟了他充滿少女風情的一眼，柔聲道：「那便記著再來找青霜吧！」俏臉一紅，急步走往乃父等站立處。

韓柏差點仰天歡呼。

想不到如此倒楣的一天，竟以這般甜蜜的結尾收場。

眞要多得盧夜月。

第五章　聯手夾攻

風行烈、戚長征和翟雨時，坐在一所小房子外的平台，神情木然地看朝陽升上遠處的洞庭湖上。

梁秋末走了上來，坐在空椅裡，道：「仍沒有幫主和二叔的消息。」轉向風行烈道：「貴屬聯絡上了乾羅，可是尊夫人似接到急訊，連夜趕往京師，不知為了甚麼事？」

風行烈一震道：「甚麼？」隱隱想到必是與年憐丹有關，想起此人的可怕手段，禁不住心焦如焚。

梁秋末道：「尊夫人留下口訊，囑你到躍鯉渡與她會合，事不宜遲，風兄應立即起程。」

戚長征則精神一振，問道：「碧翠和紅袖是否仍和義父在一起？」

梁秋末道：「你的紅袖仍跟著你義父，但寒掌門卻回了去召集舊部，重整丹清派，留下話來要你趕快去找她。」

翟雨時插入道：「在這裡呆著並不是辦法，我最擔心的卻是由展羽領導的屠蛟小組。不若行烈兄和貴屬立即趕往與尊夫人們會合，我們則趕往與乾羅會面，搜尋幫主和二叔。」

戚長征霍然起立，道：「我們立即起程。」

風行烈亦站了起來，道：「不！我的人留下來助你們，我只要一艘小風帆和操舟的人手便夠了。」

翟雨時點頭道：「這樣或者更好一點，可以避人耳目。」抓著風行烈的手，表示他的感激。

戚長征伸手緊擁著風行烈的寬肩，低聲道：「保重了！」

風行烈嘆了一口氣道：「唉！甚麼時候我們才可以拋下一切，找韓柏和老范兩人來痛飲一頓呢？」

梁秋末笑道：「我知道哪間青樓的氣氛最夠味兒！」

凌戰天、上官鷹和乾虹青三人在山路上疾行，兩旁樹林蒼翠，昨晚的大雨變成了瀰漫的細雨。

上官鷹一個蹌踉，差點摔在地上，幸得乾虹青一把扶著。

他們正登上一座高山，過了此山就是小鎮「北坡」。乾羅等人藏身的秘密巢穴，就在北坡東三十里處的大州縣常德府。

只要能和乾羅會合，他們就安全多了。

凌戰天思慮精密，猜到若戚長征等人安然無恙，必會和乾羅聯絡，所以找到乾羅，等若和戚長征他們恢復了聯繫。

凌戰天停了下來，見上官鷹唇青臉白，感同身受，心中一痛，和乾虹青兩人攙扶著他，躲入了一堆草叢後，助他運功行氣，不片晌上官鷹進入物我兩忘的調息裡。

凌戰天向乾虹青低聲道：「昨夜來搜索我們的高手達百人之眾，顯是展羽和他的人接到通知，傾巢而出來對付我們，若給他們截著，定是有死無生之局，所以只能智取，不能力敵。」

乾虹青點頭道：「昨晚幸得二叔在離庵三里的山崗先一步發覺他們牽獵犬追來，否則若給他們圍了小庵，那就糟透了。」

凌戰天從容一笑道：「二叔一生在刀頭舐血中長大，怎會這麼容易給迫進死地裡，不過現在形勢殊不樂觀，由這裡到常德府只是一天腳程，但亦是最凶險的一段路程，我有一個想法，就是你和小鷹在山林找個地方躲起來，由我獨自闖關，找來援兵，勝過一起送死。」

乾虹青色變道：「若給惡犬找來，我們哪還有抗拒之力？」

凌戰天微笑道：「你有聽到甚麼聲音嗎？」

乾虹青傾心細聽，皺眉道：「除了風聲和溪水聲外，我甚麼都聽不到，雨也快停了。」

凌戰天淡淡道：「全靠這雨，才洗去了我們的氣味，虹青放心吧！趁雨停前，我為你們找個隱藏的地方，好讓小鷹療好傷勢，而我將會引開追兵，假若三天內不見我回來，你們便自己設法逃命吧！」

乾虹青嬌軀一顫，望向這視生死如等閒的怒蛟幫第二號人物。

只有這種英雄人物，才配得上當浪翻雲最好的兄弟。

韓柏一覺醒來，太陽早出來了。

三女仍蜷睡未醒，顯是昨夜太興奮勞累了。

在這三位海棠春睡、嬌柔可愛的美姊姊俏臉上各香一口後，才小心翼翼爬起床來。

沒有了秦夢瑤，總像欠了點甚麼似的。

出房後，自有人服侍他梳洗更衣。

韓柏又生感觸，想起不久前仍是韓府的小廝，現在卻連朱元璋亦可隨時見到，恍若春夢一場。

可是床上那三位屬於他的美女，卻是鐵般的事實。

女侍爲他穿上官服時，他不由想起了共同生活了十多年的韓府諸人。

韓天德對他始終有大恩，若有機會，自己定要報答他。至於曾硬著心腸害他的韓寧芷，他亦沒有半分恨意。

她終是個不懂事的小女孩罷了！

這時范豹走了進來道：「專使大人，外面有很多人在等你哩！」

韓柏大感煩厭，只是應付各式人等，便夠受了，皺眉道：「今次又是甚麼人？」

范豹先遣走眾僕役女侍，才道：「最重要的客人當然是鬼王府的鐵青衣，侍衛長正陪他閒聊。」

韓柏失聲道：「既然是他，爲何不喚醒我？」

范豹道：「他這人全沒架子，不愧名門之後，是他堅持要等你醒來的，說你昨天定是勞累極了。」

韓柏想起了虛夜月，忙趕出去。

范豹追在身後道：「京城的總捕頭宋鯤都來了！」

韓柏一愕在長廊停了下來，奇道：「他來找我做甚麼？」

范豹道：「聽說是有關大人你昨晚遇到薛明玉的事。」

韓柏冷哼道：「那是要盤問我了，唉！好吧！見完鐵青衣再說，眞煩死人了。」頓了頓道：「還有甚麼人？」

范豹道：「還有司禮監聶慶童派來的公公，他爲大人安排好了整個月的宴會和節目，想親自和你說上一遍。」

韓柏一拍額頭，叫了聲天呀，轉入了鐵青衣和范良極兩人所在的南軒去。

一番客氣話後，三人坐了下來。

鐵青衣向他豎起姆指道：「我跟了鬼王四十多年，從未見過他如此欣賞一個年輕人的，韓小兒昨天約月兒划艇那一著功夫，確是漂亮極矣。」

韓柏老臉一紅，正要謙虛一番，范良極噴出一個煙圈，嘻嘻笑道：「有我這愛情專家教路，這小子是不會差到哪裡去的。」

鐵青衣微一錯愕，半信半疑瞧了他一眼，才向韓柏續道：「鬼王著我前來，就是想知道全部過程的細節。」

韓柏失聲道：「甚麼？」

范良極亦皺眉道：「其間有些細節，說出來怕會有點尷尬吧！」沒有人比他更清楚韓柏對美人兒的急色和不檢點的一套了。

鐵青衣苦笑道：「他老人家平日已慣於向人查問有關月兒的一切事，眼下怎會放過如此精采的環節，不過韓小兄不用說給我聽，他老人家自會找你，我只是來知會一聲罷了！」

韓柏至此才明白虛夜月爲何會抗議鬼王管束得她如此厲害，不由同情起她來。

范良極瞇起一對賊眼道：「鐵兄來此，不會只爲知會一聲吧！」

鐵青衣笑道：「這只是順口一提，我今次來是要提醒韓小兄正好乘勝追擊，不要放過機會。」

韓柏想起虛夜月走時說的那句「人家恨死你」的話，心下惴然，推搪道：「這些事有時是欲速不達呢！」

鐵青衣道：「小兄有所不知了，月兒昨夜回府時，笑吟吟神采飛揚的，還命人推掉了今天所有約會安排，說要在家中靜靜想一些事。這是從未曾有過的呢！」

韓柏聽得呆了一呆，暗忖虛夜月怎會給他佔了便宜仍興高采烈呢？看來定是她擬好了反擊自己的陰謀。唉！怎辦才好呢？

鐵青衣壓低聲音道：「小兄不用猶豫了，來！立即隨我到鬼王府去，鬼王在等著你哩！」

韓柏心中叫苦，若讓鬼王看到虛夜月對自己的憎厭態度，甚麼最有前途青年的良好印象都給破壞了，囁嚅道：「但有很多人在等我啊！」

鐵青衣笑道：「你是說內監和宋鯤等人嗎？放心吧！由我親自打發他們便成，誰敢要勞鬼王苦候呢？」

韓柏靈機一觸道：「鐵先生可否幫我一個忙！你知啦，爲了夜月小姐，我再多時間都不夠用，偏偏聶公公卻給我編了整個月的節目和宴會……」

鐵青衣同意道：「這果是嚴重之極，讓我看看可給你推掉多少，不過牽涉到皇室和一些特別的人，我可也無能爲力。」

站了起來道：「我轉頭便和兩位同到敝府去。」

范良極忙道：「嘿！我今天另外有事，你和這小子去好了。」

鐵青衣離開南軒後，韓柏奇道：「死老鬼！你有甚麼急事了？」

范良極竟老臉一紅，支吾道：「你詩姊的酒鋪今天立即動工裝修，沒有我在旁提點怎行？」

韓柏呵呵笑道：「不用瞞我了，快說出是甚麼事？」

范良極無奈放低聲音，卻是遏不住興奮地道：「雲清來了！」接著警告道：「我一天未把雲清這婆娘生米煮成熟飯時，都不准你去碰她的尼姑師妹美人兒，免得節外生枝，聽到了嗎？」

韓柏叫屈道：「一直都是你自說自話，我幾時說過連尼姑也要偷呢？」

范良極瞪他一眼道：「你最好待見過了才說得這麼肯定吧！試想若尼姑都不得不被選入十大美人榜，你說這尼姑有多麼動人。」

韓柏暗忖我給虛、莊二女弄得頭也大了，還哪來閒情要去破壞人家的清修，我雖愛美女，但還不致這麼沒有道德吧！

范良極見他沉吟不語，誤會了他色心大動，惡兮兮道：「若你破壞了我的好事，我絕不放過你。」

韓柏氣得雙眼一翻，倒在椅上，忽記起一事，坐直問道：「昨早你託詞去小睡！究竟幹了甚麼勾當？」

范良極神秘一笑，正要答話，鐵青衣飄然而來，笑道：「聶公公編的約會大部分我都給你推了，這幾天除了胡惟庸和燕王的晚宴推不掉外，小兄是完全自由了。不過待會你還要進宮去見皇上。」

韓柏大喜拜謝。

鬼王今次接見韓柏的地方是月榭之北名為「畫齋」的一組庭院，小巧玲瓏，精雅別緻，與府內其他宏偉的建築物相比，又是另一番雅逸格局。

鐵青衣把韓柏帶來後，便退了出去，剩下他們兩人單獨相處。

鬼王負手立在露台處，細看庭院間的花木魚池，整個人像融入了建築和園林裡。

韓柏站在他身後，大氣都不敢透出一口，生怕驚擾了他。

鬼王自有一股懾人的氣度。

好一會兒後，虛若無柔聲道：「園林之勝，貴在曲折掩映、隱而不藏、隔而未絕、別有洞天；而園中庭院，則須生趣引人、不曠不抑、景色多姿，左顧右盼，均要恰到好處。」接著轉身微笑道：「你幹得很好！來！讓我們喝一杯！」帶他走進齋內。

韓柏跟了入去，對桌坐下，連喝三杯後，鬼王壓低聲音道：「我那手法是否給她看破了？」

韓柏苦笑點頭道：「看來你的千金比虛老你更厲害哩！」

虛若無淡淡一笑道：「小兄弟錯了，我是故意讓這妮子看破的，這叫計中之計，務求引起她對你的好奇心，亦使她知道你並非一個外國來的小官那麼簡單。看！現在不是收到效果嗎？否則她怎會去破壞你和莊青霜的好事。嘿！你這小子比我還行，懂得利用她們互相嫉妒的微妙關係。」

韓柏聽得瞪目結舌，不能置信地道：「你怎會知道的呢？」

虛若無有點不耐煩的道：「這事有何奇怪，我們鬼王府等若大明朝廷的最高情報機關，有甚麼事可瞞得過我，老朱不知道的事，我也知道呢！否則老朱爲何如此忌我。」接著皺眉道：「小兄弟武功雖好，可是月兒的水底功夫和輕功都得我眞傳，爲何你竟能趕上她呢？」

韓柏大吃一驚道：「你的人看到我趕上她嗎？」

虛若無道：「那是從她回府的時間判斷出來的，雖只是半盞熱茶的工夫，但亦是不應該的遲延。」

韓柏暗呼厲害，胡謅道：「我也不知道，我的魔種不知為何忽地靈性起來……」

這時步聲響起，有人闖入齋來。

虛若無臉現訝色，韓柏扭頭望去，立時大叫不好，出現的原來是一臉笑意的虛夜月。

她來到韓柏身旁，一把抓著他背後的衣領，運力扯得他站起來才放開纖手，嬌嗲地向鬼王道：「爹！我要向你借這個大壞人韓柏去行刑，答應嗎？」

虛若無「呵呵」一笑，並沒因她叫破他是韓柏而訝異，慢條斯理道：「月兒且慢，先聽為父說兩句話。」

虛夜月又把韓柏按回椅內，坐到兩人間的椅裡，不耐煩地道：「快說吧！」

韓柏給她毫不避嫌的親熱動作弄得魂兒飄飄欲飛，看著她嫵媚巧俏的神態動靜，想起昨晚曾抱過她並吻過臉蛋，益發不知人間何世。

虛夜月倏地別過頭來，惡兮兮的瞪了他一眼，輕喝道：「看甚麼？不准你看！」接著又忍不住「噗哧」一笑，扭頭望往乃父，嬌姿美態層出不窮，令人神迷目眩。

虛若無眼中射出憐愛之色，口中卻道：「這麼沒有耐性，那你就快去吧！我不說了。」

虛夜月跺腳不依道：「不！快說！否則月兒三天不和爹說話。」

虛若無嘴角逸出一絲笑意，淡淡道：「為父想和月兒打個賭，若你十日內不親口向我說願嫁這大壞人韓柏，就算為父輸了，以後都不過問你自身的事。」

韓柏大吃一驚，鬼王這樣說，不是擺明以自己作賭注，來挑戰虛夜月的硬頸子和叛逆性嗎？虛夜月怎肯投降？

不過回心一想，追這美人兒一日要費的心力便等若追其他人的一年那麼多了，那追十日還不夠嗎？豪氣忽起道：「我韓柏亦對天立誓，假若十天內追不到夜月小姐，我以後都不再見你、纏你。」

虛夜月呆了起來，跺腳道：「你們兩人聯手欺負我！」

虛若無仰天狂笑道：「你怎麼說也好，在這世間，再沒有比和我的寶貝月兒玩遊戲更有趣的了。」

韓柏大感刺激，至此才眞正明白到鬼王的魅力。

這人不但胸中之學浩若淵海，還有一種難以形容的眞摯丰神。

虛夜月別過頭來，對韓柏甜甜一笑道：「你若肯答應夜月一個要求，嫁給你又何妨？」

韓柏領教慣她的手段，心知不妙，淡淡道：「那你當我是豬還是狗呢？」

虛夜月「噗哧」一聲，笑得花枝亂顫，好一會兒掩嘴道：「以後都不准你見莊青霜，或和她說話，你辦得到嗎？」

韓柏呆在當場，啞口無言。

想不到虛夜月如此厲害，輕描淡寫便把他迫上絕路，甚至很難向鬼王交代。

縱使他作違心之言，娶得虛夜月，但他亦輸了。因爲那等若投降和臣服。

但他可以說「不」嗎？

他是眞的感到進退兩難。

何況莊青霜正期待著自己去找她。

若再不能和她見面或說話，將會是耿耿於懷的終身憾事。

但失去了虛夜月，不亦是令人頓足惋惜嗎？

虛夜月大爲得意，向鬼王笑道：「看吧！一試便試出他的壞心腸了。」

鬼王淡然一笑，懇切地道：「月兒樂極忘形，不能體會這十日之約背後的含意，所以才想爲父因韓柏的羞窘而難堪。」

虛夜月嬌憨地道：「甚麼含意如此高深？」

韓柏藉此喘息之機，展開反攻道：「一點都不高深，虛老是希望小姐嫁給你眞心愛上的人，只有小弟的愛情，才可讓虛小姐拋開自尊和自大脾氣，十天內乖乖的屈服。若你不屈服，當然是因你對我的愛還未足夠斤兩。那還有甚麼好嫁的？」

虛夜月大嗔道：「滾你的蛋，何須十天之久，現在本姑娘就可告訴你，我虛夜月絕不會向你屈服。去找你的莊青霜吧！」

韓柏步步進逼道：「別忘了我曾吻過你。」

虛若無失聲叫起來道：「甚麼？」

虛夜月俏臉飛紅，美艷不可方物，向鬼王含嗔撒嬌道：「他只是略揩一下臉蛋罷了！」

韓柏佔在上風，大樂道：「那抱了你又怎麼說？」

虛夜月氣得差點哭了出來，跺足道：「人家又不是自願的！」瞪著呆若木雞的虛若無怒道：「你不信嗎？」卻不敢看韓柏。

韓柏嘻嘻一笑道：「小弟當時鎖了你的穴道嗎？你不願可以推開我嘛。」

「鬼王」虛若無終忍不住哈哈大笑。

虛夜月怒道：「不准笑！他撞得人家這麼重，一時哪有力推開他呢？爹！信女兒吧！眞是那樣的。」

韓柏湊過頭去，在離開她左頰不及三寸的近距離壓低聲音道：「但小姐又爲何故意拉斷樹枝，讓小弟能趕上來一親芳澤呢？」

虛夜月那對美麗的大眼睛連眨幾下，跺腳道：「連樹枝都在害人，清者自清，夜月不說了。」狠狠橫了韓柏一眼，咬牙切齒道：「嚼舌鬼！」

「鬼王」虛若無愛憐地道：「這就叫在劫難逃，爲父早看出夜月紅鸞星動，莫忘你的日主屬辛金，用神是壬水，乃清水淘珠的金水傷官格，且用神透時，最是有力，今年流年既見用神，又與你夫宮六合，你若不向韓柏屈服，爹以後都不批子平八字了。」

虛夜月跺腳站了起來，向韓柏嬌喝道：「你跟我來！」

韓柏雙手亂搖道：「若是捉我去行刑就請恕免了！」

虛夜月首次露出有點拿他沒法的樣子，坐下向「鬼王」虛若無嗔道：「爹看到嗎？若嫁了給他，他會欺負女兒一生一世的，你還要和這大壞蛋聯手擺布人嗎？」

虛若無啞然失笑，悠然起立，伸手在她吹彈得破的臉蛋兒愛憐的擰了一記，欣然道：「爹當然不會和人聯手，我這就去靜一靜，由韓柏獨力對付你，看你還能撐得多久。」晃了一晃，倏忽不見。

韓柏吁出一口涼氣，這是甚麼身法？比起里赤媚的天魅凝陰也不遑多讓。

望往虛夜月，只見她那對如夢如幻的眸子滿蘊著迷惘的神色，望著窗外的庭林景色，那模樣又乖又可愛又教人憐惜，沒有了平常的自滿驕傲和刁蠻。

韓柏看得心神顫動，伸手過去，就要摸她臉頰。

虛夜月一震醒來，戒備地瞪著他，美眸傳出「你敢」的清楚訊息。

韓柏嚇了一驚，連忙縮手。

虛夜月俏臉一寒，冷哼道：「不要發白日夢了，我虛夜月就算這世沒有人要，亦不會嫁給你的。」

韓柏大感氣苦，這美人兒明明對自己生出情愫，偏要強撐下去，證明對他的愛仍未大得過面子，不過他亦深悉她的性格，軟語相求只會招她輕視，唯一方法就像戰場上兩軍相對，互相攻堅，看看誰先挫下來。

開始時他對虛夜月的興趣，主要是因她驚人的姿色而起，但接觸多了，發覺她簡直是天生出來迷惑所有男人的精靈，包括鬼王在內，如此天生的嬌嬈，又怎可錯過？

打定了主意，韓柏微微一笑，故意傲然道：「那這十天之期作廢也罷，我現在就去找莊青霜，永遠都不回頭找你。」

虛夜月瞪著他的大眼睛逸出笑意，搖頭柔聲道：「不要嚇唬我，十天之期是爹立下的，你敢違背他的意思嗎？」

韓柏哂道：「廢話！我韓柏怕過甚麼人來，若真的害怕，那晚就不敢到鬼王府來。我只是尊敬你爹，絕不是怕他。再說一次不嫁我吧！我立即就走。」

虛夜月氣得嘟起小嘴，繃緊俏臉道：「你和阿爹一樣，整天都在迫人家，走吧！去找你的莊青霜吧。她是可愛美天鵝，我是乞人憎的醜小鴨，滾吧！否則我殺了你。」

韓柏看她泫然欲泣的可憐樣兒，心中一軟道：「唉！算我不對了，害得月兒這麼氣苦，來！不若我們到街上走走，好好聊聊天，讓爲夫聽聽月兒的心事。」

虛夜月目定口呆地叫出來道：「天啊！你是誰的爲夫？誰又是你的月兒哪！你這人最懂軟皮蛇般隨著棍桿爬，要去逛街便自己逛吧！本姑娘要回房睡覺了。」霍地起立，走出齋去。

韓柏施出死纏爛打無賴的本領，笑嘻嘻追到她身旁，湊在她耳旁道：「月兒似乎並不十分反對爲夫自稱爲夫呢！」

虛夜月給他引得「噗哧」笑起來道：「爲夫自稱爲夫，哪有這麼怪的話，你定是患了失心瘋了。」

韓柏開懷大笑道：「說得好，這病正是因你而起的。」

虛夜月冷哼一聲，挺起堅聳彈跳的胸脯，裝出個不屑理會的狠心樣兒，逕自穿舍過園，朝她那別緻的小樓走去。

韓柏瀟灑地隨在她旁，遇上人時都友善地打招呼。

當走上橫過一個小花園的碎石徑時，迎面遇見兩位丰姿綽約的麗人，赫然是七夫人于撫雲和白芳華。

韓柏心知不妙，差點掉頭便走，兩女均同時俏目一亮。

白芳華嬌呼道：「大人你好！」

韓柏唯有硬著頭皮迎上去。

七夫人停了下來，俏臉微紅，但一對秀眸掠過刀刃般銳利的神色。

虛夜月像見到唯一的親人般，趕了過去，小鳥般依在七夫人身旁，挽著她的玉臂道：「七娘！月兒給人欺負得很苦啊。」

七夫人美目射出騰騰殺氣，冷然道：「忘了我對你的警告嗎？」

白芳華並不知他們那微妙的關係，一看勢色不妥，驚呼道：「七娘！」

不過已遲了一步。

七夫人倏地甩脫了虛夜月，往前飄去，玉掌閃電擊出。

只有韓柏稍能體會她的心意，她對自己的出手，有大半是因嫉恨而來，對她來說，自己就是赤尊信的化身，至少有半個是她愛恨難分的舊情人。

若非有虛夜月在旁，自己說不定還可大佔她便宜呢！

虛夜月和白芳華同時驚叫。

勁氣臨身。

韓柏本想擋架，忽然心中一動，微往後移，魔功猛然提升至極限，挺胸受掌，眼神卻深注進她的美眸裡。

七夫人見他神態忽變，化成了赤尊信的豪情氣概，功力立時轉弱，最多只剩下三成。

「砰！」

玉掌印在韓柏胸膛上。

韓柏整個人離地倒飛，跌個結實，手腳朝天直躺地上。

七夫人呆立路心，神態茫然看著躺在地上的韓柏。

韓柏早有捱過她摧心掌的經驗，今次運功護著心脈，故雖心痛欲裂，內臟卻沒有絲毫受損，可是虛夜月和白芳華素知七夫人玉掌的厲害，同時花容失色，搶了過來，撲在韓柏身上，淒然呼喚。

韓柏給兩對小手摸上身體，眞是舒服到不得了，哪肯張眼爬起來，益發裝出受了重傷的樣子，賴在地上。

四周人聲響起。

只聽虛夜月哭叫道：「還不找爹來。」又怒道：「七娘你爲何要殺他啊！」

韓柏感到兩女的淚珠滴到他臉上，更不敢爬起來，怕虛夜月的面子掛不住。

七夫人幽幽的聲音響起道：「他死不了的，放心吧！」

虛夜月哭著道：「給你這樣當胸一掌，還說他死不了。」

接著韓柏感到兩女合力抬了他起來，虛夜月溫暖的小手還按在他背後，源源輸入眞氣。

不一會兒他感到給放到一張繡榻上，充盈著發自虛夜月身體的芳香氣息。

哈！

這定是虛夜月的閨房了。

今次又化禍爲福。

胸前的衣鈕給兩對纖手解了開來。

驀地兩女停了下來。

虛夜月低聲奇道：「爲何不見掌痕呢？」

這時鬼王的聲音在床邊響起道：「你們兩人給我在外護法，我要施展通天手段，把他起死回生。」

虛夜月不依道：「不！我要在旁看著這扮死的死鬼。」

鬼王哈哈大笑，大力一拍韓柏道：「起來吧！你的苦肉計成功了，我看月兒今次還有甚麼話說？」

虛夜月尖叫道：「你們果眞沒有一個是好人！」一溜煙逃了。

韓柏大喜坐了起來，入目先是白芳華猶帶淚跡的俏臉，抱歉地道：「對不起！今次連白小姐也給逗得哭起來！」

白芳華俏臉赤紅，嚶嚀一聲，扭身學虛夜月般逃掉。

虛若無和韓柏對望一眼，同時捧腹大笑，沒有一點尊卑老幼的隔閡。

虛若無忍著笑在床沿坐下，大力一拍他肩頭道：「不愧道心種魔大法的傳人，將錯就錯，其實我一直跟在你們身後，看到了整個過程。」

韓柏心中一懍，囁嚅道：「七夫人她……」

虛若無灑然道：「不用解釋，她一向對老赤餘情未了，不過你的膽子眞大，亦顯出你信心十足，若她那一掌用足全力，連我都救不了你，我亦想不到你敢捱她一掌。」接著沉吟起來。

韓柏坐在床上，傻兮兮看著他。

虛若無再拍了他肩頭一下，溫和地道：「解鈴還須繫鈴人，撫雲的心結始終要由老赤來解開，這事你看著辦吧！」

韓柏駭然道：「不成！」壓低聲音誠懇地道：「小子裡面的赤……嘿！他老人家其實是深愛著貴七夫人的，我和她接觸，會是很危險的一回事。」

鬼王皺眉道：「這的確大大不妥當，尤其她名義上終是夜月的娘親。」

韓柏一呆道：「名義上？」

鬼王點頭道：「我年輕時雖好魚雁之色，但七十歲時早看破一切，進修天人之道，所以我和七娘只是有名無實的夫妻，她則藉我作避世之所，心中愛的人只有一個，你知那是誰了。否則亦不會見到你和月兒在一起便立動殺機了。」

韓柏囁嚅道：「那怎辦才好！」

鬼王忽做了個噤聲的手勢。

七夫人于撫雲面容平靜步入房內，垂頭低聲請求道：「小雲兒想私下和他談兩句。」

第六章　豪情蓋天

兩名騎士，策馬疾馳，剛轉過官道彎角，其中一人忽地頸上一緊，一條不知從哪裡飛出來的樹藤，把他拖得跌離馬背。

另一人大驚失色，正掣出長刀，眼旁人影一閃，待要劈去，脅下劇痛，已給對方彈出的石子射中要穴，側翻下馬。

施襲者正是怒蛟幫的第二號人物「鬼索」凌戰天，他在彎位偷襲，是欺對方不得不勒馬減速，一擊成功。

他身手不停，撲上馬背，催馬而去。

北坡鎮出現前方。

他當然不會入鎮，繞過小鎮，朝常德府全速疾馳。

示警的煙火不住在前後的高空爆響，顯示敵人發現了他，正展開攔截的包圍網。

凌戰天湧起豪情氣概，不住策趕胯下健馬。

直至馬兒口吐白沫，才勒停韁繩，拍了拍牠的大頭憐惜地道：「對不起，累你受苦了。」解下牠的鞍轡，放牠去了，這才空手孤身上路。

這時離開常德府只有十多里，只要進入府城，以他的身手，自可利用人屋稠密的形勢，躲過敵人，依乾虹青的指示，找到乾羅，不似在曠野裡容易被敵人發現。

他雖在洞庭一戰失去了鬼索，卻毫不驚慌，像他這種高手，已過了倚賴某種兵器的限制。就像浪翻雲，有劍無劍，都是那麼厲害。

穿過一片茅草叢後，前方倏地出現了十多人，帶頭者肩托著兩端分爲矛和鏟的奇形重兵器，正是「矛鏟雙飛」展羽，好整以暇地等待著他。

其他十五人形相各異，一看便知是來自各家各派的高手，其中的恆山派掌門「金較剪」湯正和、落霞派高手「棍絕」洪當更和他曾有一面之緣，故一眼把他們認了出來。

其他都是江湖裡成名露臉之輩，只看形相衣著和兵器，便猜出個大概。

葉素冬的胞姊「瘋婆劍」葉秋閒發出夜梟般難聽的笑聲，尖叫道：「凌戰天你今天休想生離此地。」

凌戰天從容在眾敵前五丈處立定，仰天長笑道：「就憑你們！」驀地前衝，迫往敵人，一拳向展羽擊去。

展羽大笑道：「不好好先聊聊嗎？」

肩上矛鏟先旋上半空，才移到胸前，令人不知他是以哪一端迎敵。

其他各人一起行動。

一名禿頭大漢振起手中長刀，由左側攻來；另一中年道姑，則持拂塵由右方夾擊。其他人散布四周，圍成內外兩圈，顯是早有定計，務教他難以突圍而出。

凌戰天嘴角逸出冷笑。

「啪！」拳化爲掌，拍在展羽疾飆過來的鏟頭上，借力往後飄飛，同時避過了左右的長刀和拂塵。

四周登時升起漫天刀光劍影。

湯正和的金較剪和洪當的鐵棍，由後攻至。

凌戰天一聲冷哼，身體奇異的晃動了兩下，金較剪和鐵棍竟同時落空，凌戰天已到了兩人中間。

在場的十六人一起大吃一驚，想不到凌戰天如此厲害。

一向以來，凌戰天的光芒都給浪翻雲掩蓋了，兼之他只愛在幕後操縱大局，使人很易生出錯覺，認爲他的武功遠及不上浪翻雲，直到此刻才驀然發覺這想法錯得非常厲害。

那就當然須付出代價。

湯正和與洪當都是身經百戰的高手，否則亦不能闖出名堂，一齊吐氣提聲，微往外移，金較剪和鐵棍迴轉身側，改採守勢，只須擋得他一招半式，展羽等其他人自會趕來解圍。

誰知凌戰天謀定後動，正是要一上場在敵人摸不出他深淺前，製造突圍的機會，假若走不了，那就會陷入死戰之局，最後倒下的除了會是若干的敵人外，定然也少不了他的一份，因爲實力相差得太遠了。

若是正式比拚，只要展羽加上任何兩三個人，便有足夠殺死他的能力。

這十六人代表的正是屠蛟小組的精銳。

凌戰天一聲長笑，一指點在武功較強的湯正和的剪刀尖端處，肩頭一擺，竟硬撞往洪當勁道十足的棍頭處。

「砰」的一聲，洪當鐵棍揚起，空門大露。

道。

凌戰天強忍肩肉裂開的劇痛，閃電般撞入洪當懷裡。

洪當魂飛魄散，拋開鐵棍，回掌要守著空檔時，凌戰天的拳頭穿破掌影，印實在他胸膛處。

洪當狂噴鮮血，仰天跌倒，撞得後面搶上來的兩人同時打著轉踉蹌跌開，可見這一拳是如何霸道。

這時展羽已撲至，矛頭電射凌戰天項側。

凌戰天一揚手，一把匕首由袖內射出，往展羽下腹激刺而去。

這一著大出展羽料外，想不到以他的身分地位，竟會施放暗器，無奈下回矛挑開匕首。

「噹」的一聲，展羽竟被震得退開了小半步。

「砰！」

此時洪當才跌實地上，當場斃命，官未當成便先了賬。

凌戰天猛一矮身，雙手連揚，五把飛刀射出，射向圍攻上來的五位高手。

眾人見他剛才射向展羽那一刀如此凌厲，都駭然飛退擋格，害得在後面的其他人亦只好往四外避退，只剩下展羽自恃武功高強，憤然持鏟殺來。

凌戰天哈哈一笑，腳尖踢在地上，草碎塵土撲口撲面往展羽罩去，同時虎軀俯前，似欲撲去。

展羽給塵土全封著視線，兼之又對凌戰天驚人的身手戒懼之極，悶哼一聲，猛往後退。

凌戰天「嗖」地一閃，橫移兩丈，到了葉秋閒和那個道姑間。

「砰砰……」兩聲，兩人同時給凌戰天以拳掌震開。

凌戰天一聲長嘯，袖中飛出一條長藤，捲在其中一名猝不及防入了鬼籍的敵人頸上，運勁一送，那人朝後飛跌，硬是給他衝開最外圍的兩人，破開一個珍貴無比的缺口。

凌戰天雙腳連踢，泥塵沙石漫天揚起，往四周正如狼似虎趕來攔截的敵人撒去。混亂間，凌戰天一聲「失陪了」，逸出重圍，閃進了三十丈外的密林裡。

展羽氣得臉都青了，狂喝一聲，帶頭追去，不過早沒了剛才盛氣凌人的派勢了。

七夫人于撫雲向仍坐在虛夜月繡榻上，靴子尚未脫掉的韓柏柔聲道：「還痛嗎？剛才小雲眞的想殺了你哩！」

韓柏心中叫苦，她現在說話的口氣，當足了自己是赤尊信，換了在別個環境，他說不定會乘機大佔便宜，可是在這鬼王府的重地，說不定鬼王還在一旁監聽著，一個不好，眞不知會惹來甚麼後果，只好含糊應了一聲。

于撫雲看穿了他的心意，淺笑道：「放心吧！若無他爲人光明磊落，絕不會偷聽我們間的事，而且這房子結構特別，能隔絕聲音，是若無特別爲月兒設計，在這裡談甚麼做甚麼都不虞有人聽到。」

韓柏精神大振，爬起身來，差點貼著于撫雲地和她並坐在床沿處，嘻嘻笑道：「小雲你打了我一掌，這賬該怎樣算？」

于撫雲垂下螓道，幽幽道：「你知否小雲爲何這麼恨你？」

韓柏記起了自己代表著赤尊信，心中一寒，打了個冷戰，喘息道：「我，不……噢！」驀地一股悲傷湧上心頭，悶哼一聲，慘叫道：「我的心很痛！」

于撫雲一對秀目射出森寒的殺機，寒聲道：「原來你都懂心痛嗎？小雲還以爲你是鐵石心腸。

不！你在騙我，若你會心痛，怎會以卑鄙手段奪去我的孩子。」

韓柏一呆道：「奪去你的孩子？」

于撫雲猛地轉身伏倒床上，放聲痛哭起來，聞者心酸。

韓柏手足無措，伸手撫在她粉背上。

于撫雲厲聲道：「不准碰我！」

韓柏嚇得慌忙縮手，勸她不是，不安慰她又不是，一時不知如何是好。

幸好于撫雲很快平靜下來，坐直嬌軀，赧然道：「對不起，我總忍不住把你當了那狠心的人，但其實你最多只可算是小半個他。」

韓柏鬆了一口氣，欣然道：「那就謝天謝地，若你當我眞的是他，遲早我會被你殺了的。」

于撫雲瞅了他一眼，俏臉微紅，輕柔地道：「爲何剛才你不避開，若小雲不是立即撤回掌力，你早到西天去了。」

韓柏苦笑道：「我也不明白，總之很願意捱你的揍。」

于撫雲霞燒玉頰，垂頭低聲道：「算了吧！看在這一掌分上，我以後和你體裡的狠心人所有恩怨一筆勾銷，你亦不用怕我了。」

韓柏大喜道：「那就太好了。」

于撫雲的臉更紅了，以蚊蚋般的聲音道：「你還未知小雲爲何恨你嗎？」

韓柏心呼糟糕，她雖不再找自己來報與赤尊信的仇怨，但仍不自覺地當他是赤尊信，這事怎可如此糾纏下去呢？

自己總不能同時與她和虛夜月相好吧？

若沒有其他人，沒有禮教的壓力，他絕不反對做這等快樂的事。

口中應道：「我眞不明白，爲何赤老連你這樣的美人兒都肯拋棄？」

于撫雲表露出小兒女的嬌態，嗔道：「誰說他拋棄我呢？」

韓柏搔頭道：「若他不是拋棄了你，爲何你這麼恨他呢？」

于撫雲嘆了一口氣道：「還不是因孩子的問題，由我們相好那日我便懷了他的孩子，滿以爲他知道了亦欣然接受，豈知……天啊！」倒入韓柏懷裡，淒然哭道：「他……他用藥害了我的孩子，我恨死你了。」

韓柏渾身一震，至此才明白到他們兩人間的恩怨愛恨，不由把她摟個結實，同時心中湧起強烈的無奈和悲哀，竟陪著她痛哭起來。

于撫雲忽然猛力推開他，一瞬不瞬地瞪著他冷冷道：「你哭甚麼？」

韓柏知她情緒波動，喜怒難測，暗叫不妙，硬著頭皮道：「你想聽眞話嗎？」

于撫雲懷疑地看了他一會兒後，緩緩點頭。

韓柏誠懇地道：「我感覺到赤老那樣對他自己的孩子時，心中的悲慼痛苦絕不下於你，只是我不明白他爲何仍要那樣做。」

于撫雲激動起來，飮泣道：「因爲他不想有任何與他有血緣的孩子來到這世界上，而他整天想著的事就是要擊敗龐斑，所以要絕情絕義，我離開他時亦不肯留我，我恨死他了。」

一股強烈至無可遏止的衝動狂湧心頭，韓柏衝口叫道：「好！你不用再恨他了，我便賠你一個孩子。」

話才出口，韓柏連忙把大口掩著，天啊！自己竟會說出這種話來。

于撫雲亦像給人忽然點了穴道，呆若木雞般瞪著他。

韓柏尷尬地囁嚅道：「嘿！我只是急不擇言，衝口說來罷了！小雲你不必認眞，我這人就是嘴巴不好……」

于撫雲秀眸掠過前所未有的神采，忽地整張臉燒個通紅，嚶嚀一聲，飄飛而起，像虛夜月和白芳華那樣逃命般撞門逃掉了。

韓柏的心卜卜跳動，好一會兒才勉力站了起身，穿過無人的小廳，走出陽光漫天的屋外。

所有人都不知到了哪裡去，偌大的花園杳無人跡。

他步下石階時，才見鐵青衣正和葉素冬談笑著迎上來。

鐵青衣笑道：「專使大人，禁衛長來接你去見皇上哩！」

風行烈僞裝爲普通漁舟的小風帆，隨著一群眞正的漁舟，由隱秘處駛出洞庭，途中雖遇上截查的水師船，均輕易過關。

這批漁舟上都是眞正的漁民，和怒蛟幫淵源深厚，故肯捨命作他們的掩護。

當他們撒網打魚時，風行烈和同行的商良及五名精於操舟的手下，獨自上路，揚帆朝洞庭出長江的水口疾駛而去。

風行烈獨立船尾，迎著西北風，對著一望無際的洞庭湖，心中百感交集。

素香和柔晶均玉殞香消，她們究竟做錯了甚麼事，使天妒紅顏，喪命於奸人之手。

說到底，罪魁禍首就是朱元璋。

若不是他除惡未盡，蒙人怎能如此囂張，肆虐中原。

現在怒蛟幫傾亡在即，浪翻雲卻要為了對付朱元璋到了京師去，誰能挽狂瀾之既倒？

今次水戰中，怒蛟幫損失了近半戰船，傷亡了過千精銳，連大將龐過之亦屍沉湖底，幫主上官鷹又和凌戰天生死未卜，自己卻不得不趕往京師對付年憐丹，令人悲憤無奈。

甄夫人手上的實力還未見底，那天遇到的色目陀可能只是色目人來中原高手的小部分，這樣的實力，恐怕乾羅等亦自身難保，難道大明的國運就只有那麼一段短暫光景嗎？

這時商良走了過來道：「門主！假若屬下猜得正確，水師必有重兵把守長江水口，防止我們東下應天，不若我們多走點路，在水口附近登陸，再以快馬趕往躍鯉渡，那就妥當得多了。」

風行烈道：「那要多少時間？」

商良答道：「若漏夜趕程，明天清晨即可到達目的地。」

風行烈斷然道：「就這麼辦。」

商良見他採納己見，欣然去了。

風行烈心中禱告：「姿仙啊！你定要等到為夫來才可起程。」

第七章　明室福將

今次朱元璋接見韓柏的地方是皇城深宮裡的「藏珍閣」，這座屋宇共分七進，每進都有主殿和左右翼偏殿，放滿大小珍玩。

朱元璋等候他們的地方是放瓷器和石器的，由精美的瓷皿，以至形式古樸的石磚陶瓦、陶人陶器，色色俱備，看得人眼花繚亂。

葉素冬陪著韓柏到了大門處，便把他交給兩位公公，領他進去。

當韓柏在他身後跪倒叩頭時，朱元璋正在觀賞架上羅列的百多枚石印，自顧自讚嘆道：「這枚乳花石澄明潤澤，質溫色雅，比壽山或昌化石，均要勝上少許。」

韓柏叩頭應是。

朱元璋轉過身來笑道：「還不站起來。」

韓柏一聲「謝主隆恩」，站了起來，回復輕鬆自然。

朱元璋打手勢著他跟在身後，來到一個放滿雨花台石的架前道：「縱使天下妙手，亦造不出比這種石更巧奪天工的紋理，可知人力有時而窮，老天卻是法術無邊。」

韓柏奇道：「皇上似乎頗有點心事？」

朱元璋微笑道：「給你聽出來了。」隨手拿起一個墨硯，遞給韓柏，然後教他翻過來看硯底，嘆道：「你看這刻在硯底的兩句詩意境多美——自憐團扇冷，不敢怨秋風。」

韓柏的文學有限得很，一時把握不到這兩句話的意思，只好唯唯諾諾，敷衍了事。

朱元璋亦不解釋，舉起龍步，往另一進走去。

殿與殿間的長廊兩旁放滿盆景，各具心思。

朱元璋隨口道：「盆景之道，最緊要得自然旨趣，小中見大，才是上品。」

韓柏心中納悶，難道日理萬機的朱元璋召他來此，只是要找人閒聊嗎？

步進殿內，韓柏立時雙目發亮。

他不是爲了看到甚麼名貴珍玩，而是因爲殿內有位國色天香的麗人，正坐在一張長几旁的軟墊上，專注地磨墨。

她由頭飾髮型以至身上的華服，無不精緻考究，色彩鮮艷奪目，把這大美人襯托得如天上光芒四射的太陽，有種高不可攀的尊貴氣派。

她的神情雖端莊柔美，但骨子裡卻蘊蕩著使男人怦然心動的野性和媚惑力，使任何男人都渴望著能和她到床上顚鸞倒鳳享盡風流。

這種糅合了典雅和狂野於一身的特質，韓柏從未在任何美女身上發現過。

所以只一眼他即肯定了她是朱元璋最寵幸、十大美人之一的陳貴妃。

同時想起了朱元璋找他來是要他寫那一封拖延了兩天的致高麗國書。

可是他爲何要讓他看到陳貴妃呢？

其中必有深意。

惴惴不安下，韓柏依朱元璋指示，在陳貴妃對面席地坐了下來，几上紙筆俱備，只欠了墨。

陳貴妃一對秀眸全神貫注在墨硯處，似是全不知道有人坐到她面前去。

韓柏更慘，只敢看著眼下的名貴書箋，空有美色當前，亦不敢稍有逾越，飽餐秀色。

朱元璋並沒有爲兩人引見介紹，只是負著雙手，站在陳貴妃身後，靜靜看著她研墨的纖纖玉手，眼神不住變化，陷在沉思裡。

寬廣的殿內只有墨條摩擦著石硯的聲響。

韓柏現在完全明白了朱元璋爲何如此寵愛這美女，她確是我見猶憐的動人尤物。

他雖不敢對她行平視的注目禮，但只憑微微偷窺和由她身上送來的芳香，已教他神魂顛倒。她的腰肢和上身挺得聳直，盡顯美不勝收的線條，嬌柔的女體似蘊藏著無比的意志和力量，澎湃不休的熱情和野性，予人的感受是絕對難以用任何言語去描述的。

虛夜月和莊青霜或比她更美，卻欠了她那種成熟的風情。

白芳華的風情雖可與她相比，卻沒有她那種令人心跳的誘人氣質，美色亦比她稍遜了一籌。

天啊！

世上竟還有如此媚骨天生的可人兒。

不由再次羨慕起朱元璋來。

陳貴妃終磨好了滿滿一池墨汁，放好墨條，把硯台輕輕移前，將纖美皙白的玉手浸進几上一個白玉盆的清水內洗濯，然後拿起備在一旁的繡巾，抹乾玉手，神情恬靜，一點不因有兩個男人在旁而顯得不安。

朱元璋柔聲道：「貴妃可以退下了！」

陳貴妃盈盈起立，像株小草般在微風中搖曳，姿態誘人至極點。

韓柏從未見過任何女人比她更能令男人想到雲雨之事，忍不住趁她擋著朱元璋視線時，往她瞧去。

豈知她亦往他望來。

目光一觸下，兩人都嚇了一跳，移開目光。

陳貴妃去後，韓柏的心仍在卜卜狂跳，腦海裡只有她那對含著無限幽怨和火般熾烈的眼神。

朱元璋在剛才陳貴妃坐的軟墊坐了下來，又嘆了一口氣。

韓柏低聲問道：「皇上已是第三次嘆氣了，究竟有甚麼心事呢？」

朱元璋回復冷靜從容道：「我大明建國這麼多年，從沒有過比得上當前的危機，各種一向被硬壓下來的內外勢力，均蠢蠢欲動，一個不好，天下將亂局再起。不過朕嘆氣，卻非爲了這些挑戰，而是爲了陳貴妃！」

韓柏愕然道：「皇上不是說她對你是眞情眞意嗎？」

朱元璋兩目亮起精芒，苦笑道：「朕實在非常矛盾，一方面很願意相信她，另一方面亦在懷疑她，因爲她一直不肯爲朕生孩子。」

韓柏奇道：「這豈能由她決定？」

朱元璋第四次嘆氣道：「表面看來，她似是天生不育的女人，可是我卻懷疑她是以秘法避孕，所以才沒有孩子。」

韓柏更是奇怪道：「在深宮裡，有哪件事不是控制在皇上手裡，貴妃想以藥物避孕怕都做不到吧！」

朱元璋搖了搖頭頹然道：「文正你有所不知了，陳貴妃並非中原女子，而是楞卿家獻上來精通武功的色目高手，原意是要貼身保護朕，只是給朕納了爲妃，朕宮內妃嬪，甚麼國族的美女都有，專使自然知道貴國亦送了十多個美人來，只不過沒有一個比得上陳貴妃罷了！」

韓柏暗裡抹了一把冷汗，幸好是他自己說出來，否則只此一事已露出馬腳。忙岔開話題道：「皇上定是有很重心事，否則不會向小使透露這些事情。」

朱元璋像忘了寫信這回事，靜靜瞧了韓柏好一會兒後，微笑道：「在專使抵京的十天前，朕忍不住到了鬼王府，求鬼王占上一卦，看看我大明國運如何。」

韓柏心中一震，隱隱間感知了曾發生過甚麼事。

朱元璋沉吟道：「鬼王起了那支卦後，表面雖若無其事，眼中卻現出喜色，四十年老朋友了，他怎瞞得過朕。」

言下不勝唏噓，使人感到他和虛若無恩怨難分的複雜關係。

韓柏知趣地不作聲，只是恭然聆聽。自遇到太監村那異人後，他魔功大進，即管在朱元璋的威勢壓逼下，仍比往日揮灑自如多了。

朱元璋續道：「他只告訴朕，十天內將有『福將』來京，此人將可爲大明帶來深厚福緣，教朕放心。他雖從不打誑語，但朕怎可憑他一句話便放下心來。於是派人密切注視鬼王府的動靜，偵知他起卦後，立即派出白芳華去見你，所以我才有命楞嚴去查你之舉。到了昨天，朕才知道若無兄還有意招專使爲婿，這『福將』不用說就是專使，所以朕才眞正把你當作心腹，連爲何你會由四位夫人變作三位夫人，都不計較。」

韓柏吃驚得支吾以對道：「那是……嘿……那是……」

朱元璋微笑道：「若換了是別人這樣和朕說話，朕早使人拖了你出午門斬首剝皮示眾。但朕卻可容忍你，因爲你確是『福將』，有了你和朕談心，這幾天來朕快樂多了。」

韓柏暗暗心驚，弄不清楚他有多少句是眞心話，亦猜到以他的精明，連秦夢瑤的離開亦知道，沒有理由不懷疑自己的身分。硬著頭皮不作解釋，岔開話題道：「那昨天皇上又爲何要試小使的忠誠呢？」

朱元璋失笑道：「因爲朕想試試你的福緣深厚至何等程度。事實上朕一直在試探你，現在你過關了，朕才對你暢所欲言，還想差你爲朕辦一點事呢！」

韓柏忙道：「皇上請下旨，我朴文正赴湯蹈火，在所不辭。」

朱元璋微笑道：「朕還要想清楚點，才可以告訴你。哈！現在京師裡沒有人比文正你更惹人注目了，甚麼事都不妨放膽去做吧！朕乃你的後盾。」接著容色轉厲道：「但有兩個人文正你必須小心交往，那就是胡惟庸和藍玉，一個不好，朕亦不能護你。」

韓柏輕鬆地道：「皇上放心，小使對這兩人只有惡感而毫無好感。」

朱元璋平靜地道：「那你對朕是好感還是惡感呢？不要騙朕！」

韓柏心中湧起衝動，咬牙豁了出去道：「小使對皇上眞是又敬又怕。敬的是皇上的雄才大略和過人的氣魄；怕的是不知甚麼時候惹得你不高興，凶禍臨身。但只要想起皇上關乎天下和delete國百性的安危，小使便願意爲皇上效力盡忠。」

朱元璋滿意地點頭，忽又陷進沉思裡，輕嘆道：「當時朕還很年輕，機緣巧合下碰上了若無兄，他第一句話便說：『小兄弟！二十年內，天下將是你囊中之物。』那時朕怎會信他？當時朕雖娶了郭子興的義女馬氏為妻，但被他幾個兒子嫉忌，極不得意。唉！馬皇后對朕眞是情深義重，可惜沒享多少年皇后的福便死了！沒有了她，連說心事的對象都沒有了。」

韓柏同情心大起，主動道：「皇上有甚麼心事，即管對小使說吧！小使絕不會洩露出去的。」

朱元璋點了點頭，微笑道：「若無兄最懂相人，若他揀了你做他寶貝月兒的夫婿，你定是忠誠可靠的人。嘿！專使或不知道，我曾建議月兒配與允炆為太孫妃，將來便是大明皇后，卻給若無兄斷然拒絕，你不是福將，誰是福將呢？」

韓柏大感尷尬，無言以對。

朱元璋苦笑道：「好了！寫信吧！」

常德府東的一所大宅裡，甄夫人和一眾高手圍著一張圓桌，正審察著一張攤開放在桌面上的手繪精製大地圖。

柳搖枝和鷹飛兩人亦有參與。還多了色目陀和兩名首次現身的色目高手。

這兩人均為色目當代武林高人，在族內比色目陀更有名氣，僅次於色目第一高手「荒狼」任璧之下。

年約四十，矮壯強橫，臉上傷痕纍纍，形相恐怖的是「吸血鑊」平東，此人嗜吸敵人鮮血，在域外克魯倫河一帶，無人不聞其名色變。

另一人叫「山獅」哈刺溫，擅用雙矛，體型彪悍雄偉，比挺拔的鷹飛仍要高上小半個頭；在戰場上，敵人只要見他出現，便會嚇得喪膽逃命，乃塞外無敵的猛將。他的樣貌配上赤色的蓬鬆頭髮，亦頗像一頭惡獅。

他們是剛抵此地，與早半個月來到的色目陀等會合，一起效力蒙人，爲對付朱元璋這個共同大敵而出力。

這批桀驁不馴的各族高手，之所以會心甘賣命地聽方夜羽的調度，一方面是爲著大蒙曾縱橫歐亞的餘威，更重要的是方夜羽乃龐斑挑選出來的人。

對他們來說，龐斑已不是人，而是神。

甄夫人的武功、才智，早名揚域外，以她來駕馭群雄，實不作第二人想。

故此方夜羽與她才有帶著獎賞報酬和強烈政治交易意味的婚約存在。

這時眾人均全神傾聽著這心狠手辣的美女，以她甜美和帶著磁性的沙啞聲音，分析著敵我形勢。

甄夫人這時剛說完常德府內官府和各大小幫派的形勢，續道：「現在中原武林的形勢變得非常微妙，朱元璋隱與白道達成默契，就是以八派爲首的各大小幫派不插手到我們和怒蛟幫的鬥爭裡。丹清派只是個別的例子，現在丹清派元氣大傷，這比甚麼警告都來得更有力。而黑道幫會則在看風頭火勢，只要我們威望增加，便會附從我們，希望回到明初群雄割據的局面，不用被朱元璋逐一殲滅，黃河幫就是最好的實例。」

花扎敖微笑道：「現在黃河幫主藍天雲，正躊躇滿志，趕返老家徵召人馬，準備接收怒蛟幫以長江和洞庭爲據地的所有地盤和私鹽生意，要連根把怒蛟幫拔起來。眞奇怪胡節竟會坐視不理。」

柳搖枝最清楚中原之事，哂道：「藍天雲雖不肯承認，但我看他和胡節早有勾結，這亦顯示了胡惟庸的謀反之心，不是今天才開始。」

色目高手「吸血鐽」平東初來甫到，最不清楚形勢，奇道：「以朱元璋的精明，怎會讓胡惟庸如此放恣？」

鷹飛神秘一笑道：「這只好怪朱元璋空有高手如雲的鬼王府而不懂利用，反以廠衛爲耳目，怎能得知眞相。」

眾人一起笑了起來。

甄夫人正容道：「切莫低估朱元璋，這人其奸似鬼，我們利用他，他亦在利用我們，哼！不過他聽那群只講道德禮教、漠視現實的腐儒之言，立允炆爲皇太孫，實是最大錯著，亦成了對我們最有利的因素。現在小魔師和里老等若能行刺朱元璋成功，明室會立時四分五裂，我們成功的機會便大大增加了。」

眾人都露出興奮之色，自大明建國以來，他們的民族每天都在提心吊膽中生活，恐怕凶殘的明軍到來姦淫擄掠，殺人滅族。直到此刻他們才可見到一線曙光。

甄夫人道：「眼前當務之急，就是要把怒蛟幫徹底鏟除，現在形勢清楚得很，只要我們能找到乾羅在常德的秘密巢穴，便可以雷霆萬鈞之勢，把乾羅和他的殘餘勢力掃淨。這樣一來，怒蛟餘孽將成孤軍殘卒，而凌戰天和上官鷹只是在網內掙扎的小魚，遲早給宰掉。光是展羽的屠蛟小組已可教他們應付不了。」

鷹飛插入道：「寒碧翠現正潛返長沙，夫人應否派人立即把她逮著，一了百了。」

甄夫人玉臉一寒道：「現在絕不可碰她，只要她仍在，戚長征的行蹤便變成有跡可尋，受到拖累。這人武功每日都在突飛猛進，兼又頗饒智計，說不定可變成第二個浪翻雲。留下寒碧翠來拖累他，乃上上之策，何況我們現在絕不應分神去理這種瑣事。」

鷹飛嘆了一口氣，知道甄夫人暗怪他好色累事，不過亦是自己理虧，再沒有說話。

甄夫人忽對他甜甜一笑道：「乾羅身旁不是還有位美人兒紅袖嗎？鷹飛你要加把勁了。」轉頭向其他人道：「乾羅應與翟雨時等聯絡上了，就算他隱匿不出，區區一個二十多萬人的府縣，他能躲到哪裡去。各位先去休息一會兒，由素善訓練的女僕陪伴服侍，養精蓄銳，待消息一到，我們立即行動，務教乾羅看不到明天的陽光。」

眾凶人歡聲雷動，各自退去。

最後只剩下鷹飛和甄夫人兩人。

鷹飛嘆道：「夫人責怪得好，我自知色性難改，可是我眞不明白為何你肯放過谷姿仙，任她往京師去？」

甄夫人橫他一眼，淺笑道：「鷹飛你對素善的色心不是收藏得很好嗎？為何自水柔晶愛上戚長征後，你的才智總回復不到昔日的情況。素善放走谷姿仙，一來是要引走風行烈，另一方面則是不想惹來雙修夫人和不捨這等不世高手，也好讓『花仙』年憐丹心有顧忌，不得不全力匡助小魔師。這麼簡單的道理，你也看不透嗎？」

鷹飛一震道：「受教了！」

甄夫人容色轉厲，冷冷道：「你最好不要惹雅寒清，她是廣應城的人，若夠膽便來碰素善吧！」

接著嫣然一笑，轉身婀娜去了。

鷹飛嘆了一口氣，頹然坐到椅裡。

他忽然很想到京師去，只要能離開這誘人的美女，他甚麼事都肯做。

第八章　突飛猛進

老傑來到乾羅的房間時，易燕媚正爲乾羅梳理頭髮。

老傑自己移過一張椅子，在他身旁坐下道：「長征和他的怒蛟幫兄弟，正全速趕來。你的未來義媳婦，亦平安回到長沙，到了白玉娘處，不用爲她擔心。紅袖姑娘知道長征無事，歡喜到不得了，著我派人買了兩疋布給她，說要爲長征做兩件新衣裳，可能我們也沾有分兒呢！」

乾羅慈祥一笑，旋又消去，冷然道：「老傑，你知否我們正陷在最大的危險裡。」

老傑道：「當然知道，甄妖女現正通過這裡的紅幫，懸賞千兩黃金，給任何能提供我們藏身之所的地痞流氓，我便曾親手宰掉了幾個疑人。不過紙終包不住火，甄妖女遲早會找上門來，可恨我們卻要等待長征他們，想走都走不了。」

乾羅道：「我最擔心的不是我們，而是凌戰天和上官鷹，若這兩人一死，怒蛟幫短期內再難有作爲，我們將成爲被妖女宰殺的下一個對象。」

易燕媚插入道：「我們可否主動去與長征等會合，也好過在這裡等死。」

乾羅微微一笑，反手把她摟著，在她的隆臀輕拍了兩下，從容道：「不用擔心，現在本人功力盡復，就算龐斑親來，亦非無還手之力。不過燕媚的提議亦很有道理。」轉向老傑道：「你有沒有把握將紅袖送往藏在安全之所，待事情稍微平靜時，才再把她接回。」

老傑笑道：「若這都辦不了，我老傑還怎在江湖行走，何況我早有安排，少主放心吧！」

乾羅哈哈一笑道：「如此便立即準備動身，老傑先遣幾個伶俐的小子，早一步聯絡上長征他們，若我們能神不知鬼不覺潛出城外，我眞想看看甄夫人撲了一個空的表情。」

老傑欣然道：「我們揀常德作落腳的地方，自然是因早有布置，進可攻退可守，甄夫人無論如何厲害，終是外來的人，便讓我們這些地頭蟲顯點威風給她看吧。」

兩人對望一眼，均笑了起來。

離開皇宮後，已是午後時分，韓柏不敢冷落三位美姊姊，在葉素冬的人護送引路下，騎著愛馬灰兒，匆匆趕到左家老巷。

左詩等三女換上了樸素的粗服，包著秀髮，興高采烈地指揮著數十個工人在整理樓面高敞開揚的店鋪，見到他來看她們，開心到不得了，擁著他到鋪子內進那已擺滿了造酒器具的工場裡。

韓柏最懂討這三位美姊姊歡心，大讚一輪後，摟著左詩的小蠻腰道：「將來我混不到飯吃，詩姊可要養活我了。」

左詩橫他一眼，笑得差點合不攏嘴來。

朝霞把小嘴湊到他耳旁道：「若你肯完成詩姊一個心願，她會更開心呢！」

左詩皺眉薄責道：「霞妹！」

柔柔見韓柏毫無顧忌，旁若無人地和她們親熱，忙揮退眾工人和衛士，笑道：「詩姊牽掛得小雯雯很苦呢！」

韓柏想起和朱元璋關係大佳，拍胸膛道：「這事包在我身上，待會我便教范豹派人把小雯雯立即接來京師，保證沒有問題。」又低聲道：「現在即管拆穿了我是韓柏，可能亦不會有事呢！」

左詩狂喜道：「眞的？」

韓柏摟著她親了個嘴兒後，道：「想起小雯雯叫我作爹，我渾身骨頭都酥軟了。詩姊我應怎樣謝你。」

左詩給他哄得心花怒放，低聲道：「你要詩姊怎謝你，詩姊便怎樣謝你。」

韓柏另一手乘機抄著朝霞柔軟的腰肢，笑道：「看！詩姊就是你們最好的榜樣。咦！睡覺的地方在哪裡？」

兩女同時閃身逃開。

柔柔橫眼嗔道：「你這人甚麼都幫不上忙，只懂胡鬧搗亂，快去應酬你的虛夜月和莊青霜，我們還有好幾天忙呢！」再白他一眼道：「昨晚人家三姊妹那麼累了，還要搞得人家天亮了都起不了床。快滾！」

韓柏大樂，向柔柔迫過去，直至緊貼著她，把她摟個滿懷，吻著她的小嘴笑道：「范老鬼到哪裡去了？」

朝霞道：「大哥今早陪我們到這裡來，亂說了一通意見後，便溜了出去，再沒見過他了。」

韓柏心知他是去纏雲清，暗叫一聲祝他好運後，想起了今晚赴胡惟庸的宴會前，還有整個下午的時間，說長不長，說短不短，若只找莊青霜或虛夜月任何一人，都時間充裕，但若兩人都找，則又怕時間不夠用，那該找誰才好呢？

左詩的聲音在耳旁響起道：「柏弟！放過柔柔吧！她快受不了。」

韓柏向懷裡的柔柔看去，只見她雙眼快要噴出火來，連耳根都紅透了，呼吸急促，情動之極，一愣下放開了她。

柔柔伏到朝霞身上，高聳的胸脯不住起伏，顯然尙未平復過來，媚眼如絲地微嗔看著他。

韓柏心中大喜，知道這幾天的經歷，使他魔功大進，這時才明白爲何虛夜月給他一摟一壓，便連推開他的力道都消失了。不由想起秦夢瑤。

左詩過來挽著他的手臂，往外走去道：「柏弟在這裡，我們甚麼事都做不成，今晚我們才陪你吧！」吻了他一口道：「記得你應承的事，范豹就在外邊指揮工人修路，你知該怎樣做吧！」

凌戰天連施手法，把追截他的人數次甩掉，又故意繞了個大圈，教人摸不清他要到哪裡去，才來到常德城府西郊處。

他藏在一個小山崗上，趺坐調息。

這數天內屢屢受傷，兼又不斷趕路，到現在已有點心疲力累的感覺。幸好他早踏進先天之境，體內眞氣無有衰竭，只要有兩三個時辰調息，便可完全復元。

太陽落山時，他便可趁黑潛入常德府，找到乾羅，再定對策。

他並不擔心上官鷹和乾虹青，他奪馬的地方，離他們足有三十里遠，敵人休想在數天內搜到他們藏身的所在。

想罷收攝心神，晉入物我兩忘的禪定至境裡。

韓柏經過一番內心的掙扎，終決定了去找莊青霜，豈知策著灰兒剛出左家老巷，迎面一騎馳至，原來是曾有一面之緣的鬼王弟子「小鬼王」荊城冷。

荊城冷大喜道：「眞好！這麼巧便找到專使。」

韓柏拍馬迎去，笑道：「荊兄找小弟有何貴幹？」

荊城冷來到他馬旁，勒馬停定，親切地道：「當然是爲了我的師妹大人，你若再不去見她，恐怕她會把師父所有建築模型全部搗毀。」

韓柏嚇了一跳，失聲道：「甚麼？」

荊城冷掉轉馬頭，和他並騎在長街上緩行，笑道：「是我誇大了，不過看小師妹見不到你悶悶不樂的樣子，我便忍不住來找……噢！韓兄了。」

韓柏苦笑道：「看來整個鬼王府都知我的眞正身分了。」

荊城冷嘆道：「韓兄實在太傳奇、太出名了，尤其與里赤媚武庫之戰，更使你名揚天下，隱爲我們年輕一代的第一高手，聲勢比風行烈和近日聲名大噪的戚長征猶有過之。這樣的人怎會忽然了無聲息呢？所以師父揣測八派或甚至朱元璋，自你昨天在秦淮河露了一手後，都對你起了疑心。」

韓柏色變道：「那怎辦才好？」

荊城冷微笑道：「韓兄眞會害怕的話，就不敢在京師大模廝樣橫衝直撞了，告訴你吧，師父是故意公開承認你專使的身分的，好叫朱元璋就算曉得你是誰，亦不敢發惡，因爲那等若指師父犯了欺君之罪。所以他惟有啞忍，否則就是要和師父正面衝突了，現在他還未有那個膽量。」

韓柏聽得目定口呆，鬼王的老謀深算，確是他這嫩小子望塵莫及。

兩人這時走上了往清涼山的寬道，因行人車馬減少，速度略增。

荊城冷見灰兒神駿無匹，衷心讚了兩句後道：「師妹得韓兄爲婿，小弟感到非常高興，只有你才配得起她。」

韓柏忍不住問道：「荊兄近水樓台，爲何竟肯放過貴師妹如此美人兒呢？」

荊城冷失聲笑道：「不要看我年輕，其實我已三十有五，家中共有七位嬌妻，十二個兒子和十七個女兒，夜月還是牙牙學語的小嬰孩時，我便時常抱著她哄她不要哭了……」

聽到這裡，韓柏已忍不住捧腹笑了起來，輕拍灰兒，催馬疾馳，叫道：「來！比比誰的馬快？」就在此刻，他才醒覺到自己成了江湖上的名人。

韓柏戰戰兢兢步入虛夜月的小樓，一個俏丫鬟含笑迎上來，閃著好奇的大眼睛瞧著他道：「小姐在房內，著大人進去找她。」

韓柏大喜，忘了逗這俏丫鬟，急忙輕車熟路的走往虛夜月的閨房，毫不客氣推門闖入這男人的禁地去。

虛夜月背著他站在繡榻前，翻開了被子，指著床褥上兩隻黑腳印大嗔道：「死韓柏你看，裝死來弄髒了月兒的床褥。」

韓柏被她的嗔罵弄得渾身酥麻，走到她背後，想從後抱個結實時，虛夜月使了個身法，閃了開去，同時轉過嬌軀，雙手放在背後，挺起驕傲優美的胸脯，含笑道：「你不是去找你的莊青霜嗎？據探子回報，她整天都在等你呢！」

韓柏捋起衣袖，露出精壯的小臂，裝模作態地向虛夜月逼過去道：「虛夜月！我韓柏已受夠了你的氣，現在應該是到了有冤報冤的時候了吧！」

虛夜月駭然往後退去，嗔道：「死韓柏！不可以這樣野蠻的。」

「砰！」

虛夜月粉背撞在牆上，渾身發軟，看著逐步逼近的韓柏，低叫道：「你再走前一步，我就召衛士來宰了你，噢！我要告給爹聽！」

韓柏兩眼放光，嬉皮笑臉地微一搶前，把虛夜月動人的肉體緊壓在牆上，低頭審視著這意亂情迷的小美人的俏臉，又故意擠壓幾下她那不容冒犯的部位，淡淡道：「你夠膽便叫吧，你一叫我便吻你的小嘴，讓你一嚐深吻的醉心滋味。」

虛夜月嬌嫩的臉頰和耳根，全給烈火燒紅了，兩手軟垂在身旁，渾體乏力，全靠韓柏壓著，才不致倒往地上。偏偏所有禍亂的根源都是來自他的摩擦和擠壓。

虛夜月的眼神雖蒙上了一片迷濛的神氣，但仍亮若天上明月，終顯出她女性軟弱的一面，柔聲道：「求你不要再欺負人家好嗎？」

韓柏一震下往她嫣紅的小嘴吻下去。

虛夜月打了個寒戰，一對纖手提了起來，緊緊纏上韓柏的脖子，狂野地反應著。

所有冤仇都在這一刻融解開來。

她毫無保留地吐出了靈活香嫩的小舌，任君品嚐。

繡榻上的一雙足印，正象徵著韓柏踏足到她無人曾破入的禁地。

這遊戲並非到了終結，而是剛揭開了序幕。

韓柏喘著氣離開了她的香唇，然後把她攔腰整個抱起來，往繡榻走去。

虛夜月顫抖起來，在韓柏耳旁哀求道：「請你高抬貴手，放過月兒吧！」

韓柏在床沿看著這半身橫陳榻上的美人兒，笑道：「不是要告到虛老那裡去嗎？」

虛夜月搖頭道：「我投降啦！你可以去找莊青霜了，月兒以後都不敢管你韓大爺的事了。」說完「噗哧」一聲，笑了出來，又吐出小舌作驚怕狀，其實她一點都不驚怕，還大感有趣呢！

韓柏奇道：「看來你一點也不怕被我『浪子』韓柏佔有你。」

虛夜月故意皺眉道：「是誰改的綽號，這麼難聽？」

韓柏急道：「不要岔開說話，快答我的問題。」

虛夜月不經意又懶洋洋地道：「橫豎月兒遲早都要嫁你的了，給你奪了貞操又有甚麼打緊呢？」

韓柏大訝道：「虛小姐似乎看準我不敢對你霸王硬上弓，所以不但有恃無恐，還在興波作浪，盡說些挑逗性的言詞，我眞不明白你爲何會認定我沒膽子動你？」

虛夜月星眸半閉，故意在他的臂彎仰伸著身體，甩脫了束簪的秀髮水瀑般散垂而下，更把驕人的嬌軀線條在他眼底下示威地不斷聳動展露無遺，那種挑引，眞使人被逗得心跳唇焦、喉乾舌燥。

韓柏卻出奇地沒有對她加以進侵，不是他忽然變了再不好色，又或虛夜月的吸引力不夠，而是剛好相反，虛夜月對他的衝擊只僅次於秦夢瑤對他的吸引，使他的魔功倏地攀升，竟突破了以前所曾能臻的境界，比之那次征伐秀色和盈散花之時尤有過之。

此刻他靈台澄明至一塵不染的地步，通透若皓月當空。

虛夜月忽又蜷縮起嬌軀，纖手摟緊他的脖子和寬肩，瓜子般巧俏的小臉移到他眼前兩寸許處，秀目射出強烈的愛火，看著他變得無比廣袤深邃的眼神輕柔地道：「爹曾給月兒看相，說月兒生就一副媚骨，根源淺薄的男子無福消受，現在既然遇到了你這『福將』，爲何你卻又要害怕呢？來吧！死韓柏！夠膽便來壞月兒的貞操吧！」

韓柏失聲道：「你竟認爲我不夠膽子？」

虛夜月笑得花枝亂顫，嬌軀後仰，由他的雙臂滑往床上。

韓柏順勢助她仰躺到床褥上，然後跨上繡榻，把她壓在身下，狠狠封上她的朱唇。

這次虛夜月已熟練多了，早主動吐出丁香小舌，任他吸啜品嚐。

兩人的情火慾焰熊熊燒起。

韓柏的元神愈趨清明，體內澎湃著驚人的真氣，在經脈裡滾動流竄。

他心中一動，運起無想十式中的止念，原始的衝動有添無減，但靈台卻若撥雲去霧，不染一絲俗念。

那種截然不同的感覺，使他晉入前所未有的境界，就像精神、肉體可以各自爲政，但又可以更奇異的方式連繫渾融起來。

這是從未試過的感受。

虛夜月給他的刺激確是無與倫比的。

她不住扭動、嬌喘、呻吟，連半閉的美目都似流波噴火，春情氾濫。

韓柏低呼道：「月兒！醒一醒。」

虛夜月倏地停止了扭動，睜大了俏目，露出了深藏著無限憧憬和美夢的明眸，笑吟吟看著他道：「月兒知你是不會這麼亂來的，你這人看來既急色又不檢點，但其實君子得很，也壞得很，不過想看人家投降的樣子罷了。現在人家還未曾眞的心甘情願，就算給你佔了身體，心中都不會完全服氣呢！」

韓柏對她的敏銳反應打從心底佩服出來，他身具魔種，對女性的經驗又老練豐富，早過了爲情慾不顧一切的境界，更講求精神的征戰。像虛夜月如此難得的對手，他絕不肯囫圇呑棗般得到她的身體，而是要慢慢享受和她纏綿遊戲的樂趣。假設以強橫的手段破了她矜貴的貞操，既教她小看了，亦少了很多樂趣。

最重要的是，她還未親口向鬼王表示投降和願嫁他，等若尙未輸掉這賽約。

韓柏在她左右臉蛋各吻一口後，柔聲道：「月兒！知道我大俠……噢！……韓柏多麼疼你愛你嗎？我會令你幸福一輩子，來！乖乖的和我去見你爹，告訴他你心甘情願嫁我爲妻。」

虛夜月給他哄得意亂情迷起來，不依道：「死韓柏！月兒恨死你了，都是你，累得月兒以後不能在爹面前挺起胸膛做人。」

韓柏大喜，拉著她跳了起來。

虛夜月嬌軀軟柔無力，全賴他的攙扶，才勉強站穩。

韓柏在她耳旁輕叫道：「乖月兒、好月兒！」

虛夜月橫了他千嬌百媚的一眼，以哀求的口氣道：「給月兒點時間好嗎？爲了你裝死累得人家爲你哭了，早在爹前顏面掃地。人家爲今找你來，本要討回半分顏色，哪知你這色鬼又這麼對人使壞，弄到人現在迷惘恍惚，仍不滿意，還迫人向阿爹認輸，仍說疼月兒呢！」

這時刻的虛夜月，一顰一笑，比之以前的驕傲不屈，又是截然不同的一番韻味，媚感誘人至極點。

韓柏愛得她快要瘋了，卻知道不可輕易把她放過，定要她徹底降服，但亦不可過分迫她，免惹起性格堅強的她的反感，點頭道：「好吧！趁還有兩個時辰的空檔，我們出去騎馬散心好嗎？」

虛月夜雀躍鼓掌道：「這才對啊！人家連一句心事話兒都未和你說過，就給你抱到床上，好像男女間除了那回事外，再沒有其他事似的。對女孩兒家要多哄貼點嘛！」

韓柏暗叫慚愧，這玉人兒比他更懂得享受愛情，夢瑤亦曾多次指出自己這缺點。哼！由今天開始，我韓柏再不做情慾的奴隸，而是它的主人。

仰天一笑，湧起萬丈豪情，灑然道：「來！我們立即去騎馬散心。」

虛夜月看著在這一刻充滿了英雄氣魄的瀟灑男子，歡喜地拉起他的手，走出房外。

當他們攜手步出冬陽斜照的花園時，韓柏知道自己的魔功眞的又深進了一層，攀升至前所未有的境界。

並且首次體會到男女精神的交接，亦可像肉體的交歡般使他的魔功突飛猛進。

道心種魔大法確是魔門千古不傳的奇功，難怪龐斑肯爲此法連言靜庵都捨棄了。

想起了龐斑，不由有點爲浪翻雲擔心起來。

第九章　大盜情深

兩人肩並肩靠在一棵大樹上，寫意舒適地伸展著雙腿，眼前是一望無際的應天府鍾山之西的野原。

灰兒和虛夜月的愛騎小月正悠閒地在吃著幼嫩的青草。

並騎奔馳了整個時辰後，馬和人都享受著這舒暢的時光。

太陽漸往西山落下去。

大地金黃一片，北風漸起。

虛夜月在韓柏耳旁暱聲道：「還說爹管得人不厲害，自幼爹便不准月兒和別的孩子玩耍，說那會被姿質庸俗的人沾垢了我的心智，所以人家從沒有知心的朋友，就只有和師兄玩耍，可是他大了人家這麼多，有甚麼好玩的。」

韓柏笑道：「不理虛老是對是錯，可是現在被他苦心栽培出來的月兒不是挺好嗎？」

虛夜月氣得嘟起小嘴，嗔道：「你總不肯站在月兒這一邊。」

韓柏笑道：「來！坦白告訴我，若我是你爹看不起的人，月兒肯否和我好？」

虛夜月呆了起來，思索了小片晌，輕嘆一聲，把頭枕在他肩上，輕輕道：「不會！」

韓柏得意地道：「我說得不錯吧！其實你最聽你爹的話，最佩服他的眼光。嘿！開始時我還以為你比他厲害，誰知他才是最厲害的，你月兒再快馬加鞭也追不上。」

虛夜月閉上美目，輕嘆道：「現在甚麼都不打緊了，爹勝了里赤媚後，便會退隱山林，再不會為朱叔叔的事煩心，亦不再管他明室的事了。」

韓柏心中一顫，想道，若輸的是鬼王，那會對虛夜月造成最無可彌補的傷害和打擊，可恨又自問及不上鬼王，代他出戰只是多犧牲一條小命。

虛夜月坐直嬌軀，踢了一下小足，苦惱道：「眞不忿氣，他日可能竟要和莊青霜那專看不起人的妮子共事一夫。」

韓柏啞然失笑道：「你們兩人究竟發生過甚麼事？她說你不放她在眼內，你又說她看不起你。」

虛夜月一愕道：「她眞這麼說過嗎？」

韓柏伸手摟著她的香肩，四片唇兒纏綿了一番後，才柔聲道：「剛才我邀你外遊時，你表現得那麼高興，是否因爲我再沒有時間去找她呢？」

虛夜月嬌羞點頭後，反身倒入他懷裡，緊摟著他的腰道：「你像極了父親，甚麼事都給你看穿了。噢！你還未告訴月兒，七娘進房和你幹了些甚麼事，不要騙月兒，月兒亦不會向阿爹告狀。」

韓柏大感尷尬，老實地道：「她總當了我是舊情人赤尊信他老人家，不過我只輕摟過她，連嘴都未吻過，你會怪我嗎？」

虛夜月一震仰起俏臉，失聲道：「她竟讓你摟了？」

韓柏手足無措道：「她說得哭了起來，我忍不住安慰她罷了！」

虛夜月「噗哧」一笑道：「不要慌成那樣子，七娘在府內只是掛個夫人名義。但你們的事絕不可公開，否則會變成大醜聞。是了！你和白芳華又是甚麼關係，和她上過了床沒有。」

韓柏給此女的直接大膽弄得招架乏力，只有搖頭表示沒有，苦笑道：「我也弄不清楚和她是甚麼關係。」

虛夜月懷疑地道：「可是她也曾像我般為你哭了，哼！」想起先前中了這奸人之計，狠狠在他手臂處咬了一口。

韓柏痛得叫了起來，又見太陽開始沒進遠方山巒處，想起今晚胡惟庸的宴會，拍了拍她香肩道：「來！我們要回去了。」

虛夜月不依道：「我們談得好好的，這便要趕人回家。胡奸鬼的宴會不去也罷！我們在這裡坐足一晚，看著明月升上天空，不是挺美嗎？」

韓柏大感頭痛，這刁蠻女真是難纏，又捨不得逆她之意，忽發奇想道：「不若我攜月兒同去赴宴，然後我帶你回莫愁湖，讓你見見三位姊姊，我們再在湖心的小亭賞月，不是更好嗎？」

虛夜月俏臉一紅道：「月兒以甚麼身分陪你去赴宴呢？」

韓柏摟著她站起來，痛吻一輪後笑道：「當然是韓某未過門的小嬌妻。」

虛夜月跺足嗔道：「那更不行，這種官宴凡是內眷都不出席的。這樣吧！唔！還是不行，不管了，總之人家跟在你身旁，他們敢拿我怎樣呢？」

韓柏哈哈一笑，暗忖如此一來，朱元璋定不會懷疑自己和胡惟庸會有甚麼私底下的交易了。亦可令胡惟庸放棄了籠絡自己，一舉兩得。

灰兒見主人站了起來，忙迎了過去。

虛夜月讚了一聲，摟著牠親熱起來。

韓柏托著虛夜月的纖腰，將她舉上了馬背，心暢神馳道：「來，讓我們共乘一騎，由今天開始，我保證月兒以後都會覺得很好玩。」

虛夜月嬌吟一聲，俯下身來，主動獻上香吻。

夜色逐漸籠罩大地。

凌戰天飛越城牆，閃過長街，來到一所宅院的高脊上，辨清方向，往常德府北區的貧民窟趕去。眼看成功在望，他反更小心起來，每次飛掠前，都看清楚下一個藏身的落點，細察有沒有伏在暗處的敵人。

他並不擔心自己的行蹤會被敵人發現，以他的身手，除非在曠野裡，否則打定主意逃走的話，包保沒有人能攔得住他。

在黑道由小打滾到現在，甚麼風浪未曾遇過。

不由想起了和浪翻雲搭檔的那一段美好歲月，心中升起了一股暖流，雄心奮起，幾個起伏，來到了俯視乾虹青所說的那小宅院對面的屋脊暗影裡。

他心中忽升起一種不祥的預感，小宅院雖是燈火通明，但卻有種陰森死寂和殺氣騰騰的感覺。

難道乾羅的秘巢已早一步給甄妖女搗破了嗎？但為何又看不到激烈搏鬥後的痕跡。

凌戰天的心直往下沉，若找不到乾羅，他惟有折返上官鷹藏身處，再設法和他回到怒蛟幫的秘密總部，那就危險多了。

就在此時，背後風聲響起。

同一時間，花扎敖、山查岳、強望生、由蚩敵四人分由小宅院的不同窗門穿出，往他撲來。

凌戰天一言不發，運功壓碎屋頂，落到下面的大廳裡，向室內被嚇得面無人色的男女一聲告罪，隨手放下一錠黃金，閃電般撞破大門，來到小巷裡。

一個貌若怒獅的外族大漢，左右手各持一矛，凌空往他撲下，眞有猛獅攫兔之勢。

凌戰天還是首次和色目高手「山獅」哈剌溫碰頭，當然不知他是誰，不過只看他雙矛帶來撲面的勁氣，便知若給他纏上，保證甚麼地方都去不了。沉著氣一閃身，竟又回到室內，不好意思地向屋內老幼各人笑了笑，再由剛才的缺口沖天而出，到了瓦背上。

只從他的快速應變，便可見他的才智如何高明。人總會有個錯覺，就是逃命的人只會忘命奔逃，不會折返原處的。

就是在這種心理下，原來撲往瓦面來的敵人，這時都分別落在附近的橫街小巷去，準備攔截，哪知凌戰天竟又回到原處。

在敵人再撲上來前，凌戰天猛提一口眞氣，騰空而上，橫掠過七、八所房子，眼看要落往地上時，袖內飛出一條長藤，纏上三丈外一所樓宇的簷角，借力再凌空飛去，「嗖」的一聲沒在屋影的暗黑裡。

那種速度和應變的靈活，教人嘆爲觀止。

甄夫人、鷹飛和柳搖枝立在乾羅捨棄了的小宅院頂上，看著己方高手用盡辦法全力追去，都徒勞無功，眼中均射出欽佩的神色。

這是值得尊敬的敵手。

甄夫人嬌笑道：「不愧浪翻雲的拜把兄弟。」

鷹飛失笑道：「夫人只懂長他人志氣，不過他既露了行蹤，休想再瞞過夫人訓練出來的神鷲。」

甄夫人望往夜空上盤飛著的黑點，笑道：「乖鷲兒已認清了他的模樣，就算他到了天涯海角，亦飛不出我的五指關。上官鷹和凌戰天就交給飛爺你處理，素善對戚長征和翟雨時比較有興趣一點，他們應該快到『奪命斜』了。」

翟雨時、戚長征、梁秋末和怒蛟幫精挑出來武功最強橫的七名好手，這時剛抵一道長坡之下。

梁秋末看了斜坡一眼，咋舌道：「難怪這被叫作『奪命斜』，普通人若拿著重物走上去，不到一半就累死人了，幸好還有遮陰的樹木，否則在烈日下更是難捱。」

戚長征道：「那些人眞不懂做生意，若在坡底下開設茶水檔，必會賺個盤滿缽滿。」

眾人又說笑了一會兒，才往上走去。

坡頂是個小石崗，前方隱見常德府的燈火，至少仍有二十多里的遙遠路程。

翟雨時眼光掃過黑沉沉的山林曠野，道：「這個地點很好，任何人接近都逃不過我們的眼簾，我們就在這裡等乾老來會。」

梁秋末愕然道：「不是說好在常德府外十里的山神廟會合嗎？爲何忽然改變了主意？」

翟雨時微笑道：「我們的對手是甄妖女，怎能不小心點，剛才我給乾老的回信裡，寫明要他佯作在山神廟等候我們，一俟天黑，便分散潛來此處會合。」

梁秋末見這好友連自己都瞞過，心中不忿，不滿道：「你當妖女有通天眼嗎？甚麼都會落在她算計裡。」

戚長征笑著拉他坐在崗頂處，嘿然道：「不要動氣，這小子一視同仁，連我都騙了。不過他的顧慮並非沒有理由，她既知我們的目的地是常德，兼她又精通追躡跟蹤之術，定有秘法查探我們的動向，義父如此大批人馬離開常德，亦必惹起他們注意，還是聽我們小諸葛的話，小心點好。」

梁秋末灑然笑道：「好吧好吧！我只是走累了發發悶氣罷了！」望向正暗自沉吟的翟雨時道：「又在絞腦汁了？」

翟雨時道：「今次我們若再不能勝回一仗，怒蛟幫亦不用在江湖上混了。」

戚長征沉重地嘆了一口氣，顯然沒有他那麼樂觀。水柔晶的死，使他沒法像以前般坦蕩蕩的了無牽掛或信心十足。

翟雨時胸有成竹道：「待會與乾老會合後，我們立即往找二叔和幫主，務要搶在他們前面。」

梁秋末皺眉道：「敵人可能比我們更清楚他們在哪裡，你爲何可說得那麼有把握呢？」

翟雨時道：「居安思危，在洞庭一戰前我早和他們定好了失散後聯絡的暗號，和可能逃走的路線，以二叔的精明，必可迷惑敵人，拖到我們援兵趕到的一刻。」

戚長征精神一振，忽站了起來，指著遠方道：「看！義父來了。」

韓柏意氣飛揚地挾美回到莫愁湖時，左詩等仍未回來，只剩下范良極一個人在廳內發呆，連菸草都沒有享用，大異平常。侍僕都躲到門外去。

當他看到虛夜月蹦蹦跳跳依著韓柏走進來時，眼也瞪大了，不能置信地看著這可比擬秦夢瑤的美人兒。

旋又嘆了一口氣，頹然挨在椅背處。

韓柏當然知他定是在雲清處遇上挫折，向虛夜月打了個眼色。

虛夜月上前甜甜叫道：「大哥！」

范良極精神略振，打了個哈哈，勉強笑道：「又多了位便宜妹子。」

韓、虛兩人分在他兩旁坐下。

范良極先一著揮手道：「不要提她了，以後都不要在我面前提起她。」

虛夜月聽得莫名其妙，瞪大眼睛看著這差點比她爹還老的「大哥」。

韓柏一把抓著他瘦弱的肩頭，忍住笑道：「看相或者你是師父，愛情嘛！卻要算我才是正牌的專家，月兒就是證明我這專家身分的最好證據。」

虛夜月大嗔道：「死韓柏，小心風大閃了你的壞舌頭。」

韓柏嘻嘻笑道：「那小姐你不是失去了很多樂趣嗎？」不待她反擊，向范良極道：「來！胡奸賊的馬車在等著我們，在車上再研究對策，我保證你可勇奪雲清身心，只要你依足我這愛情高手教下的路子。」

范良極兩眼精光一閃，半信半疑看了他一眼後道：「但這事你不可告訴別人，否則我的老臉放哪裡去才好。以後亦不准以此來向我邀功，否則我就宰了你。」

虛夜月「噗哧」笑道：「你這大哥比月兒更難伺候呢！」

車馬緩緩在水東大街行著，在二十多名兵衛拱護下，朝城東的丞相府進發。

韓、范、虛三人共坐車上。

韓、范兩人坐前排，虛夜月則開心得像小鳥兒般坐在後座，一邊瀏覽窗外華燈初上的夜景，輕輕哼著優美的江南小調，那樣子的可愛逗人，分了韓、范兩人最少一半的心神。

韓柏探手往後擰了她臉蛋一把後，向剛述說完經過的范良極道：「唉！老范你太規矩了，你估是去做教書先生嗎？唉！」

范良極怒道：「她是正經人家嘛。難道學你般一見了女人便動手動腳嗎？」

虛夜月湊到兩人中間，出谷黃鶯般吱喳道：「罵得好！月兒也是正經人家，這壞人一見面便動手動腳，還咬人家的手指，當時眞想殺了他這淫賊。」

范良極一呆問道：「但爲何你終失敗在這小淫棍手上呢？」

虛夜月俏臉一紅，縮回後座，赧然道：「可能是月兒變糊塗了。」

范良極轉身瞪了虛夜月好一會兒後，向韓柏點頭道：「看來你這淫棍頗有點手段。」

韓柏把嘴湊到他耳邊，又快又急說了一番話，當虛夜月湊耳來聽時，只隱約聽他說道：「包你可快刀斬亂麻，把她就地正法，生米煮成熟得不能再熟的熱飯。」嚇得她縮回後座，紅著臉叫道：「死韓柏和大哥都不是好人來的。」

韓、范兩人一起嘿嘿笑了起來，對望一眼後，兩手緊握在一起。

馬車停了下來，原來到達了丞相府。

凌戰天盡展身法，不片晌拋下了追兵，在長街小巷橫竄直衝，來到了熱鬧的大街，在人潮裡舉步疾走。

他忽閃入了一間飯館裡，然後由後門走了出去。

被監視著的感覺又再出現。

抬頭往上望去，只見一個黑點在空中盤旋著，若非他的眼力高明，普通高手休想發現。

江湖上利用飛鷹追蹤敵人首數「逍遙門」的逃將孤竹。西域盛產鷹鷲，故甄夫人有此一著，並非甚麼奇事。

凌戰天大感頭痛，雖明知這畜牲在追蹤他，一時仍是無法可想。

他展開身法，到了府南外城牆處，依照約定，留下了只有翟雨時看得懂的暗記，心中一陣神傷，那天他和上官鷹借水遁時，並沒有看到翟雨時隨來，說不定已給人當場殺了，留下這暗記，可能沒有半點作用。

他乃提得起放得下的人，拋開此事不想，「嗖」的一聲到了牆頭，細察城外無人時，才掠空去了。

天上的惡鷲一個急盤，跟著他飛去。

胡惟庸親出府門迎接三人，見到虛夜月時，絲毫沒有露出驚異之色，一番應酬寒暄後，范良極遞上包裹妥當，表面看去絕不似是「萬年參」的大禮時，向胡惟庸打個眼色道：「這是敝國匠人精製的美女木偶，最適合作家居擺設，丞相請笑納。」

虛夜月拍掌道：「那好玩極了，拆開來看看好嗎？」

韓柏等三人一起色變。

韓柏笑道：「待會小使找人另送小姐一個，讓小姐擺在閨房裡，慢慢欣賞。」

虛夜月歡喜道：「大人要記得才好。」

胡惟庸老奸巨猾，見虛夜月眞不知情，放下心事，親手接過萬年參，才遞給親信，著小心放好。

酒席擺在內宅一座小廳裡，除了胡惟庸外，作陪的還有吉安侯陸仲亨、平涼侯費聚、明州指揮使林賢、御史陳寧和一位只知叫李存義的老儒。他們見到京師的天之驕女虛夜月都大感愕然，但神態上對韓柏顯然恭謹客氣多了。

開席不久，酒過三巡後，吉安侯陸仲亨舉杯向胡惟庸賀道：「聽說丞相舊宅井中忽出竹筀，高逾水面數尺，看來丞相必有應景喜事。」

眾人哄然舉杯。

虛夜月把小嘴湊到韓柏耳旁道：「有人想作反了。」

韓柏嚇了一跳，連忙夾起一塊雞肉，送到她的碟上，希望能堵著她可愛的小嘴。

平涼侯費聚道：「這種天降異兆，必應某一大事，李老師乃我大明通儒，當有過人見地。」

那李存義一掃長鬚，乾笑兩聲道：「天命難測，老夫怎有能力上揣天心，不過此乃祥瑞，當無疑問。」

他雖沒有明言，但誰也聽出他天降祥瑞，應於胡惟庸身上之意。眾人都齊舉杯再向胡惟庸道賀，哄得他心花怒放，顧盼自豪，便像當上了皇帝的樣子。

一直沒有作聲的明州指揮使林賢忽道：「聽說令弟水師提督胡節將軍傳來捷報，大破怒蛟幫於洞庭，連怒蛟島都佔領了，皇上當龍懷大慰，重重有賞，可見吉兆非是無的之矢。」

韓柏和一直念著雲清以至心神恍惚、談興全無的范良極交換了個眼色，都看出對方內心的震駭。

胡惟庸故作謙讓道：「哪裡哪裡！只是初得小勝，待日後把叛黨賊首上官鷹擒來京師，才算大功告成。」

韓柏和范良極均鬆了一口氣，只要上官鷹等未死，便有東山再起的機會。

胡惟庸見眾人只是對他逢迎，冷落了韓柏，忙藉問起高麗的事，使眾人注意力回到他的身上。

這回輪到韓、范兩人暗暗叫苦，不斷輪流查看藏在袖內的資料錦囊，答不上時，便插科打諢蒙混過去，兩人一唱一和，倒也頭頭是道。

老儒李存義忽微笑問道：「聽說貴國藝妓均精通音律，不知現在最流行的樂器是甚麼呢？」

御史陳寧笑道：「李公何用問專使大人，誰也知道你和陳令方乃本朝的高麗通，怎會不知。」

李存義微微一笑道：「那是十多年前的事了，現在的情況怎會知道，所以才要求教專使和侍衛長大人。」

范良極和韓柏同時暗叫不好，這李存義極可能對他們生出懷疑，才有此問。

韓柏乾咳一聲，正要不管他娘的胡謅一通。

虛夜月伸了個懶腰，嬌嗲地道：「人家今天騎了半天馬，累得要死了，專使大人，不若送夜月先回家去吧！」

她那慵懶的驚人美態，連李存義這樣的博學老儒亦看得目定口呆，其他人更是神魂顛倒。

虛夜月肯如此拋頭露臉陪坐席上，只是說出來已可教人羨慕死了。

韓柏哪還會不知機，向胡惟庸歉然一笑道：「今晚丞相的隆情厚意，小使沒齒不忘，但小使曾答應威武王，包接包送，現在夜月小姐要回家，下官亦只好告辭了。」

胡惟庸本有滿腹說話，可是礙著夜月，半句都說不出來，惟有起身送客。

韓柏等急忙溜之大吉。

戚長征再看清楚一點，失聲道：「不對！」

翟雨時和梁秋末兩人搶到他旁，往下面望去，只見數百全副武裝的騎士，由里許外的密林衝出，全速催馬奔來，殺氣騰騰。

翟雨時從容一笑道：「我早估到甄妖女不會任我們兩股人馬合在一起，幸好我在給乾老的信中早有定計，來！我們走。」

戚梁兩人大感折服，忙招呼其他人追在翟雨時背後，逃之夭夭。

甄夫人和一眾高手，這時正立在三里外另一座山丘上，秀眸閃動著智慧的光芒，凝視著「奪命斜」的崗頂，那處現在布滿了他的手下，展開搜索。

色目陀策馬奔上丘來，來到眾人面前叫道：「已依夫人之言，把敵人趕進郊野裡，我方的人現在分作十隊，以快馬趕往夫人指定的地點，布下羅網。」

甄夫人神色平靜，淡淡道：「乾羅方面的情況怎樣了？」

色目陀獰笑道：「都是些無膽之輩，一見了我們，便分散逃入山林裡，枉乾羅還是黑榜高手。」

甄夫人微笑道：「能屈能伸，才是大丈夫，色目陀你不可存有輕敵之心，清楚了嗎？」

色目陀一震垂頭道：「夫人教訓得是！」

竹叟陰陰笑道：「若乾羅是易與之輩，就不會到今天還活著了。」

色目陀知道給竹叟看出自己心中的不服，沒有作聲，施禮後勒馬掉頭奔下山丘去。

花扎敖嘿然道：「這些色目人初抵中原，不知天高地厚，不過很快便會嘗到滋味了。」

甄夫人俏目閃過彩芒，向眾人道：「今次乃千載一時的良機，只要殺死戚長征和翟雨時任何一人，我們對付怒蛟幫的行動等若成功了一半，故不容有失。」

眾人轟然應是。

韓柏等待車子駛出丞相府的大門時，立時笑作一團，慶幸安然脫身。

范良極對這鬼靈精的新妹子疼愛之極，讚不絕口。

虛夜月笑吟吟的聽著，卻沒有居功自誇，只像做了件微不足道的事。

范良極探首窗外，向御者喝道：「停車！我們要下去散步。」

虛夜月愕然向韓柏道：「下車幹嘛？」

韓柏湊過嘴來咬著她耳珠道：「你的范大哥現在要去偷香竊玉，而我和月兒則是幫凶從犯。」

虛夜月呆了起來，和這兩人在一起，每一刻都是那麼出人意外，緊張刺激，自己以前認為膽大包天的玩意兒，比起他們來只像小孩兒的遊戲，不禁大感有趣。

唉！若沒了這壞蛋，以後還怎能快樂起來呢？

忽然間，她知道自己對這妙趣層出不窮的男子已是不能自拔了。

第十章　互爭雄長

韓柏和虛夜月兩人藏身在一棵大樹枝葉濃密的橫枝處，看著林外小溪旁一座寺觀，靜心等候。

韓柏心想橫豎有的是時間，一手把虛夜月摟了過來，吻個痛快。

虛夜月喘息求饒道：「求求你吧！待回家後月兒才讓你吻個飽好嗎？」

韓柏心懷大快，附在她的小耳旁道：「今晚就讓我浪子韓柏盜掉月兒的紅丸好嗎？」

虛夜月羞得小臉漲紅，狠狠道：「人家一天未正式嫁你，都不准你作惡。」

韓柏最擅長就是調戲美女，笑道：「那今晚我們在床邊拜完天地後，立刻上床成親好了。」

虛夜月無論如何刁蠻任性，終是黃花閨女，招架他不住，可憐兮兮道：「韓柏啊！給多點時間人家，別再不斷迫人吧！」

韓柏兩手一緊，把虛夜月摟個結實，先吹了一口氣進她的耳朵裡，問道：「那晚我和老賊頭來探你的鬼王府時，不是有個神秘人嗎？鐵老師結果追到了他沒有？」

虛夜月笑得把頭偎在他下頷處，難以呼吸地道：「不要笑掉月兒的大牙了，那天爹是故意放你們走，否則我定會把你那對賊眼廢了，教你以後都沒法再看到女人。」

韓柏憶起舊怨，嘿然道：「多謝提醒，我忽然記起了我曾立下誓言，要小姐你求我脫褲子才肯要你，為免你說我言而無信，決定嚴格執行，看看你可窘成甚麼個樣兒。」

虛夜月羞得差點要找個洞鑽進去，抓著他的衣襟搖撼著，不依道：「死韓柏，人家要嫁你已羞得想死了，你還要恃強凌弱欺負月兒，你再敢作惡，我便纏著你不讓你有時間去逗莊青霜。」

韓柏吃了一驚，陪笑道：「話題岔遠了，還是說那神秘人吧！」

虛夜月乖乖地道：「爹阻止了青衣叔去追那人，說他是『淨念禪宗』的了盡禪主。」

韓柏駭然道：「甚麼？」

風聲響起，兩人扭頭往道觀望去，月夜下，兩道人影，一先一後由道觀流星般掠至，來到林前的空地處，當然是范良極和雲清這對冤家。

雲清冷冷道：「你還來做甚麼？」

范良極功聚雙耳，聽著韓柏這軍師的指示，只聽他在樹上傳音道：「把手負在身後，先威武地走兩個圈，然後繞到她身後，再聽你老子我的吩咐。」

范良極心中咒罵，可是現在已喚了雲清出來，騎上了虎背，惟有忍著氣，依這專家教路，負著手舉步欲行。

豈知雲清神情一黯，轉身便走，低聲道：「我走了！」

范良極哪還有時間聽指令，一個閃身，攔著雲清，張開了手，幸而傳音又至，忙依言直說道：「清妹！我今晚絕不會放你走的，因爲那會使我們永遠都不快樂，一是殺了我吧！我韓……嘿！我范良極絕不會還手的。」

耳內韓柏的聲音又響起道：「天啊！不要唸書般去複誦我的情話呀！灌注點溫柔誠懇和感情進去好嗎？」

雲清眼中閃過異采，暗忖爲何這人的說話忽然精采起來，使人很願意忘了他的樣貌、年歲。

范良極精靈的眸子忽地亮了起來，踏前一步，猶豫片晌後，兩手閃電探出，抓著雲清一對玉手。

雲清想不到他忽然變得這麼色膽包天，一愕下，纖手已到了對方的掌握裡。

她還是第一次給男人拉著手兒，一顫道：「范良極！求你不要爲難人家！」

范良極大喜，想不到她竟沒有抽回手兒，暗忖韓柏這小子眞有點門道時，耳內響起韓柏的聲音道：「師父教路就教到這裡，下面的節目就由你自出心思主演，讓我們欣賞一場好戲。」

范良極恨得咬牙切齒，但又不敢表露出來，惶恐間，韓柏有仇報仇般喝道：「還等甚麼，拉她到一旁把生米煮成熟飯，照著春宮圖由第一頁做到第十八頁，明白了嗎？」

范良極的心「霍霍」跳了起來，猶豫間，雲清猛地抽回玉手。

范良極乃當世高手，自然立時生出反應，四手互不相讓對扯了一下，雲清哪擋得住，整個嬌軀往范良極投去。

韓柏傳音喝道：「手往下扯！」

范良極懍遵命令，自然抓著雲清的手往下扯往腿側，雲清「嚶嚀」一聲，貼上了范良極，對方的嘴剛好吻在她仰起的粉頸處。

雲清一聲嬌吟，渾身發軟。

事實上她對范良極一直有著很微妙的感情，那並不是一朝一夕能培養出來的。而且兩人那次同生共死，亦令她對他的感情深進了一層。只是自己一則是正統的傳人，又是半個修眞的出家人，實很難接受一個黑道高手的愛，反而她並不很計較對方的外貌和年紀，又或矮了半個頭的高度，何況范良極是如此地充滿了生氣和攝人的神采，又是如此深情專一。

對方貪婪的嘴立使她陷進半昏迷的狀態。

范良極摟著畢生人首次接觸到的女體，享受著她的芳香豐滿，一時心神俱醉，茫然不知身在何處，樹上的韓柏又傳音下來道：「蠢蛋！乘勝追擊，快煮她！我們走了。」

范良極鼓足勇氣，往雲清的朱唇吻過去。

雲清是第一次給男人摟抱，初嘗滋味，身體泛起奇妙刺激的感覺，兼之范良極興奮下自然而然全身真氣澎湃，充滿了勁力，更使她首次從這永不認老的人身上感受到男性陽剛的壓迫力，還想做最後掙扎時，嘴兒已給密封了，一陣迷糊下，才發覺自己正緊摟著對方。

月夜下。

韓柏和虛夜月笑倒在五里外的草地上。

韓柏仰躺在地上，攤開了手，喘著氣道：「我快給笑死了！嘿！想不到雲清平時一本正經，原來兩下子便可弄上手。」

虛夜月側臥他旁，一邊無意識地拔著青草，辛苦地喘息著道：「你這混蛋，竟然教老賊頭去採人家的花，好心你多積點陰德吧！」

韓柏忽爬了起來，拉著她並肩坐好，不懷好意道：「我好像還未摸過月兒你哩。」

虛夜月吃了一驚，不敢說硬話，垂頭可憐兮兮道：「不要這麼急色好嗎？」

韓柏微笑道：「我只是嚇你吧！來！我們回莫愁湖去。」

虛夜月低聲道：「不！月兒想回家了，你送人回去好嗎？」

韓柏愕然道：「不是說好整晚在一起嗎？」

虛夜月主動吻了下他臉頰，笑吟吟道：「只是嚇嚇你吧！看你還敢欺負本姑娘不！」

韓柏鬆了一口氣，扯著她站起來。

虛夜月指著夜空道：「你若能數得出天上究竟有多少粒星星，待會月兒便求你脫褲子。」

韓柏煞有介事數了一番後，正容道：「是一百八十萬粒，恰好是月兒的歲數。」

虛夜月掙脫了他的手，一朵雲般在草原上飄飛開去，嬌笑道：「錯了！爹曾數過，是無限的那麼多粒星，這才是正確的數目。」

韓柏知被她耍了一記，氣得狂追過去。

虛夜月一聲驚呼，展開身法，疾掠而去。

兩道人影，迅若流星，消失在林木深處。

翟雨時、戚長征等在曠野裡狂奔了一個時辰後，在一處山崗上的草叢蹲了下來，四周的荒野靜悄悄的，完全察覺不到敵人的存在。

梁秋末皺眉道：「妖女處處都教人高深莫測，我眞想不通她現在會怎樣對付我們？」

翟雨時道：「她在等天亮，黑夜對他們有害無利，所以我們若想逃出她的包圍網，唯一機會就是潛回常德去，乾老會在那裡等我們。」

戚長征沉聲道：「雨時是否想和他們打一場硬仗，有把握嗎？」

翟雨時道：「東逃西竄始終不是辦法，若我們能找到幫主和二叔，實力將大大增強，可先找展羽開刀，挫挫他們的銳氣，亦可使我們暫解兩邊受敵之苦。」

梁秋末道：「如長征所說，妖女擅用飛禽靈獸追蹤敵人，我們給跟上了亦不會知道，怎撇得開妖女他們。」

翟雨時淡然道：「飛禽靠的是眼睛，走獸靠的是鼻子，只要針對這兩點定計，還怕鬥不過畜牲嗎？我今次堅持只帶這麼少兄弟來，一方面是要多留人手，修船建船，準備反攻胡節，更重要的目的是要和妖女玩一個捉迷藏的遊戲，現在我們繞一個大圈，仍以常德為目的地，必教妖女意想不到。」

戚長征道：「可是義父他們少說都有數百人，怎能避開對方耳目，潛返常德？」

翟雨時從容道：「這正是整個計劃最精采的地方，在我送到乾老手中的信裡，我請他老人家獨自潛返常德，手下則由老傑率領遠撤到安全地點，這一著必使妖女認為他們為保實力，不得不暫時退卻，以乾老的高明，妖女的人想看他的影子都一定辦不到。」

他轉向眾手下道：「你們現在把預備好的刺鼻粉廣撒在附近山林各處，但切忌與敵人接觸，一個時辰後到離常德西北五里處的望遠亭集合，速去！」

眾手下應命分頭去了。

翟雨時微笑道：「有妖女這樣難得的對手，實人生快事，來！我們去製造一些混亂，使對方以為我們想突圍逃走，不過定要避免碰上敵人的主力。」

戚長征精神大振，長笑道：「這幾句才算像話，我的手差點癢死了。」

三人相視一笑，掠下小山崗去。

韓柏和虛夜月回到莫愁湖時，左詩等三女早回來了，見到虛夜月這嬌娃，出奇地都歡喜得很。左詩向柔柔和朝霞兩人使個眼色，由兩女領著虛夜月到內宅沐浴更衣，自己則挽著韓柏，往東廂走去，低聲道：「浪大哥回來了，在房中等你。」

韓柏大喜，忙進房內去見浪翻雲，當他告訴了他剛從胡惟庸處聽來有關怒蛟幫的消息後，浪翻雲仍是那雍容閒適的模樣，吩咐他把這些天來的遭遇，詳細道出。

當他說到朱元璋想見他和與紀惜惜的關係時，浪翻雲拍腿道：「我早猜到那人就是他，否則為何連鬼王府的人都出動來追截我們。」

韓柏愕然道：「你和鬼王動過手了嗎？」

浪翻雲含笑不答，著他再說下去。

韓柏不敢隱瞞，連與虛夜月和七夫人的轇轕亦和盤托出。

浪翻雲皺眉道：「了盡為何會來京呢？八派的元老會議理應請他不動。唔！順帶告訴你一聲，這元老會議不知因何緣故，推遲了幾天才舉行，不知是否與了盡有關呢？」

韓柏當然答不上來，記起了影子太監村那神秘人，又急不及待說了出來。

浪翻雲仔細端詳了他好一會兒後道：「小弟眞是福緣深厚，天下間或者只有此人和龐斑才有能力引發小弟的魔種元神，爲你開竅，夢瑤的生望更強了。」

韓柏嚇了一跳，色變道：「夢瑤的傷勢眞的這麼嚴重嗎？為何她不留在我身邊呢？」

浪翻雲神色凝重道：「這妮子智慧、識見浩若淵海，每一行動均有深意，觀她以身體為餌，誘發小弟的魔種便可見一斑。她之所以忽然離開，必是發現了難解的死結，所以要閉關靜思。」

韓柏差點哭出來道：「那怎辦好呢？我要去找她。」

浪翻雲淡淡道：「要找她何難之有，她必是與了盡在一起，不過你若擾了她清修，對事情有損無益，不若把心神放在虛夜月和莊青霜身上，兩女均是天稟過人，又是元陰之體，對你的魔種大有裨益，所以我早在詩兒等人處爲你做過工夫，你可放心去追求她兩人。」

韓柏愁喜交集，又把連日遭遇續說下去。

浪翻雲聽完整個過程後，失笑道：「鬼王說得不錯，你眞是一員福將，亦省了我不少心力，憑你這福星，說不定我們可挽狂瀾於既倒，化解了明朝開國以來最大的危機。」

韓柏搔頭道：「我怕沒那麼大本事吧！」

浪翻雲道：「現在京師是外弛內張，所有事情都會集中到朱元璋大壽慶典時發生。照眼前的跡象，看來藍玉、胡惟庸兩人通過楞嚴，已和方夜羽勾結在一起，說不定東洋倭子亦有參與其事。而朱元璋則因立了允炆爲太子，不但與鬼王府交惡，還使下面的人分裂成兩個陣營，一派擁燕王，另一派支持允炆，假若朱元璋在此刻忽然暴斃，天下立時陷進四分五裂之局，所以不要看現在紅日法王、年憐丹等人全部銷聲匿跡，其實是等方夜羽和里赤媚兩人來京，故暫不露面，所以現在的太平景象，只是一個虛假的表象。」

韓柏一震道：「那怎辦才好呢？」

浪翻雲嘴角逸出一絲笑意，道：「那就要看你了，現在對朱元璋最大的威脅，不是胡惟庸、藍玉或方夜羽，而是他的寢邊人陳貴妃。」接著把她和薛明玉的關係說了出來。

韓柏聽得眼都呆了，叫道：「天啊！原來你才是正牌的薛明玉。」

浪翻雲道：「明天你見燕王時，找個機會單刀直入和他說個清楚，痛陳利害，這人絕對是做皇帝的料子，否則鬼王亦不會如此看重他，而鬼王亦是唯一由始至終堅持反對立允炆爲皇太孫的人，若你能把虛夜月帶去赴宴，燕王理應無論如何都不會爲難你。」

韓柏吁出一口涼氣道：「那豈不是我們變得要和他一起造反嗎？」

浪翻雲哂道：「我們不是一直在造反嗎？多一件少一件有甚麼大不了。眼前當務之急，就是讓燕王知悉形勢和設法使朱元璋看清陳貴妃的眞面目，這兩件事都不易爲，但均是使你把魔種的力量盡情發揮的最佳挑戰。」

沉吟片晌再道：「那天你撞見的異人應就是鷹緣活佛。這事夢瑤早已知道，只是沒有告訴我們。」

韓柏失聲道：「甚麼？他在那裡幹嘛？」

浪翻雲舉起雙腳，放在几上，伸個懶腰道：「當然是在等龐斑來找他。」

韓柏愕然以對，久久不能作聲。

敲門聲起，左詩在外面低喚道：「大哥！柏弟的月兒嚷著要找他哩！」

浪翻雲欣然笑道：「今晚甚麼都不要想了，快去準備接收這份鬼王苦心培育出來代表他精華的大禮吧！」

凌戰天躺在曠野裡，看著高空上盤飛而下的黑點。

他一動不動的躺著，最少已有大半個時辰。

這鷲鷹雖曾受訓練，始終仍是畜牲，保留著畜牲的本能特性。

見凌戰天躺在草原裡有若死人，終忍不住飛下來察看這被追蹤的獵物，說不定還想啄食他的肉。

鷲鷹倏地急速下降，到了凌戰天上空不到五丈處，可能因凌戰天並無腐臭之氣，忽振翼急升，想回到高空去。

凌戰天一聲長嘯，跳了起來，一顆拳頭般的麻石，離手疾飛，轉瞬追上鷲鷹。

惡鷲靈異非常，雙翅一拍，往橫移開，石頭只能撞在牠右翅膀尖端處，不過這已夠牠受了。

惡鷲一聲嘶鳴，羽毛散落下，一個盤旋，不自然地投落遠方的黑暗裡，轉瞬不見。

凌戰天放下心頭大石。

離開平原，朝附近最高的山頭去，最後到了峰尖之處。

極目而望，只見常德府在地平線的正中處，附近平原小丘，盡收眼底。

凌戰天盤膝坐下，調神養息，等待敵人的出現。

他絕不會蠢得跑回去找上官鷹，因爲那正是敵人希望他做的事，否則對方早追著來了。

逃走亦不是辦法。

現在只能靜心等待，審察形勢的發展，看看有甚麼反敗爲勝的機會。

黑夜的密林裡，殺聲震天，慘叫聲連串響起，稍後又沉寂下來。

戚長征等三人一輪衝殺，連斃對方十多人後，又退入了密林裡，爭取休息回氣的機會。

惡犬的吠聲傳來，不一會兒卻變了悲嗚和打噴嚏的聲音，顯然嗅到了他們的人撒下的刺鼻藥粉。

翟雨時站了起來，笑道：「既殺了人，自然要放火，這兩件事自古以來便從分不開的。」

梁秋末打著火熠子，拋在一堆乾枯的枝葉處，烈火熊熊燒起，送出陣陣濃煙。

三人喝了一聲采，展開輕功，沒入林木深處。

不一會兒火頭四起，照得夜空一片血紅，沖起了黑氣濃煙。

在遠方山頭處的甄夫人和一眾高手，均面寒如冰，聽著健馬驚嘶，狗兒慘叫，都頗有點束手無策。他們雖布下精心策劃的包圍網，可是在這方圓達數百里的廣闊山林區，要在黑夜裡找幾個蓄意隱藏的敵人，便像大海撈針般困難。而山林火起，濃煙隨著吹向無定的晚風，籠罩了林區整個地域，形勢混亂，兼之敵人採取了敵強我退、敵弱我進的游擊戰略，包圍之勢已不戰自潰。

強望生氣得咬牙切齒，狠聲道：「好小子！」

柳搖枝皺眉道：「這樣下去終不是辦法，怕未到天光，我們便給林火迫得自動撤退。」

由蚩敵道：「這樣的大火，常德官方怎可坐視不理，官兵一到，我們想不走都不行。」

山查岳道：「各位不必如此悲觀，他們除非遠離此區，否則天明時，我們布在所有制高點的崗哨，必可發現他們行蹤，那時只要由我們幾人出手，便可將他們殺個乾淨。」

一直靜聽著的甄夫人淡淡道：「山老說得好，假設他們逃到常德府又如何呢？」

眾人齊感愕然。

花扎敖皺眉道：「乾羅和他的人已撤往洞庭，憑他們幾個小子，敢進入險地嗎？」

甄夫人搖頭道：「乾羅成名了近六十年，乃『魔師』龐斑那般級數的厲害人物，除魔師外誰能令他忌憚，怎會如此不濟溜之夭夭，走的只是他下面的人，若我猜測正確，他當會在常德府等待戚、翟等人。」

竹叟獰笑道：「那我們便讓他步上封寒後塵，及早歸天。」

甄夫人正容道：「竹老絕不可輕敵，乾羅因中了小魔師之計，受了刀傷，經過這段日子的調養，應已功力盡復，對上他時，我們絕不能講武林規矩，務要全力搏殺當場，否則後患無窮。」

竹叟對她顯然非常信服，點頭答應，亦沒有露出不悅之色。

甄夫人冷冷道：「我們已做得不錯了，怒蛟幫自創幫以來，從未試過陷於現在四面楚歌的局面。」轉頭對站在身後一直沒有作聲的廣應城和雅寒清道：「你們兩人先返常德府，動員所有人手，只要把握到他們的行蹤，這一仗我們便勝定了。」

兩人應命而去。

由蚩敵道：「有沒有鷹飛和色目人的消息？」

甄夫人終於輕嘆了一口氣，道：「飛爺心高氣傲，恐難與這批色目高手相處。色目第一高手『荒狼』任璧一向不滿小魔師重視我們花刺子模人，所以只差遣下面的人來此，自己卻趕赴京師。假若在這樣關鍵時刻，大家仍不能衷誠合作，將會成致敗因由。」

眾人均默然不語。

這時一陣濃煙吹來，把眾人籠罩其中。

甄夫人頓生感觸，芳心升起方夜羽和鷹飛的面容，又想起尚未謀面的韓柏。

無論自己如何堅強，終是一個女人，在某些時刻需要男人的慰藉和憐惜，可是只要一天她站在這位置，都不能隨便動情，否則便會像花解語和水柔晶般，在愛情前崩潰下來。

幽幽一嘆，柔聲道：「這仗算翟雨時勝了，我們撤退吧！」

第十一章　生米熟飯

莫愁湖。

湖心亭。

柔柔和朝霞坐在石桌旁，全神下著剛學曉的圍棋，興趣盎然，不時響起驚呼和嘆息不服的嬌聲。

左詩則陪著韓柏坐在貼欄而設的長石凳處，喝著連朱元璋都要動容的清溪流泉。

虛夜月最是頑皮，坐在石欄上，哼著小曲，悠閒寫意。

她被柔柔等換上女裝，一身素黃底淺白花的高麗便服，烏黑閃亮的秀髮自由放任地散垂在背後和酥胸兩側，襯著她白璧無瑕的瓜子臉，有強烈個性稜角分明的小嘴，夢幻般亮如點漆的星眸，那種美態，連左詩都看呆了，湊到韓柏耳旁低聲道：「她眞美，差點比得上瑤妹。」

虛夜月跳了下來，到了左詩旁坐下不依道：「詩姊在說人家。」

左詩把她摟著，在她臉蛋親了一口道：「讚你都不成嗎？」

虛夜月看著韓柏手上唯一的酒壺，喜道：「這就是清溪流泉嗎？來！讓月兒也嚐嚐。」

韓柏奇道：「我還以爲你試過呢！浸萬年參的便是這酒，你爹竟沒給你喝嗎？」

虛夜月怨道：「爹都不知多麼吝嗇，說月兒的體質不宜進補，我看他是不想月兒和他分享極品吧。」

韓柏想起浪翻雲說過她和莊青霜都是天賦異稟的女子，登時色心大動，暗忖才不信她能抵得住自己的挑逗，招手道：「這是最後第五壺清溪流泉，想品嚐的話快過來討好我。」

虛夜月笑吟吟站起來，輕移玉步，坐入他懷裡，吻了他一口後道：「這樣滿意了嗎？」

韓柏探手摟著她沒有半分多餘脂肪的小腹，把酒壺嘴湊到她唇邊，溫柔地服侍她喝了一口。

虛夜月閉上眼睛，俏臉迅速紅了起來，嬌軀一顫道：「噢！月兒整個人都滾熱了，竟然有這麼好喝的酒。」

韓柏見她的反應異於常人，更無疑問她有獨特的體質，暗想只是為了夢瑤的傷勢，今晚便不可將她放過。

何況她是如此嬌媚動人。

不由想起了陳貴妃，若挑起了虛夜月的情慾，她定會比陳貴妃更逗人。

成熟了的虛夜月，會是甚麼般的美樣兒呢？

虛夜月再喝了兩口後，忽地唱起歌來，只聽她甜美的聲音唱道：「雨過水明霞，潮回岸帶沙。葉聲寒，飛透窗紗。」

左詩亦歌興大發，接唱道：「寂寞古豪華，烏衣日又斜。說興亡，燕入誰家？」

正在下棋的柔柔和朝霞，均為兩人歌聲瞿然動容。

朝霞道：「難怪陳公對詩姊的歌聲讚不絕口，真能繞樑三日，月兒的歌聲竟亦能平分秋色，相公！我們以後都耳福不淺了。」

韓柏瞪著左詩，正要責她為何以前不唱給他聽，掌聲響起，只見范良極春風滿面，沿著通向小亭的長堤走來，腳步有力兼饒有氣魄。

左詩等三女面面相覷，都不明白這麼夜才回來的大哥，爲何像變了另一個人似的。

虛夜月「噗哧」一笑，不勝酒力的俏臉更紅了，顯是猜到了她和韓柏離開採花的現場後，發生了甚麼事。那嫵媚嬌癡的女兒家美態，眞是無人見了能不心動。

范良極速度加快，倏地來到韓柏面前，忽低頭在虛夜月臉蛋吻了一口，然後劈手搶過韓柏手上的清溪流泉，咕嚕咕嚕喝個一滴不剩，任由美酒由嘴角流到衣襟裡，喝完後，隨手把酒壺拋到莫愁湖裡，仰天大笑道：「痛快！痛快！我范良極從未試過像今夜般的痛快。」

虛夜月撫著被吻的臉蛋，和眾人一起呆瞪著這天下最負盛名的大盜。

韓柏忍著笑道：「老賊頭，是生米還是熟飯？」

范良極伸展著四肢，長長吐出一口氣，打個哈哈，驕然道：「當然是熟得不能再熟的可口熱飯。」在後腰拔出旱煙管，坐到韓柏對面的石欄處，呼嚕呼嚕抽起菸來。

醉草的香氣充盈亭內。

虛夜月不依道：「大哥愈變愈壞，竟偷吻月兒。」

左詩等三女都莫名其妙，呆看著范良極。

范良極舒服得差點要死去般，噴出一個煙圈，再吐出一口煙箭，在煙圈擴散前穿了過去，斜眼兜著滿臉嬌嗔，但又不知如何是好的虛夜月嘿然道：「若非大哥把小子扯到鬼王府去，你月兒哪有今夜等待變成熟飯的快樂光景，何況能成爲第二個被我范良極吻過的女人，應是你這刁蠻女的榮幸，嘿！」

左詩等終猜到發生了甚麼事，一起歡叫起來。

朝霞最著緊這大哥，眼睛都紅濕了，走了過去溫柔地在他的老臉吻了一口，低聲道：「恭喜大哥，朝霞眞爲你高興得想哭了。」

韓柏嘆道：「霞姊的榮幸更大，因爲成了第一個和唯一一個主動吻老賊頭的女人，以後再也不會有的了。」

范良極把口中的煙全噴了出來，笑罵道：「去你的韓淫棍，不要以爲你有甚麼功勞，全賴你走了，我才能全面發揮老子的調情手段。」

眾女見他愈說愈不堪，均俏臉飛紅。

虛夜月酒意上湧，轉身伏入韓柏懷裡，低唸道：「韓淫棍，老賊頭，月兒今次糟了，遇上的全是淫賊。」

韓柏和范良極對望一眼，終忍不住捧腹狂笑起來，充滿了眞摯深刻的友情和勝利的意味。

范良極再深吸了兩口菸後，淡淡道：「雲清告訴我，西寧派的人開始懷疑我們兩人的眞正身分，葉素冬這頭忠心的狗，可能告訴了朱元璋，免犯上欺君之罪，形勢對我們頗爲不利呢！」

虛夜月在韓柏懷裡夢囈般道：「怕甚麼？有爹看顧著你們，連朱叔叔都不敢輕舉妄動。唔！月兒睏了。」

韓柏笑道：「聽說這裡最多猛鬼，莫愁湖之得名便因莫愁女投湖自盡而來，不過我知月兒膽子大得很，一個人睡覺都不會怕。」

虛夜月從韓柏懷裡掙了起來，改投入左詩懷裡，半哼著道：「月兒醉了，詩姊陪月兒睡吧！」

左詩嗔怪地瞪了韓柏一眼，責道：「毫無憐香惜玉之心，這麼可愛的美人兒都要嚇唬。」

韓柏嬉皮笑臉，伏在虛夜月的香肩上笑道：「你陪詩姊睡，詩姊陪我睡，還不是一樣嗎？」

虛夜月嬌吟一聲，沒好氣答他。

連眾女都覺怦然心動。

范良極欣然道：「小柏兒和我的四位妹子回去睡覺吧，我還想在這裡坐一會兒。」

韓柏從左詩懷裡抱起噴著酒香的虛夜月，領著眾人回賓館去了。

回到內宅後，眾女各自回房，韓柏把虛夜月放到大床上，看著橫陳的美麗胴體，靈魂兒早離竅飛了出來。

點亮了床頭的油燈後，脫下外衣、靴子，坐到床沿自言自言道：「先摸哪裡好呢？」

虛夜月嚇得坐了起來，一臉嬌嗔道：「死韓柏，還要戲弄月兒。」

韓柏奇道：「你不是醉了嗎？」

虛夜月摸上他的臉頰，笑吟吟道：「酒力過了，再不會給你有可乘之機了。」

韓柏捉著她的小手，帶著她撫上自己寬闊的胸膛，問道：「有甚麼感覺？」

虛夜月故作不解道：「會有甚麼感覺？和狗肉、豬肉有何分別？」

韓柏一氣拉開衣襟，強拉她的手進去，嘿然道：「怎樣呢？」

虛夜月想說話時，忽地俏臉一紅，垂下了頭。

韓柏知她因生就媚骨，對魔種的反應尤其敏銳強烈，心中大樂。放開她的手，握著她一對纖足，不理她抗議，半強迫地脫掉她的小繡鞋。

虛夜月給他拿著雙足，渾身發軟，倒在床上，俏臉燒得比火還要紅，嬌艷無倫。

韓柏放開她的纖足，站了起來，脫掉外衣，露出精赤的上身，向軟倒床上的虛夜月笑道：「喂！本大爺要脫褲子了，你不看嗎？」

虛夜月呻吟一聲，更不肯張開眼來。

韓柏感到元神不住提升，眼光由她的俏臉往下巡視，經過她的酥胸、蠻腰，最後來到她因下襬掀起而露出來那對晶瑩雪亮的修長美腿處。

心中升起一個奇怪的念頭。

爲何女人的身體會如此吸引男人呢？

是否全因色心作怪？

假若沒有了色心，女人會否變成不屑一顧的東西。

忽然間，他攀登到禪道高手離棄女色的境界。

夢瑤本亦不會爲任何男人動心，因爲她已超脫了凡世的慾望，可是因受到自己魔種對她道胎的挑引，起了一點凡心，使她的劍心通明出現了破綻，才會先後被四密尊者和紅日法王所傷，說到底，罪魁禍首還是自己。

這明悟來得毫無道理，忽然間佔據了他的心神。

驀地韓柏慾念全消，臉色轉白，踉蹌後退，「砰」的一聲頹然跌坐在靠牆的椅裡，胸口像受千斤重壓，呼吸艱困。

虛夜月嚇得張開眼來，一見他的樣子，跳了起來，坐到他膝上，吻上他的嘴，渡入一道眞氣。

她乃鬼王之女，見識廣博，一看便知韓柏在走火入魔的邊緣，急忙施救。

韓柏的神經「轟」然一震，回醒過來，只覺虛夜月那口眞氣到處，舒服無比，忍不住呻吟起來。

虛夜月把他由椅上扯了起來，搖撼著他道：「韓柏啊韓柏！不要嚇月兒。」

韓柏感到不但度過了難關，魔功還更加精進，隱隱覺得是受到虛夜月的刺激，魔種壯大至難以駕馭的險境，幸好虛夜月臨危不亂，竟懂憑著元陰之質，渡過眞氣助他脫險，感激得一把摟著她道：「月兒！謝謝你。」

虛夜月驚魂甫定道：「嚇死人了！好在爹說過我的體質對你的魔種會有很大的幫助，所以我才有信心救你。」

韓柏這時對鬼王眞是佩服得五體投地，摟著她坐到床沿。

虛夜月情不自禁地愛撫著他的精赤胸膛，赧然道：「你不脫褲子了嗎？」

危機一過，色心又起，韓柏喜道：「終於求我了嗎？想起那天你說嫁豬嫁狗都不嫁我，我便感到恨海難填呢！」

虛夜月嫣然笑道：「韓大爺啊！知否那天你是多麼討人憎厭，一副人家定會愛上你的樣子，想起來，恨的應是月兒才對。」接著溫柔地吻上他的嘴巴，軟語道：「但現在甚麼恨都雲散煙消了，這兩天是月兒懂人事以來最快樂的日子，見到你時，儘管唇槍舌劍，其實月兒興奮得身體都在發熱。那晚在餃子館見到你和莊青霜，氣得差點要同時捏斷你們兩個的咽喉，只弄翻你們的船，已很給你面子了。」

韓柏微笑道：「那天你究竟用了甚麼厲害傢伙，爲何事前我一點都感覺不到呢？」

虛夜月傲然道：「那叫水中雷，在水中先緩後快，無聲無息，刺敵船於千尺之外，是爹發明的玩意兒，當然厲害。」

韓柏又更是心折，虛若無這人眞的深不可測，調笑道：「月兒終肯說出愛我的心聲了嗎？」

虛夜月嘟起小嘴嬌嗲無限道：「月兒既爲你掉過眼淚，又肯爲你穿上女裝，早擺明向你這浪子淫棍投降。是的！月兒愛上了你，但你有月兒愛你般那麼愛月兒嗎？」

韓柏愕了一愕，暗忖她這話不無道理，至少虛夜月芳心中只有他一個韓柏，而他卻不時念著秦夢瑤、三位美姊姊、靳冰雲、花解語、莊青霜，甚至那陳貴妃。自己雖愛煞了虛夜月這可愛的刁蠻女，可是怎比得上她對自己的專注情深。

虛夜月歉然道：「不要爲這難過，爹說這是男女之別，想想白天的太陽廣照大地，無處不在；但夜空的明月卻是含蓄專注。爹就因而給月兒起了夜月這名字兒。」

韓柏抓起她的纖手，送到嘴邊逐隻指尖親吻噬咬著，喟然道：「今晚我定要吃了你這個最好吃的大月亮。」

虛夜月想把手抽回來，但當然不會成功，顫聲軟語道：「吃吧吃吧！月兒早知今晚難逃你的毒手了。」

韓柏把她摟了過來，放在膝上，右手沿腿而上，入侵禁地，微笑道：「我眞想看月兒能挺得多久？」

虛夜月嬌軀劇烈顫抖起來，半句話都難以說出，連摟抱韓柏的氣力都沒有了。

韓柏把手退了出來，放在她膝上，得意洋洋道：「知道厲害了嗎？」

虛夜月美眸無力地白了他一眼，低罵道：「採花淫賊！」

韓柏今次撫上了她的酥胸，恣意把弄和侵犯她插雲的雙峰後，騰手托起了她差點垂到胸前的俏臉，充滿著勝利的意味道：「再罵一次吧！虛小姐。」

虛夜月一對俏目充盈著春情慾焰，呻吟著道：「罵便罵吧！最多便是連身體都給了你。死韓柏！死採花淫棍浪子韓柏大惡爺！」

韓柏兩手立時一起行動，爲她寬衣解帶。

虛夜月羞得把螓首埋入韓柏赤裸的肩膊處，狠狠的嚙咬著他。

不一會兒，虛夜月已身無寸縷，把老天爺最美麗的傑作，毫無保留地呈現在韓柏眼前。

韓柏的精神倏地晉入了前所未有的空靈境界。

蒼天對他多麼慷慨，江湖十大美人裡，竟有三位愛上了他。而幾個月前，他還是韓府裡任人打罵的小廝。

他的靈台通明至可一點不漏地回憶過去的每一件事，清楚每一件事背後的涵義。

明還日月，暗還虛空。

虛夜月。

多麼美麗的名字。

而她正一絲不掛被自己擁抱在懷內。

韓柏一陣感激，用嘴輕擦著她的粉頸，柔情無限地道：「月兒，我愛煞你了。」

虛夜月驕傲地在他腿上挺起赤裸的嬌軀，一手撫著他的臉，輕輕道：「范良極是大哥，你自然是二哥，月兒以後就叫你做二哥好嗎？當然，有時本姑娘興到時會叫幾聲死韓柏哩。」

韓柏忽然明白到甚麼是天生媚骨，虛夜月的媚是天生的，最是自然和討人歡喜；秦夢瑤的媚是超然的，同樣令人迷醉不已。

虛夜月像失去了所有力氣般，猛撲在他身上，嬌吟道：「二哥！月兒甚麼都要給你了。」這兩句話比甚麼火都厲害，連韓柏的心都燒融了，急忙付諸行動。

芙蓉帳暖，這艷冠京華的天之驕女，終失身於彗星般崛起江湖的浪子手裡。

雲雨過後，虛夜月伏在韓柏身上，用手撐起下頷，低聲問道：「二哥！開心嗎？」

韓柏體內貫滿虛夜月元陰之氣，渾體通泰，魔功運轉不停，聞言張眼道：「開心死了，月兒也開心嗎？」

虛夜月踢著小腿，欣然道：「月兒當然開心，否則哪有興趣來問你？」

韓柏笑道：「剛才不是曾呼痛嗎？」

虛夜月赧然道：「但都是值得的。」

韓柏翻身壓住了她赤裸的嬌軀，呻吟道：「我受不住你的挑引了。」

虛夜月花枝亂顫般笑道：「死韓柏！難道月兒會怕你這個小淫賊嗎？」

愛火高燃中，這對金童玉女在被翻紅浪裡抵死纏綿著，對他們來說，這世上再沒有任何事物在這刻比對方更重要。

韓柏醒了過來，虛夜月美麗的胴體蜷睡在他懷裡。天仍未亮。

月色由床頭後的窗紗透射入房內的地上，灑下了一小片銀光。

虛夜月發出輕柔均勻的呼吸聲，睡得又香又甜，嘴角猶掛著一絲滿足的笑意，神態動人至極。

韓柏小心翼翼爬了起來，爲她蓋好被子，起床走到窗旁，往外望去，在這二樓的廂房外望，莫愁湖盡收眼底。

他運轉魔功，體內眞氣立時流轉不息，無有衰竭。

每一個毛孔，都在歡呼歌唱。

心念忽動，凝起無想心法。

萬念俱滅。

眞氣倏然靜止。

然後一股氣勁再由丹田衍生，千川百流遍遊全身經脈。

眞氣要停便停，要行使行，竟全可由他的意念控制。

韓柏大喜。

知道虛夜月的媚骨，實乃自己魔種夢寐以求的瑰寶，想起昨晚她火般的熱情和狂野，心裡甜得要淌出蜜糖甘液來。

在曾與他有肉體接觸的美女中，從沒有人像虛夜月般投入和毫無保留地奉獻。

若夢瑤能像她般與自己纏綿，就眞是艷福齊天了。虛夜月讓他曉得了女性所能臻至的情慾境界。

以後他會以這標準來誘導左詩等三位美姊姊。

心兆忽現。

韓柏猛地轉身。

房內景況依然，虛夜月仍像小仙女般沉睡在夢鄉的至深處。

韓柏皺眉一想，走到門處，不理自己的赤身露體，一手把門拉開。

只見淡雅如仙、超凡脫俗的仙子秦夢瑤，笑意盈盈地立在門前，秀麗清澄的美眸射出萬縷柔情，把他整副心神縛個結實。

離天明尚有一個時辰，躍鯉渡在望。

渡頭處泊了十多艘漁船，其中幾艘亮著了燈火，準備晨早的作業。

風行烈把功力提至極限，越過商良和五名手下，倏忽來至渡頭處。

渡頭處嬌妻們芳蹤杳然，正思索著好不好逐條漁船去查問，忽然驚覺渡頭處多了一個人，駭然望去，只見一個道地漁民裝扮的高瘦男子，頭戴竹笠，竟在黑夜裡的渡頭盡端持竿垂釣。

商良等這時才趕到他身旁。

這邪異門的護法生性謹慎，皺眉道：「這人來得奇怪，剛才怎看不見渡頭有人，忽然間他便坐在那裡。」

風行烈打手勢示意他噤聲，朝那坐釣渡頭的男子走去，快到他背後時，那人回過頭來，微笑道：「賢婿別來無恙！」

竟是被譽爲八派最出類拔萃的高手，現成了風行烈岳父的不捨大師。

第十二章　再逢仙子

韓柏狂喜，探手把秦夢瑤拉入了房內，手指彈出一道勁風，輕輕拂在虛夜月的酣睡穴，以免驚醒了她。

然後將秦夢瑤攔腰抱起，到牆角的長椅坐下，把這仙子放在膝上。

秦夢瑤嘴角含著甜甜的笑意，輕柔地摟著他脖子，任他施爲。

韓柏親了親她臉蛋後，再來一記長吻，以解相思之苦。

秦夢瑤溫柔婉約地輕吐香舌反應著，教韓柏泛起陣陣只有道胎和魔種接觸才生出來的銷魂蝕骨的滋味，衝擊著他靈魂的最深處。

唇分後，韓柏嘆道：「夢瑤眞狠心，一聲不響便走了，害得我覺都睡不著，以後再不准你離開我了。」

秦夢瑤淺淺一笑，柔聲道：「你以爲夢瑤捨得離開你嗎？只是迫於無奈，不得不避靜清修，好解決最後一道難關。」

韓柏興奮地道：「放心吧！我見過鷹緣活佛，他就在皇宮裡，現在我……」

秦夢瑤笑著接口道：「魔功大進了嗎？挑逗無知可憐閨女的手段亦大有改善嗎？你當夢瑤不知道吧？你一抱夢瑤人家便感應到了。」

韓柏大喜道：「那可以上床了嗎？」

秦夢瑤把嬌軀埋入他懷裡，輕嘆道：「現在夢瑤反不擔心情慾上的問題，這幾天潛修之時，夢瑤每次故意想起你來，都有春情難禁的衝動，加上你現在魔功奇蹟的突進，配以夢瑤領悟來對付自己的挑情手法，我想定可被你逗至慾大於情的境地，但卻仍有最後一道障礙，不易解決。」

韓柏輕鬆地道：「即管說出來吧！我是經專家鑑定的福將，上天怎會讓我失去夢瑤，那還有何福可言。」

秦夢瑤皺眉道：「韓柏啊！現在談的是有關夢瑤生死的事，你的手可以不那麼頑皮嗎？」

韓柏尷尬地停止了對她那對美腿侵犯的活動，搔頭道：「說吧！」

秦夢瑤俏臉一紅，手指在他赤裸的胸膛劃著圈子，垂下螓首輕輕道：「你或者還不知道吧，但夢瑤曾多次察視你體內情況，發覺你那……唔！順出能生人的精氣，全被魔種吸納了去。那就等若道家的練精化氣，練氣化神，不同處只是修道者須通過種種功法，才能做到，而你卻是一個不用費神的自然過程，這亦正是種魔大法的厲害處。」

韓柏一呆道：「夢瑤可否說清楚點，我給你說得糊塗了。」

秦夢瑤的俏臉更紅了，嬌羞地道：「那即是說因著你體內魔種的特性，你並不能使任何女子懷孕爲你生孩子。」

韓柏虎軀劇震，目定口呆。

若不能使三位美姊姊或虛夜月爲他生兒育女，豈非人生憾事，對她們亦很不公平。

秦夢瑤伸手撫著他的臉頰，愛憐地道：「柏郎不用擔心，道心種魔乃魔門最高心法，千變萬化，能把全無可能的事變成可能，只要知道問題所在，便有希望解決。」

韓柏斷然道：「能不能生孩子，乃次要的問題，最緊要能使夢瑤回復生機，快告訴我，這不能生育的缺點，和醫治夢瑤有何關係？」

秦夢瑤嬌癡地道：「唔！夢瑤要你多溫存些才告訴你，吻我吧！人家忽然很想得到你的慰撫呢！」

韓柏大喜，捧著她的俏臉狂吻起來，眼、耳、口、鼻、臉蛋、秀額全不放過。

秦夢瑤像拋開了仙子的身分般強烈地反應著。

魔種道胎立時生出感應，不但眞元往來渡送，陰陽兩氣亦纏綿相交，還破天荒的眞正在精神層面渾融起來。

秦夢瑤把自己的精神天地開放，引領著韓柏去感受她對深刻的感情，對天道的眷戀和追求。

現實的世界忽地消失了。

只剩下甜夢般的心靈交接。

魔種和道胎終於初步靈慾相交，渾成一體。

秦夢瑤輕輕推開了神魂顚倒的韓柏，坐直嬌軀，微喘著道：「種魔大法需要的是『媒』，雙修大法要的是『藥』，那就是夢瑤的元陰和柏郎能使夢瑤受孕的精元。」

韓柏一震狂喜道：「是否說夢瑤竟肯和我生個寶貝兒女？」

秦夢瑤歉然道：「我只是打個比喻，夢瑤會把你的精元轉化爲先天精氣，與夢瑤的處子元陰結合，利用那釋放出來的生機，使夢瑤心脈貫續，開朗重生，奪天地之造化。」

韓柏喜道：「夢瑤康復後，我定要用盡夢瑤教下的方法，享盡艷福，唉！」又苦惱地道：「怎樣才能哄得魔種變些仙露靈藥來給我的乖夢瑤服用呢？」

秦夢瑤大嗔道：「狗口長不出象牙的傢伙，你好好聽著，剛才夢瑤和兩位大哥，趁你在壞好月兒貞操時，研究了大半晚，才有了點頭緒。」

韓柏看到她杏目圓睜的美態，大手忍不住又在她身上活動起來，求道：「夢瑤快把方法說出來。」

秦夢瑤完全抵不住他的挑引，一把按著他使壞的手，顫聲道：「韓柏啊！若你過不了那一關便和夢瑤合體交歡，那夢瑤唯一的機會也就失去了。」

韓柏吃了一驚，抽回大手，誠摯地道：「為了夢瑤，我韓柏大甚麼的必能忍受任何事。」

秦夢瑤「噗哧」笑了起來，橫了他一眼淺笑道：「大甚麼的聽著了，你以前總是處於被動裡，但由今天開始，你要設法駕馭魔種，當有一天魔種全由你控制時，你要哪個女人懷孕，哪個女人便會懷孕，你明白夢瑤的意思嗎？」

韓柏苦惱道：「魔種看不到摸不著，教我如何入手駕馭呢？」

秦夢瑤深情地吻了他的唇，柔聲道：「怎會看不到摸不著呢？你自己不就是魔種嗎？怎麼連這點你也不曉得。」

韓柏呆呆的想了好一會兒，點頭道：「這麼說我可有點明白了。」

兩人對望一眼，笑得緊擁在一起。

秦夢瑤在他耳旁道：「浪大哥說你的月兒是虛若無的心血結晶，兼之天賦異稟，對你這色鬼魔王乃千載難遇的奇逢，若能好好運用，將能使你的魔功再有突破。好了！夢瑤要走了。」

韓柏失聲道：「甚麼？」

秦夢瑤道：「你若眞疼夢瑤，便須放人家走，因爲夢瑤亦有自己的問題，記得人家說過因修道的關係，連女兒家的月事都斷了嗎？所以我亦要設法使自己變回眞正能受孕的女人。明白嗎？」

韓柏嘆道：「整天掛著夢瑤，很多事做起來都不起勁。」

秦夢瑤指了指床上海棠春睡的虛夜月，失笑道：「弄得人家姑娘那麼個模樣了，還說不起勁嗎？你們的聲浪隔了四間房子都清晰可聞，害人家聽得不知多麼尷尬呢！眞想過來一併讓你恣意作惡，只是這點，夢瑤便不得不找地方躲起來，以免鑄成恨事了。」

韓柏老臉一紅，嘆道：「我總說不過你，好吧！但你可否讓我知道你在哪裡，必要時也好來找你。」

秦夢瑤站了起來，按著他肩頭，俯身吻上他嘴唇，一番糾纏後，退到窗前，含笑道：「放心吧！夢瑤會常來找你，看看你有沒有人家想的那麼乖。」

韓柏心中一熱跳了起來。

秦夢瑤翠袖一拂，發出一股沛然莫可抗禦的勁氣，阻止他迫上來，再仙雲般飄起，倏忽間穿窗遠退，沒入剛發微白的清晨裡。

在躍鯉渡西五里的一所農莊裡，風行烈見到了雙修夫人，雙修府的全部高手、兩位愛妻和巧婢玲瓏，頓感恍若隔世。

谷姿仙見到愛郎，雖情緒激動，鳳目含淚，仍能保持冷靜，但谷倩蓮這鬼靈精，卻已不顧一切，哭著投進他懷裡去。

擁著她抽搐發顫的嬌軀，想起了香消玉殞的白素香，風行烈黯然神傷，一雙眼全紅了。

小玲瓏站在谷姿仙後，暗自淌淚，卻不敢學谷倩蓮般讓他疼憐。

風行烈勸著谷倩蓮，與岳父、岳母、嬌妻到了內廳圍桌坐下，小玲瓏奉上香茗。

谷倩蓮直哭得兩眼紅腫，怎也不肯離開風行烈的懷抱。

雙修夫人谷凝清憐惜地道：「這妮子每天都爲你哭幾回，眞是聽得人心酸，累得小玲瓏每次也陪她哭起來，幸好賢婿終無恙歸來，怒蛟幫那邊的情形怎樣了？」

小玲瓏正爲風行烈斟茶，聞言纖手一顫，差點茶壺都拿不穩。

風行烈忍不住探手過去，輕輕撫了她香背，才向不捨和谷凝清說出了當前的形勢，言罷道：「丈母大人美艷勝昔，看來功力盡復，尤勝從前。」

谷凝清嫣然一笑，風情萬種，先橫了身旁的不捨一眼，才道：「我這丈母娘吃了你這風流女婿的豆腐，使我人都像年輕十多年了。」

依然身穿僧衣的不捨伸手過去捉著她的玉手，微笑接口道：「雙修大法之妙，連我們都始料不及，又兼之我們不敢疏懶，亦不願疏懶，才能及時下山，以應付眼前險局。」

谷凝清啐道：「你這人呢！在後輩前都這麼不檢點，沒句正經話。」話雖這麼說，但玉手卻反把他抓得緊緊的，不願放開。

風行烈和谷姿仙相視一笑，桌下的手亦緊握到一起。

這時谷倩蓮早停了哭泣，發出均勻的呼吸聲，竟就在他懷裡熟睡過去，可見她因等待風行烈以至何等心力交瘁。

小玲瓏和另兩位美婢此時捧來早點，擺到桌上。

風行烈微笑道：「玲瓏！你的傷勢好了嗎？」

玲瓏乍蒙關注，俏臉紅透，垂首以蚊蚋般的聲音應道：「小婢得老爺出手醫治，現在沒事了。」匆匆溜出廳去。

不捨眉頭略皺，問道：「行烈為何會成了邪異門門主？」

風行烈道出詳情後，不捨釋然道：「那我就放心了，邪異門七大塢主武功高強，有他們助怒蛟幫，我們可放心到京師好好和大敵周旋了。」

谷姿仙無限深情地瞅了他一眼，輕輕道：「行烈莫怪我們匆匆離開長沙，其實是乾老知道情況後，鼓勵我們立即上京的，否則若讓敵人奸計得逞，天下萬民都要陷於水深火熱中，我們復國的機會更渺茫了。」

風行烈愕然道：「有甚麼新的情報嗎？」

不捨道：「朱元璋的大壽慶典就在七天後連續舉行三天，各方勢力亦以此藉口進京，可以推想所有事都會發生在那三天內，據我們京中眼線傳來的消息，情勢險惡非常，複雜至使人難以理清頭緒；只要知道連倭子也有人到了京師，便可見一斑了。」

接著扼要地述說了浪翻雲在秦淮河的花艇上搏殺東瀛高手；韓柏和范良極兩人如何名動京師；薛明玉鬧得滿城風雨和八派元老會議延期舉行的諸事。

風行烈想起快可見到韓柏等人，心情大好，摟著谷倩蓮火熱軟柔的嬌軀，握著谷姿仙的纖手，正要說話時，玲瓏又轉了回來，看他們有甚麼吩咐，見風行烈桌前碗筷不動，含羞為他挾起一個饅頭，放到他碗裡，低聲道：「姑爺請用早點。」

谷姿仙笑道：「行烈快吃吧！那是小玲瓏特別為你弄的。」

玲瓏羞得又逃了出去，看得各人為之莞爾。

少女多情，確教人心動。

風行烈舉筷為各人的空碗送上美食，才大嚼起來，問道：「方夜羽等人到達京師了嗎？我眞為韓柏他們擔心。」

谷姿仙白他一眼道：「有浪大哥在，誰能拿他們怎樣呢？打不過最多逃之夭夭吧！姿仙也很想見見韓柏和范老頭那對寶貝兒，倩蓮每次提起他們，都忍不住笑個半死。」

不捨卻沒有那麼樂觀，嘆道：「我們要立即趕赴京師，好盡點心力，據我們來自西域的消息說，色目的高手和近萬悍兵，近日已潛來中原。色目的『荒狼』任璧，一身硬氣功登峰造極，人又凶殘狠辣，實在不易對付。」

風行烈不解道：「大明的邊防如此嚴密，為何色目、瓦剌等外族，說來便來，還一點聲息都可不露出來呢？」

不捨道：「雖然沒有確實證據，但關鍵人物必是藍玉，他乃朱元璋授命專責征討蒙古各族的大將，掌握著邊防內外所有情報網，手下人才濟濟，若沒有他通融，蒙古各族怎能說來便來，要去便去。」

風行烈一震道：「他難道不知蒙古鐵騎的厲害嗎？若非里赤媚的師父擴廓因被鬼王虛若無掌傷舊

患復發，死於和林，大明能否如此安享盛世，仍在未知之數呢！」

擴廓乃當年蒙古第一猛將，蒙人退出中原後，全賴他屢敗明軍，獨撐大局，連名將徐達亦在嶺北一戰中，為其所敗。

他退往塞外後，收納部眾，屢寇邊地，朱元璋曾七次遣使招降，均被他嚴詞峻拒。連朱元璋都對這大敵非常欣賞，有一次歡宴群臣，酒闌之時，忽問群臣道：「天下奇男子誰也？」虛若無答是常遇春，豈知太祖道：「遇春雖人傑，吾得而臣之，吾不能臣之擴廓，方乃奇男子耳。」於此可見擴廓的威勢分量。

不捨曾為虛若無手下勇將，最熟明朝開國前後曠日持久的征戰，聞言頗有感觸道：「擴廓死後，里赤媚意冷心灰，退隱潛修天魅凝陰，朱元璋覷準時機，派藍玉多次出征，經年苦戰，最後大破蒙人於捕魚兒海，俘妃主以下百餘人，官屬三千、男女七萬、駝馬十五萬，至此蒙人才偃旗息鼓，退走和林。想不到今天蒙人卻又是由藍玉引來，這是否因朱元璋以天下只屬他朱家之錯？可是現在的太平盛世，亦正因他的家天下而來。」

谷凝清嘆道：「藍玉乃驕榮之人，並不大把蒙人放在眼內，或者認為蒙人只是供他利用的一只棋子，兼且看準朱元璋立允炆為繼承人，燕王必不心服，亂起來時只會袖手旁觀，所以更肆無忌憚，弄至現在這不可收拾的局面。」

谷姿仙向風行烈微笑道：「行烈餵飽了肚子沒有，我們要立即起行了，陸路雖辛苦了點，卻可隱蔽行藏。讓我喚醒小蓮吧！」

風行烈愛憐地審視懷內玉人，搖頭道：「不！我要抱著她走。」

常德府內，戚長征和翟雨時一邊談笑，沿著府內最具特色的臨水街朝府督所在的鬧市區走去。

這種依河溪而建的石板街，乃江南常見之景，路隨小河而轉，沿路房屋隨水曲折，分布有致。有的屋前建有跨街敞廊，設有欄杆，可作長座供人休息。河溪每隔數十丈，有小橋連繫兩岸，充滿恬靜情趣。

江南乃河網密集之處，交通運輸全靠船隻，誰能控制水道，誰便可稱王道霸，這亦是爲何方羽想打天下，第一個要對付的就是怒蛟幫的道理。

因著這地理特色，市鎮商場均臨水設置，或鋪面朝街，後門臨河，又或反之，總是兩頭均可做生意。無論是商鋪或住宅，有關弄膳、洗濯、排水均非常方便。

督府前的廣場在望。

這雖是清晨時分，但趕集的人均匆忙上路，開始忙碌的一天。

戚長征笑道：「眞希望甄妖女夠膽率領大軍，在府督前大鬧一場，看看府督是否仍可充耳不聞。」

翟雨時笑道：「我們都不是身家清白的人，記得不要站在通緝榜文下那懸賞圖旁邊，因爲無論畫功如何不濟，總有幾分相像。」

兩人說笑了一輪後，步上了督府前的大廣場，轉右進入常德最著名的崇德街去。

這是常德府最著名的商業中心，行人明顯多了起來，街長超過一里，寬達兩丈，路面由大塊條石鋪成，店鋪均比城內其他地方更有規模和氣派，裝修精緻，風格多采又有地方特色。

兩人隨意找了間食物館子，坐到一角，點了十多碟小點，又要了兩碗稀飯，伏案大嚼，一點都沒有正亡命躲避敵人的神態。

吃到一半時，粱秋末走了進來，毫不客氣地搶過兩碟小食，拏起便吃，同時低聲道：「發現了二叔昨天留下的暗記，只要能撇甩妖女，立時可去和他們會合了。」

兩人大喜。

粱秋末續道：「我又聯絡上乾老、邪異門的諸位大哥和眾多兄弟，他們都鬥志昂揚，很想大幹一場。」

翟雨時皺眉道：「沒有會上二叔之前，我們的實力始終單薄了點，唉！有甚麼方法可立即把他找來呢？」

沉吟間，戚長征推了他一把。

翟雨時往入口處看去，亦呆了起來。

只見千嬌百媚的甄夫人獨自一人蓮步姍姍步入坐滿了人的店裡，逕直來到三人桌旁，坐入空椅子裡，含笑看著三人。

仇人見面，分外眼紅，戚長征握上天兵寶刀的把手，冷冷道：「妖女你既送上門來，就讓老戚和你一算柔晶、封寒前輩和眾兄弟的血賬。」

第十三章　反臉無情

韓柏和范良極兩人坐在桌前，享受著由宮內調來的廚師弄出來的精美食點。

范良極神采飛揚，繪影繪聲地述說著如何把雲清征服的經過，又嚴詞吩咐韓柏不准告訴任何人，最後道：「京師事了後，雲清會正式稟告師門，以後就要和我雙宿雙棲了，嘿！女人眞奇怪，我還以爲她討厭我，原來她只是裝出來的。」

韓柏忙舉茶再賀，忽地鬧哄哄的，原來是三女擁著仍是慵倦不勝，穿回男裝的虛夜月進入廳內。

韓、范兩人一看虛夜月，眼都呆了。

虛夜月早就是傾國傾城的絕色，但現在的她更像提升了一個層次，神采飛揚、顧盼生輝不在話下，最要命的是多了一種難以形容的嬌艷，使她一下子成熟了許多，那種嫵媚動人，教人魂爲之奪。

虛夜月嬌笑著在兩人對面坐下，見到兩人目不轉睛打量她，俏目一瞪嗔道：「壞大哥、死韓柏，有甚麼好看的。」她棄筷不用，就那麼用纖白的小手，拿起一塊蔥油燒餅，送到朱唇處輕咬了一小片，那風流放逸和得意洋洋的樣兒，連三女都看呆了眼。

韓柏給虛夜月再白了一眼後，暗忖絕不可在三位美姊姊前表現得太神魂顚倒，強壓下心頭酥癢，向左詩關切地道：「詩姊的酒舖何時開始營業？」

三女見他關心她們，都開心起來，朝霞代答道：「我們怕留在京師的時間不長，所以密鑼緊鼓，幸好在船上時釀的三十多罈酒，時間都差不多了，詩姊又有秘法催酒……」

左詩插入興奮道：「昨日皇上差人來問我們能否趕十罈酒在皇上壽典時供客享用，我已答應了。」

韓柏故作失望地道：「我還想陪姊姊們到市肆買衣購物，現在看來你們都不會有空的了。」

三女一起歡叫了起來，連說有空。

昨晚虛夜月用盡了所有氣力，小肚子餓得要命，兩手都不閒著，可是無論她如何放懷大吃，姿態仍是那麼好看。

她笑吟吟看著韓柏哄三位姊姊，顯然看破了韓柏要討好她們的心意。

范豹這時進來通知說葉素冬來了。

韓柏大訝，待要到正廳見客時，虛夜月跳了起來，親熱地挽著他的手臂，陪著走了出去，低聲道：「你要小心西寧派的人，他們一向嫉忌阿爹，現在誰都知道月兒是你的人了，他們對你的態度或者會改變。」

韓柏暗忖若真改變了的話，怎會還這麼早來找自己呢？停在長廊道：「我打發他後，立即回來陪月兒去見外父，補行拜堂禮後順便到月兒的小樓再次成親。」

虛夜月大窘，惡狠狠道：「若你敢向爹說一句昨夜的事，我定殺了你。」

韓柏見她動輒喊殺的習慣絲毫不改，失笑道：「昨晚你留宿在此的事實誰都改不了，何況以岳丈的眼力，怎還看不穿他乖女兒已早獻身於我，何用我……」

虛夜月跺腳道：「總之不准你說出來，快滾去見人吧！」逃了回去。

韓柏渾身骨頭都酥軟起來，志得意滿地走到正廳。

葉素冬正喝著侍女奉上的清茶，暗自沉吟，見到韓柏來，起立笑著迎上來。低聲道：「今次末將來爲的是私事而非公事。」

韓柏愕然道：「甚麼私事？」

葉素冬故作神秘道：「那天大人救了青霜，師嫂知道了，要親自向你道謝哩！」

韓柏大喜，這不是又可以見到莊青霜嗎？忙道：「午飯還是晚宴，不過今晚卻不易騰得時間。」當然是想起了燕王之約。

葉素冬臉上閃過奇怪的神色，道：「若大人現在沒有甚麼事，可否立即和末將到道場走一趟。」

韓柏沉吟片晌，道：「統領請稍待，小使去安排一下，回來再和你去。」

走回內宅時，正苦思如何找個藉口，暫時穩住虛夜月，才發覺她和范良極兩人都溜走了。柔柔笑道：「大哥是佳人有約，我們的乖月兒則偷偷逃回家去了，只著你稍後到鬼王府和她吃午飯，她要親自弄幾味小菜孝敬你，我們則要和范豹回酒舖工作，眼下再沒人可陪大人你遣興了。」

韓柏喜出望外，趁機佔了三女一輪便宜後，騎著灰兒，和葉素冬到西寧道場去。

葉素冬比平時沉默多了，到了那天的練武大堂，葉素冬停了下來，雙目厲芒一閃，盯著他冷冷道：「韓柏！你知否犯了欺君大罪。」

韓柏腦際轟然劇震，愕然道：「你在說甚麼？」

這時左右兩邊側門擁進了兩個人來，竟是西寧派掌門「九指飄香」莊節和「老叟」沙天放，兩人均面色不善，隱成合圍之勢。

韓柏心中叫苦，這三人均爲西寧派的頂尖高手，任何一人自己亦未必可以穩勝，若三人同時全力出手，恐怕逃都逃不了，怎辦才好呢？

對方爲何這麼有把握指出他就是韓柏呢？

難道是莊青霜洩露出自己的底細？

一時方寸大亂。

莊節冷笑道：「霜兒昨天向雲清查問有關你的事，雖然她甚麼都不肯說，但我們已從你的身手看出你乃叛賊赤尊信的魔種傳人，我西寧派對你本無惡感，可惜你不知天高地厚，竟然冒充專使，若我們知情不報，皇上怪責下來，誰都負擔不起，惟有得罪了。」

沙天放嘿然道：「小子你裝得眞像，來！讓我領教你的魔功，看看厲害至何種程度。」

韓柏聽得與莊青霜沒有直接關係，她還曾爲自己隱瞞，放下心事。腦筋立時活動起來，心想若自己心虛逃走，那等若明告天下人他就是韓柏，那時連朱元璋都護不了自己，所有計劃都進行不了，還會牽累很多人。所以絕不能退縮，變臉怒道：「本使眞不知你們在說甚麼，去！我們見皇上去，如此侮辱，我朴文正定要討回公道。」

葉素冬冷笑道：「古劍池的人今午便到，你那侍衛長大人怕就是『獨行盜』范良極吧！」

莊節笑道：「不要硬充了，若你眞是高麗來的使臣，虛若無怎肯把掌上明珠許你，讓他的月兒嫁到異域去。何況他最愛我國文化，絕不會讓他的外孫兒被外族同化。」

韓柏心知這三個熱中名利的人，是在利用揭穿他的身分來打擊鬼王甚至乎燕王。從容道：「到現在你們仍只是胡亂猜測，爲何不多等一會兒，待那甚麼池的人來了才當面和本使對質呢？」

沙天放怒喝道：「還要硬撐！」一拳凌空向他擊來。

韓柏知他這拳表面雖勁道十足，其實只有兩成勁力，旨在迫他露出武功底子，一咬牙坦然受拳。

「蓬！」

拳風撞在他右肩處。

韓柏運起捱打神功，往橫踉蹌兩步，化去勁勢，其實夷然無損，但卻裝作受了傷，退去臉上血色，齜牙咧嘴喝道：「好大膽！竟敢傷害本使。」

西寧三老面面相覷，均不明白他為何不還手。若他眞是韓柏，怎敢仍然留下，因為曾見過他和范良極的冷鐵心一到，他便無所遁形了，除非他眞是高麗來的使臣。

他們亦非魯莽之徒，只是怕給楞嚴搶先一步，揭破韓柏的身分，那他們便會大失面子，以後再難抬起頭來做人。因為根據線報胡惟庸在昨晚宴會後，不知何故，已通知了楞嚴，著他進一步查察韓柏的身分。

韓柏摸著肩頭，狂怒道：「本使要求立即謁見皇上，還我公道，你們要綁要鎖，全任你們，不過事情弄清楚後，本使定會追究責任。」

甄夫人嫣然一笑，向戚長征道：「要動手嘛，素善求之不得，但戚兄弟敢否先聽素善幾句話？」

戚長征見她如此有風度，亦很難變臉出刀子，忍住怒火道：「說吧！」

甄夫人一對妙目掃過翟、梁兩人，柔聲道：「國有國法，家有家規，處理叛徒，乃天公地義的事，素善已是寬大為懷了，讓柔晶能在你懷內死去，只是你自己錯過罷了！若素善把她交給鷹飛，你估會有甚麼情況出現呢？」

梁秋末冷笑道：「那我們還應感激你了。」

甄夫人對三人露出清甜動人的微笑，她那帶點病態的玉容確是我見猶憐，看得三人一呆時，她才垂首輕輕道：「素善不敏！朱元璋建國後，無日不派大軍出塞討伐我等弱小民族，姦淫擄掠，無惡不作，我們今次東來，只是迫於無奈。兩軍對壘，不是你死就是我亡，此乃公恨，非是私仇，三位能怪素善心狠手辣嗎？」再嫵媚一笑道：「若非這等對立身分，素善可能還會對你們其中之一傾心下嫁呢！」

三人面面相覷，均感此女笑裡藏刀，難以應付之極。又不知她爲何有此閒情，連以智計著稱的翟雨時亦感頭痛。

甄夫人巧笑倩兮，向翟雨時幽幽道：「先生還應感激素善哩！若非我起了愛才之念，怎會強把先生從胡節手上要來，先生早成死人或廢人了。」

翟雨時哂道：「想把翟某變成白癡，難道還要謝你？」

甄夫人失笑道：「你這人哩！素善哪有這麼本事，只不過在嚇唬你罷了！告訴我，素善有動你半根頭髮嗎？」

戚長征苦笑道：「我如今給你弄得連應否向你動手也不曉得，快說吧！你到這裡不是爲了閒聊或發花瘋找男人上床吧！究竟有何目的？」

甄素善笑道：「目的只有一個，就是來和你們講和。」

三人一起目定口呆，瞪著她說不出話來。

韓柏被莊節三人和近百名禁衛押上皇宮。

朱元璋聞報後立即在御書房內接見韓柏和西寧三老。

四人跪伏朱元璋龍桌前，由葉素冬將他們對韓柏的懷疑，加鹽添醬地說將出來，當然瞞去了莊青霜那個環節，最後道：「古劍池冷鐵心今午即至，立可驗明正身，教他無法抵賴。」

朱元璋出奇地溫和道：「這事關係到我大明和高麗兩國邦交，葉卿家為何不多候一天，卻如此魯莽從事？」

葉素冬硬著頭皮道：「微臣食君之祿，擔君之憂，更怕賊子圖謀不軌，遲恐不及，才立即動手拿人，這事全由微臣出主意，願負全責。」

跪在他旁的韓柏心中亦讚道，這人總算還有點義氣。

朱元璋淡淡道：「看吧！」隨手在桌上取了一卷文書，擲到葉素冬身前地上。

眾人包括韓柏在內，齊感愕然，究竟那是甚麼東西呢？

葉素冬戰戰兢兢，膝行而前，恭敬打開一看，立時傻了眼睛。

只見上面寫滿了高麗文，當然不知所云，可是卻有兩幅手繪畫像，赫然是身穿官服的韓柏和范良極，繪得維肖維妙，傳神之極。

韓柏偷眼看到，亦是驚異莫名，為何朱元璋竟有這樣一張玩藝兒。

朱元璋語氣轉寒道：「這張圖像，乃專使抵京前三個月，由正德派人由高麗送來給朕以作證明的，葉卿家明白了吧？」

葉素冬一聽立即汗流浹背，伏身大叫知罪，額頭叩在地上，卜卜連響，若非他功力深厚，早頭破血流了。

朱元璋怒喝道：「人來！立即傳朕之命，公告全京，以後若再有任何人敢說出半句懷疑朴專使和侍衛長來歷的話，不理他身居何職，立殺無赦，即管他們兩人和韓、范兩賊長得一模一樣，亦不准再在朕前提起這事。」

當下自有人領旨去了。

葉素冬等三人暗暗叫苦，心驚膽顫，誰不知朱元璋反臉無情，心狠手辣。

朱元璋餘怒未消，喝道：「你三人立即給我退下，待朕與專使商談後，才和專使計議怎樣處置你們。」

三人雖為當代高手，可是得罪了朱元璋，只是魯莽欺君一罪，已可株連九族，聞言面如死灰，跪行著退出書房。

朱元璋再揮退了所有人後，淡淡道：「韓柏還不起來！」

韓柏跳了起來，尷尬道：「多謝皇上包涵，嘿！皇上哪處弄來這麼精采的身分證明文件。」

朱元璋搖頭失笑道：「算你這小子有點道行，若你早先反抗逃走，朕唯有下令通緝你，好小子，坐吧！」

韓柏笑嘻嘻在他龍桌側坐下，道：「皇上都說小子是福將了。」

朱元璋再失笑道：「就算你不是福將，朕都要隻眼開隻眼閉，否則朕便要立即和若無兄及燕王翻臉，還要抄陳令方的家。」

韓柏道：「皇上何時知道小子就是韓柏呢？」

朱元璋微笑道：「其實自第一次見你，由你砌詞不肯寫信開始，朕便在懷疑你的身分，所以才多次試你，看你是否想行刺朕。那天朕見過你和左詩後，老公公罕有地找朕說話，明言你的身分，於是朕立即找人趕製了這證明文件，好堵天下人之口。唉！朕想不信你是福將也不成了。連兩大聖地都不顧一切盡力支持和掩護你，只是衝著靜庵在天之靈，朕便不會動你。」說罷忽露倦容，揮手道：「專使回去吧！葉素冬這人忠心耿耿，現亦正是用人之時，不要太為難他。同時告訴陳令方，朕絕不會因此事不重用他，因為朕真的希望你這福將能為朕做點事。」

韓柏其實有滿肚子話想和他說，至此惟有叩頭謝恩，無比輕鬆地退出御書房外。

西寧三老正在門旁等候聖裁，見他出來，立時擁上來道歉和請代說項。

韓柏不為已甚，低聲道：「千萬不要再觸怒皇上，而小使已代三位叩頭求情，請皇上千萬別把這種雞毛蒜皮的小誤會擺在心上，三位大可放心。」

葉素冬差點感激得哭了出來，事實上他一直對韓柏很有好感，只是利害衝突，不得不把交情放在一旁。

這並非說他們完全相信了韓柏真是專使，尤其在朱元璋說出一模一樣這句話後。只是明白到無論如何，朱元璋都會護著韓柏，光是這點，便使他們要對韓柏另眼相看。

三人離開皇宮之時，莊節恭敬地道：「專使若有閒，請到道場小坐，霜兒很掛著專使哩！」

沙天放道：「掌門怎可如此怠慢，明晚得由我們擺下盛宴，向專使正式陪罪才行。」

韓柏先是大喜，繼又一驚，忙道：「小使最怕應酬，還是隨便點好。」暗忖若碰到冷鐵心，那就尷尬極了。

莊節欣然笑道：「專使放心吧！只是我們西寧自家人陪專使小敘，不會有半個外人的。」

韓柏和他們對望一眼，大家會心笑了起來，像所有芥蒂都消失了。

他終於明白了官場爾虞我詐的遊戲規則。

甄夫人嫣然一笑，神情純真誘人，淡然道：「是的！素善將會退出怒蛟幫與官府的鬥爭，這是你們以實力贏回來的，若非翟先生昨晚表現出驚人的策略布置，今天又有膽子悍然無懼地向素善公然挑戰，當然會是另一個局面。」

翟雨時眼中射出銳利和智慧的光芒，阻止了戚長征說話，微微一笑道：「明蒙鬥爭終到了最關鍵的時刻，所以夫人準備到京師去了。在下卻是奇怪，你們正佔在上風中，要退便退，何須特來與我們談和呢？」

甄夫人深深凝注著他，好一會兒才嘆道：「翟先生太自負了，你當素善看不穿你的計謀嗎？你們故意以身犯險，其實只是想引開我的注意力，讓邪異門和貴幫的人抄遠路進入常德。昨晚素善見你們故意停在奪命斜，便知悉箇中詭計了。」

翟雨時暗叫慚愧，昨晚所有行動，大部分都是隨機應變，竟使甄夫人著了道兒，當然不會說破，問道：「夫人貴屬追殺敝幫凌戰天的行動是否亦告失敗了呢？」

甄夫人柔聲道：「可以這麼說，但假若先生不接受和約，素善立時盡起人手，前往對付貴幫主和凌戰天，勢迫得先生由主動變作被動，與現時的情況判若雲泥，先生好好想一想吧！」

三人心中一懍，暗叫厲害。

他們到常德來，正是欺甄夫人顧忌官府，不敢有大規模的戰鬥場面出現，而他們卻可肆無忌憚，放手而爲，握了主動之勢。若甄夫人硬迫他們把戰場移離常德，以她手上的實力，確可穩操勝劵，當然最後誰勝誰負，還要由天時、地利與戰略等決定，但可預見的是即管是勝的一方亦將元氣大傷，損失慘重。

這正是甄素善想避免的後果。

戚長征和梁秋末對翟雨時的眼光、智計最是信任，一聲不響，交由他作談判和決定。

翟雨時從容道：「夫人這麼坦白，在下亦不矯情作態，可是我們怎知夫人這次求和，只是緩兵之計，暫時避開和我們正面衝突，撤退時亦不會受到突襲追擊，但轉過頭來又再對付我們呢？」

甄夫人笑道：「先生怎麼如此畏首畏尾，何況即管如此，對你們又有甚麼損失呢？你們不會妄想能殲滅我們吧！先生首要之務，是能保貴幫主安然無恙而已！」接著幽幽一嘆道：「這樣吧！素善親口保證三個月內絕不置身於官府和貴幫的戰爭裡，先生滿意了嗎？」

戚長征終忍不住冷哼道：「好一個妖女，看準我們元氣大傷，三個月內根本無力重新控制水道，收復怒蛟島。故放手讓官府和黃河幫對付我們，我何不當場把你殺死，使得群龍無首，看你的手下還有甚麼作爲？」

甄夫人白了他一眼道：「男兒家有風度點可以嗎？人家對你這麼尊重，你卻偏要令人家難堪尷尬。」

戚長征給她醉人的風情和溫馨軟語弄得呆了呆，一時爲之語塞。他說的只是氣話，以甄夫人的劍術，即管三人聯手，想殺死她亦不容易，何況他們怎可不顧面子，三個大男人欺她一個小女子呢？

翟雨時啞然失笑，伸出手來點頭道：「好吧！我翟雨時便代表怒蛟幫和你做這休戰三個月的交易。」

甄夫人欣然遞出美麗的小手，送進翟雨時的掌握裡，輕輕道：「這次和談，素善實存有私心，因為素善心切到京城會一個人，至於那人是誰，素善卻不會洩露出來。」

翟雨時握著她軟柔的小手，心中泛起男女間那種難以說明的微妙感覺，口中卻強硬地道：「夫人須即刻把所有人馬撤離常德，否則我們會立時發動攻擊，以免坐失良機。」

甄夫人輕輕把手收回，轉向戚長征歉然道：「兩軍對壘，各為其主，素善多麼希望能改變對立的局面，大家以另一種身分論交接觸，請戚兄節哀順變，將來素善若命喪戚兄之手，絕不會有半句怨言。」

盈盈站了起來，柔情萬縷地說了一聲「珍重」後，便婀娜輕盈地舉起玉步，從容出店去了，並沒有回過頭來。

三人你眼望我眼，都想不到在這千鈞一髮的時刻，卻來了這麼一個大轉變。

翟雨時斷然道：「秋末負責監察妖女承諾的真偽，我和長征、乾老和邪異門諸兄弟會合後，立即向展羽猛攻，去掉官府的一隻利爪。」

心中卻在想，始終還是中了妖女的奸計，讓她坐收漁人之利，不過他此刻亦別無選擇。

韓柏策著灰兒，旋風般趕到鬼王府，守門者連忙大開中門，迎他入內。

另有人走上來，為他牽著馬韁頭道：「白小姐想先見專使大人，讓小人領路。」

不一會兒韓柏在一座院落見到了容光煥發的白芳華，侍僕避退後，這美女親熱地挽起了他的手臂，毫不避嫌朝虛夜月香居的小樓方向走去，半邊身緊壓在他的虎背和臂上。高聳和充滿彈性的胸脯，讓他嘗盡溫柔滋味，嬌嗲地道：「韓柏你得到了排名僅次於秦夢瑤和靳冰雲的絕世嬌嬈，該怎樣謝芳華呢？」

韓柏給她提醒，想起自己確是艷福齊天，江湖好事之徒選出來的十大美女，排名第三的虛夜月已失身在自己手裡，靳冰雲至少給他吻過、抱過，秦夢瑤亦是囊中之物，說不定這兩天便有機會一親莊青霜的香澤，現在身旁又是風韻迷人的白芳華，今晚燕王再有贈禮，想到這些，意氣風發下，一把摟起白芳華，不理她的抗議，閃入林木深處，把她壓在一棵大樹處，強吻她的香唇。

白芳華無力地推拒著，扭頭要避，卻給他由粉頸一直吻上耳珠，再移師她白滑粉嫩的臉蛋，最後終吻上她的朱唇。

白芳華「嚶嚀」一聲，垂下雙手，抓緊了他的熊腰，欲拒還迎的反應著。

韓柏魔性大發，打定主意速戰速決，一對手在她豐滿的玉體忙碌起來，登山涉水，無所不至。

白芳華劇烈抖顫起來，猛地咬了他一下唇皮。

韓柏痛得仰後看她。

白芳華貫滿慾焰情火的美眸無力地看著他，喘著氣道：「韓柏求你高抬貴手，芳華是燕王的人。」

韓柏大吃一驚，整個人彈了開去，看著這軟倚樹幹、星眸半閉、衣衫不整、露出大半截剛被他侵犯過的酥胸的美女，失聲道：「你說甚麼？」

白芳華幽怨地橫了他一眼，一邊整理衣衿，一邊幽怨地道：「人家給你害得很苦，可是燕王對芳華恩重如山，芳華怎可見異思遷呢？」

倏地撲入他懷裡，失聲痛哭起來。

韓柏慾火全消，既是憐惜，又大不是滋味，安慰地摸著她的玉背，柔聲道：「不要哭了！你乾爹知道這事嗎？」

白芳華飲泣道：「當然知道，芳華之能成爲鬼王的乾女兒，全賴燕王從中引介，現在該知道芳華對你矛盾的心情了。」

韓柏不滿地道：「那爲何你又來逗我呢？」

白芳華跺足嗔道：「誰來逗你？是你挑誘人家才對，累得人茶飯不思。唉！爲何芳華不可早上三年遇到你呢？」緩緩離開他的懷抱，抬起盈盈淚眼，向他送來對命運無盡的怨懟。

韓柏心中苦笑，假若你碰到三年前在韓府當小廝僕的我，肯用眼尾瞥一下我，韓某已受寵若驚了，探手撫著她香肩道：「若燕王當上了皇帝，你就是白貴妃了。」

白芳華差點又給他一巴掌，掙了掙怒道：「你盡情羞辱芳華吧！若我白芳華是貪圖富貴的女人，願受地滅天誅。」

韓柏把她拉入懷裡，托起她的小下巴，大嘴湊下去道：「只要你說一個『不』字，我便不吻你。」

白芳華俏臉一紅，避開他灼熱的眼光柔聲道：「只要你不像剛才般對人無禮，愛怎麼抱和吻都可以。」

韓柏沉聲道：「你不覺得摟抱、親嘴是背叛了燕王嗎？」

白芳華點頭道：「芳華當然知道，但若連這都不可以和你做，芳華情願自盡算了，免得受活罪。」

韓柏嘆了一口氣，只蜻蜓點水般在她唇上輕輕一吻，無奈地道：「這事怎能定下限制，多麼沒趣。」

白芳華忍不住又啜泣起來，淒楚至極點。

韓柏無法可施，拋開心中的恨意，又哄又勸，好一會兒才令她停止了哭泣。

白芳華倚著他站了好一會兒後，情緒稍微平復過來，低聲道：「芳華不送你去了，韓郎自行到月兒那小樓後的金石藏書堂去，乾爹和月兒都在那裡。」猛地脫出他的懷抱，疾掠去了。

韓柏的美好心情，至此被破壞無遺，一聲長嘆，才收拾情懷，依白芳華的指示朝鬼王的金石藏書樓走去。

第十四章　鷹刀再現

撤退的號角，響徹荒野。

敵人潮水般來，潮水般退去。

在山峰處俯視著的凌戰天大惑不解，敵人分明已掌握到他的行蹤，爲何忽然退走呢？累得他花了整晚時間，在通往此峰頂的各處斜坡，設下各種死亡陷阱，現在卻一點都派不上用場。

看他們退卻的方向，並不是常德府，而是繞過常德，朝長江退去。

縱使援兵來到，以敵人的實力，亦無須避開，一時間連他都糊塗起來。

猛一咬牙，掠下高山，往上官鷹藏身處全速趕去。

韓柏經過了虛夜月那典雅寧靜的小樓香閨，沿著碎石路，穿過小樓的後園，再過了一個方形單檐攢尖的小石亭，前方出現了一堵高起的圍牆，內有一座規模宏大的建築物，五進三間，樑柱粗大，正門處刻著「金石書堂」四字，古樸有力，非常有氣勢。

四周靜悄無人，亦沒有被人監視的感覺，與外府崗哨林立的情景迥然有異。

書堂中門大開，韓柏拋開白芳華的事，昂然步入，先是一個門廳，然後是前天井、布滿字畫藏書的大堂，接著是後天井和另一座閉上了門的後堂。書室兩旁均開有側門，內裡另有藏書處，一時間真不知鬼王和他的寶貝女兒身在哪裡。

他默運玄功，察查動靜，驀地心有所感，直朝呈長形的後天井走去。

後天井比前天井最少大了一倍，兩側建敞廊，天井四周檐柱均用方形石柱，滿布浮雕，人物、走獸等造型生動，一看便知是描述佛典內的故事，至於內容嘛，就非他韓柏所知了。

後天井盡處的華堂等若另一間書堂，地坪較高，由兩側廊內的石階登室，規格一絲不苟，在在顯出鬼王這建築大師對自己住處的嚴謹布置心思。

韓柏才步上石階，緊閉的大門「咿呀」一聲由內推了開來，一位高髻盛裝，刻意打扮過的絕世佳人，笑盈盈福身施禮道：「韓柏啊！快進來！」

當然是艷冠京師的美人虛夜月。

韓柏從未見過她如此刻意打扮，又穿回華麗女裝，長裙曳地，香肩處裹著差點長至裙腳的披風，在胸前打了個蝴蝶結扣。

披風外白內紅，配著淡黃繡雙蝶圖案的衫裙，高髻上閃閃生輝的髮飾，那種糅合了少女嬌俏風情和成熟女性打扮的迷人風韻，以及玲瓏浮凸線條所呈現出來的優美體態，看得韓柏兩眼放光，無法闔眼。

原來月兒蓄意引誘男人時，竟可化作如此雍容高雅、天香國色的麗人。

虛夜月嬌嗔地瞪了他一眼道：「大學士還不快些進來拜見阿爹。」

韓柏一呆道：「月兒在說甚麼？」

虛夜月笑吟吟道：「可眞是個傻子，現在全京師的人都知道朱叔叔封了你做東閣大學士，乃正五品的高官，只有你自己不知道，還不滾進來。」她見韓柏目不轉睛朝她直瞪眼，心中歡喜，不枉自己爲他刻意打扮，連笑容都比平時更甜了。

韓柏搔著頭，傻愣愣隨她走進華堂裡，至於朱元璋封了他甚麼官，卻是毫不放在心上。

四周盡是高起的書櫥，放滿線裝書、竹書和帛書。

在這書卷的世界盡端處，放了一張臥床，「鬼王」虛若無自然寫意地側臥其上，挨著一個高枕，全神看書。

韓柏步到他跟前，福至心靈地跪了下來，恭敬叫道：「岳丈大人，請受小婿三拜！」

虛夜月想不到他有此一著，又羞又喜，扭身舉手遮著臉兒，跺腳道：「死韓柏！你壞死了。」

鬼王哈哈一笑，放下書本，大馬金刀坐了起來，喝道：「好小子！由今天開始，月兒就是你的妻子，出嫁從夫，以後她就是韓家的人了。」接著傲然道：「甚麼三書六禮，怎及我虛若無一句話。」

韓柏大喜，連叩九個響頭，肅容道：「皇天在上，若我韓柏有負月兒，教我萬箭穿心而死。我保證疼她一生一世，教她永遠都那麼幸福快樂，永遠都……嘿！都那麼好玩。」

虛夜月聽到一半，早轉過身來，俏目射出海樣深情，可是當他說到最後一句時，又忍不住「噗哧」嬌笑，含羞地來到韓柏身旁，向虛若無跪了下去，顫聲道：「月兒投降了，以後再不敢惹你老人家生氣了。」拜了下去，忽然站了起來，不顧一切坐到臥床邊沿，投入虛若無懷裡，放聲痛哭起來。

虛若無緊摟著她，拍著她的香肩，道：「賢婿請起。」指了指臥床旁的太師椅道：「坐！」

韓柏坐下後，虛若無嘆道：「這孩子人人都以爲她金枝玉葉，享盡富貴榮華，其實命苦得很，一出世便沒了親娘，我又爲了一口氣，自幼對她嚴加訓練，幸好這一切都成爲了過去。自她懂事後，我虛若無從未見過她像這幾天般意氣飛揚、歡天喜地。今早她回來後，竟破天荒穿起我囑撫雲早爲她縫造的女裝，還整個早上陪著我在這裡看書，賢婿可明白我歡欣的心情嗎？」

韓柏呆頭鳥般看著漸復平靜的虛夜月，爲他們的父女之情感動不已，一時說不出話來，不過若說命苦，虛夜月拍馬都趕不上他這無父無母的棄兒。

虛苦無抬起虛夜月的俏臉，啞然失笑道：「月兒切莫對爲父言聽計從，那會令爹失去了很多樂趣的。」

虛夜月扭動嬌軀，不依道：「爹和韓柏都不是好人，人家傷心落淚，還要逗人家。」用力推了鬼王一下，負氣地站了起來，在另一側的太師椅坐下，白了韓柏一眼道：「罵得你們不對嗎？有甚麼好看的。」接著滿臉淚痕的粉臉綻出一絲淺笑，垂下了頭，那動人的情景，連鬼王都看呆了。

韓柏和虛若無對望一眼，放懷笑了起來。

虛夜月不依地再作嬌嗔，但又忍不住偷偷笑了起來。

鬼王長身而起，道：「來！你們跟我去看一件好玩的東西。」

兩人對望一眼，都不知道鬼王要帶他們去看甚麼。

鬼王推開後門，踏進華堂後被高牆圍著的大花園裡，庭林深處，有所小石屋。

虛夜月低聲道：「那是爹的臥室，除了七娘和我外，誰都不准進去，不過月兒都很少去，得那麼一張石床，有甚麼好玩？」

韓柏心中大訝，想不到堂堂鬼王的居處如此返璞歸眞。

快到石屋時，韓柏忽地「呵」的一聲停了下來，表情變得非常古怪。

虛夜月忙挽起他的手臂，關切地道：「怎麼了！不會是被西寧派那些混賬嚇壞了吧？」

韓柏搖頭表示沒事，暗忖原來今早的事，他們已經知道了。

鬼王亦停了下來，淡然道：「賢婿是否生出了特別的感應？」

韓柏點頭道：「眞是奇怪，石室內似乎有件東西使我生出熟悉和親切的感覺。」

鬼王沉吟半晌，道：「或者你是有緣人亦說不定，進來吧！」推門而入。

兩人隨他進入室內，兩丈見方的地方一塵不染，除了一張石床外，連坐的椅子都沒有。

兩人的眼光幾乎同時投往掛在空蕩蕩的牆上唯一的一把刀上。

虛夜月只是奇怪爲何原本空蕩蕩的四壁會多了把刀出來，韓柏卻是虎軀劇震，指著牆上那把造型古樸的厚背刀，張大了口，卻說不出話來。

虛若無陪著兩人望了一會兒，轉過身來微笑道：「不錯！這就是曾擺在韓家武庫內，百年前傳鷹大宗師的隨身兵器厚背刀了。」

戚長征、翟雨時、乾羅、邪異門除「笑裡藏刀」商良外的三大護法、七大塢主全集中在常德府外一個山頭處，遙遙監察著鷹飛和以色目人爲主的敵軍撤往長江。

近千怒蛟幫和邪異門的聯軍，隱伏在幾個戰略性斜坡的叢林裡，以防敵人失信反撲。

梁秋末將會率領偵騎，追蹤監察他們的撤退，並由長江沿途爲這次行動布下的眼線，留意著他們和官府的動向。

乾羅乃黑道祖師爺級的高手，地位尊崇，眾人都對他深表尊重，執弟子之禮。現在他功力全復，只是隨便一站，已有著一代宗主的氣派。

梁秋末由後山飛掠而至，先向乾羅施禮，再向邪異門眾護法、塢主打個招呼，道：「展羽的人一個不見，看來是得到知會，返回洞庭與胡節會合。」

眾人都皺起眉頭，胡節若得這擁有十多名高手包括特級人物展羽在內，和近百名武林中人組成的「屠蛟小組」輔助，勢必如虎添翼。

邪異門首席護法，德高望重的「定天棍」鄭光顏臉色凝重道：「若鄭某是胡節，就會加強怒蛟島的防務，然後讓與他有勾結的黃河幫逐一接收貴幫的地盤和生意，只要斷去貴幫的經濟命脈，兼之貴幫現在元氣大傷，暫時無力反攻怒蛟島，不出半年，整條長江都會落入了胡節的手裡，那時他想造反，本錢便大多了。」

翟雨時微笑道：「多謝鄭老師關心，錢財方面倒不成問題，這十多年來，我們倒眞儲了點錢，若貴門有問題，隨便出聲，不要客氣。」他才智過人，知道若鄭光顏特別留意經濟的問題，可能正因他有著同樣的難題。

塢主之首「火霹靂」洛馬山笑道：「風門主吩咐下來，囑我們暫時歸入貴幫，大家是自家人了，我們怎會客氣，這事遲些再說吧！」

眾人笑了起來，心情輕鬆。

乾羅忽嘆道：「只看展羽及時撤走，便知以方夜羽為首這支外族聯軍，和胡惟庸早有協議，一俟胡節取得絕對優勢，他們便暫時退出這個戰場。也由此可見他們對如何瓜分大明，已有了周詳計劃。」

戚長征冷笑道：「妖女太低估我怒蛟幫，十多年了，我幫早在洞庭生了根，潛力之厚，豈是她這種初來甫到的人能了解的。」

乾羅責道：「長征切勿自傲，以方夜羽的精明，怎會不詳細告知妖女怒蛟幫的底細，今次她未竟全功驟然撤離，必是認清胡節對朝廷不忠，故此讓我們拚個兩敗俱傷，異日天下四分五裂時，他們便可安享其利。」

戚長征汗顏道：「義父教訓得好。」

「砰！」

一朵煙花在遠方的天空爆了開來。

翟雨時大喜道：「好了！找到幫主和二叔了。」

韓柏一呆道：「岳丈又說楊奉沒有找你。」

鬼王微笑道：「我虛若無一是不說，說出來的絕沒有假話。當然！對付我的月兒卻屬例外情況。唉！楊奉昨晚在京師外的百家村，被欲搶奪鷹刀的各方高手發現行蹤，雖突圍逃出，但已受了致命內傷，勉強捱到我這裡，說了一句話後立即倒斃，這把刀亦來到我手裡。」

虛夜月好奇問道：「是甚麼話？」

鬼王淡淡道：「我明白了！」

韓柏愕然道：「他明白了甚麼？」

鬼王苦笑道：「那要到地府問他才知道了。賢婿！有興趣便拿這把刀去玩玩。」

韓柏大吃一驚，不斷搖手道：「小子何德何能，只是每天擔心有人找上門來搶奪鷹刀，我便不用安眠了，哪還有時間服侍月兒。」

鬼王仰天長笑道：「好！見寶不貪，才是眞正英雄豪傑，便讓它放在這裡，明天我放消息出去，讓膽子夠大的人來玩玩。解決了月兒的終身大事後，我虛若無一身輕鬆，很想找人來動動筋骨，又怕濫竽充數的庸才不堪一擊，幸好里兄來了，何不請進來共賞鷹刀。」

聽到最後兩句，韓柏和虛夜月同時色變。

里赤媚悅耳迷人的聲音在屋外園中響起道：「虛兄寶鞭未老，里某深感欣慰，初還以爲功力小進後，能瞞過虛兄耳目，豈知里某錯了。」

韓柏差點要喚娘，里赤媚便像是他命中的剋星，若非有鬼王在，早拉著虛夜月逃之夭夭了。忙移到虛夜月前挺身保護。

鬼王負手轉身再望往鷹刀，笑道：「里兄天魅凝陰既大功告成，確能瞞過任何人耳目，只是瞞不過虛某的心吧。」

里赤媚大笑道：「說得好！」

餘音未盡，秀挺妖艷的里赤媚步入屋內，先盯著虛夜月，眼中爆起異采，點頭讚道：「夜月小姐天生媚骨，韓柏這小子眞是艷福不淺。」

虛夜月給他那對妖媚邪異的眼睛上下打量了一遍，渾身都不自在起來，就像給對方用眼光脫去了身上衣服般難過，躲到了韓柏身後，嗔道：「里叔叔不准你那樣看人家。」

里赤媚一愕道：「只衝著里叔叔這一句話，將來無論發生了甚麼事，里赤媚都絕不會傷害夜月小姐。」

韓柏心中折服，里赤媚不愧當代的頂尖高手，氣度、風采均遠超常人，或者只可以大奸大惡的梟雄來形容他。

虛若無欣然道：「月兒還不多謝里叔叔疼愛。」

虛夜月由韓柏身後移了出來，微一福身，嬌聲道：「謝里叔叔！」又縮了回去。

里赤媚嘆道：「如此尤物，眞是我見猶憐。」轉向韓柏道：「韓兄魔功大進，可喜可賀，當日解語愛上了你，里某並不奇怪，但連刻薄寡恩的朱元璋亦對你另眼相看，使我們計謀難展，則無法不使我們不吃驚。」接著再微微一笑道：「但眞正令里某拜服的，卻是連斷去七情六慾，達致《慈航劍典》上劍心通明的仙子秦夢瑤，亦對你傾心相戀，里某才是無話可說。」

以虛若無那樣的修爲，聽到里赤媚說出秦夢瑤愛上了韓柏，仍禁不住愕然望往韓柏，失聲道：「甚麼？」

虛夜月更是瞪大秀眸，不能置信地道：「眞有此事？」

秦夢瑤和韓柏相戀之事，乃極度秘密，除了最親近的那有限幾人外，江湖上無人知道，這刻由里赤媚口中道來，自然有石破天驚的震撼性。

要知秦夢瑤身分超然，只是她打破禁戒，成爲兩大聖地三百年來首次公然踏足江湖的傳人，向兩藏正面挑戰，便儼成兩大聖地三百年來最出類拔萃的高手。

兼之她出塵之姿，美若天仙，艷蓋群芳，更使她成爲高不可攀的完美女性典範。

如此一位自幼清修，等若出家人的仙子，竟愛上了最喜拈花惹草，行爲話語毫不檢點，有時甚至草莽不文的江湖浪子，教人怎能相信。

韓柏尷尬地搔頭道：「里兄不看在我韓柏分上，也好應看在解語分上積點口德，不要才上場便到處揭人私隱。」

虛若無哈哈一笑道：「好小子！我仍是低估了你。」

虛夜月在他耳旁狠狠道：「若不把你所有風流史都從實招來，月兒定不饒你。」

里赤媚向韓柏歉然一笑，悠閒地來到虛若無身側，和他並肩抬頭欣賞高掛牆上連鞘的鷹刀，哪像要以生死相搏的死對頭。

虛若無淡淡道：「里兄看出了甚麼來？」

里赤媚秀美如女子的修長臉龐苦笑道：「虛兄太抬舉里某了，若我可一眼看破鷹刀，也不用找來鬼王府，看看虛兄哪天有空，算算我們兄弟間的老賬，索性立地成佛，鷹緣他亦可捲起鋪蓋榮休了。」

虛若無訝然往他望去道：「里兄何時變得這麼有耐性？」

里赤媚微一揚手，「鏘」的一聲龍吟虎嘯，刀氣大盛，天下間最具傳奇神秘色彩、無可比擬的厚背刀立時離鞘而出，落到他手中去。

他的手剛握在刀把時，全身一顫，閉上眼睛，發出一聲低嘯，漸轉高亢，然後倏然收止，再睜開眼來，眼中射出懾人的電芒，投在刀身上。

虛若無微笑道：「里兄若有興趣，可隨便拿去玩玩，還不還給我都不打緊。」

在旁的韓柏聽得瞠目結舌，這兩人的對答，著著出人意表，連天下人人想據爲己有的，相傳包藏著成仙成道大秘密的鷹刀，亦是可隨意轉贈的玩藝兒。

里赤媚仰天長笑，拿刀的手往前一送，也不知使了甚麼手法，鷹刀安然回到高掛牆上的鞘內，一點聲音都沒有發出來。

韓柏看得心中一寒。

現在他魔功大進，已勉強看出里赤媚的動作，只是那速度之快，就像他根本沒有動過那樣。

虛夜月挨著他的嬌軀僵硬起來，顯是心中吃驚，不由憐意大起，手往後探，摟緊了她的小蠻腰，讓她貼伏在自己背上。

她柔軟和充滿彈力的酥胸，使他精神一振，勇氣陡增，大喝道：「為何里兄不拿回去給紅日那老賊禿？」想起紅日傷害了秦夢瑤，他便恨不得和紅日法王一決生死，不過若非紅日，秦夢瑤怕亦不肯委身下嫁於他。

里赤媚倏地後退，來到韓柏面前，一肘往韓柏胸前撞去。

虛若無哈哈一笑，也不見如何動作，反手一掌往里赤媚拍來。

里赤媚竟不得不收回對韓柏的肘撞，往橫移開，避過鬼王的手掌，到了石室中心。四個人分為三組，成品字之勢。

虛若無收回手掌，轉身含笑道：「假若讓里兄在我眼前傷害虛某的東床快婿，虛若無索性立即認輸算了。」

虛夜月由韓柏身後閃出，挺起胸膛護在韓柏之前，俏臉氣得煞白，大嗔道：「里叔叔怎可隨便偷襲，哪算英雄好漢。」

里赤媚嘆道：「高手對壘，哪有偷襲可言，月兒雖與我一見投緣，可恨里某不得不狠心告訴你，韓柏乃我們必殺名單上排行第五位的人，造化弄人，月兒怪里叔叔亦是無可奈何的事。」

韓柏剛要答話，虛夜月化嗔爲笑，悠然道：「里叔叔即管試試，若柏郎乃短命之人，爹亦不會選他做月兒夫婿了，這是否也是造化弄人呢？」

有其父必有其女，虛夜月看似天眞無邪、涉世不深，其實輕言淺笑裡，隱藏刀劍，利用鬼王天下無雙的玄奧相學，造成對里赤媚心理上的壓力，種下天命難違，奈何不了韓柏的惱人想法。他已有一次殺死韓柏的機會，可是這小子仍活得寫意快活，便是明證。

里赤媚暗呼厲害，攤手笑道：「這事多說無益，惟有走著瞧吧！」

韓柏探手把虛夜月移到身後，嘻嘻一笑道：「里兄眞會說笑，聽說浪大俠正四處找你，所以你最好及早把龐斑請來，好讓他保護你，以免還未與岳丈動手，便給人宰了。」

聽到浪翻雲之名，鬼王眼中掠過懾人的神采，神情複雜。

里赤媚絲毫不動氣，從容露出他帶著詭異魅力的動人笑容，淡淡道：「此事里某無意辯說，若強言我們不顧忌浪翻雲，亦無人肯相信，以虛兄之能，在必殺榜上排名亦次於浪翻雲呢！」

虛若無仰天長笑道：「排得好！只不知排名第三的是否朱元璋？」

里赤媚欣然道：「區區心意怎瞞得過虛兄這知心好友？」

園外這時傳來鐵青衣的聲音道：「鬼王請恕青衣保護不周，讓來人闖入禁地之罪。」

虛若無喝道：「何罪之有，青衣請退下去，亦不須對客人無禮。」

鐵青衣領命退去。

虛夜月纖手按著韓柏兩邊肩膊，探頭出來道：「排第四的是誰，月兒想知道哩！」

里赤媚又好氣又好笑，不知如何，他一生冷血無情，但剛才第一眼看到虛夜月時，竟湧起一種連他自己也不明白的疼愛憐惜之心，才會作出那樣對他有害無利的承諾。適才他並非想殺韓柏，而是藉他打破進來後無法有空隙出手的僵局，假若鬼王露出稍遜於他的實力，他便立即全力撲殺鬼王，去此大敵，哪知鬼王那看似平平無奇的一掌，竟迫得他連對韓柏的攻擊都要放棄來全力應付，惟有重新定計。

虛若無顯亦猜不到里赤媚第四個要殺的人是誰，負手不語。

里赤媚看著虛夜月那對充滿了好奇的美麗大眼睛，心中一軟，正要說出來時，韓柏倏地神態變得威猛無倫，殺氣狂湧過來，嘿然道：「第四個人就是夢瑤，對嗎？動手吧！除非里兄能殺了我，否則休想安然離開。」為了秦夢瑤，里赤媚他都不怕了。

虛若無和里赤媚眼中同時閃過驚異之色，暗懍種魔大法的厲害。

鬼王喝道：「賢婿且慢，這事交由我來解決。」

虛夜月亦帶著醋意嗔道：「韓柏啊！冷靜點吧！」

韓柏反手摸上她的香背，拍了兩下道：「若我知有人想傷害月兒，亦會這樣做的。」

虛夜月立即化嗔為甜笑，吻了他的後頸。

鬼王和里赤媚見她女兒家情態，相視一笑，又若多年好友。

里赤媚柔聲道：「里某等待再見虛兄的機會，一等便十多年，何礙多等數天，使這爭霸天下的遊戲可以更有趣點，虛兄以為如何？」

虛若無仰天長笑，充滿豪情壯志、說不出的歡暢，連說三聲「好」後，冷然道：「里兄不過想等至朱元璋那三天大壽之期罷了！勿怪虛某無言在先，說不定虛某一時興起，先找幾位貴方的人來祭戰旗呢！」

里赤媚哈哈一笑，欣然道：「和虛兄交手眞是痛快，若虛兄應付紅日法王之餘，仍有餘暇到處尋人訪友，亦不妨大家玩玩。請了！」倏忽間已退出門外，像化作氣體般消失不見，那種速度比鬼魅還要嚇人。

虛若無仰天長笑，聲音遠遠送出道：「里兄！不送了！」

轉向韓柏和虛夜月欣然道：「月兒既有著落，老朋友又遠道來訪，人生至此，夫復何求。」

第十五章　問君借種

在常德郊野一處山頭臨時豎起的大營帳內，上官鷹、凌戰天和乾虹青接受著各人的慰問和道賀。乾羅和凌戰天這對曾經敵對的高手，表現得比任何人都更惺惺相惜。

凌戰天聽到龐過之和近千人傷亡的噩耗後，沉默了一會兒，才憤然道：「若我們不在這三個月內取回怒蛟島，將來哪還有面目去見過之和眾位犧牲了的兄弟。」

乾羅正容道：「這事可從長計議，不過眼前當急之務，是如何應付方夜羽等即將在京師展開傾覆明室的陰謀。唉！換了往日的乾某，只會惟恐天下不亂、朱元璋死不了，想不到今天卻要想法保存明室，世事之變幻莫測，無過於此。」

翟雨時道：「現在方夜羽的眞正實力已漸見端倪，瓦刺、花刺子模、南北兩藏和色目均已有高手現身，目前只欠了一個女眞族，縱使女眞沒有派人來助方夜羽，只是現在的實力，便非常使人頭痛。」

乾虹青坐在上官鷹和戚長征間，聞言向戚長征低聲問道：「柔晶不正是女眞人嗎？」

戚長征微一點頭，露出沉痛和無奈的神色。原本他打定主意不顧一切爲她報仇，可是目下突變的形勢，使他不得不把報仇之事擱在一旁，心中的難過，可想而知。

上官鷹臉色仍有點蒼白，不過精神卻好多了，發言道：「我有一個提議，想請乾老帶長征走一趟京師，好解除蒙人的威脅。」

乾羅點頭道：「乾某正有此意，不過現在怒蛟幫亦到了生死存亡的關頭，我便留下老傑和一眾兒郎，交給你們使喚。若能奪回怒蛟島，就算天下亂局再起，我們亦有平亂的籌碼。」

上官鷹亦不推辭，忙表示感激和謝意。

乾羅續道：「我已派人暗中召集當日不肯附從毛白意的舊部，加上邪異門諸位兄弟，當可抵償怒蛟幫在洞庭之役的損失。」

鄭光顏等一眾邪異門主將，自不免說了一番謙讓之詞。

戚長征想起可到京師找韓慧芷，當然歡喜，可是又掛著寒碧翠和紅袖，矛盾得要命，忍不住嘆起氣來，弄得眾人朝他瞧來。

乾羅憐愛地道：「長征放心，紅袖現應與碧翠會合，待會使人送個訊兒，教她們安心等候，一俟京師事了，你便可趕回來與她們會合。」心中卻想，此行之凶險，連他自己亦沒有信心能否活著回來。

翟雨時接口道：「寒掌門現正致力重振丹清派，長征不用擔心。」

戚長征拋開心事，毅然道：「好！就讓我和義父立即趕赴京師，與方夜羽決一死戰。」

凌戰天神色凝重，向乾羅道：「乾兄不知有沒有想到一個問題，就是浪大哥既已到了京師，擺明不會容許方夜羽他們橫行霸道，在這種形勢下，龐斑會否被迫出山，提早與大哥他決一死戰呢？」

眾人同時色變。

龐斑六十年來，高踞中外第一高手寶座，威望深植進每一個人的心裡，但自練成種魔大法後，便無意江湖之事，故黑白兩道都下意識避免去想他，一廂情願希望他除了與浪翻雲的決戰外，再不插手到中蒙這場鬥爭裡。

可是若浪翻雲成功逐一誅殺方夜羽的人，他仍肯坐視不理嗎？這看來是絕對不合情理的。

除非浪翻雲袖手旁觀，那又作別論。

假若龐斑要阻止浪翻雲親自出手對付里赤媚、紅日法王等人，那他總不能遠在魔師宮發牢騷，或者待事情發生後，回天乏術時才匆匆趕來。

所以凌戰天這幾句話的意思，等若指出了龐斑應已在赴京師的途上，甚或抵達了京師。

如此一來，形勢對明室更是不利。

試問除了浪翻雲外，誰還有一拚之力？

眾人都感手足冰冷起來。

翟雨時道：「這樣說，乾老和長征更應立即趕往京師去，找到大叔商量對策。」

凌戰天望向垂首不語的乾紅青，溫和地道：「虹青！不要回那寺庵了，隨我們回去吧！」

乾虹青嬌軀一顫，往凌戰天望來，然後再瞧往上官鷹。

凌戰天乃怒蛟幫除浪翻雲外最德高望重的元老，他說出來的話，代表著怒蛟幫上下重新接受了乾虹青。

乾羅乾咳一聲，知道在這情況下，不能不表態，點頭道：「虹青還有大好青春，若封兄在天之靈知道你如此自暴自棄，定不能瞑目無憂。」

上官鷹伸手過去，抓緊了她一對玉掌，卻沒有作聲。

戚長征湊到她耳旁道：「當老戚求青姊吧！」

乾虹青幽幽一嘆，嬌體一軟，靠到上官鷹身上，玉頰枕到他肩上，閉上俏目，平靜地道：「虹青再沒有做幫主夫人的資格，幫主若肯覆水重收，虹青就做你其中一名侍妾吧，將來除了要一座小佛堂外，再無所求。」

虛夜月歡天喜地，拉著韓柏的手，亦沒有追問秦夢瑤的事，往閨房的小樓走去。

韓柏卻沒有這麼好心情。

里赤媚的出現，便像早在波濤中洶湧澎湃的京師再颳起一場風暴，如日中天的大明會否就此衰落，恐怕連精通術數的虛若無亦不能肯定。

而且他們應否全力幫朱元璋呢？

幫了他究竟是禍是福？

也沒有人說得上來。

假若沒有這些險惡的大麻煩，自己左擁虛夜月，右抱秦夢瑤，頭枕莊青霜，嘴吻三位美姊姊，那該是多麼愜意呢？

到了小樓的後門處，正要由那裡「偷偷」摸入房裡，和虛夜月再續愛緣，一位俏丫鬟開門迎出來，戰戰兢兢道：「小姐！」忍不住又偷偷看了看她家小姐未曾有過的丰采和打扮。

虛夜月不耐煩地道：「若又有臭男子來找人，給我轟走他好了！」

俏丫鬟瞥了韓柏一眼，像在說你不是連這位公子都罵了嗎？才道：「是七夫人要找專使兼東閣大學士朴大人。」

虛夜月掩嘴向韓柏笑道：「又長又臭的銜頭。」旋又戒備的道：「她找專使大人幹嘛？」

俏丫鬟惶恐地道：「小婢不敢問。」

韓柏見這小丫鬟清清秀秀，非常俏麗可愛，忍不住道：「這位姊姊叫甚麼名字？」

小丫鬟立時臉紅過耳，不知所措。

虛夜月白他一眼，沒好氣地道：「甚麼姊姊，她叫翠碧，是月兒的貼身丫鬟，功夫都是月兒教的。」

韓柏很想問，那有否包括床上功夫呢？但終說不出口，叫了聲翠碧姊後，虛夜月著她退下去，拉著韓柏到她樓下的小偏廳，分賓主坐下後求道：「不去見她可以嗎？」

韓柏正在頭痛。

那天他衝口而出說要送她一個孩子，實在是心不由己的行爲。那是赤尊信不滅的靈覺要他那麼做的。

自己怎能不完成他的心願？

何況七夫人是如此風韻迷人的尤物，又可藉她跟自己研究如何使女人受孕。

嘿！找到了這重要藉口後，韓柏輕鬆起來，拍拍大腿道：「女主人，先到這裡坐著讓我的手足享受一下再和你說情話兒。」

虛夜月嫣然笑道：「不准脫月兒的衣服，那是很難穿上身的。」俏兮兮站起來，把嬌軀移入他懷裡，坐到愛郎腿上。嘗過昨晚的滋味後，她不知多麼期待能再讓這壞蛋作惡行凶，採摘她這朵剛盛放了的鮮花。

韓柏愛煞了她這種放蕩風流的媚樣兒，口手一起出擊，同時苦思著怎樣溜去找七夫人時，心兆一現，往廳門望去，立時嚇了一跳，驚呼道：「七夫人！」

虛夜月又羞又怒，推開韓柏擱在酥胸的手，站了起來，但嬌柔無力下，惟有一手按在韓柏肩上，支撐著身體。

七夫人俏臉平靜無波，向虛夜月淡淡道：「月兒！可以把你的韓柏借給七娘一會兒嗎？」

方夜羽坐在可仰頭遙遙望見清涼山上鬼王府後楠樹林的庭園裡，向里赤媚微笑道：「韓柏只是朱元璋的一只棋子，我們亦是他的棋子，只看他是否比我們更懂怎麼走下一著了。」

「花仙」年憐丹這時由華宅走到後園來，到了兩人所在的石亭坐下，笑道：「愈來愈熱鬧了，接到素善消息，她已完成了既定目標，刻下正由水路兼程趕來。」

里赤媚道：「紅日的傷好了沒有？」

年憐丹搖頭嘆道：「身無彩鳳雙飛翼，秦夢瑤的飛翼劍眞厲害，連紅日都要吃了大虧。」

方夜羽神色一黯，想起了秦夢瑤。

這朵空谷幽蘭是否正在萎謝呢？

命運爲何要把他們擺在對立的位置？

里赤媚心中暗忖，看韓柏剛才那意氣飛揚的模樣，秦夢瑤難道厲害到可以違反自然，使斷去的心脈重生？此事大大不妥，待會要瞞著夜羽找年憐丹商量一下。

年憐丹打破沉默道：「有沒有見到虛夜月？」

里赤媚沒好氣地看了他一眼失笑道：「你這色鬼昨晚扮薛明玉連採五家閨女，還不夠嗎？這小妮子是我的，不准你碰她。」

年憐丹愕然，仔細看了里赤媚一會兒後，道：「若里老大回復色慾之心，足證吾道不孤，那就眞是可喜可賀了。唔！今晚定要得到莊青霜，否則說不定又給韓柏這殺千刀的混賬捷足先登了。」

里赤媚不慍不火微笑道：「祝你的運氣比藍玉好，這傢伙請東瀛人爲他去劫憐秀秀，以爲十拿九穩，竟撞上了浪翻雲，天下間還有比這更倒楣的事嗎？」

年憐丹淡然一笑，沒有答話。

方夜羽平靜地道：「剛才見過師兄，他警告說絕不要小覷朱元璋，這人老謀深算，狠辣多疑，厲害處絕不會遜於浪翻雲的覆雨劍。」

里赤媚笑道：「他當我是第一天認識朱元璋嗎？」

方夜羽道：「師兄指的是韓柏被封爲東閣大學士這件事，可見他爲了大局，甚麼都可以不計較。而且直到這刻，師兄仍不明白爲何朱元璋把浪翻雲引來京師，但又不命人對付他。朱元璋怕比鬼王更莫測高深。」

里赤媚仍是那淡淡定定的樣子，暗忖方夜羽顯得比平時稍微煩躁，自是因爲秦夢瑤，可知秦夢瑤有點像二十年前的言靜庵，實是最大的禍根，微微一笑道：「沒有人比朱元璋更膽大妄爲了，否則他亦不敢冒天下大不韙，活生生把小明王淹死，當時人人都認爲他犯下彌天大錯，到他得了天下後，才知他算得那麼準，無毒不丈夫，誰能比朱元璋更狠辣無情呢？」

年憐丹懷疑地道：「權力財勢可侵蝕人的鬥志和勇氣，朱元璋是否仍是以前那蓋世梟雄，現在仍難說得很。不過英雄難過美人關，此乃千古不移的眞理，連龐老亦不例外，朱元璋何能倖免。大蒙因言靜庵而失天下，今天大明亦會重蹈覆轍。」

里赤媚道：「現在萬事俱備，只欠了『金槍丹』，我們的計劃就可天衣無縫了，眞想不到薛明玉比傳說中的他更厲害，在那種情況下仍可帶著毒傷遁去，其中定有點問題。」

年憐丹想起了陳貴妃，忍不住吞了一口饞涎，道：「會否是玉眞仍捨不了父女之情？但看來又不像，只瞧她不肯從父姓，便知她如何憎恨薛明玉了。」

方夜羽道：「這些事多想無益，沒有了金槍丹，便要用別的手段，總之絕不可容朱元璋活過他那三天壽期。」

鬼王府確是大得教人咋舌，入府後無論怎樣走都像不會到達盡頭的樣子。

韓柏隨著玉容靜若止水，眉宇間隱含幽怨，風韻迷人的鬼王七夫人于撫雲，並肩沿著曲徑通幽的石板路，穿園過林。

過了一片梅林後，忽然下起雪來，拳頭大的雪花，一球球打在兩人身上。

韓柏拉著七夫人的衣袖，把她扯停下來，輕柔地翻起她的斗篷，罩著她的秀髮和粉頸。七夫人垂下眼光，柔順的樣子看得韓柏怦然心動。

出了梅林後，眼前是一個引進山泉而成的人工小湖，湖岸遍植玉蘭和蒼松，湖南有座黃色琉璃瓦頂的單層建築物，矗立在白玉台基上，襯著湖面的倒影，天上的飄雪，有若仙境。

湖面橫擱了一艘小艇，予人一種寧洽安閒的感覺。

七夫人帶著他登上跨湖的石橋，到湖心的小亭時，韓柏看見小亭的四條支柱上，每柱三字，分別刻著「春宜花、夏宜風、秋宜月、冬宜雪」四行字，禁不住讚嘆道：「這四句意境眞美。」暗忖秋月冬雪，最適合用來形容虛夜月和莊青霜，這七夫人或者就是春花吧，但秦夢瑤超塵脫俗，連這春夏秋冬四種美景，亦不足以形容。

七夫人停了下來，緩緩回轉身來，深深地凝視著他。

韓柏給她看得心神一顫，伸手抓著她兩邊香肩，柔聲道：「夫人現在當我是赤老還韓柏呢？」

七夫人茫然搖頭，沒有說話，可是一對秀眸更淒迷了。

亭外雨雪漫天飄降，白茫茫一片，把這美麗的人間仙景進一步淨化了。

韓柏俯頭下去，在她濕軟的紅唇上輕輕一吻，再離開點道：「縱使給你賞了兩個巴掌，但可親到你的小嘴，仍是値得的。」

七夫人以平靜至使人心寒的語氣道：「韓柏你記著了，撫雲並不是愛上了你，只是向你借種成孕，還我可憐的孩子。若你對我有不軌之心，撫雲絕不會原諒你。事過後，不許再來纏我。」

韓柏大感沒趣，放開她的香肩，頹然坐到石欄處，伸手亭外，任由冰寒的雪花飄落攤開的手掌上，想抓著一拳雪花時，雪在掌內化爲冰水。

七夫人幽幽一嘆，移到他旁，玉腿抵著他的腿側，一手按到他肩上，微微俯身，低頭察看他的神色，柔聲道：「你還是個孩子，所以很容易被傷害。但撫雲早麻木了，被人傷害或傷害了人都不知道。」

韓柏伸手抄著她柔軟的腰肢，強顏笑道：「坦白說，我韓柏雖是好色，現在卻發覺很難和不愛我的美女上床。」

七夫人不但沒有發怒，反欣然坐到他腿上，摟著他的脖子微微一笑道：「撫雲很高興知道你並不是飢不擇食的色鬼，人家並非眞的對你無情，否則怎肯讓你做赤郎的代表來侵佔人家的身體。只是經過了這麼多年，火熱的情心早冷卻了，同時亦害怕踏足情關。只希望一夕之情，能有了……唔……有了你和赤郎兩人的孩子，便找個避世之地，好好養育孩子，盡做母親的天責與心願。」

韓柏啼笑皆非，當時衝口而出要還她一個孩子，並沒有深思，現在仔細一想，眞不知這筆糊塗賬如何算才好，嘆道：「生孩子這種事不是一次便成，夫人是否打算和我保持著雲雨關係，直至成孕呢？那豈非給我佔足便宜嗎？」

七夫人終露出嬌羞之色，和他碰了一下嘴後，赧然道：「那也沒有法子，不過我知道自己的身體並不抗拒你，還很享受和你親熱的感覺。」接著埋入他懷裡，臉蛋貼上他的左頰，柔聲道：「或者是多了你韓柏在其間吧！撫雲的感覺比和赤郎相好更勝一籌，只是我的心硬是轉不過來，這樣說，韓柏你覺得好了點嗎？」

韓柏糊塗起來，不過心情開朗多了，軟玉溫香，色心又動了起來，運功四察，見四下無人，乾咳一聲道：「可以開始了嗎？」

于撫雲無限風情的橫了他一眼，拉著他的手站了起來，扯著他往香閨走去，沒有說話，但神色卻有種淒然堅決、惹人憐愛的味兒。

穿過雪花，兩人步入布置得簡潔清雅的前廳裡去。

七夫人的心兒忽「霍霍」急跳，聽得韓柏大感刺激誘人，湊到她耳旁問道：「將來若有孩子，會用甚麼姓氏？」

七夫人想都不想道：「當然不會姓赤，他沒當父親的資格，一是姓韓，又或隨撫雲姓，人家仍決定不了。」

韓柏這時反猶豫起來，這美女憶子成狂，若自己不能克服魔種那一難關，豈非明著佔她大便宜卻又完成不了任務，想到這裡時，早給七夫人拖了進她的香閨禁地去。

事到臨頭，氣氛反尷尬起來，兩人並排坐到床沿，都有點手足無措，不知如何是好。

韓柏以往和女人上床，都是大家情投意合，水到渠成，只有這次眞假愛恨難分，難以入手。

兩人默坐一會兒，七夫人終忍不住道：「快點吧！月兒只以爲我借你來詢問有關赤尊信的事，若她失去耐性尋來，大家便會很難堪了。」

韓柏苦笑道：「夫人雖然美麗誘人，可是神情總有種冰冷和不投入的感覺，使我很難對你無禮。」

七夫人勉強擠出一個笑容，輕輕在他臉上印上一吻，柔聲道：「小雲會努力討好你的，來吧！脫掉小雲的衣服好嗎？算人家在懇求你吧！」

韓柏嘆道：「夫人現在太理性和清醒了，顯然完全沒有動情，我若這樣佔有你，似乎有點那個……」

七夫人氣道：「你是否男人來的，尊信爲何沒有把他的粗野狂暴傳給你這化身呢？每次他要人家，不理人家是否願意，都大幹一通。」接著幽幽一嘆，露出迷醉在回憶裡的動人表情，輕輕道：「但最後每次撫雲都會被他征服，由第一次開始便是那樣，撫雲完全沒法抗拒他。你既與他的魔種融成一體，亦應繼承了這性情能力，想不到你竟會如此畏首畏尾。」

韓柏這才知道赤尊信得到她的方式，可能不大正當和涉及暴力，更覺極不自然，又想起自己未必能使她懷孕，原本的興奮消失得無影無蹤。

他心中升起明悟，自己體內的魔種，雖成形於與花解語的交歡裡，因而充盈著情火慾焰，其實本質卻是超然於世俗男女的愛慾之上的，所以沒有挑引，又或自己心中有障礙時，竟可使自己面對七夫人這麼個成熟女性並充滿誘惑風情的美女都毫不心動。

想著想著，當然更沒有行動的興趣。

七夫人大為訝異，韓柏給她的印象一直是專佔女人便宜的風流浪子。自己肯答應讓他合體交歡，雖說有點歡喜他，總壓不過她多年來養成對男人的鄙視和憎恨。她這樣做全為了得回失去了的孩子，基於母性的犧牲精神和對赤尊信未了的餘情，所以始終動不了春心，只望匆匆成事，受孕成胎，便以後都不用見他了。

這種心情當然說不出口來，可是看到韓柏這樣子，反使她對他增添了好感，伸手摟著他肩頭，幽幽道：「要給人家孩子，又是你自己說的，現在是否要人親自主動才成，撫雲終是正經人家的女子，你想我難堪愧死嗎？」

韓柏一咬牙，別過頭來望著她淒然的秀目道：「這樣吧！你不用刻意逢迎我，只須任由我展開挑情手段，到你情不自禁時，我才和你交歡，因為我韓柏絕不能忍受我們的孩子是既沒有愛亦沒有慾的產品。」頓了頓再道：「你有沒有動情，我的魔種是可清楚知道的。」

七夫人淒然一笑道：「天啊！韓柏，現在人家更沒法當你是赤尊信，他哪會有你這類多餘的想法。」

韓柏搔頭嘆氣，忽然精神一振叫道：「有了！」由懷中掏出那冊《美人秘戲十八連環》出來，得意地揚了一揚，道：「有好東西給你看。」

七夫人俏臉一紅，啐道：「壞東西，竟要人看春畫。」

話雖如此，緊繃著的氣氛卻鬆弛下來。

韓柏看著她玉頰泛起的紅暈，心情轉佳，說道：「這非是一般春意圖，而是藝術傑作的極品，看過才說吧！」

七夫人紅暈未消，益發嬌艷欲滴。

韓柏的魔種本就具有變化莫測的特性，受她誘人神態的挑引，魔性漸發，把畫冊放到她腿上，掀開了第一頁，慫恿道：「來！一起看。」

七夫人心跳得更厲害了，紅暈開始蔓延至耳朵和玉頸，把頭扭開，不肯去看。

韓柏的色心終癢了起來，重施對三位美姊姊的故技，笑道：「其實這並非春畫，七夫人一瞧便知。」

七夫人聽他這麼說，忍不住瞥了一眼，愕然道：「果然不是春畫，噢！畫得真好。」

韓柏心中暗笑，開始一頁一頁揭下去，到第五頁時，七夫人早耳根都紅透了，伸手按著他的手，不讓他翻下去，大嗔道：「死壞蛋，騙人的。」

換了是別的男人，縱使給她看這畫冊，她必然不會像這刻般的情動，可是因一直想著要和對方合體交歡，甚麼戒備都放下了，才變得如此容易春心蕩漾。

韓柏輕輕推開她的玉手，貼上她的臉蛋，繼續翻下去道：「親親好人兒，聽我的話乖乖看下去吧！這些畫只是表達男女間最美的情態，乃人倫的一部分。我們又不是滿口之乎者也的虛僞衛道之人，看看有甚麼打緊。」

七夫人一對俏目再離不開不住呈現眼前的畫頁內容，多年壓制著的情火熔岩般爆發開來。

韓柏的手由她香肩滑下，在她酥胸大肆活動，指尖掌心到處，傳入一陣一陣的異性熱力，刺激得她不住顫抖喘急。

七夫人「啊」一聲叫了起來，別過臉來，瞧往韓柏，秀目充滿慾火，已到了不克自持的地步。

韓柏乘機封上她的紅唇，享受著充滿了情意的熱吻。

唇分後，韓柏低聲道：「夫人會怪我蓄意挑起你的情心嗎？」

七夫人埋入他懷裡，搖頭道：「不！撫雲還很感激你，使人家像回到懷春的年代裡，恨不得你對我更放肆無禮。」

韓柏把她抱了起來，放到大床上，壓了下去，纏綿放恣一番後，剛解開了她第一粒鈕子，外面響起虛夜月的嬌呼道：「七娘！韓柏！談完了沒有。」

韓柏嚇得縮回分別抓著她一邊高峰和忙著解衣的手，跳了起來，應道：「談完了！進來吧！」

七夫人亦慌忙爬了起來，在他背上出盡氣力捏了一下，狠狠橫他愛恨交集的一眼，才掠出房去。

這時雪剛停了。

第十六章　伴君伴虎

虛夜月挽著狼狽萬分的韓柏離開七夫人的湖畔小屋，笑吟吟道：「不要怪月兒破壞你們的好事，是朱叔叔有聖諭到來著你立即進宮見他。」

韓柏還想辯說，虛夜月白他一眼道：「還想騙人，你的身上全是七娘的香氣，七娘兩眼噴火的媚樣兒更難瞞人。哼！眞想不理你了。」

韓柏嚇得噤口閉嘴，看她仍是那得意洋洋的俏模樣，禁不住奇道：「月兒像並不大計較我和七娘的事。」

虛夜月親了他的臉頰一下，笑道：「七娘來借你時，我早猜到是甚麼一回事了，孤男寡女，七娘是久曠怨婦，你又是她的半個舊情人，還有甚麼好事不會做出來。只是月兒最喜愛她，一時心軟，才讓她把你拿走罷了！」

韓柏放下心來，回想著剛才和她糾纏在繡榻的滋味，乘機問道：「爲何你七娘失意於赤尊信後，會找上你阿爹呢？」

不知不覺間，兩人回到虛夜月的小樓，早有隨從牽著灰兒和虛夜月的坐騎小月在恭候著。

灰兒見到主人，昂首歡嘶。

虛夜月停在馬旁，揮退馬伕，道：「七娘是阿爹年輕時拜過的眾多師父之一的小孫女，當時追求她的人很多，卻給赤尊信獨佔鰲頭，七娘與他決裂後，萬念俱灰，又想絕了其他追求者之念，所以找上阿爹做了掛名夫人，她就像月兒的姊姊呢！」

翻身上馬，叫道：「比比誰先跑到皇宮去！」策馬奔馳。

韓柏忙躍到灰兒背上，追著去了。

到了市區，兩人放緩馬速，卻仍似招搖過市，引得途人無不矚目。

兩人直入皇城，到了端門前才下馬步行，進入宮裡。

自有禁衛在前領路。

經過一座花園時，一把稚嫩的聲音叫道：「月姊！」

帶路的禁衛軍立時跪伏地上。

只見皇太孫從右側的建築物跑了出來，朝他們走來。

韓柏知道理應下跪，可是要他對這麼一個十來歲的小孩叩頭，又不服氣，猶豫間，虛夜月推了他一把道：「你去吧！讓月兒應付他。」迎了過去。

韓柏鬆了一口氣，與眾禁衛繼續上路，不一會兒在後宮的膳廳見到了朱元璋。

朱元璋邀他共坐一桌，親切地道：「來！陪朕吃餐飯吧。」

韓柏受寵若驚，道：「難得皇上召小子來見，小子正有很多話想稟告皇上呢！」

菜早擺在桌上，碗碟、筷子全是光閃閃的銀器，予人極盡豪奢的感覺。

朱元璋一嘆道：「自馬皇后歸天，朕便很少和人一起進食。」

韓柏心想做皇帝的代價，其中之一必然是孤獨了，忍不住問道：「皇上為何不找陳貴妃作陪呢？」

朱元璋搖頭一嘆，沒有答他，道：「來！吃吧！」

韓柏當然不會客氣，挾了一塊雞肉，發覺雞骨全給拆了出來，鮮味可口，只嫌冰冰冷冷，半點溫熱都沒有，暗忖難道朱元璋愛吃冷食？

朱元璋知他心事，笑道：「所有可進口的食物，均先由三組人檢驗是否有問題，所以送到來時都冷了。」

韓柏為之愕然，對他更是同情，誠懇地道：「現在小子要說的話，可能會令皇上很不高興，但確是肺腑之言，希望皇上的大明皇朝能永保不衰，天下百姓安居樂業。」

朱元璋嘆道：「分久必合，合久必分，此乃天地自然之理，哪有永久不衰的皇朝，朕只是希望能比以往各朝的國祚更長久些，便心滿意足了。好了！說吧！朕已很久沒有聽過坦白的說話了。」

韓柏深吸了一口氣後道：「據小子所知，大明正面臨四分五裂的大亂局，想傾覆皇朝的蒙人餘孽方夜羽和里赤媚已潛來京師，並開出暗殺名單，皇上和鬼王均有上榜。」

他不敢說出排名的先後，怕朱元璋知道自己只能排在第三位，會不高興。

朱元璋動容道：「他們終於來了！」

韓柏愕然道：「皇上早知道了？」

朱元璋微笑道：「當然知道。」沒有再進一步透露詳情。

韓柏不敢追問，心想和他說話眞是苦事，搖頭道：「他們的人和水師合作對付怒蛟幫的事，皇上都知道嗎？」

朱元璋高深莫測地笑了笑道：「好小子！知道嗎？近二十年來你是鬼王之外第一個敢當面質問朕

的人，膽子大得很呢！」

韓柏見他沒有動氣，心中稍安，卻有點不知如何繼續說下去，惟有改變策略道：「小子還以為是胡惟庸這奸賊和方夜羽的師兄楞嚴瞞天過海，私下胡為呢！」

朱元璋兩眼厲芒一閃，冷冷道：「你說他們一是奸賊，一是臥底，可有甚麼眞憑實據？」

韓柏啞口無言，這些全是聽來的事，哪能拿得證據出來呢？

朱元璋神情轉趨溫和，道：「很多事朕都心中有數，放心吧！朕知你眞是關心朕，只從你的眼神便可看出這點來。」

韓柏心中湧起一陣衝動，跳了起來，跪伏地上，大聲道：「就算皇上立即殺了我，小子都要說出來，楞嚴和陳貴妃是一黨，他們要聯手來謀害皇上。」

朱元璋勃然大怒，拍桌喝道：「斗膽！竟敢誣衊朕的貴妃。若你拿不出證據，朕立即宰了你。」

韓柏豁了出去道：「這是浪翻雲告訴小子的，皇上不信我，亦要相信浪翻雲。」

聽到浪翻雲之名，朱元璋龍軀一震，好一會兒才冷哼道：「即管說來聽聽。」

韓柏本不想說出浪翻雲的事，但此刻哪有選擇，一五一十把浪翻雲如何假扮薛明玉，如何去見薛明玉的女兒，和盤托出。

朱元璋神色不住變化，當韓柏說完後，神色反平靜下來，淡淡道：「你給朕退下去！」

韓柏叫道：「小子還有話說！」

朱元璋冷冷道：「朕現在不想再聽，退下！」

韓柏大感沒趣，三跪九叩後，垂首躬身退了出去。

風行烈、不捨等馬不停蹄，兼程趕路，抄捷徑山路，沿途換了四次馬，過了鄱陽後，包了艘客船順江向應天府放帆而下。

他們雖內功精湛，這樣趕了十幾個時辰，仍感有點吃不消，趁機在舟上調元養息。

風行烈小坐一會兒後，精神大振，暗奇自己的功力大有精進，可見這一輪出生入死的磨鍊，對他大有裨益。

站了起來，坐到床沿，看著盤膝坐在床上，有若觀音入定，俏臉亮著聖潔光輝的谷姿仙，湧起愛憐，忍不住想伸手碰碰她嫩滑的臉蛋。

谷姿仙倏地張開俏目，含笑道：「想對人家無禮嗎？」

風行烈嘻嘻一笑，摸上她的臉蛋，輕薄地擰了一記，道：「這叫夫妻小禮，還有人倫大禮，你說想我有禮還是無禮？」

谷姿仙和他雖結成夫婦，仍是臉嫩得很，「嚶嚀」一聲，赧然倒入他懷內去。

小別勝新婚，兩人卿卿我我，說不盡纏綿時，門給人推了開來，嚇得他們連忙分開。

進來的是谷倩蓮，見到兩人衣衫不整，谷姿仙更是釵橫鬢亂，俏臉飛紅，白了風行烈一眼道：「急色鬼！」

風行烈氣得一手抓去。

谷倩蓮嬌笑著避到遠處的椅子坐下，舉手投降般求饒道：「倩蓮知錯了，行烈不是急色鬼，只是小姐情難自禁吧！」

谷姿仙大嗔道：「死丫頭！」

風行烈重會嬌妻美妾，心情暢美之極，哈哈笑道：「倩蓮過來！讓風某一享齊人之福。」

谷倩蓮搖頭道：「不行！玲瓏剛弄好茶點，快來了！」

谷姿仙湊過小嘴，在他耳旁道：「烈郎！你歡喜這小妮子嗎？」

風行烈有點尷尬地點了點頭。

谷倩蓮拍掌跳了起來，叫道：「好了，讓我羞羞這丫頭。」竟就那樣奪門去了。

兩夫妻相視一笑。

谷姿仙道：「自你走後，小蓮和玲瓏兩人都茶飯不思，尤其知道那邊形勢危急，常從夢中哭醒過來，現在你回到我們身旁了，兩人又再變回快樂的小鳥兒，所以姿仙才提醒你好好安慰小玲瓏。」

風行烈感動地道：「那你呢？」

谷姿仙雙眼一紅，垂頭低聲道：「掛得人家心都痛了。」

風行烈一震伸手剛把她摟著，谷倩蓮又衝進來，嚇得兩人又分了開來。

谷倩蓮一聲告罪，拉著風行烈的手，想把他由床沿扯起來，興奮地道：「那丫頭以爲我在哄她，又不肯進來，行烈快去捉她進來，讓我們看一場好戲。」

風行烈微微一笑，反手一拉，谷倩蓮立足不穩，跌進他懷裡去，風行烈口手並施，看得谷姿仙羞不自勝，不敢看這剛曾發生在她身上的情景在谷倩蓮身上重演。

谷倩蓮哪堪愛郎情挑，不一會兒嬌體酥軟，只懂呻吟和喘氣。

風行烈這才哈哈一笑，摟著她起來，讓她勉強站好後，笑道：「好吧！便讓我去看看小玲瓏吧！」

谷倩蓮兩手抓著他的衣襟，秀額貼在他胸前，就是不肯放開他，任誰也知這俏皮多計的美少女心中想甚麼。

風行烈心中一熱，向谷姿仙道：「姿仙，你去給爲夫關上門栓。」

谷姿仙大窘，嗔道：「要關門便自己動手。」

風行烈笑道：「不關門便算了。」攔腰抱起谷倩蓮，放到床上去。

「篤篤！」

玲瓏嬌柔天眞的聲音在門外低喚道：「姑爺、小姐，玲瓏送茶點來了。」

這次輪到谷倩蓮從床上跳了起來，怨道：「小丫頭來得眞不合時，還以爲她會羞得以後都不敢來見行烈呢！」

風行烈移步打開房門，剛好與玲瓏四目交接。

玲瓏嬌軀一顫，托盤連著茶點往地上掉去，幸好風行烈一把接著，笑道：「進來吧！」

玲瓏手足無措，掉頭想走時，谷倩蓮在風行烈旁閃了出來，硬架她進入房內。

風行烈捧著茶點避到一旁，腳尖輕挑，關上了房門。

當風行烈把茶點放在几上時，谷倩蓮嚷道：「行烈你來證明，是否說過歡喜小玲瓏的話。」

玲瓏只得十七歲，剛情竇初開，最是害羞，羞得不知鑽到哪裡去才好。

風行烈看得怦然心動，又覺不忍，向谷姿仙打了個眼色。

谷姿仙慵懶不勝地從床沿站了起來，警告谷倩蓮道：「小蓮你檢點些好嗎？嚇壞小玲瓏了。」

谷倩蓮笑嘻嘻放開了手，任由玲瓏逃出魔爪，逃出房外去。

谷姿仙和風行烈坐到几子兩旁，由谷倩蓮伺候他們。

谷姿仙道：「烈郎！姿仙有點擔心大哥，現在蒙人最大的障礙，並非朱元璋，而是大哥，只要能扳倒大哥，龐斑便是至高無上，連最後一個有資格挑戰他的人亦沒有了，在實質和精神上，都對中原武林造成最沉重的打擊。以方夜羽的精明厲害，定會繼雙修府之戰失敗後，再布陰謀對付大哥。」

風行烈道：「姿仙放心吧！或者是因你不認識我那兩位兄弟范良極和韓柏，這兩人平時雖看似一塌糊塗，其實詭變百出，非常厲害，有他兩人在，大哥必會如虎添翼，大展神威。」

谷倩蓮「噗哧」一笑，坐到風行烈椅緣，半挨入他懷裡道：「有甚麼厲害？只是兩個膽大包天的混帳罷了！」

谷姿仙嗔怪地瞪她一眼，責道：「烈郎的兄弟你都敢口不擇言，愈來愈放肆了。」

谷倩蓮吐出小舌，做了個驚怕狀。

風行烈笑道：「不是我護著小倩蓮，不過對著這兩個人，任何人都很難不罵一句混蛋。」

谷姿仙盼望地道：「給你說得連姿仙都很想見見他們哩！」

第十七章　佳人有約

韓柏垂頭喪氣走出殿外，剛好撞著允炆在禁衛前呼後擁下，到來晉謁朱元璋，大嘆倒楣，跪倒路旁。

允炆看到韓柏，眼中射出嫉恨之色，停了下來，低喝道：「抬起頭來！」

韓柏聽他口氣學足了朱元璋，且毫不客氣，大生反感，抬頭時功聚雙目，深深地看著他。

允炆無論扮得如何老氣橫秋，終只是個十五、六歲的嫩娃兒，哪抵得他眼中神光，一呆下，竟說不出話來。

韓柏心知肚明這小孩戀上了虛夜月，暗忖此時不走更待何時，施禮道：「皇太孫若沒有吩咐，小使告退了！」再不理他，昂然去了。

允炆眼中閃過憤怒之色，轉身入殿。

韓柏在禁衛引領下，往端門走去，正著急怎樣去找虛夜月時，在內五龍橋處與老相識葉素冬相遇。

葉素冬熱情如舊，遠遠便和他打招呼，迎上來道：「夜月小姐剛離宮回府，著末將通知學士大人去找她。」又低聲笑道：「她說不慣穿女裝出街，被人當怪物般瞧看，要回去換回平日的衣服呢！」

韓柏大喜，暗忖得此良機，不若溜去看看莊青霜，免她怪責自己有了虛夜月便不理她。敷衍了幾句後，趕出端門，騎上灰兒，憑著記憶，往西寧道場走去。

問了兩次路後，最後轉入西寧街，果如葉素冬所言，比得上秦淮河旁那幾條花街的熱鬧，尤其那幾間紙筆舖，更是擠滿了騷人墨客，或代紅牌歌妓購買文房四寶的小丫頭模樣的人物。

韓柏大感有趣，瀏目四顧，最後索性跳下馬來，沿街而行，趁趁熱鬧。

灰兒不用牽引，昂然追隨在他身後，加上他身穿高麗官服，更使途人側目，不時有小孩子掙脫父母，走近來看他及灰兒。

韓柏這時才了解虛夜月趕回去換穿男裝的心態，不理別人眼光，就在街上脫掉身上的官服，露出裡面的武士裝束。

經過一間專賣各種紙紮風箏的古老店舖，眼前一亮，只見一黃一紫、輕紗籠面的兩位體型曼妙的女子，由店內步出，後面跟了四名壯漢，手上捧著大包小包買回來的物品，談笑著走到他身旁。

韓柏功聚雙目，透過面紗，只是一瞥，立時心中喝采，如此美人兒，雖比不上虛夜月或莊青霜，但亦是萬中無一的老天爺傑作。

兩女顯是非常高明，見他瞧來，立時生出感應，往他望去。

韓柏微微一笑，還向她們眨了眨眼睛。

黃紗女冷哼一聲，倏地移兩步，右腳閃電往他腳踝蹴來。

韓柏想不到對方如此脾氣不好，腳尖挑起，撞在對方腳側處，輕易化解了攻勢。

紫紗女「咦」了一聲，伸手牽著黃紗女的羅袖，硬把她扯走，不欲把事情鬧大。

韓柏哈哈笑道：「有緣再見！」不理那四名隨從的怒目瞪視，揚長而去。

到了道場進口的牌樓，守門者因他沒穿官服，一時認不出來，攔在門口喝道：「閣下何人，若是來拜師學藝，明早天亮前再來跪候登記，今天時間已過，回去吧！」

韓柏見西寧派規矩既多，這些守門弟子又氣焰迫人，心中不喜，但亦無心和他們計較，嘻嘻笑道：「煩幾位大哥通傳一聲，說高麗專使朴文正求見莊宗主。」

他這麼一說，立時有人把他認了出來，態度大改，慌忙領他進去，另有人飛奔入道場。

尚未抵達道場，莊節已親由正門出迎，一番客套親熱，把他請入道場裡，由練武廳旁的遊廊，到了一間三合院的大廳裡。

東拉西扯談了一會兒，韓柏心掛著莊青霜，顧左右言他道：「道場今天爲何這麼清靜，沙公到哪裡去了？」

莊節道：「沙公有睡午覺的習慣，現在仍在高枕安臥，至於其他弟子，今天都去了睡午覺。」

韓柏奇道：「全去了睡覺？」

莊節道：「大人有所不知了，昨晚又發生了十二宗採花案，給那些眞假薛明玉鬧得滿城風雨，所以我派弟子晚上都不睡覺，四處巡邏，這時才稍息一會兒。」

韓柏乘機道：「青霜姑娘不是也睡了覺吧！」

莊節哈哈一笑，道：「大人放心，莊某早使人去喚她來見大人，親自道謝。」

話猶未了，美若天仙的莊青霜面無表情走了進來，見到韓柏，微一福身，冷冷道：「多謝大人那晚救了青霜。」

韓柏爲之愕然。

爲何她會忽然變回冷若冰霜的樣子？唔！看來定是惱自己昨天沒來找她了，正想使甚麼計兒找個機會和她單獨相處，好好哄上幾句時，莊節道：「霜兒！你代爹陪大人參觀一下道場吧！」

韓柏大是感激，這莊節果然知情識趣。

莊青霜坐到乃父之旁，平靜地瞧了韓柏一眼，對莊節道：「爹！霜兒今天有點不舒服，你老人家自己招呼大人吧！」

莊節向韓柏送來一個歉意的笑容，對莊青霜道：「霜兒既感不適，阿爹不便勉強，回房休息一會兒吧！」

莊青霜站了起來。

韓柏雖大感沒趣，禮貌上不得不站起來恭送佳人。

莊青霜盈盈來到韓柏身旁，背著莊節向他打了個眼色，道：「青霜走了，大人不用送了。」

韓柏何等精明通透，笑道：「至少讓小使送小姐到門外吧！」

莊節追在兩人身後，跟了出去。

到了門處時，莊青霜反手把一個紙團塞入他手裡，這才道別去了。

韓柏知道事有蹊蹺，忙告辭離去，莊節亦不挽留，直送到牌樓處，表現出無比的熱情和親切。

出了道場，韓柏忙打開紙團一看。

只見上面畫了一幅很詳細的道場內宅的地圖，旁邊有幾行清秀的字體寫著：「爹不准青霜和你往來，青霜不管，今晚戌時你定要來找青霜。爲避薛明玉，青霜暫居東北角的紅磚屋，防守並不嚴密，只要你依圖中所示，定可見到青霜。若你不來，青霜以後都不睬你了。」

韓柏收起紙團，心中叫苦。

今晚他要去見燕王棣，本應帶月兒同往，現在惟有放棄這想法，以免更難脫身。唉！還有那金髮美人兒，若沒有莊青霜這密約，說不定可以即時問燕王借間清靜的房子，大快朵頤後才神不知鬼不覺溜回莫愁湖去，看來這一切樂事都要泡湯了。

可是戌時中他應仍在和燕王吃飯，怕要遲些才可以去了，希望她不會氣得走了吧。

心中同時暗恨莊節，虧他表面還裝得那麼熱情，原來暗中阻止女兒與自己來往。

這些道貌岸然的白道宗主，遠及不上黑道豪雄的爽直和坦白。

可恨現在和朱元璋的關係又不大好，否則請他說一句話，例如把莊青霜配與自己，莊節這種走狗還哪敢反對。

胡思亂想間，背後風聲響起。

韓柏嚇了一跳，把灰兒牽到身側，回身望去。

只見剛才遇到的黃紗和紫紗美女從後追來，攔在身後。

韓柏爲了避開街上行人，好細讀紙圖內容，特別來到一條清靜的橫巷，對方亦看準了此點，才於此時此地現身，他搶著哈哈笑道：「兩位美人兒原來對小弟這麼感興趣，一直跟來此處。」

黃紗女嬌哼道：「誰有興趣跟你那麼久，只是你霉運當頭，湊巧給我們碰上吧！若你能自廢雙目，我們便放了你。」

韓柏聽她語帶外國口音，心中一動想道，若眞是湊巧碰上，那定是在西寧道場門外，這兩位武功高強的美女到那裡有甚麼目的呢？那處延綿半里，都是道場外圍的高牆和道旁的林木，並沒有可供購物的店舖。

紫紗女比黃紗女體態更動人，只是靜靜注視著他，沒有出言。

黃紗女不耐煩起來，一個箭步搶前，兩指往他雙目插來，又快又狠辣。

韓柏怕傷了灰兒，嘻嘻一笑，側身避過挖目惡指，往前一移，到了兩女中間處，笑道：「兩位美人兒息怒，我只是看了你們一眼，笑了笑，眨了三次眼，就要這麼對我嗎？」

紫紗女嬌叱一聲，拔出背後長劍，挽起劍花，封著他所有去路。

後面劍芒亦起，顯是黃紗女見他武功高明，亦拔劍對付。

韓柏魔功大進，亦很想找人試試拳腳，有這兩個妖冶的大美人相陪，正是求之不得，兩手同時拂出，拍在對方劍上。

兩女當然是奉「花仙」年憐丹之命到來探路的兩位花妃，想不到這人武功高明至此，空手便封著了她們的劍勢，嬌叱一聲，變招攻來，由黃紗女攻下盤，紫紗女則招招擾他眼目。

韓柏打得興起，大喝一聲，瞬眼間打出十二拳，下面踢了八腳。

無論兩女劍勢多麼玄妙精奇，他的拳腳準能恰到好處，擊中敵刃，還封斷了對方下著的變化。

每出一拳，或踢一腳，力道都是那麼平均有勁，像萬斤重錘，敲在對方劍上。

不一會兒兩女已香汗淋漓，後力不繼，而韓柏的內功卻源源不絕，無有衰竭。

韓柏見自己果然進境多了，心中狂喜，兼之捉到對方劍路，撥開黃紗女的長劍後，使個假身，當黃紗女以爲他想攻向紫紗女時，他已到了黃紗女身後，還在她隆臀處摸了一把。

黃紗女縱使在生死搏鬥間，可是當韓柏摸到她臀部時，仍抵受不住對方魔掌傳入體內奇異美妙的感覺，「啊」的一聲叫了起來，雖迴劍刺去，卻用不上全力。

紫紗女怕黃紗女受傷，不顧一切衝來，漫天劍影往韓柏罩去。

韓柏惱她們手段毒辣，哪還會客氣，欺紫紗女心切救人，閃過敵劍，伸手在紫紗女高聳豐滿的雙峰抹了一記。

紫紗女比黃紗女更不濟事，驚吟一聲，連劍都差點掉到地上。

兩女又羞又怒，想找韓柏拚命時，韓柏又來到她們中間，趁她們方寸大亂，兩指彈在劍鋒處，跟著又是左撫右摸，兩女同時驚呼後退。

韓柏還是比較喜歡紫紗女，緊迫而去，倏忽來到她旁，正要再加輕薄，紫紗女突然擲劍地上，跺足道：「你殺了我吧！」

黃紗女亦以劍支地，不住喘著氣，已無力再戰。

韓柏來到紫紗女旁，嘻嘻一笑，伸手便去揭紫紗女的面紗，笑道：「怎捨得殺你，讓我吻了臉蛋便可放你。」

紫紗女羞怒交集，一肘往他撞來。

韓柏運起捱打功，側身以肩膀受了她一肘，迅快無倫揭開面紗，在她臉蛋處香了一口，旋風般往黃紗女退去。

黃紗女給他戲弄得怕了，快速退往一旁，胸前雙丸一陣軟麻，原來早給韓柏這色鬼的指尖拂過。

韓柏乘機飛身上馬，大笑道：「有緣再見。」不理二女，揚長去了。

乾羅打扮得像個普通的小商販，而戚長征則是他聘來的一般江湖好手，亦是棄江就陸，免過不了沿江的大明關防。

在怒蛟幫的全盛期，洞庭、鄱陽一帶的長江沒有一個關防能捱多過三個月的時間，而沒有不被怒蛟幫挑了的。

趕了幾個時辰路後，到了荊州府，準備稍後先北上德安府，繞個大圈才朝京師去，寧願費上多點時間，都不希望被其他人阻礙了上京大事。

憑著假造的生意往來賬單，他們輕易進城，找到了一家客棧，希望打坐至黃昏，再趁黑展開輕功趕一晚路。

這時的乾羅和戚長征舉手投足，都與這些普通的市井小人物無異，維肖維妙。

原來凡成高手者，必有著驚人的記憶力和觀察力，而且是最能控制自己動作的人。就此兩點，仿學起別人來只是舉手之勞。

他們要了一間房後，乾羅回房靜修，戚長征忽起閒心，逛街去也。

荊州府的興盛比得上武昌和岳州，並多了幾分古色古香的文采氣息。

天色暗暗沉沉，氣候很冷，行人都凍得包著頭，打著哆嗦，頂著寒風匆來匆去。

忽然有一隊馬車自後方駛來，由城衛在車前、車後策騎開路護送。

行人車馬紛紛讓路。

戚長征俯身在地上隨便執起了一片木碎，藏在手裡，若無其事靠往行人路去。

馬車隊在旁馳過。

簾幕低垂，使人不知馬車內究竟有何人在。

到最後一輛馬車時，戚長征肩膊不動，手腕微揚，那木屑由下而上，往車簾激射而去。

這個角度，只會破簾後刺上車頂去，不會傷人，但卻可測試車內人的反應和深淺。

一般來說，任何運載貴重物品或重要人物的車隊，武功最強者會被安排在一前一後這兩個位置，做成首尾相顧之勢，所以戚長征揀最後一輛馬車出手，實是深思熟慮後的決定，非是無的放矢。

戚長征同時移入橫巷去，隨時可溜個大吉。

木屑迅速射往窗簾去，眼看穿簾入內，窗簾被一隻纖美皙白的手掀了起來，剛好讓木屑射入窗裡去，落在車內人另一隻手兩指之間，時間的拿捏，準確無倫。

窗簾滑下前的一剎那，車窗處現出一張宜嗔宜喜的俏臉，姣美白皙，艷麗之極，朝戚長征看了一眼，便又藏在簾裡。

車隊遠去，像甚麼事都未曾發生過。

戚長征挨著小巷的牆壁，渾身顫抖著。

那車內的美女無論裝束、神氣、膚色都和水柔晶有三分相肖，纖巧秀麗則尤有過之。

他猜到車隊內運載的正是女真族到中原來的高手。

只是那美女剛才露的一手，已可躋身江湖罕有高手的位置。

深吸一口氣後，正欲退走，驀地發覺有一對眼睛正在街口處看著他。

戚長征警覺地望過去。

只見一位年輕文士，有點猶豫地看著他，想趨前和他說話，又欠了點膽量的樣子。

戚長征暗忖此地不宜久留，沒有興趣理會那人，逕自走入橫巷去。

那人追了過來，叫道：「壯士留步！」

戚長征停定轉身，見那人眉清目秀，甚有書卷氣，知是飽學之士，容色稍緩，但仍是以冰冷的語氣道：「本人和你素未謀面，找我做甚麼？」

那人施禮道：「在下宋楠，想聘請壯士保護愚兄妹，酬金十兩黃金，未知壯士意下如何？」

戚長征愕然道：「你顯是從未涉足江湖，不知世情險惡。首先你全不知本人底細，便貿然出重金聘我，不但告知本人你行囊甚豐，十兩黃金已足夠普通人豐衣足食一輩子，你難道不怕我是歹人嗎？」

宋楠嘆道：「在下非是無知至此，只不過給賊子趕得走投無路。見兄台剛才彈出木屑那一手，膽識、武功過人，兼又一臉正氣，才冒昧提出不情之請，望壯士見諒。」

戚長征聽他措詞文雅，通情達理，大生好感，不過自己有急事在身，無暇他顧，但若見死不救，良心又過意不去，隨口問道：「宋兄要到哪裡去？」

宋楠道：「我們要趕往京師，到了那裡便安全了。」

戚長征心中一嘆苦笑道：「你們兄妹懂騎馬嗎？」

宋楠喜道：「沒有問題，壯士是否答應了？」

戚長征嘆道：「我也弄不清楚，不過請勿再叫我作壯士，本人丁才，正保護一位親戚到京師經商，若你們懂騎馬便一道走吧！不過十兩黃金要先付一半，其他一半到京師交訖！而我們則要立即上路了。」

宋楠大喜道：「我這就立刻去收拾行李，等待丁兄。」接著說出了一個客棧的地址，歡天喜地去了。

戚長征搖頭苦笑，這才趕回去找乾羅，暗忖若義父反對自己多事，那就對不起宋楠亦要幹一次了。

韓柏趕到鬼王府時，虛夜月已穿回男裝，和鐵青衣、「小鬼王」荊城冷等一眾高手，在靶場處練射。

虛夜月見心上人到，分外意氣飛揚，氣定神閒，連中三個紅心後，迎上正與鐵青衣人等交談的韓柏，用手指戳著他後背道：「燕王突接聖諭，要他今晚到宮內陪朱叔叔吃飯，所以今晚的宴會改了在明晚。嘻！不若我陪你到處逛逛，看看你還有甚麼無賴艷遇。」

韓柏點頭道：「鐵老剛已知會我了。」心中卻暗自叫苦，怎樣才可撇下虛夜月去與莊青霜幽會呢？雙目一轉道：「青樓的小姐都是晝睡晚起，愈夜愈精神的！這樣吧！今晚亥時我才和你去玩足一晚吧！」心想他還可提早一個時辰去西寧道場，那就有三個時辰，應付十個莊青霜都足夠了。

正興奮時，虛夜月杏眼圓瞪，扯著他衣襟，把他扯離了其他人，押到林中，大嗔道：「你這小子剛才說話時猛轉眼睛，分明在瞞騙月兒，人家嫁了你不到幾個時辰，還說要令人永遠幸福快樂，會很好玩。可是現在你卻要撇下人直至四個時辰之多。得從實招來！你是否要去找莊青霜？」

韓柏立時棄甲曳兵、潰不成軍，勉強招架道：「我真的是去找莊青霜，但為的卻是武林的公義。」接著壓低聲音道：「我接到百分百可靠的準確消息，真正的薛明玉將於今晚去採莊青霜。」

虛夜月冷哼一聲不屑地道：「是你自己想去採花吧！還要賴在另一個淫賊身上。」

韓柏惟有強撐下去道：「不信你便跟來看吧！」暗嘆今晚的飛來艷福最後仍要泡湯，惟有冤有頭債有主，盡情在眼前這阻頭阻勢的美女嬌軀上索償。

虛夜月忽又回嗔作喜，道：「算你吧！來！我們立即便去，在街上先吃點東西，趁天未黑前趕去主持你公私難分的所謂正義，不過假若沒有薛明玉出現，我便要你的好看。」

韓柏苦笑道：「我還有情報，就是薛明玉也像青樓的姑娘那麼晝睡晚起，所以不到戌時不會出現，我們不若先到月兒你的房中一起洗澡、一起上床，以免月兒怪我撇下你一個人自己去洗澡、上床呢！」

虛夜月終忍不住笑得彎下腰去，硬把他拉走，喘著氣道：「不要裝模作樣了，讓我和你一起去採花吧！真想知你被拆穿謊話時會否懂得羞愧。」

風行烈從兩女間醒了過來，想不到夫妻三人衣服都沒有脫，腳上穿著靴子，就橫七豎八在床上睡著了。

悄悄爬起床來，推門外出。

玲瓏正和服侍雙修夫人的丫鬟絲羅說著親密話兒，見他出來嚇了一跳，絲羅逃回房內，玲瓏則羞怯怯地過來，襝衽道：「姑爺讓小婢服侍你梳洗。」

風行烈見她那羞人答答的樣兒，忍不住逗她道：「我想洗個熱水浴。」

玲瓏立即霞燒玉頰，垂下頭去蚊蚋般輕聲道：「熱水早預備好了！姑爺請隨小婢來。」

風行烈一手抓著她圓潤的小手臂，湊到她耳旁道：「小玲瓏！現在我又不想洗澡了，不若陪我到艙尾吹吹涼風好嗎？我仍睡意未消呢！」

玲瓏嬌軀抖顫，赧然道：「姑爺不要這樣好嗎？折煞小婢了。」

風行烈不理她抗議，拉著她朝船尾走去，才放開了她。只見夕照的餘暉裡，滾滾大江就若一條鱗甲生輝的巨龍，追著他們的客船。

今晚他們將不會泊岸度夜，而是兼程趕往京師。

想到很快可見到韓、范兩人，心懷大暢。

玲瓏在旁惶恐道：「姑爺！小婢還有其他事等著做呢！」

風行烈微笑看著她垂下了的被羞意燒得赤紅的小臉，柔聲道：「玲瓏乖嗎？聽不聽我的話？」

玲瓏嬌軀一顫，以蚊蚋般的聲音道：「乖！」

接著一口氣急道：「小婢還是去看看小姐和倩蓮姊睡醒了沒有。」急步走了。

風行烈為之莞爾。

這麼臉嫩的小姑娘，倩蓮能把她的膽大妄為分一點給她就好了。

不過想到她說「乖」時那可愛多情的樣子，心底裡便有甜絲絲的感覺。

為何自己忽然很想挑逗玲瓏呢？是否因體內的三氣匯聚，還是想找一個人來填補白素香死去的缺陷？

心情忽地鬱結起來。

也想到了和水柔晶死前相處那一段短暫時光。

第十八章　假薛明玉

回到客棧，乾羅正在房內喝茶，於是戚長征把宋楠的事說了出來，最後道：「我也不知為何會答應他，或者是他期望的眼神，又或眞的覺得他是個好人。」

乾羅道：「那女眞族的美女高手，極可能是女眞王的公主『玉步搖』孟青青，屬生女眞的系統，他們父女佔了長白山為地盤，在此山之東建了俄朵里城。朱元璋統一中國後，仿唐代羈縻府州之制，分建衛所，作為管轄，然只具空名，實在一點都管不到他們。現在他們終要叛變了。」

戚長征道：「你說多麼諷刺，他們竟是由明軍護送上京，若非有人在背後主持，怎會如此。」

乾羅冷哼道：「假若藍玉、楞嚴和胡惟庸三人合謀作反，便可以假造文書，令地方官府乖乖聽話，亦不虞朱元璋會知道。好了！讓我們去見宋家兄妹吧。」

戚長征呆了呆，尷尬地道：「我忘記了問那宋楠。」

乾羅失笑道：「你不是忘了，而是不把那些人放在心上。來吧！或者我們送他兩兄妹一程，盡點心力吧！」

兩人於是執拾簡單行囊，到了宋楠的客棧，宋楠在房內等著他們，忙請兩人坐下，拿出五兩黃金，送到戚長征面前道：「小小意思，不成敬意。」

戚長征毫不客氣收入懷裡，問道：「令妹在哪裡？」

話還未完，鄰房開門聲響，不久一位窈窕秀麗的少女推門而入道：「大哥！成了。」同時落落大方地向兩人施禮，還好奇地打量戚長征。

宋楠介紹道：「這是舍妹宋媚。」

乾、戚兩人見她的目光大膽直接，不像涉世未深的閨女，均感奇怪。可是她的「大膽」卻絕不含挑逗或淫蕩的意味，反有著坦誠正氣的感覺。

乾羅道：「好！讓我們立即起程吧！」

西寧道場外一棵大樹上，韓柏摟著虛夜月又親嘴又動手動腳，弄得這美人兒神魂顛倒時，才趁機道：「月兒你給我在這裡把風，讓我到裡面先探探路，才回來和你進去。」

虛夜月摟著他的腰不依道：「不成！要去便一起去嘛！」

韓柏想不到她仍如此清醒，嘆了一口氣，無奈道：「來吧！」

這時天剛入黑，韓柏依著莊青霜的指示，由後宅南面高牆偷進去，循著紙團提示的路線，到了剛好能同時看到東廂的紅磚屋和莊青霜原居的「金屋」另一建築物的瓦背處。

虛夜月伏在他旁，低聲道：「為何你竟像來過很多次的樣子，又清楚西寧派布下的崗哨位置？」

韓柏胡謅道：「當然清楚，莊節帶我參觀時，得意洋洋地向我介紹了他們的布置，看！那就是莊青霜閨房的金屋，周圍種滿了向日葵，一看便認得。」

虛夜月醋意大發道：「你到過裡面沒有？」

韓柏道：「當然未到過，只是在外面望了兩眼，不信嗎？我可對天發誓。」

虛夜月嗔道：「不要隨便發誓好嗎？現在該怎麼辦？唔……」

韓柏側頭吻上她的小甜嘴，由於不敢弄出聲響，兩人的身體都未有任何動作，只是兩嘴溫馨有節制地偷偷糾纏往來，暗暗銷魂。

虛夜月早給他挑起春情，大吃不消，輕輕推開他的臉，軟語求道：「你究竟是來主持正義，還是要教人家難過？」

韓柏輕笑道：「有你在甚麼正義都忘了，愈邪惡愈好。」頓了頓試探地道：「月兒在這裡監視著莊青霜的金屋，若見薛明玉出現，千萬不要現身，當薛明玉被西寧的人趕走時，你便遠遠吊著他，我自然會趕來。」

虛夜月果然中計，道：「你休想溜進小樓找莊青霜，我會看得很牢呢！那你還到那裡去幹嘛？」

韓柏聽她口氣鬆動，壓下心中狂喜道：「我們這處離金屋太遠了，若薛明玉在另一邊來或逃走，便怕追他不上，所以想找一個較近之處，知道嗎？」

虛夜月吻了他一口道：「那就去吧，嘻！和你一起眞好玩，每晚都有不同的花式。」

韓柏心中一蕩，道：「你眞是未卜先知，預先知道我今晚和你會有不同的花式。」佔了口舌便宜後，才離開了又羞又喜的虛夜月，沒入建築物的暗影裡。

沿屋疾奔，翻過一堵矮牆後，立時嗅到花卉的清香，以紅磚砌成的小院落現在眼前，院外遍植草樹花卉，清幽雅緻。

所有窗戶都是簾幕深垂，只有其中一扇被燈火照亮了窗紗。

韓柏猜估自己雖來早了半個時辰，但莊青霜必早遣走了所有僕從，又發脾氣趕走了「保護」她的人，所以玉人應是守在這個房間裡。

功聚雙耳，立時聽到莊青霜以她甜美圓潤的聲音哼著小調，還有潑水聲。

韓柏暗忖若是美人出浴就好了，希望她不是只在洗手。時間無多，哪還顧得有禮無禮，閃到沒有燈光的鄰房窗前，掀簾穿進屋內。

房內寂然無人，放滿了書櫃，是個小書齋。

走出房外，移到隔鄰的房門外，這時韓柏已可肯定房內正上演著一幕美人出浴的好戲。嘻！她洗得香噴噴才見我，確是精采絕倫，運功震斷門栓，推門搶了進去。

房內瀰漫著蒸騰出來的水氣，朦朧中一個女性的美麗肉體，正蹲在一個大木盆中，盡顯女體玲瓏浮凸的曲線。

秀髮沾滿了水珠的莊青霜，正掐著盆中熱水往身上淋澆，有若新剝雞頭肉的一對高聳椒乳劇烈地顫動著，韓柏看得神魂顛倒，趁她扭頭望過來前，倏地竄到她旁，一手摟著她肩頭，另一手捂著了她的小嘴。

莊青霜駭然往他望來，見到是他，鬆了一口氣，旋又想起自己身無寸縷，俏臉霞飛，猛力一掙。

韓柏終日與美女周旋，深知她們最要面子，無論莊青霜對他多麼有意，亦受不起自己如此急色無禮，忙把她的小嘴封著，跪倒地上，把這濕漉漉的美女擁個結實。

莊青霜起始時還不斷掙扎，但瞬即在他的熱吻下融解下來，還摟緊了他。

韓柏待她的情緒由反抗變成接受後，才放開了她的櫻唇，挺起胸膛昂然道：「青霜不要怪我，我太想你了，所以早了點來，想不到你……嘿……眞是精采，我定要你嫁給我。」

莊青霜垂下螓首，幽幽道：「現在這樣子，想不嫁你也不行了，可是爹那一關怎樣過呢？」

韓柏看著她濕漉漉冰肌玉骨般光滑胴體，不禁心旌搖蕩，尤其她說話呼吸間，雙峰動盪有致，兩手一緊抱著她站了起來，再親了個長嘴兒後，道：「凡事都有解決的方法，只要我們眞誠相愛，沒有人可把我們分開來的。」

莊青霜摟緊他的脖子，欣然道：「你不要忘記對人家的承諾，霜兒的身體現在全是你的了，若你始亂終棄，霜兒便死給你看。」說到最後一句，眼眶紅了起來。

韓柏知她此時情緒波盪，半句話都拂逆不得，暗中叫苦，怎才可溜出去穩住虛夜月這聰明透頂的刁蠻女呢？口中道：「你的衣服在哪裡，讓我先爲你穿上衣服好嗎？」

莊青霜赧然道：「這是澡房，衣服在鄰室，看，就是那道門。」

韓柏這時才看到室內有道通到鄰室的側門，取起浴盆旁小几上的毛巾，便要爲她拭身。

莊青霜羞得無地自容，驚呼一聲，韓柏的手和毛巾，已揩到她白璧無瑕的嬌體上。

莊青霜兩手無力地按在韓柏肩上，任由處子之軀完全置於韓柏手、眼之下。

韓柏一對大手隔著毛巾享盡艷福，正思忖好不好如何想個辦法，偷他半個時辰，把眼前這動人心弦半熟的米，煮成完全的熟飯時，心中警兆忽現，愕然道：「有人來了！」

心中叫苦，這人到了外面的走廊，自己才生出感應，可知來者武功高明之極，最怕是虛夜月尋來找自己，那就慘透了，他應站在兩女的哪一方呢？

莊青霜駭然道：「難道是阿爹？」除了莊節外，誰敢逆她之命闖入來呢？

兩人各有各驚。

「啪！」

門栓斷折的聲音響起，隔鄰臥室的門被推了開來，卻聽不到任何足音。

韓柏大感不妥，他之所以能知道有人入了來，純憑魔種靈異的感應，虛夜月仍未高明至這種潛蹤匿跡的境界，又不會是莊節，試問他怎會震斷門栓闖入女兒的閨房。

難道是冒薛明玉來採花的人？他為何會知道莊青霜藏在這裡呢？

莊青霜失色道：「大人絕不可讓第二個人看到霜兒的身體。」

韓柏忙把毛巾圍在她身上，掩著了最重要的部位，可是仍有百分七十的肌膚暴露在空氣裡。

門「咿呀」一聲打了開來。

韓柏不敢叫嚷，怕驚動了道場的人，閃到門前，一拳向正要踏進來的人擊去。

那人冷笑一聲，也不知使了甚麼手法，帶得他差點橫跌開去，竟擋不了對方視線。

可憐裡面的莊青霜不敢呼救，退到一旁的死角，祈禱韓柏可趕走這不速之客。

韓柏運展魔功，改橫移為往後退守，對方的巨靈之掌已印往自己面門，森寒的勁氣，撲臉罩來。

韓柏暗叫厲害，自忖若在以前，只是這一掌便抵擋不了，飛起一腳，往對方下陰踢去，同時吹出一口眞氣，激射往對方掌心。

那人「咦」了一聲，收掌後退。

兩人打了個照面。

只見那人一身黑衣，頭戴黑布罩，只露出精光閃閃的眼睛，緊盯著他。

韓柏低喝道：「你是誰？」

那人雙目凶光大盛，一反手，拔出背上的玄鐵重劍，平實無奇地當頭劈至。

韓柏今次才眞的大吃一驚，只覺對方只是隨手一劍，可是由拔劍至劈下，動作渾然天成，無絲毫破綻。

可怕處還不止此，對方只是一劍劈來，可是卻包含著無有窮盡的變數和玄妙，教他完全看不穿對方的劍路。

這一劍如何可擋？

甚麼人厲害至此？

偏又不能不擋，若讓他闖了進來，看了莊青霜的玉臂粉腿，半露的酥胸，自己豈非蝕了大本，人急智生，倏地退到浴盆後，右腳一挑，浴盆內的水受他內功所激，化作一道水箭，往對方射來，同時嚇唬道：「薛明玉！你中計了。」

那人正要衝進來，見水箭射來，無奈往旁閃去。

莊青霜輕呼道：「地上的劍！」

韓柏這才看到莊青霜的寶劍原來放在浴盆旁，忙挑了起來，拔劍擊出，剛好擋了對方一下急刺。

兩劍交觸，韓柏差點甩手掉劍，忙施了一下卸勁，抽劍護身，另一手撮指成刀，矮身往這比得上里赤媚的可怕大敵腰腹刺去。

那人當然是年憐丹，他從臥底西寧的人那處得到資料，知道莊青霜避隱此處，本以爲十拿九穩，定可採得這朵鮮花，哪知竟撞上這個武功及得上風行烈，詭變反應卻尤有過之的韓柏，心中已是懊惱，這時見他招招拚命，殺機大起，劍式一變，著著搶攻，務要以雷霆萬鈞之勢擊殺對方。

韓柏盡展魔功，仍擋他不住，眼看失守，惟有叫道：「好膽！不怕脫不了身嗎？」

「花仙」年憐丹一招緊似一招，口中笑道：「你就是韓柏吧！可惜你和我一樣，都是來採花的，要捉便兩個一起捉去吧！」猛喝一聲，一劍劈在韓柏劍上。

韓柏一直避免與他的重劍硬碰，可是他這一劍精妙絕倫，竟避不了，虎口差點震裂，一股能撕開五臟六腑的勁氣，沿劍攻入體內，忙運起挨打奇功，尚未化去敵勁時，對方一腳當胸踢來。

若他退開，來人便可閃入房內，把莊青霜的春光盡收眼底，一咬牙躍了起來，凌空扭身，竟想藉腰力以厚臀硬捱對方一腳，如此不要臉的怪招，怕亦只有他才使得出來。

莊青霜這時驚魂甫定，看到韓柏為免自己受辱，竟完全不顧自身安危，芳心激動下，連羞恥都忘了，一把扯掉身上濕毛巾，一片白雲般往年憐丹的奪命腳擲去。

年憐丹正暗笑就算你在臀部裝了鐵板，也抵不住我這一腳，忽有不知名物體橫撞腳側，大吃一驚，不敢犯險，收回那腳。

韓柏見莊青霜春光盡露，知道更不能讓這採花賊進來，情急下魔功倏地提升，凌空再扭身，趁對方在退勢中，手中長劍幻起漫天劍影，衝殺過去，每一招全是不顧自身的打法。

年憐丹見他忽像變了另一個人般，每一劍都像全無章法，偏又是妙若天成，無奈下暫採守勢，等待對方劍勢衰竭的一刻。

兩人的劍剎那間交擊了十多下，卻沒有發出任何聲音，原來都運功蓄音，怕驚動了其他人。

兩人就在門口劍來劍往，交纏不休。

年憐丹見他真氣似是無有衰竭，改守為攻，使出精妙劍法，連刺三劍。

韓柏被他這三劍殺得左支右絀，眼看不保，驀地一聲清叱在年憐丹旁響起，接著是虛夜月的嬌呼道：「天啊！眞是薛明玉來了。」

韓、年兩人同時大驚失色時，虛夜月的鬼王鞭已毒蛇般往年憐丹脅下點去。

年憐丹轉頭看到虛夜月，心中狂叫天下竟有如此尤物時，對方鞭鞘已點至脅下，惟有一聲長嘯，破窗逃去。

外面人影幢幢，紛紛從四方趕至。

年憐丹知道今晚行動已告失敗，殺機大起，往最快撲至的那人迎去。

韓柏趁機向莊青霜傳音道：「快過來穿衣！」一把拖著要趕出窗外的虛夜月，叫道：「這裡走。」由房門離去。

「砰！」

掌勁激蕩的聲音在外面響起，莊節的聲音驚呼道：「薛明玉哪裡走！」

接著是「老叟」沙天放的怒喝聲。

韓柏心中大定，知道莊青霜不會再有危險，忙扯著虛夜月由紅磚屋另一方逃去。

虛夜月不解道：「不是要追捕薛明玉嗎？」

韓柏胡謅道：「行俠仗義最緊要施恩不望報，暗中助人才是眞正俠義，快走。」穿過後門，由另一方遁走。

腦海仍滿是莊青霜動人的雪膚粉肌。

第十九章　鬼王手段

戚長征策著六騎拖拉的馬車，載著乾羅和宋家兄妹，在黑暗的官道憑夜眼飛馳疾奔。

他們午後由荊州起程，騎了三個時辰馬後，宋家兄妹都大感吃不消，又知他們沒有黑夜策騎的能力，於是在一個小鎮處重金買來這現成的馬車，連夜趕路。

乾羅的聲音由車內傳來道：「丁才停車，宋小姐受不得車行之苦，想坐到車頭吹吹冷風。」

戚長征嘆了一口氣，停下車來。

宋媚在乃兄攙扶下，到路旁嘔吐一番後，爬上戚長征旁的御者空座。

馬車開出，速度放緩下來。

顛簸中，兩人肩頭不住碰撞，使這對男女都生出異樣的感覺。

宋媚迎著夜風，好了一點，側頭向他道：「爲何你問都不問我們發生了甚麼事，究竟甚麼人在迫害我們，就接受了這項委託？我還和大哥爭辯了一番，可是大哥堅持對你的信任，現在我都有點相信了。」

戚長征笑道：「爲何姑娘忽然改變了對我的看法，是否我的樣子老實可靠？」

宋媚笑道：「不！你絕不似老實的人，但卻給人一種不屑做壞事或小事的感覺。」

戚長征想不到她觀察如此敏銳，訝然看了她一眼，在迷濛的星光下，發覺她特別引人，不再作聲，專心駕車。

宋媚怨道：「和我說話好嗎？那會令我忘記了正在坐馬車的痛苦。」

戚長征道：「談甚麼好呢？」

宋媚興趣盎然道：「談談你自己好嗎？為何你會當起保鑣來呢？是不是很刺激的？遇到比你強的人怎辦哩？」

戚長征看了她一眼，把外衣除了下來，蓋在她身上，柔聲道：「天氣很冷，你要不要回到車裡去。」

宋媚想不到他這麼細心，瞅了他一眼道：「若你覺得我在這裡礙了你的手腳，我便回車裡去吧！」

戚長征笑道：「不用多心！不若談你吧！但我知你不會說眞話，這就叫江湖經驗。」

宋媚回頭望回車裡，輕聲道：「他們都睡著了，我們細聲點說話好嗎？噢！好了！終過了這片黑樹林，看！前面還有燈光。」

戚長征極目望去。

這時他們正在下山的路上，黑沉沉的大地靜悄無聲，遠方的燈光看來是個小村落。

宋媚忽然湊到他耳旁道：「我忽然有個衝動，想把所有事全告訴你知，但卻有個條件，你也不可以向人家說假話。」

戚長征被她如蘭吐氣弄得耳朵癢癢的，心中一蕩，旋又克制著自己，水柔晶的死亡使他對愛情深具戒心，怕累對方捲入漩渦，何況現在是一心到京師對付方夜羽，實不宜有感情的糾纏。

不過此女的美麗和大膽直接，對他實有無比的誘惑力。

乾羅的聲音忽然在他耳內響起道：「長征！後面有十多騎追來，找個地方引他們到那裡去，殺他們一個不留，了百了。」

戚長征向宋媚道：「坐好了！」一揚鞭，抽在馬兒上，馬車立時速度增加，切入橫路，朝燈火亮處馳去。

韓柏和虛夜月兩人沿著秦淮河朝莫愁湖走去。

虛夜月心情很好，誇獎他道：「你的消息來源眞可靠，果然碰上了薛明玉，不知西寧派的人有否逮著他呢？」

韓柏怕她查根問柢，道：「你怎麼找到小屋來的？」

虛夜月甜笑道：「關心你嘛！見你到了那紅屋裡，便沒有再出來，還以為莊青霜躲在那裡，原來是薛明玉躲在那裡。」

韓柏放下心事，輕鬆地道：「我早猜到薛明玉會藏在道場裡，製造混亂，例如放火燒屋，亂了西寧派的陣腳，才趁亂下手，果然給我找到了他。」

虛夜月忽垂下了俏臉，咬著下唇，一副泫然欲泣的淒涼樣子。

韓柏吃了一驚，顧不得她男裝打扮，摟著她肩頭轉入了一條僻靜的小巷，心痛地道：「月兒為何忽然如此不開心呢？」

虛夜月淒然道：「因為你根本不當人家是你的小妻子，不斷用謊話騙人家，月兒很苦哪！告訴月兒，為何你的衣衫全濕透了。」

韓柏才是心中叫苦，知道瞞不過這聰明的嬌妻，停了下來，把她擁入懷裡，誠懇地道：「我錯了，以後都不敢騙你了。」

虛夜月垂淚道：「你若還騙我，月兒這一生便慘了，卻又離不開你，教月兒怎辦啊？人家所有心力、精神，全用到你身上去了哩。」

韓柏用舌頭舐掉她臉上的淚珠，愛憐地道：「快笑給我看，你哭在臉上，我卻是痛在心裡。」

虛夜月竟「噗哧」笑了起來，睨了他一眼道：「月兒到現在仍不明白像你般文墨不通的人，怎能猜中我的謎兒。唉！不過月兒更不明白為何會嫁給你。」

看著她俏臉上的淚漬，韓柏怦然心動道：「來！讓我們回家洞房，肯定你可再次找到嫁我的理由。」

虛夜月玉頰霞燒，啐道：「今晚若你不交代清楚和莊青霜在浴房幹了甚麼見不得人的事和與秦夢瑤的關係，月兒拚著忍受寂寞之苦，也不隨你回莫愁湖去。」

韓柏至此才知她在大耍手段，以眼淚作武器，最後不過目的在此，大叫中計，但卻再無反抗之力，嘆道：「招供便招供吧！不過我卻要摟著沒有穿衣服的月兒，才肯說出來。」

虛夜月低聲道：「不行啊韓柏，今晚若月兒還霸著你，三位好姊姊會惱人家的。」

韓柏想不到她如此會為人著想，喜道：「那和三位姊姊一起伺候我便成了。」

虛夜月嗔道：「去你這荒淫無道的小專使，月兒怎可在別的女兒家前和你做那種羞人的事，怎也不行。」

韓柏還想說話，心有所感，發力抱起虛夜月躍往牆頭，掠進牆後的花園裡。

火把在四方亮起，兩人落足草地上時，已陷入重圍裡。

一聲冷哼，年憐丹由兩人躍入處的牆頭現身出來，紫紗女和黃紗女緊傍兩旁。

絕天滅地、日月星三煞和金土木三將八個人從舉著火把的大漢後走了出來，把兩人圍個密不透風。

韓柏暗叫不妙，從虛夜月背上抽出長劍，轉身望往年憐丹道：「原來扮薛明玉的人就是你。」接著咧嘴笑道：「原來兩位美人兒是年憐丹的花妃，難怪身材這麼好。」

年憐丹淡淡一笑，掃過氣得嬌軀抖顫的兩位花妃，從容道：「小子死到臨頭仍逞口舌，讓本仙把你擒下，再當著你面前把虛小姐弄得欲仙欲死，你才明白甚麼叫生不如死。」

虛夜月大怒道：「死淫賊，看我勾了你的舌頭出來。」

年憐丹哈哈笑道：「恭敬不如從命，但美人兒只可用你的小香舌來勾本仙的舌頭。」

虛夜月跺足道：「看招！」一揚手，一團黑忽忽的東西照著年憐丹打去，鬼王鞭同時由腰間飛出，幻起層層鞭影，向最接近的絕天滅地罩去，傳音向韓柏道：「快逃！」

馬車轉了一個彎，眼前出現了一座破落的寺院，除了殿堂還有燈火外，四周都是一片漆黑。

戚長征連喚兩聲，都不見有人應話，索性跳下車來，打開後院的木門，把馬車駛了進去。

宋楠兄妹驚疑不定，卻不敢作聲。

乾羅暗忖再無隱藏身分的必要，佝僂的身體挺直起來，回復一代梟雄的氣度，淡然道：「賢兄妹不用慌張，只因追兵已至，所以我們到這裡躲一會兒，摸清敵人的底細。」

兩人見到乾羅像忽然變了另一個人似的，都目定口呆。

這時戚長征由廟裡走出來，道：「我找到了廟祝，點了他睡穴，明天他起床時，將會發現床旁多了五兩黃金，那足夠重建這荒廟了。」

乾羅哂道：「廟未必起得成，不過這廟祝肯定再不用捱窮。」

這時蹄聲逐漸增強，然後又逐漸消去，竟路過不入。

宋家兄妹都鬆了一口氣。

戚長征和乾羅交換了個眼色，暗忖原來這批在晚間趕路的騎士與宋家兄妹無關，否則怎會疏忽了地上車輪的新痕，不知他們到了這裡。

乾羅道：「橫豎來了這裡，賢兄妹不如到寺內睡上兩個時辰，才再上路好嗎？」

戚長征接口道：「寺後有幾間客房，被褥仍算潔淨，兩位就到那裡休息吧！」

宋媚有點擔心道：「兩位不會撇下我們在這裡吧！」

宋楠忙責道：「二妹！」

乾羅笑道：「要撇下你們，何須多費唇舌。你們兄妹都算合我眼緣，快去睡吧！」

宋楠這時已知兩人護送他們，絕非爲了金錢，又不追問底細，更是感激，千恩萬謝後，才攜妹去了。

乾羅向戚長征笑道：「征兒該知我的心意。」

戚長征笑道：「剛才追兵經過路口時，速度放緩下來，當然是發現我們躲到這裡來，現在詐作遠去，只是要在前路伏擊我們。」

乾羅冷哼道：「這批人必是查到他們兄妹有人護送，才如此小心。只憑這點，便知他們若非官府的人，就是與本地黑幫有聯繫，否則怎能這麼精確掌握我們的情況和路線。」

戚長征笑道：「義父的推斷，八九不離十，這些人若等得不耐煩，自會尋來。哼！義父儘管去清靜一會兒，由長征一人守夜便成了。」

年憐丹定神一看，瞧穿虛夜月擲來的黑球，乃煙霧彈一類東西，遇力即爆開來，怕裡面藏有尖針、鐵屑一類東西，一手扯下紫紗妃的面紗，捲起黑球，包個結實，送往後方遠處，輕易化解了虛夜月的逃命玩意，凌空躍起，往正力圖突圍的韓、虛兩人撲去，重劍來到手上，顯示出對韓柏的重視。

絕天滅地一刀一劍，守得密不通風，硬是接著了虛夜月詭變莫測的攻勢，教她難越雷池半步，靜候她銳氣一過，便即發動反攻。

韓柏曾在黃州府和金木土三將交過手，深悉路數，甫接觸便把三人殺得手忙腳亂，可是多了日月星三支長矛，一時亦無法可施，只好護著虛夜月的後方，讓她能放手而為，突破絕天滅地的封鎖。

年憐丹喝道：「讓開！」手中重劍化作一道厲芒，向韓柏激射而去，竟是一上來便全力出手，毫不留情，可見他對韓柏確是恨之刺骨。

劍未至，劍氣已破空而來。

韓柏領教過他的厲害，換了平時早橫移閃避，可是虛夜月正和他背貼著背，若自己逃開，虛夜月腹背受敵，哪還有命，猛咬牙根，一聲長嘯，衝前一步，長劍絞往對方重劍。

「鏘！」

兩劍交擊。

年憐丹一聲長笑，落到地上。

韓柏慘哼一聲，退了半步，嘴角溢出血絲。

眼前寒芒再起，玄鐵重劍由遠而近，緩緩由外檔彎來。

森寒的劍氣似若實物，隨劍排山倒海向他湧來。

韓柏大小各戰，除龐斑和里赤媚外，從未碰過這麼可怕的高手，魔種自然生出感應，在這生死關頭提升至能臻達的最高境界，長劍一顫，發出「嗤嗤」嘯叫，化作一球劍芒，後發先至，撞在對方劍尖處。

「蓬！」

氣勁爆響。

韓柏一步不退，怕撞傷後面心愛的玉人兒，一口鮮血噴出，化去了對方侵體的眞氣。

年憐丹喝道：「好小子！再接本仙一劍。」重劍幻作千重劍影，往韓柏灑去。

韓柏吃虧在不能退避，故招招正面交鋒硬拚，但亦激起了魔種的潛能，只覺體內眞氣源源不息，冷喝一聲，長劍橫掃而出，充滿了壯士一去不復還的慘烈氣概。

這時其他六煞轉往加入絕天滅地對付虛夜月的攻擊裡，殺得虛夜月嬌叱連聲，香汗淋漓，眼看不保。

就在這時，一聲冷哼傳來，鬼王的聲音喝道：「誰敢欺我女兒！」

聽到最後一字時，鬼王倏地出現在虛夜月和圍攻者的中間，八煞的兵器變成全往他身上招呼過去。

「噹！」

年憐丹千變萬化，教人無從觸摸來勢的一劍，竟在刺上韓柏前，給他一劍掃個正著。

多變者力道必然及不上沉實樸拙的劍法，此乃天然之理，所以年憐丹內功雖勝過韓柏，仍給他把劍硬擋了開去。

只憑韓柏能硬接年憐丹三劍，便足使他名揚宇內。

虛夜月見乃父來到，有了靠山，身子一軟，靠在韓柏背上，同時叫道：「爹要給女兒出氣啊！」

鬼王哈哈一笑，兩袖連揮，把絕天滅地連人帶著刀劍，震得踉蹌跌退，然後兩手閃電抓著木將右側擊來的木牌、土將從左方攻來的鐵塔，再凌空一個翻身，先一腳掃在日月星三煞的長矛處，另一腳點出，正中金將的眉心，速度動作之快捷和詭異，真像幽冥來的鬼王。

他抓著木牌和鐵塔的手緊握不放，到他翻身落地時，剛好硬在木土兩將虎口內轉了一個圈，兩人虎口震裂，不但兵器被奪，胸前還如受雷擊，鮮血狂噴，往後跌退，坐倒地上。

金將卻是應腳飛跌，「蓬」一聲仰躺地上，立斃當場。

至此八煞攻勢全消，潰不成軍。

鬼王出手，果有驚天動地之威。

年憐丹亦為之色變，倒躍回牆頭，來到兩妃之間。

同時箭矢聲響，持火把者紛紛中箭倒地，火把墜落地上，繼續燃燒。

附近各建築物現出無數黑衣大漢，圍個水洩不通。

鐵青衣現身在年憐丹身後房子的瓦背頂上，長笑道：「京畿之地，哪輪得到你年憐丹來撒野！」身旁還有「惡訟棍」霍欲淚和「母夜叉」金梅。

年憐丹仍是神色從容，盯著鬼王道：「好！便讓本仙領教鬼王絕學。」

「鬼王」虛若無負著雙手，來到摟著虛夜月小蠻腰的韓柏身旁，微笑道：「看你剛才明知不敵，仍拚死護著月兒，我虛若無便知道沒有把月兒交錯給你。」

韓柏愕然道：「岳丈原來早來了！」

虛若無哈哈一笑道：「當然！年兄公然在街上遊蕩，若我們還懵然不知，豈非笑掉了年兄的大牙。」

年憐丹聽他冷嘲熱諷，心中大怒，知道一戰難免，躍下牆來，喝道：「動手！」

這時絕天滅地等扶起了重傷的木土兩將，退到兩妃站立的牆下，組成戰陣，卻無復初時聲勢。

虛若無冷冷看著年憐丹，好一會兒後微笑道：「年兄表現得如此氣概凜然，不外看準本人在與里赤媚決戰前，要保持實力，所以才擺出不惜一戰的格局。」接著啞然失笑道：「年兄實在太高估我虛若無了，愧不敢當。本人從來便不是英雄人物，否則當年亦不會坐看朱元璋活活淹死小明王，致與眞正的英雄上官飛決裂，成大事者豈拘小節，爲達目的不擇手段乃虛某做人的格言，我這就下令女兒、女婿和全部手下，與本人聯手，不惜一切把你等全部殺死，一個不留，你那兩個花妃則廢去武功，賣入妓寨，讓嫖客都永遠懷念年兄。」

跟著把手搭在韓柏肩上，笑道：「賢婿看來亦非甚麼想充英雄的人，適當時候便不會恪守甚麼一個對一個的臭規矩，虛某有看錯人嗎？」

韓柏先是聽得目定口呆，接著捧腹失笑道：「當然沒有看錯我，既省力又可趁熱鬧，我喜出望外才對。」

虛夜月「噗哧」一笑，橫了這兩個她世上最親密的男人一眼，笑吟吟喃喃道：「一老一少兩個不要臉的！」

年憐丹氣得臉色陣紅陣白，但又隱隱感到其中似有轉機，壓下怒火，冷冷道：「虛兄有甚麼條件便開出來吧！」

鬼王含笑看了他一會兒後，悠然道：「若非看在紅日躲在一旁，準備隨時出手援救你這自身難保的採花神仙，我也沒有興趣要你立下誓言，再不准碰京城內任何女子，年兄肯答應嗎？虛某只要是或否的簡單答案。」

韓柏等眾人大感愕然，眼睛往四周幽暗處搜索。

年憐丹心中嘆了一口氣，暗忖縱得內傷未痊的紅日之助，可是鬼王府高手如雲，又有韓柏助陣，加上鬼王，自己和紅日可突圍而去，已是萬幸，其他人必戰死當場，若兩位花妃眞給賣入妓寨，那自己還用在中原和域外抬起頭做人嗎？

年憐丹心想至此，搖頭苦笑道：「難怪朱元璋能得天下了，有虛兄這等人物輔助，何事不成？」

話畢當眾立下誓言。

虛若無大笑道：「能屈能伸大丈夫也。遲些再和你算賬，請！」

年憐丹喝道：「走！」

領著敗將傷兵，由鐵青衣等人退開處撤走。

「鬼王」虛若無的聲音遠遠往四外送去道：「紅日小子，鷹刀就在敝府之內，本人給你三天時間來取刀，切勿錯失，否則你將永遠都尋不回此刀，保重了。」

紅日的長笑從東北角傳來道：「好傢伙！我現在立刻趕去取刀，看你狼狽趕回府去的樣子亦是有趣。」

虛若無失笑道：「聽你聲音，便知雙修府一戰的內傷仍未痊癒，最少還須一晚工夫才有望復元，要去請自便，虛某早安排了人手歡迎法王大駕。」

紅日似怕鬼王追去般，聲音由另一方傳來道：「好傢伙，衝著你這耳力，本法王便忍手遲些才來找你玩兒，請了！」一聲狂笑，逝往遠方。

鬼王舉手在空中打出手勢，鐵青衣等人無聲無息消失在屋瓦之後。

虛夜月一肘撞在韓柏脅下，笑道：「現在你應知爹爲何歡喜你，因爲你和他是同類人，甚麼規矩都不講。」

虛若無哈哈一笑，道：「你們兩個陪我走走，我怕有十多年沒有逛街了。」

第二十章　暗室生香

浪翻雲避過由影子太監及內宮高手守護的正後宮，朝內皇城西掠去，經過一個大廣場時，見到一座大戲棚，已搭起了大半，心想這就是朱元璋大壽三天慶典時，憐秀秀演戲的地方了，不由心念一動，決定暫擱正事。

他忽緩忽快，倏行倏止，避過重重崗哨和巡衛，轉瞬來至一組既無斗栱、前後走廊，很像大型民居，予人質樸簡潔氣氛的院落前。

浪翻雲默運玄勁，心靈延伸出去探索著，瞬即找到目標，展開絕世身法，一晃間落入院落裡，穿窗入內，迅若閃電。

這是五開間向東開門，展「口袋式」建築，以適應冬季的嚴寒。

室內南北炕相連，炭火仍未熄盡，暖洋洋的，四角都燃亮了油燈。

室內布置卻是一絲不苟，裝飾紋樣，均構圖完整，樑枋彩畫則用色鮮艷，龍鳳藻井和望柱勾欄，更是形相生動，雕刻深透。

只看朱元璋安排憐秀秀入住這充滿平民風味，又不失宮廷氣派有「小民間」之稱，曾為馬皇后居室的「馬后別院」，便可看出朱元璋對憐秀秀懷有不軌之心。

他腳步不停，倏忽間已找到了正海棠春睡的憐秀秀，坐到她床沿處。

憐秀秀擁被而眠，秀髮散落枕被上，露出了春藕般的一對玉臂。

誰能見之不起憐意？

浪翻雲用心看著，想起了紀惜惜，輕嘆一口氣，掏出剛補充了的清溪流泉，拔掉瓶塞，連喝三大口。

憐秀秀一個翻側，醒了過來，迷糊間看不清是浪翻雲，張口要叫。

浪翻雲一手捂著她的小嘴，低聲道：「秀秀！是浪翻雲。」才放開了手。

憐秀秀喜得坐了起來，不管身上隱見乳峰的單薄小衣，投進他懷裡去，緊摟他的熊腰，淒然道：「翻雲你一是立即佔有秀秀，又或即帶秀秀離宮，否則秀秀便死給你看。」

浪翻雲差點把酒噴出來，愕然道：「甚麼？」

戚長征躥上瓦背，天兵寶刀閃電般向正要往下躍去的勁裝大漢劈去，那人猝不及防，連擋格都來不及，仰後躲避。

戚長征飛出一腳，巧妙點中了他的穴道，制著了他。

乾羅的聲音傳來道：「這些先頭卒都頗有兩下子，不可小覷，其餘兩人已被我點倒，你至後院馬車處守候敵人吧！」

戚長征肩起大漢，幾個縱躍，來到馬車處，把大漢在座位處放好，閃入了寺廟一間小室裡。

蹄聲在遠方響起。

對方顯然以爲先派來的人已控制了大局，所以毫不掩飾行藏。

輕巧腳步聲傳來，戚長征橫移開去，靠牆立著。暗忖若有人能瞞過他和乾羅，這人必是非常高明。

一個嬌俏的身形輕盈地走了進來，帶入一股香風。

她沒有察覺到戚長征的存在，逕自來到破窗前，朝外望去，正是貌美如花的宋媚。

她身上除薄薄的短袖衣與綢褲外，只披了一件披風，頭髮微亂，顯是剛由被窩跑出來。

看到她赤著的雙足，戚長征始恍然爲何她的足音可這麼輕巧。

這少女的膽子眞大，聽到少許聲響便來探看。

宋媚喃喃自語道：「那無情的人躲到哪裡去了呢？唉！」

戚長征聽得心中一蕩，兼之他絕非不欺暗室的君子，童心大起，移到她背後去，對著她的小耳朵吹了一口氣。

宋媚嬌軀一顫，駭然轉過頭來，黑暗裡見有一個男子貼背立著，立驚得癱瘓無力，香噴溫熱的肉體倒入戚長征懷裡，披風滑落地上，露出光緻嫩滑的一對玉臂。

戚長征猿臂一緊，把她摟個滿懷。

蹄聲漸近。

宋媚魂飛魄散，張口要叫。

戚長征這時來不及騰出手來阻止，暗忖驚動了敵人沒有問題，驚動了乾羅和宋楠就尷尬了，人急智生，吻在她香唇上。

宋媚無力地掙扎著，戚長征忙離開少許，低叫道：「姑娘是我呀！」

宋媚「啊」一聲輕叫了起來，借點星光，才隱約辨認出他的輪廓，想起剛才被他啜過嘴兒，嬌軀更軟，靠在他身上。

戚長征滿抱芳香，兼之跟紅袖過後已多時沒近女色，立時血脈賁張，生出男人最原始的衝動。

宋媚正緊靠著他，哪會感覺不到，「啊」的一聲滿臉火紅，卻沒有掙扎或怪他無禮，模糊間香唇再給這充滿男子氣概的男子啜實，還熟練地逗弄她的香舌。

這時寺院外滿是蹄聲。

乾羅的傳音在戚長征耳內響起道：「好小子，比我還懂偷香竊玉，這些人由我來應付吧！」

戚長征嚇了一跳，慌忙離開宋媚的香唇。但手卻摟得她更緊了，甚麼不可涉足情場的決定都不知拋到哪裡去了。

宋媚這時連勾動指尖的力量都消失了，無力地摟著他寬闊的胸膛，心兒急躍至隨時可跳出來的樣子。

十多名騎士旋風般破門捲進後院來，團團把馬車圍著，其中兩人跳下馬來，查看車廂。

戚長征把嬌柔乏力的宋媚轉了過來，讓她面對窗子，看到外面後院的情景。

這對男女同時一震。

原來宋媚豐滿的隆臀剛好靠貼著戚長征作為男性最敏感的地方，箇中感應妙況，可以想知。

幸好這時外面驚呼傳來，分了他們的神，沒有那麼尷尬。

查看車廂的其中一人道：「他只是被點了穴道。」

一個看來是頭領的勾鼻壯漢喝道：「暫不要理他！」嘬唇尖嘯。

十多騎人馬聞聲闖入廟來。

再一聲令下，十七名大漢紛紛下馬，亮出清一式的大刀。

馬兒被趕到一旁，騰出馬車周圍大片空地。

戚長征湊到宋媚耳旁道：「他們是甚麼人？」

宋媚待要回答，勾鼻壯漢抱拳揚聲道：「江湖規矩，不知者無罪，宋家兄妹乃朝廷欽犯，若朋友交出人來，本人大同府千戶長謝雄一句不問，絕不追究，若對本千戶長身分有懷疑，本人可出示文件和證明。」

宋媚在戚長征耳旁道：「他們才是欽犯，害了我們一家還不夠，還要誣陷我們。」

戚長征低笑道：「就算你是欽犯，我也疼你。」

宋媚想不到這看似無情的男人變得如此多情，輕呼一聲，主動把俏臉貼上他的臉頰。

謝雄顯亦是高手，聞聲往他們的暗室望來，喝道：「點火把！」

乾羅的聲音響起道：「不要破壞這裡的氣氛。」悠然由後門走了出來。

宋媚急道：「你還不出去幫手，他們那麼多人。」

戚長征笑道：「不！我要和你親熱。」暗忖橫豎自己和這動人美女已有了這種糊裡糊塗湊來的親密關係，兼之自己又奉命不用幫場，不若先佔點便宜，再作計較，一對手在她的嬌軀上下活動起來。

宋媚立時呼吸急促，血液沖上臉部，頭臉滾熱起來，軟弱地在心裡暗怪對方無禮，偏又覺得大敵在外時被他如此侵犯，眞是刺激荒唐之極。

戚長征卻大嘆精采，原來她身上衣服單薄之極，摸上去等若直接撫摸她的裸體，哪還忍得住，一直探手下去，到了她溫暖滑膩的大腿，觸手處結實豐滿，更不肯停下手來。

這時那千戶長謝雄打出手令，眾人立時散往四方，把步至他身前的乾羅圍著。

乾羅負著雙手，兩眼神光電射，冷冷道：「既是來自大同，當是藍玉手下的蝦兵蟹將，你們都算走霉運了。」

謝雄給他看得心中發毛，喝道：「閣下氣派過人，當是有頭有臉之輩，給我報上名來。」

乾羅仰天一笑道：「本人乾羅，今天若讓你們有一人生離此地，立即洗手歸隱，再不會到江湖上現身。」

宋媚全身劇震，一方面因戚長征的手愈來愈頑皮，更因是聽到乾羅之名，大感意外。

那謝雄亦立時色變。

「噹啷！」

其中一人竟連刀都拿不穩，掉到地上。

乾羅倏忽移前，那謝雄要擋時，乾羅的手穿了入他刀影裡，印實他胸膛上。

眾人一聲發喊，四散逃走。

乾羅左閃右移，那些人紛紛倒跌拋飛，接著乾羅沒在院牆外，慘呼聲不住在外邊響起。

戚長征把宋媚轉了過來，吻了她香唇道：「我本非儇薄輕浮的人，不過小姐你太動人了，害得我忍不住侵犯你。」

宋媚嬌喘連連，白他一眼道：「自己使壞還賴在人家身上，你是否仍不打算對人家說出眞名字呢？」

戚長征笑道：「本人怒蛟幫戚長征是也，和你一樣都是欽犯。」

宋媚不依扭動道：「人家可不是呢！」

她如此在他懷裡揉貼蠕動，戚長征哪還忍得住，一對手又由她的小腹進軍至胸脯處。宋媚細眼如絲，小嘴發出使人心搖魄蕩的呻吟，任他輕薄，半點反對的意思都沒有。宋楠的驚呼聲在後面走廊傳來，惶急道：「二妹！二妹！」

兩人一驚下分了開來。

戚長征忙拾起地上披風，揚掉塵土，披在她身上，道：「出去吧！」

宋媚回吻了他一下後，才依依不捨去了。

戚長征苦笑搖頭，自己確是好色之徒，早先還打定主意，想不到忽又墜進了愛河去。她確是動人，看看以後有甚麼機會可眞正得到她，只要自己不薄倖負心，便對得住天地良心了，門戶與禮教之見與我老戚何干。

虛若無和女兒、女婿對飲一杯後，從酒樓幽雅的貴賓廂房望往流經其下的秦淮河，看著往來花艇上的燈飾，嘆道：「自月兒母親過世後，這兩天是虛某一生人最快樂的時光，哈！有甚麼事比我的月兒覓得如意郎君更使我開懷。」挾起一塊東坡肉，放進韓柏碗裡。

虛夜月嬌笑道：「爹確沒有揀錯人，韓郎他寧願自己噴血，都不肯撞到月兒背上，只爲這個原因，月兒便再不過問他的風流史。」

虛若無搖頭微笑，向韓柏道：「小子你比我還了得，短短三天便把月兒和莊青霜兩大美人同時弄上手，連芳華都給你弄得神魂顚倒，七娘公然來求我准她向你借種，現在連我都給你弄得糊塗了。你有甚麼法寶能同時在床上床外應付這麼多美人兒？」

虛夜月俏臉飛紅，嗔道：「爹！你怎可像韓柏那麼口不擇言呢？人家是你乖女兒哪！連月兒你都揶揄譏笑。」

虛若無訝然道：「爲何你的夫婿可以口不擇言，阿爹卻不可以呢？」

虛夜月罵了一聲「爲老不尊」，不再理他，笑吟吟自顧自地低頭吃東西。

虛若無顯然心情極佳，向韓柏道：「莊青霜那妮子不但人長得美，內涵亦是一等一，嘿！你明白我說甚麼吧！」

男人談起女人，總是特別投機，韓柏欣然道：「岳丈都說小婿是福將嘛！」

虛夜月聽得俏目圓睜，惟有作充耳不聞，再不理他們。

虛若無又說笑了一會兒，再喝了兩杯後，道：「莊節這傢伙貌似隨和，實則不露鋒芒，人人都以爲葉素冬和沙天放武功比他好，其實西寧三個小子以他心計、武功最厲害，一直想把莊青霜嫁入皇宮，好父憑女貴，可惜因虛某一句話，始終成不了事，所以莊節最痛恨我，只是不敢表現出來。」

韓柏好奇心大起問道：「那是句甚麼話？」

虛若無嘆道：「莊青霜十四歲時，出落得非常秀麗，當時朱元璋便有意思把她配給那時仍未成皇太孫的允炆，走來問我意見。我指出莊青霜和月兒一樣，都屬『媚骨艷相』，一般男子絕對承受不起那福分，嚇得朱元璋忙打退堂鼓。」

韓柏記起朱元璋曾說過向虛若無提親，看來亦指此事，順口道：「我知岳丈亦拒絕了月兒的婚事，你們兩人是否因這事生出了問題呢？」

虛若無眼中露出傷懷之色，如此神情出現在這個性堅強的絕頂高手身上，分外教人感動。

好一會兒後虛若無喟然道：「我和朱元璋最大的問題，是因我看好燕王棣，小棣和允炆同屬帝皇之相，只是一個福厚、一個福薄。唉！小棣的兒子高熾亦和允炆同樣相格。」頓了頓續道：「朱元璋不納我提議，立允炆爲皇太孫，顯然認爲我另有私心，藉相道來打擊他的決定，由那天開始，我再沒有入宮上朝。要見我虛若無嘛，滾到鬼王府來吧！」

當他順帶提起朱高熾時，虛夜月忽垂下頭去。

韓柏恍然道：「原來是因這事岳丈對朱元璋不滿。」心中奇怪爲何虛夜月神情如此古怪。

虛若無冷笑道：「朱元璋最錯誤的決定，乃是不取順天而以應天爲都，此乃不明氣數地運轉移之理，現在順天落入燕王棣掌握裡，可見命相之妙，實不因任何人的意志有絲毫改移，即管是皇帝都無能爲力。」接著兩眼閃過精芒，瞧著韓柏道：「燕王棣就是另一個朱元璋，但心胸卻遠比他闊大，恩怨亦較分明。朝中百官似是盲從胡惟庸等擁護允炆，其實是怕再有另一個朱元璋，這種心理確實是微妙非常。」

韓柏聽他見解精闢，大爲折服，頻頻點頭。

驀地耳朵一痛，原來給虛夜月狠狠扭了一下，她湊過來道：「月兒不准她的夫婿只懂對阿爹逢迎捧拍，十足一條點頭應聲蟲。」說罷又歡天喜地去吃她的東西。

兩丈婿相視苦笑，但又有說不出的暢快心情。

虛若無笑道：「莊青霜應是賢婿囊中之物，要不要我助你一臂之力。」

韓柏大喜道：「固所願也！哎喲！」原來下面又給虛夜月踢了一腳。

韓柏見她笑吟吟的樣子，知她已不再像以前般反對莊青霜，湊過去道：「好嬌妻！不反對了嗎？」

虛夜月纖手搭上他肩頭，輕輕道：「月兒不敢破壞你的好事，但卻是有條件的，得手後再說吧！」

韓柏大喜，望向虛若無。

虛若無想了想，忍不住自己先笑了起來，道：「我其實是不安好心，想教訓莊節一頓，挫挫他西寧派的氣焰，看他還敢否藉害你來打擊我，不過此事卻要月兒合作才成。」

虛夜月大嗔道：「月兒不阻他去偷人家閨女已是非常委屈，爹還要人做幫凶，這還成甚麼道理。」

虛若無笑道：「且聽我詳細道來！」

韓柏和虛夜月對望一眼，都感到虛若無像年輕了數十年，變得像虛夜月般愛鬧事和頑皮。

浪翻雲摟著憐秀秀道：「秀秀何事這麼淒苦，是否朱元璋迫你做他的妃子？」

憐秀秀搖頭道：「不！皇上他很有風度，雖對秀秀有意，但對秀秀仍非常尊重，更何況他知道你曾到過秀秀的花艇。」

浪翻雲奇道：「那你又爲何一見到浪某，便立時變得這麼哀傷？」

憐秀秀死命摟著他，把臉埋入他懷裡，幽幽道：「龐斑已使秀秀受盡折磨，但翻雲你卻使人痛苦得更爲厲害。每天逐分光陰等待著，現在你來了，秀秀怎也不肯再離開你了。以後我便只彈筝給你一個人聽，也不要任何名分，只要有時能見到你，知道你會來找人家。找所房子給秀秀吧！便當人家是你一個小情婦，秀秀即於願已足。」

浪翻雲把她從床上抱了起來，讓她坐到腿上，摟著她被被窩溫熱了的胴體，輕吻了她臉蛋，瀟灑笑道：「無論我說甚麼，你都不肯放過我的，是嗎？」

憐秀秀意亂情迷地赧然點頭道：「是的！秀秀一生人從沒試過爭取甚麼，但這三天的折磨，卻使秀秀下了決心，要得到翻雲的愛。像秀秀最崇拜的紀惜惜般，做你金屋藏嬌的紅顏知己。翻雲啊！春宵苦短，秀秀敢驕傲地告訴你，包括龐斑在內，從沒有男人碰過秀秀。」

浪翻雲心中感動，這柔弱的美麗身體內，不但有顆火熱的心，還有為了愛情不顧一切的意志。就像當年的紀惜惜，與他一見鍾情後，便甚麼都拋開了，甚麼都不計較，只要能和他在一起。紀惜惜與連秀秀的愛都是熾烈和狂野的。

憐秀秀欣然一笑道：「秀秀知道無論在你面前如何不要面子，如何情難自禁、如何放蕩，翻雲總會明白秀秀的。」

浪翻雲苦笑道：「這可能是個天下沒有男人能拒絕的提議，單是能聽到你的箏曲和歌聲，已使我想立即俯首投降。可是浪某早戒絕情慾之事，不會像一般男人般有肉慾的追求，秀秀不覺得這是個遺憾嗎？」

憐秀秀把臉埋入他肩項處，羞不自勝道：「人家早想過這問題，其實只看你願不願意，當年傳鷹大宗師由刀入道，早斷了七情六慾，仍可使白蓮鈺生下鷹緣，可知到了你們這種境界，是可以完全支配自己的身體意志，秀秀並不奢求，只希望能和翻雲歡好一次，把處子之軀交給翻雲，為你生個孩子。傳鷹既能做到，翻雲當亦能做到。可是若翻雲說這會影響了你和龐斑的決戰，秀秀則無論如何不會再作如此要求。但仍望只為你一個人而生存，每天全心全意去期待你和愛你。答我啊！秀秀很苦哩！」

浪翻雲聽得目定口呆，好一會兒才嘆道：「我眞想騙你一次，可是卻無法出口，我浪翻雲再非昔日遇上紀惜惜時的浪翻雲，無論和任何女人相愛合體，都再影響不了我的道心。故若決然捨棄了你，反會使我心中不忍，日後生出歉疚之情時，那才眞的不妙。」

憐秀秀狂喜道：「天啊！浪翻雲竟愛上秀秀，慘了！我知你立即要離開人家，日子怎過才好呢？」

浪翻雲愕然道：「你怎知我會離開呢？事實上我眞個還有別事，只不過經此一會兒，以後我會不時來找你，和你說說開心話兒，說不定在某一刻還會和你合體交歡，佔有你動人的肉體。」

憐秀秀喜得雙目淚花打轉，嬌軀抖顫道：「秀秀一切都交到你手上了，放心去辦你的事吧！也不用要故意來找秀秀，只要有你這番話，秀秀已此生無憾了，翻雲！秀秀永遠愛你和感激你。」

沒有人能比浪翻雲更明白憐秀秀高尙的情操和心意。

這三天來，憐秀秀每一刻都深受思念他的苦楚煎熬著，又知浪翻雲早超越了男女間的愛慾，那種絕望的無奈感覺，和自悲自憐，才是最要命的感受。

剛才午夜夢迴，忽然見到苦思著的愛郎出現身旁，在現實和夢境難分的迷惘裡，她進入了一種在清醒時絕不會陷入的情緒中，才痛快地把心裡的話一股腦兒全無保留地釋放了出來。

而浪翻雲的道心亦清楚地感受到她的心意，受到感動，表示了自己對她的情意。

現在憐秀秀已因抒發了心中的悲鬱，回復平靜，又再表現出平時的體貼、諒解和惹人憐愛的善解人意。

浪翻雲微微一笑，吻上她的香唇，同時掀掉她身上單薄的褻衣，讓她露出驕傲雪白的胴體，然後兩手逐分逐寸地愛憐著，表達著他深厚的情意。

憐秀秀溫柔地反應著，全心全意去感受浪翻雲一對手所帶來的醉人感覺。

這對手雖無處不到，可是卻毫無色情的成分，只若在眞心誠意地欣賞著一件老天爺偉大和無與倫比的精美傑作，充滿了愛和熱。

憐秀秀湧起莫名的狂喜，感受著此身已屬君的幸福，精神隨著浪翻雲強大的感染，提升至一個完全超越了情慾，但卻比任何情慾都醉人的境界。

天啊！

被浪翻雲愛撫原來是這麼美妙的。

唇分！

浪翻雲的手亦停了下來，微微一笑道：「看！你猜錯我了，浪某也會對你放恣的。」

憐秀秀欣然道：「你若再想放恣，秀秀才是求之不得呢！」

兩人對視一眼，都啞然失笑。

浪翻雲溫柔地爲她穿上衣服，放下她到床上睡好，又蓋上了被子，吻了她的臉蛋後，道：「乖乖睡吧！你今晚定會有個好夢。」

憐秀秀伸手抓著他的衣袖，低聲道：「翻雲若沒有甚麼事，便哄秀秀睡著再走吧！但你走時可不准弄醒人家，再來時亦最好趁人家睡著的時候，那秀秀每天都會很快樂地去睡覺。」

浪翻雲坐到床上去，伸手搓揉她的香肩，微笑道：「小乖乖！快睡吧！」

憐秀秀被他的手摸得渾身舒暢無比，不片晌已酣睡過去，嘴角還帶著一絲滿足甜蜜的笑意。

他輕親了憐秀秀的臉蛋，才飄然而去。

當他踏出憐秀秀的閨房時，道心立時晉入止水不波的澄明境界，沒有一絲牽累，也沒有半分期待，飄然投入他另一行動。

第二十一章　情海興波

馬車繼續趕夜路。

宋媚一直垂著頭坐在戚長征身側，這時瞅了他一眼，再垂下頭咬著唇皮輕輕道：「你和乾先生爲何仍不問我們，究竟藍玉何故要派人追殺我們兄妹？」

戚長征瀟灑一笑，伸手過去撫著她豐滿的大腿，淡淡道：「到京師還有這麼長的路，怕沒有時間說嗎？」

宋媚沒再作聲，馴服地任由這狂放不羈、充滿霸氣但又有著說不出溫柔的男子，輕薄著她驕矜的玉腿。

乾羅傳音向戚長征道：「長征！她大哥睡著了，要不要停下車來，帶這妮子到林裡溫存片刻，此女對你情深一片，累我都要想起燕媚呢！」

戚長征忙收回大手，暗忖我們這對義父子都是見色起心之徒，以前的乾羅當然比自己厲害多了，傳音回去道：「征兒只圖手足之快，趕路要緊。」

乾羅傳音笑道：「記著造化弄人，很多機會一錯失便不會回頭，美人尤是如此。嘿！」顯然想起了一點心事。

宋媚見他自動收回作怪的手，反感到像失去了甚麼似的，奇怪地望了他一眼，剛好戚長征亦往她瞧來，嚇得她垂下了目光，再沒有以前那種脫略。

戚長征柔聲道：「冷嗎？」

宋媚微點一點頭。

戚長征道：「回車廂睡一會兒好嗎？」

宋媚堅決地搖頭，卻又忍不住打了個呵欠，自己都感到很不好意思。

戚長征將她摟入懷裡，把披風蓋在她身上，道：「小媚兒！給我乖乖睡一覺，醒來時應抵常德外的南渡鎮了，那時包一條船放淮河而下，很快便到京師了。」

宋媚「嗯」的應了他一聲，緊環著他充滿安全感的健壯腰肢，眼皮再張不開來。

和鬼王分手後，韓柏和虛夜月這對頑皮冤家，仍捨不得回去，並肩在街上蹓躂。

虛夜月甜笑著似是自言自語般道：「月兒眞開心，因有個二哥不惜命地護疼人家。知道嗎？月兒一直希望有位年紀較近的哥哥，現在終於有了，還兼做了月兒的郎君。」

韓柏故意在左張右望，然後奇道：「月兒你和哪個情郎說話，讓為夫把他找出來殺了。」

虛夜月大覺好玩，旋又關心道：「爲何你給年憐丹打得吐了血，卻像個沒事人似的，爹還要你陪他喝酒。」

韓柏笑道：「說到武功，我或者仍及不上年憐丹，但若說捱打，他還差得遠呢！否則怎禁受得你這刁蠻公主。」

虛夜月笑吟吟道：「眞好！若月兒要打你時，再不用留手了。」

韓柏哂道：「你有留手嗎？」

虛夜月跺足道：「沒有良心的人，人家一開始便逆著性子來就你，你要兵器，便著人把整個兵器架抬來給你；要換兵器，人家便等你；鞭抽上你時，只用了小半力道，還怪人家沒有留手，月兒非要和你弄個清楚不可。」

韓柏哈哈大笑，不理途人側目，在她身旁道：「那又何必說嫁豬嫁狗都不嫁我，又說我那對代表了天地正氣的眼睛是賊眼，這筆賬誰給我算？」

虛夜月嘟起小嘴道：「小心眼的男人，人家現在甚麼都給了你、依了你，甚麼便宜全給你佔了，仍斤斤計較吵架時的氣話，看我今晚睬不睬你。」

韓柏大樂，正要哄她時，對面街嚦嚦鶯聲叫道：「文正！」

韓柏嚇了一跳，往對街望去。

只見一群男女正由其中一間青樓的大門走出來，其中一位美若天仙的人兒正含笑向他招手。

赫然是久違了的「花花艷后」盈散花。

虛夜月的纖手重重在他背上扭了一把，臉上卻堆滿動人的笑容，回應著向他們奔過街來的美女，口中狠狠地低聲道：「你究竟還勾搭了多少這種通街叫男人的妖女？」

韓柏心中叫苦，兩女都是如此厲害，自己夾在中間，慘況可知。

一身雪白的盈散花，仍是那副慵慵懶懶，像包括連上床在內甚麼事都不在乎的風流樣兒，一對妙目滴溜溜在兩人身上轉動著，看扮作翩翩俗世佳公子的虛夜月的時間還比看韓柏更多一點。

到了兩人身前，一手撫著她那可令任何男人垂涎欲滴的酥胸，別轉頭向愕在對街處看著她的那群朋友揮手告別道：「晚安！」這才喘著氣向他們道：「想不到在街上也會撞到專使大人。」又再別過頭去，對那群似仍不肯接受她道別的男女揮手示意著他們自行離去，不要理她。

那些男子露出失望神色，終是依依不捨地走了。

虛夜月見盈散花艷光四射，身材惹火，顯出一副煙視媚行的尤物樣兒，醋意大發，忘記了說過不管韓柏風流史的承諾，忍不住再暗踢了他一腳。

盈散花回過頭來，「噗哧」一笑向虛夜月道：「這樣拳打腳踢，不怕遲早弄死他嗎？」

虛夜月倏地伸手在她臉蛋擰了一記，笑吟吟道：「美人兒！你叫甚麼名字。」

盈散花既不躲避，亦不怪她，水盈盈充滿誘惑魅力的大眼睛橫了虛夜月風情萬種的一眼，嬌嗲地道：「奴家是盈散花，小妹子應就是夜月姑娘吧！真教人不服，爲何你這麼快便給朴郎弄了上手？」

韓柏心叫不妙，虛夜月當然不知道盈散花除了自己外，便只愛女色不愛男人，這樣動手挑逗她，簡直就在玩火。

虛夜月給她千嬌百媚的橫了一眼，心中泛起奇怪的感覺，蹙起黛眉道：「原來是花花艷后，你又是捱了多少天才給他弄上手的？」

韓柏感覺街上所有人的目光全集中在他們身上，大感不是味兒，而兩女的說話又都是驚世駭俗，乾咳一聲道：「回莫愁湖才說好嗎？」

虛夜月白了他一眼嗔道：「月兒還要逛街，不想回去。」

盈散花笑道：「不若到伴淮樓去喝杯酒，那處很清靜哪！」眼睛在虛夜月動人的身體轉動著，那誘人模樣，連女人都要動心。

虛夜月待要拒絕，盈散花插入兩人中間，轉了個身，兩手分別輕輕挽著兩人，笑道：「來吧！走兩步就到了。」

這時更是無人能不側目，當時即管不拘俗禮的江湖男女，亦少有在公眾地方那樣拖拖拉拉的。

韓柏和虛夜月身不由主，給她帶得往百多步外的佇淮樓走去。

到了樓上的廂房坐下後，筵席擺開，盈散花巧笑盈盈爲兩人斟酒。

虛夜月鼓著氣道：「我不喝酒了！」

盈散花笑道：「小妹子不要吃醋，散花和朴郎清清白白的，只是要好的朋友。」

虛夜月嘟起小嘴道：「鬼才信你們，一個是蕩女，一個是色鬼，要騙人都找些似樣些的話兒說！何況你還有清白可言嗎？」

盈散花眼珠發亮地看著虛夜月，又睨了韓柏一眼，笑道：「妹子眞懂冤枉人！」

虛夜月瞪了韓柏一眼道：「還要否認，你看這小賊平日能言善辯，對著你卻像個啞巴，不是作賊心虛是甚麼？」

盈散花笑道：「朴專使快說話表態吧！妹子不快樂的樣子，連人家都看得心痛了。」

韓柏的頭痛，此時更是有增無減。

這些日子來他已蓄意不去想盈散花和秀色，暫時還算相當成功。可是這刻盈散花活色生香地出現在眼前，立時勾起了在船上和她兩人共度糾纏不清的那美好一刻。而且今次重逢的盈散花，對自己的態度明顯地柔順多了，尤其那情不自禁奔過來時驚喜交集的樣子，更使他心動。

她和虛夜月的美麗都是充滿誘惑力的。

嘆了一口氣道：「散花！你乖乖的告訴我，到京師來幹甚麼？秀色在哪裡？」接著安撫虛夜月道：「月兒好好聽著，便會知道我們眞正的關係。」

這次輪到盈散花受不了，兩眼一紅道：「朴郎！你變了！」

「哎喲！」

盧夜月狠狠地在韓柏腿上扭了一記重重的，「噗哧」一笑道：「原來是這種關係！」

韓柏搓揉著被扭痛的地方，啞然失笑道：「現在連我都弄不清和盈小姐的關係了，散花你可否坦白一點，是否已改變主意，決定愛上我呢？」

盈散花垂下頭去，戚然道：「但願我知道就好了！」

盧夜月也給弄得糊塗起來，醋意大減，美眸在兩人間掃視幾遍後，湊過去向盈散花道：「你們上過床了沒有？」

盈散花俏臉微紅，搖頭道：「床是上過，但只親過嘴兒！」

韓柏心中喚娘，這種話也虧她們兩個女兒家問得出口，答得出口。

豈知盧夜月坐直嬌軀後，笑吟吟道：「嘻！試過給他親嘴的滋味，你若還能保得你的清白，月兒才難以相信哩！」

盈散花放蕩地笑了起來，伸手在盧夜月的臉蛋擰了一記，學著她般笑吟吟地道：「不信便拉倒。」

韓柏知道再不以奇兵取勝，這筆糊塗賬將永沒有解決的時刻。探手出去，分別摸上兩女的大腿，摸得她們同時嬌軀輕顫，往他望來，才微笑道：「散花你若不老實告訴我你想怎樣對我，莫怪我立即拂袖而去，以後都不理你。」

盈散花給他摸得俏臉飛紅，輕輕道：「若說了出來，你肯理人家嗎？不怕你的月兒吃醋嗎？」

韓柏邊加劇對虛夜月的侵犯，邊笑道：「這個由我來處理，月兒是最乖最聽話的。」

盈散花不依道：「人家不乖嗎？」

韓柏瞪眼道：「不要扯開話題，快說！」

虛夜月給他不規矩的手弄得面紅耳赤，想責罵或抗議都說不出話來，而且此時韓柏充滿了霸道的氣概，也教她心甘情願去服從他。

盈散花在桌下捉著韓柏活動得太過分的大手，水汪汪的眼睛往他飄來道：「散花本下了決心以後都不見你，但到了京師聽到你的消息後，不論晝晚都想著來找你，秀色更慘，這樣說，你滿意了嗎？」

虛夜月「啊」一聲叫了起來，卻不去捉著韓柏的手，只是嗲聲怨道：「韓郎！月兒受不了哩！唉！你還有個甚麼的秀色！」

盈散花大震道：「原來妹子已知道了你的身分。」

韓柏點了點頭，收回兩隻作惡的大手，暗喜以魔功逗起兩女情火的方法奏效，回復了平日的瀟灑從容道：「散花！我不知道你到京師來有甚麼圖謀，不過現在這裡的形勢險惡複雜，你們兩個女娃兒，一不小心便會惹上天大麻煩。」

盈散花眼中閃過無奈之色，欲言又止時，腳步聲由遠而近，一個人氣沖沖旋風般衝進來，怒喝道：「散花你忘了我們的約會嗎？」

韓柏和那人對了個照面，均感愕然，齊叫道：「是你！」

來者竟是小燕王朱高熾，繼西寧道場後，又是爲了美女在此狹路相逢。

廂門處出現了四名一看便知是高手的隨員，其中一個四十來歲的瘦漢問道：「小王爺，沒有問題吧！」

小燕王朱高熾狠狠盯著韓柏，揮手道：「你們在外面等我，記得關上門。」

盈散花含笑起立，來到朱高熾旁，親熱地挽著他的臂膀，半邊酥胸緊壓到他背上，昵聲道：「小燕王何必動氣，散花見還有點時間，又湊巧遇到朋友，上來聊兩句吧！」

朱高熾見盈散花當著韓柏和他親熱，怒氣稍減，這時才有機會望向背他而坐的虛夜月。

韓柏見盈散花和他卿卿我我，心中氣苦，又見朱高熾看虛夜月時神色古怪，這才發覺虛夜月爲何一聲不作，大異她平日刁蠻放任的作風。而且鬼王和朱高熾之父燕王棣關係如此親密，虛夜月沒有理由不認識朱高熾，不由往她瞧去。

只見這目空一切的嬌嬌女低垂著頭，既不安，更惶然地手足無措。

朱高熾輕輕推開盈散花，側坐到虛夜月旁的椅子裡，一瞬不瞬盯著她道：「月兒！你是否愛上了他？」一手指著韓柏。

韓柏腦際轟然一震，剎那間明白了很多事。

虛夜月對鬼王的反叛是有原因的，因爲她的初戀情人並不是自己，而是朱高熾，但鬼王因朱高熾福薄，阻止兩人相戀，所以剛才鬼王提起朱高熾時，虛夜月的神色才那麼不自然。

幸好韓柏心胸廣闊，心想只要你月兒現在全心全意對我，我怎會計較你過去的事？就算像三位姊姊等非是完璧，自己還不是那麼愛惜她們。而你虛夜月連親嘴都是第一趟，我更不會自尋煩惱，和你算舊賬。

虛夜月淒惶求助地望向韓柏。

盈散花來到朱高熾背後，按著他肩頭。

朱高熾喝道：「散花你給我坐下。」

盈散花望了韓柏一眼，眼中透出複雜的神色，低頭坐在朱高熾旁。

朱高熾顯然妒火中燒，向虛夜月冷喝道：「月兒望著我，你究竟可逃避多久？」

虛夜月淒然望向朱高熾，眼眶中淚花打轉道：「熾哥！是爹的意思哩！」

韓柏色變道：「甚麼？」

虛夜月掩臉哭了起來道：「不要迫我。」

朱高熾道：「你除了阿爹還有甚麼是重要的？我只要一句話，你愛他還是愛我？」

虛夜月悲泣道：「不要問我，我不知道。」

韓柏整個心驀地變得冰冷無比，往下沉去。魔種受激下，倏地提升，便像眼前發生的事和他一點關係也沒有，而虛夜月和盈散花變得就像陌路人。

他有種想大笑一場的感覺。

一切都靜下來，使他能客觀冷靜地看著眼前正在進行著的感情糾紛。

虛夜月其實在這幾天早把所有愛轉移到韓柏身上。

與朱高熾的愛情發生在她十七歲情竇初開之時，但為鬼王阻止，向燕王棣施壓，使她這段初戀無疾而終。

現在朱高熾這麼當面質問她，若她說出眞心話，定會對朱高熾造成最嚴重的傷害，才會推在鬼王身上，希望韓柏能體諒自己。

這時見他不吭一聲，偷從指隙間往韓柏望去，立時嬌軀劇震，放下了手，露出了帶著淚珠的如花俏臉。

原來韓柏正冷冷地看著她，一對虎目不含半點感情，那比罵她一場、打她一頓還更使她吃驚。

朱高熾完全失去了他一貫的尊貴雍容，得意地看著韓柏道：「小子你聽到了吧！月兒根本並不愛你，只是父命難違，與你虛與委蛇，你若還是個有種的男兒漢，便給本王滾吧！」

虛夜月搖著頭，表示並非那樣情況，卻泣不成聲，說不出話來。

她愛上了韓柏，心中對朱高熾有點內疚，更難狠心說出眞相，致使誤會愈來愈深。

朱高熾望向盈散花道：「你和他又有甚麼關係？」

盈散花不敢望往韓柏，低聲道：「散花的心是怎樣你還不知道嗎？仍要問這種問題。」

韓柏腦中靈光一現，終猜到盈散花的目標並不是朱元璋，而是燕王棣。

盈散花應是高麗人，與領地最接近高麗的燕王棣極可能有著某種恩怨，所以盈散花既對自己這掛名的假專使有興趣，又搭上這和自己一樣熱愛美女的小燕王朱高熾。

朱高熾見韓柏似是無動於衷的樣子，還以為他受不住打擊一時傻了起來，冷笑道：「我會教所有低看我們父子的人後悔的。」伸手過去，輕浮地擰了盈散花的臉蛋一下。

盈散花低垂著頭，纖手緊抓著衣襬，因過於用力而發白了。

虛夜月這時亦平靜下來，淒然向韓柏道：「到樓下等月兒一會兒，月兒和熾哥說幾句話再來尋你。」

她想的是自己事實上已是韓柏妻子，不若和朱高熾說個清楚，以後再不用糾纏不休。

韓柏深心處忽地湧起難以壓制的暴怒，就像那天在酒樓想殺何旗揚那情況的重演，冷喝一聲，一掌拍在桌上。

一點聲音都沒有發出來，可是整張堅實的花梨木圓桌卻化作碎片，散落地上，杯、壺、碗、碟全掉到地上去，一時碟裂、壺碎之聲不絕於耳。

四名隨從高手，破門而入，護在朱高熾四周，不能置信地看著一地的碎木屑。

朱高熾亦為之色變，想不到韓柏掌力驚人至此。盈、虛二女更是花容失色。

韓柏端坐椅上，保持著拍掌的姿勢，神態變得威猛無儔，訝然看著地上劫後的混亂情景。

心中暗叫好險，若非自己把魔種被激起了的邪惡、毀滅、死亡這些方面的魔性，藉這一掌導引發洩出來，極可能重蹈那天的覆轍，永遠喪失了道心，變成魔門中人。

想到這裡，靈機一觸。

原來情緒竟可影響得魔種這麼厲害，那水能覆舟，亦能載舟，豈非可利用情緒去駕馭魔種，達到救秦夢瑤的目的。

想起了秦夢瑤，他神態又變，不但回復了平時的瀟灑不羈，還猶有過之，沾染了一點因思念秦夢瑤而來的出塵仙氣，那種魅力，兩女即管心情劣極，仍不得不一陣迷醉。

此時房內情景眞是怪異無倫。

兩女兩男隔著一地破碎碗碟呆坐著，而韓柏則像是按著一張無形的桌子。

小燕王的四名隨從全部兵器出鞘，在他身後全神戒備。

朱高熾眼中閃過殺機，冷冷道：「大人是否因愛成恨，想行刺本王？」

韓柏收回大手，啞然失笑，眼光冷冷掃過眾人，心境一片空靈，淡淡道：「笑話！這一掌若拍向你，十個小燕王也沒有命。」

眾隨從齊聲怒喝，被朱高熾伸手攔著，他對朱元璋和鬼王均極爲忌憚，怎敢公然下令殺死韓柏，暗忖來日方長，哪愁沒有機會整治對方，一陣冷笑道：「你算甚麼東西，竟敢來和本王爭風呷醋，滾吧！」

虛夜月淒呼道：「熾哥！」想阻止他再說這種話。

豈知韓柏哈哈一笑站了起來，伸了個懶腰，失笑道：「滾便滾吧！橫豎也累了！滾回去睡覺也好。至於爭風呷醋，小使哪有你的閒情，她們要跟你，是她們的自由，也是你的本事。朴文正甘拜下風，請了！」一聲長笑，灑然出房去了。

虛夜月本想追出去，想起不若先向朱高熾交代清楚，才去找他解釋，竟沒有移動身子。

盈散花嬌軀輕顫，苦忍著心中的淒酸，她清楚地感覺到，韓柏以後再不會理她了。

生命爲何總是令人如此無奈和憤怨。

韓柏踏足街上，晚風吹來，精神一振，忽有一種由苦難脫身出來的輕鬆，訝然想道，爲何自己竟沒有怨憤難平的感覺，是否已臻至秦夢瑤所說魔種無情的境界。

那會否很沒趣呢？

自己是否並不愛虛夜月和盈散花，所以不著緊她們？

細想又覺不像，自己雖惱她們得要命，卻仍覺得她們非常可愛和動人，何況自己剛才雖說了氣話，但說完後便立即心平氣和。

以他魔種的靈銳，怎會蠢得看不出盈散花是因另有目的，才對這生於帝皇之家，自負不凡的朱高熾曲意逢迎，她根本就不歡喜男人，上床的都是秀色的事，想到這裡，他心中湧起一陣煩厭，仿若自己以後都不想見到她們兩個了。

嘗過剛才魔種那種邪惡凶殘的情緒後，對這類負面的情緒已深具戒心。

他很清楚虛夜月對他的心意，可是她對朱高熾尚有餘情亦是一個事實。

韓柏忽地哈哈笑了起來。

虛夜月對朱高熾餘情未了才是正理，否則她豈非反臉無情的女人？

我韓柏若如此看不開，還有甚麼資格去愛她。

至此心中釋然，決定等待她下來。

此刻丑時剛過，街上遊人不減反增。

韓柏拋開一切，全神感受著這像沒有黑夜般的秦淮河區醉生夢死的氣氛。

驀地發覺有人朝他走來，原來是葉素冬，他身穿便服，使他差點認不出來。

葉素冬親熱地搭上他肩頭，擁著他便走道：「皇上要見大人。」

韓柏愕然道：「甚麼？」想起朱元璋的疾言厲色，心中便有惴惴然之感。想到月兒下來時見不到他，定要嚇個半死。哼！教訓她一下也好。

葉素冬放開了他，領著他愈走愈快，方向卻非是皇宮。

韓柏訝道：「禁衛長要帶我到哪裡去？」

葉素冬神秘一笑，沒有答他，反問道：「聽說大人剛才在伴淮樓與小燕王發生衝突，現在瞧大人心境平和，一臉輕鬆，看來只屬意氣小事吧？」

韓柏暗罵一聲，這老狐狸分明想探他口風，亦懍於他耳目之靈通，好像完全掌握著自己的行蹤，可隨時在他身旁出現似的，便不置可否應了一聲，反道：「今天小使見到青霜小姐時，她看來像有點不舒服，現在沒事了吧？」

葉素冬暗讚他問得不著痕跡，道：「今晚發生了點事，幸好化險爲夷，大人有心了。」

韓柏最關心是有沒有人看到她那如無意外，便理應屬他擁有的美麗胴體，但卻沒法問得出口。

這時兩人來到落花橋處，只見橋頭處影影綽綽站著十多人，其中一人向著橋外，雄偉的背影自有一股不動如山的氣勢。

韓柏一震下走了上去，正要跪下，那人轉過身來笑道：「不用多禮，我今晚是微服出巡，找你來陪我解悶意吧！」

竟然是換了便服的朱元璋，唇上黏了一撮八字鬚，神態輕鬆，使他差點認不出這九五之尊來。站在朱元璋左方是位老儒生打扮的高瘦老太監，面目祥和，兩眼似開似閉，容顏清秀，予人閒靜安逸的感覺，見韓柏朝他望來，微微一笑，友善地點頭。

韓柏立時知道這就是影子太監之首的老公公了。

朱元璋右方的灰衣人比老公公還要瘦，雖沒有老公公和朱元璋的高度，可是筆挺如杉，自具頂尖高手的氣概。

保護朱元璋的人裡，當然以這兩人爲主力，身爲西寧三老之一的葉素冬亦要遜上兩籌。

只不知這灰衣人是誰，爲何從來沒有聽人提起。

其他八人均像葉素冬般身穿便服，驟眼看去，只像到秦淮河趁鬧的江湖中人，但落在韓柏眼中，卻知道隨便在這裡揀個人出去，必能成爲名震一方的高手。

朱元璋舉步便走，著韓柏和他並肩而行，其他人立時前後散開，只有老公公和那灰衣人緊隨其後，葉素冬則在前方領路，朝秦淮大街步去。

韓柏的感覺便像正在作夢。

朱元璋不是要和他一起去嫖妓吧？

第二十二章　醉臥香舫

朱元璋和韓柏在以老公公、灰衣人、葉素冬為主的十一名高手拱衛下，漫步於青樓酒肆林立、燈火通明、熙來攘往的秦淮大街上。

路上的馬車多了起來，車內隱傳燕語鶯聲，顯是有美偕行，春色暗藏。

朱元璋興趣盎然地瀏覽著，連路面有否凹凸不平亦留意到。

這批超級御衛顯然早有默契，表面看去似乎和他們各不相關，其實沒有一刻不護在關鍵位置，組成嚴密的保護網。

韓柏更留心到在許多建築物、街角和店舖前，站了早經喬裝的禁衛，若發生事情，四周湧出的禁衛如多達千人，韓柏亦不會奇怪，雖然他只認出了幾個來。

朱元璋莞爾道：「自從傳出鷹刀到了鬼王府後，這裡青樓的生意增加了十倍，葉卿家提議禁止武林人物來京，卻給我反對了，刺激一下經濟繁榮，不是挺好的事嗎？」

韓柏心中一動，道：「皇上知否鷹刀現在真的在鬼王府內？」

朱元璋滿意地看了他一眼，點了點頭，岔開話題道：「你知否為何我在聖諭裡，指明即管你們兩人長得像韓柏和范良極一模一樣，亦不准任何人懷疑你們的身分這兩句話的用意？」接著乾咳一聲道：「不要稱我作皇上。」

韓柏暗叫好險，剛才朱元璋輕描淡寫的提起鷹刀之事，當是他早知鷹刀到了鬼王府，卻以此來試探自己對他的忠誠，若他不坦然說出所知，可能會立即招禍，心中抹過一把冷汗後道：「皇……嘿！是否想即使有人清楚知道我們就是韓柏和范良極，也可避了許多不必要的麻煩？」

朱元璋笑而不語。

此時最熱鬧的一段大街告盡，前方是燈火黯淡多了的住宅區，眾人又轉出秦淮河去。

韓柏見目的地不是其中的一所青樓，大為失望。

他聽人嫖妓就聽得多了，以前韓府的二管家楊四正是好此道的常客，遇有豔色，總回來繪影繪聲述說一番，聽得他心嚮神往。所以今次來京，早打定主意到青樓胡天胡帝，好償多年願望。只恨來此後一事接著一事，始終連青樓的門口都未試過踏進去，現在朱元璋又過門不入，失望之情，可想而知。

這時他們來到秦淮河畔，在這截特別寬闊的河面上，泊了十多艘大小花舫，其中一艘竟就艙面便有三層之高，比其他最大的花舫至少大了一半，燈火輝煌，可是卻沒有像其他花舫般傳出絲竹琴韻、猜拳鬥酒的熱鬧聲音。

河水裡忽地有人冒出頭來，向葉素冬打了個安全的手勢，又再潛了下去。

韓柏心中大喜，果然眾人魚貫走上泊在岸旁的五艘快艇，解纜操舟，輕巧自如地在花舫間左穿右插，最後停在那最豪華的花舫旁。

登上花舫後，一位極具姿色、風韻可迷死所有正常男人的花娘少婦率著八名作僕人打扮的龜奴迎了上來。

少婦未語先笑，熱情如火地向葉素冬打著招呼道：「葉大人終於來了，奴家的女兒們不知等待你們等得多心焦呢！」

葉素冬呵呵一笑，介紹朱元璋道：「這位就是我的好友陳員外，媚娘你定要悉心伺候，明白了嗎？」

媚娘的眼在朱元璋身上打了個轉，立時眉開眼笑，曲意逢迎，她閱人千萬，只看一眼立知來了大豪客。

韓柏見只是這鴇婆便長得如此標緻惹火，其他小姐可想而知，心中大樂。

媚娘此時興奮地道：「員外定是貴人多福，前天剛有人送了兩個北方的甜姊兒小閨女來我們香醉居，還未曾正式招呼過客人，今晚奴家特別要她們來伺候各位大人大爺。」

朱元璋出奇地輕鬆，呵呵大笑道：「媚娘你眞善解人意，給我賞一錠黃金，其他每人三兩白銀。」

當下自有人執行打賞之事。

媚娘喜動顏色，千恩萬謝後，眼光落到韓柏身上，美目亮了起來。

朱元璋笑道：「這位是陳某世姪韓霜月，乃脂粉叢中高手，媚娘你最緊要揀個美人兒陪他，免他怪你香醉居名大於實。」又介紹那灰衣人說是他的隨從。

韓柏和葉素冬不由對望了一眼，朱元璋給韓柏起這假名字，擺明知道他既是韓柏，又知道他和虛夜月及莊青霜的事，還隱約透出沒有不滿他得到這兩位美女的意思。

媚娘親熱地擠到朱元璋和韓柏間，挽起兩人，兩邊豪乳分壓在兩人手臂處，領著兩人步進艙裡，登上三樓的大花廳。

除了葉素冬和那灰衣人外，連老公公都留在甲板上，沒有進去。

花廳燈火通明，極盡豪華，臨窗處放了一張大圓桌，騰空了大片地方，看來是作歌舞等娛賓節目之用。

八名嬌俏的丫鬟分立廳門兩旁，爲他們四人脫去披風外衣。

廳的四角均燃著了檀香爐，室內溫暖如春。

媚娘親切地招呼三人坐下，那灰衣人卻逕自坐到一角去，更顯出朱元璋的威勢。

當她服侍韓柏坐下時，湊到韓柏耳旁低聲道：「若公子不嫌奴家，就由奴家陪你也可以。」

韓柏大樂，趁朱、葉兩人忙於以熱巾抹臉時，探手到媚娘的隆臀上狠狠捏了一把。

媚娘飛他一個媚眼，才轉身去招呼朱元璋。

韓柏心中狂叫，天啊！原來花舫如此精采，以後有機會定要常來，這時他樂不思蜀，哪還記得剛剛發生與朱高熾的不愉快事件。

在媚娘安排下，他們三人分散坐在圓桌四周，每人身旁都有兩個空位子，令人想到左擁右抱、偎紅倚翠之樂。

朱元璋隔桌向韓柏笑道：「世姪你可盡情享樂，不用計較是否蓋了我的風光。」

韓柏事實上正擔心著這點，喜道：「那小姪不客氣了。」順手一把扯著媚娘，笑道：「媚娘你給我坐在身旁，讓我們說說心事話兒。」

媚娘「啊喲」一聲，媚態橫生笑道：「怎麼行哪！奴家的乖女兒會怨死人呢！」話雖如此說，卻命人立即在韓柏身旁多加一張椅子，任誰都看出她對韓柏千萬個願意。

女侍穿花蝴蝶般來來去去，奉上熱酒美點，一時如入眾香之國，不知人間何世。

當桌子上名酒佳餚紛呈時，只有最俏麗的三名丫鬟留下來，候命一旁。

忽地管絃絲竹之音響起，一隊全女班的樂師拿著各種樂器，由側門走了入來，坐在一角細心吹奏，俏臉做出各種動人表情，仙樂飄飄，音韻悠揚，一片熱鬧。

朱元璋和韓柏看得開懷大笑，不住鼓掌叫好。

反而葉素冬懾於朱元璋之威，只是附和地表示讚賞，怎也不能像韓柏般的狂放。

媚娘半邊身挨在韓柏身上，小嘴湊在他耳旁嬌聲道：「公子眞壞，剛才竟當眾捏奴家。」

韓柏心中一蕩，側頭看去，見她媚眼如絲，忍不住親了她一下嘴兒。

媚娘現出顛倒迷醉的神色，身子一軟，靠在他身上，像韓柏這種豪放不凡的人物，她還是第一次遇上。

朱元璋看到了整個過程，忽然陷入了沉思裡，不知想到甚麼問題。

側門再開，六名盛裝美女踏著輕快的步子，來到席前載歌載舞，演出各種曼妙無倫的舞姿，齊唱道：「休休，這回去也，千萬遍陽關，也則難留。念武陵人遠，煙鎖秦樓。惟有樓前流水，應念我終日凝眸。凝眸處，從今又添一段新愁。」

六女年不過二十，均上上之姿，艷色差可與朝霞、柔柔相比，看得韓柏口涎直流，暗忖就算有刀子架在脖子上，今晚若不享受過身旁的媚娘和至少六女中的兩人，死也不肯離去。

朱元璋雖沒有韓柏般心猿奔放，亦是嘴角含笑，心情大佳。

六女唱罷，在三人叫好聲中，蝴蝶般飄入席裡，塡滿了所有空位子，一時衣香鬢影，艷光漫席，嬌聲軟語裡，韓柏大暈其浪，只記得伺候自己的兩女分叫紅蝶兒和綠蝶兒，其他便半個都忘了。

眾女連連勸酒，一番調笑後，葉素冬向韓柏笑道：「公子眞是女人的心肝寶貝，我們媚娘本乃秦淮數一數二的才女，在最吃香時忽然退出，搞了這艘秦淮稱冠的花舫，做起老闆娘來，這麼多年來，我還是首次見她肯給客人一親香澤呢！」

媚娘含羞道：「大人笑奴家，罰你一杯，奴家亦陪飮一杯，以謝大人多年來照拂之恩。」

朱元璋笑道：「要罰便全體受罰，飮！」

杯子交碰中，各人盡歡痛飮。

葉素冬向媚娘打了個眼色，媚娘捏了韓柏大腿一把後，才站起來，告罪退了出去。

原本隔了一個媚娘的綠蝶兒立時移坐過來，挨在韓柏身上，白他一眼輕輕道：「公子眞可同時應付我們三個人嗎？媚娘是出名厲害的啊！」

另一旁的紅蝶兒掩嘴笑道：「妾身才不擔心他，只擔心自己會給他弄死呢！」

韓柏從未碰過這些專門討好男性的美女，聽著這些露骨話兒，魔性大發，左擁右抱，每人香了一口香腮後，向葉素冬嘆道：「大人說得不錯，眞都是乖乖的好寶貝。」

席內這三個男人，竟數韓柏最是狂放，葉素冬固是正襟危坐，朱元璋亦只止於調笑，沒有像韓柏般的口手齊施。

葉素冬聞言笑道：「公子還未眞正領教到這兩隻美蝶乖到何等程度，不過明天起床時定會一清二楚了。」

眾女紛紛嬌嗔不休。

朱元璋、韓柏立時發出別有用心的鬨笑。

有哪個男人不歡喜用含有猥褻意味的雙關說話調笑美麗的女孩子，一說起這類話，連皇帝和臣下的隔離都拉近了。

媚娘這時又轉回來，後面跟著兩位美麗的女孩子，都是不施脂粉，卻無減其清麗之色，含羞來到席前站定。

媚娘道：「左邊穿黃衣的叫秀雲，另一個叫艷芳，陳大爺看看這兩個閨女可否入眼。」

朱元璋立時雙目放光，在兩女身上巡視起來。

韓柏暗道原來他只愛處子，難怪對身旁的美妓不大在意，哼！我韓柏只要是美女便行，管她是否完璧。

不過當然亦瞪大眼睛，往兩女望去，飽餐秀色。

秀雲、艷芳絕不超過十七歲，青春煥發，毫無半分殘花敗柳的感覺，身材豐滿婀娜，膚白如雪，容顏俏秀，果然是北地胭脂裡的精品。

朱元璋看了一會兒後，向韓柏含笑道：「世姪先揀一個。」

韓柏還未來得及歡喜，左右腿均給紅綠雙蝶重重扭了一記，故意「哎喲」一聲慘叫起來。

葉素冬心中一震，暗忖定要通知莊節此事，朱元璋對韓柏眞的是另眼相看，連特別爲他千辛萬苦安排的絕色處女都肯讓他一個，西寧派亦須調整對韓柏的策略了，此人實不宜開罪。

韓柏舉手投降道：「小子不敢，這兩隻蝶兒管得我很凶呢！」

秀雲、艷芳同時露出失望之色，她們早有同感，能陪韓柏這麼個風流倜儻、充滿男性氣概魅力的年輕男子，絕不會是苦差事。

朱元璋慣了沒有人拂逆他的意思，立時眉頭一皺，尚未說話，韓柏已知機嚷道：「我揀我揀，開罪了身旁兩位美人，最多受一晚苦；但惹得陳大爺不高興，小姪卻是一世受罪。」

朱元璋搖頭失笑道：「好小子！這麼懂拍馬屁！」

韓柏記得朱元璋剛才看秀雲時用心了一點，道：「豔芳小姐願意陪在下嗎？」

豔芳欣然含羞點頭。

朱元璋則露出了訝色，自是看出了韓柏的機伶。

媚娘嬌笑著領兩女去了。

韓柏泛起醉生夢死的感覺，領略到爲何葉素冬、陳令方等如此戀棧權位和榮華富貴，眼前的一切特權和享受，正是其中一小部分。若非葉素冬的身分權勢，誰可令這些如花似玉的美人曲意逢承，就算有錢恐怕亦辦不到。

紅蝶兒和綠蝶兒兩女立即纏著韓柏撒嬌賣嗲，直到韓柏答應雨露均霑，兩女才肯放過他。糾纏間，韓柏一對手自然趁機佔盡便宜，弄得兩女面紅耳赤，兩對美目差點滴出水來。

朱元璋不時觀察韓柏，思索著，話亦少了。

那灰衣高手靜坐一角，仿若老僧入定，對廳內一切視若無睹，很快連一直注意他的韓柏亦忽略了他的存在。

綠蝶兒給韓柏在桌下的怪手弄得渾身發軟，撒嬌道：「若你今晚不陪人，奴家死給你看。」

韓柏邪笑道：「放心吧！我今晚定要你死給我看。」

紅蝶兒伏在他身上昵聲道：「那人家呢？」

朱元璋笑道：「放心吧！我這姪兒做人最是公道，絕不會厚此薄彼。」

朱元璋旁的美女立時不依道：「陳爺你呀！連姪兒都及不上呢！」

朱元璋還未有機會回答，媚娘婀娜多姿走了進來，叫道：「眾位乖女兒，給娘去準備！」

眾女嬌笑著站起來出廳去了。

韓柏茫然道：「發生了甚麼事？」

媚娘顯然愛煞了韓柏，擠入他椅裡，摸著他腰背神秘地道：「是你陳大爺吩咐的特別節目，包保公子歡喜。」

韓柏摟著她的腰肢，嘻嘻笑道：「只要有你我便歡喜了。」

媚娘喜不自勝橫他一眼，輕罵道：「迷死人的甜嘴。」

朱元璋向葉素冬打了個眼色，葉素冬連忙站起來，還把媚娘喚了出去。

朱元璋道：「世姪！過來坐吧！」

韓柏心中一懍，知道朱元璋必有緊要事和他說，忙坐到他旁。

這時整個大廳，除了他兩人外，便只有遠在一角的灰衣人和那群坐在另一角的女樂師。樂聲揚起。

紅蝶兒六女再由側門踏著舞步走了出來。

韓柏暗叫我的媽呀！

原來六女全換上了僅可遮掩重要部位的抹胸和小胯，外披薄如蟬翼的紗衣，手中拿著兩把羽扇，一時粉臂玉腿，乳波臀浪，纖幼的小蠻腰，妙相紛呈。

眾女動作整齊，舞姿曼妙，羽扇忽掩忽露間，香艷誘人至極點。

韓柏看得目定口呆，口涎直流時，朱元璋湊過來低聲道：「韓柏！朕要你做三件事。」

韓柏一震醒來，顧不得聽眾女介乎叫床和歌唱間的動人歌聲，道：「小臣洗耳恭聽！」

在這種鼓樂喧天裡，怕即管范良極的靈耳，亦偷聽不到他們的耳語。

第二十三章　三項任務

狂歌熱舞中，朱元璋道：「朕要你殺一個人。」

六女正輪番雙雙舞至席前，做出各種誘人姿態，這時輪到紅蝶兒和綠蝶兒，更是分外賣力，水汪汪的媚眼勾著韓柏，展示出嬌人的天賦本錢。

韓柏表面裝出色迷迷的樣子，心中卻飛快盤算道：「皇上是否要小臣殺死藍玉？」

朱元璋見他面對如此令人心旌搖蕩的場面，腦筋仍如此清醒，心中暗讚，淡淡道：「小子眞有你的，但你只估對了一半，朕要殺的是他近衛裡的首席高手『無定風』連寬，此人亦是他手下第一謀士，若去此人，等若斷去藍玉右臂，就算他和外人謀反，威脅亦不會大。」

韓柏奇道：「皇上既知他密謀造反，爲何不乾脆宰了藍玉？」

朱元璋冷哼道：「一來始終未有眞憑實據，更重要是在改革軍制前，若以莫須有罪名治藍玉死罪，會使邊區擁重兵的防將生出異心，說不定要與藍玉連成一氣，所以朕要你殺連寬時，裝成江湖仇殺的樣子。」

韓柏想起浪翻雲，拍胸保證道：「只要他在京師，就算他整天躲在毛廁裡，我都可以保證三天之內，取他狗命。」

朱元璋滿意道：「切記此事不可牽涉鬼王，稍後朕會著人把他有關資料送給你。」

六女忽又停了下來，放下羽扇，背著他們脫下輕紗，露出光緻膩滑，只掩蔽了最重要部位的美麗胴體。

艷舞更熱烈地繼續著。

朱元璋卻是視若無睹，冷靜地道：「第二件事，朕想見秦夢瑤，你給朕安排一下。」

韓柏立時瞠目結舌，無言以對。

朱元璋說過要把秦夢瑤弄上手，以補償失去言靜庵之苦，若自己求秦夢瑤去見他，豈非隱有把秦夢瑤送他之意。

朱元璋不悅道：「你之所以能得到兩大聖地的支持，全因秦夢瑤看中了你，你不會推說和她沒有聯繫，找不到她吧？」

韓柏知道絕對不能開罪朱元璋，嘆道：「夢瑤小姐超然塵世，獨來獨往，小臣只能負責為皇上轉達訊息，至於她是否答應，小臣則全無把握了。」

朱元璋釋然道：「當然是這樣了，秦夢瑤便等若當日的言靜庵，唉！」茫然望往六女，卻像只看到往昔某一剎那的情景。

韓柏吐了一口氣，提醒道：「皇上還有一個吩咐呀！」

朱元璋一震醒來，遲疑了半晌，道：「朕要你給朕試探陳貴妃的眞誠。」

韓柏劇震道：「甚麼？」

恰好此時樂聲倏止，眾女一齊跪下施禮，韓柏這一叫眞似石破天驚，嚇得眾女和女樂師一起駭然望來。

韓柏為掩尷尬，乘勢起立，天衣無縫地接下去道：「天下竟有如此妙舞，來！讓我每人賞個嘴兒。」大步踏出。

六女驚叫著逃進內室去，又不時回頭向他拋媚眼。

韓柏目光落到那隊女樂師身上，見她們年紀雖大了點，但無一不是姿色尚存的美人胚子，嬉皮笑臉朝她們走去。

眾女又驚又喜，立作鳥獸散，分由兩道側門逃去，韓柏乘機東摸一下，西捏一把，佔足便宜。

朱元璋捧腹笑道：「你這小子學足年輕時的我，希望你到我這年紀仍能保持這種心境。」言下隱含唏噓之意。

葉素冬和媚娘談笑著回來。

朱元璋招手喚了葉素冬過去。

媚娘暗拉韓柏衣袖，韓柏知機地跟她步出廳外。

媚娘推開了這第三層樓的另一道門戶，裡面黑沉沉的，韓柏剛踏進去，媚娘便把門關上，撲入他懷裡。

連她自己也不明白，多年來早安靜下來的芳心，為何在這男子前完全不堪一擊，春情狂湧，至乎不克自制的地步。

韓柏摟著這火樣情熱的成熟美婦，又在暗室之內，暗忖時間無多，最緊要速戰速決，一邊痛吻朱唇，另一隻手掀起她的羅裙，劍及履及，立即上馬。

媚娘陷入了半瘋狂的歡樂裡，熟練地逢迎著，不斷被韓柏送上連夢想中都攀不上的極樂高潮，當韓柏放開她時，已變成一灘軟泥。

媚娘勉力靠在牆上，喘著氣道：「公子快回去吧！他們會懷疑的。」

韓柏吻了她一口後，依依不捨回到廳裡，剛好六位女郎換過另一身衣物，盈盈走出來，使他的歸來沒有那麼礙眼，只有那灰衣高手神光內藏的雙目淡淡看了他一眼。

朱元璋剛和葉素冬說完話，含笑看著各女歸座。

六女顯然剛沐浴完畢，薄施脂粉，一身香氣，任誰都看出她們的薄紗服裡甚麼東西都沒有穿上，比最初時的盛裝更要誘人百倍。

紅蝶兒和綠蝶兒對他親熱得不得了，紅蝶兒更在他耳邊道：「韓公子啊！妾身的姊妹們著人家問你，有空可否常來找我們，她們都心甘情願陪公子度夜，不賺纏頭都不計較。」

韓柏笑道：「當然可以！」心卻在想，難怪這麼多人在青樓千金一擲，弄到傾家蕩產，像這樣的誘人話兒，左詩、朝霞等諸女絕說不出口來。家花不及野花香，就是這個道理。

心中亦感苦惱，自己其實是窮光蛋一名，看來今後非要好好巴結范老賊頭，哄他拿個寶藏出來供他花天酒地才成。

這時媚娘婀娜而至，眉眼間充盈著風雨後慵懶滿足的動人風情，看得眾女和朱元璋等均呆了一呆。

媚娘俏臉一紅，橫了韓柏一眼，弄得他心都酥了起來，尤其是他剛與這成熟艷婦發生了肉體關係，感受更深。

一番勸酒後，媚娘打個眼色，眾女乖乖的離去。

媚娘含笑道：「兩間上房都執拾好了，換過了新的衾枕被褥，陳大爺和韓公子請去休息吧。」

韓柏望向葉素冬，後者向他無奈苦笑，做了個要負責守衛的表情。

朱元璋欣然一笑，正要向韓柏說話，舫外水聲忽響，接著是老公公的聲音喝道：「何方高人！」

「噹噹噹！」連串激響後，傳來了兩聲慘叫。

灰衣高手低垂的雙目猛地睜開，但仍是四平八穩地坐著。

葉素冬亦顯出高手風範，倏地閃到朱元璋背後，全神戒備。

韓柏大吃一驚，除非是龐斑、里赤媚、紅日法王等高手，誰敢來行刺朱元璋，但他們絕無理由在陰謀失敗前，打草驚蛇。

一手摟起花容失色的媚娘，不忘親了她臉蛋一口，越桌而過，送她進側門去，叫道：「著你的乖女兒躲好不要出來。」當他掩上門時，風聲響起，驚人的刀氣透窗而入，一個蒙著頭罩的高大黑衣人，在一團刀光裡破窗而入，後面追著的是老公公。

灰衣高手和葉素冬同時夾擊。

兩枴一劍，狂濤拍岸般往來人捲去。

朱元璋亦神色一動，往那人看去，但很快便回復冷靜，有泰山崩於前而不變的氣概。

「砰砰砰！」

左右兩邊的窗門同一時間被朱元璋的隨從高手破入，拚死掩護。

韓柏只看對方式樣奇特的鋒利東洋刀，便知這人不是方夜羽那方面派來的任何人物。

刺客長刀一點窗沿，驀然升起十多尺，幾乎是貼著艙頂蝙蝠般滑行而去，避過了灰衣高手的雙枴和葉素冬的長劍。

老公公如影附形，緊追而至，一拳向刺客擊去，勁風狂起。

刺客顯對老公公極爲忌憚，回手刀光一閃，寒芒暴漲，破去能摧命的先天拳勁，然後像違反了所有自然之理似的失速墜下，人影一閃，已經傲立廳心，往朱元璋的方向撲往地上，在快要觸地時，兩腳一屈一撐，炮彈般向坐在圓桌另一邊的朱元璋射去，還避過了灰衣高手和葉素冬繞桌而至的左右夾擊，老公公這時由空中落下，已遲了一步。

其他高手雖蜂擁而至，都慢了半步。

整個過程只是眨了兩次眼的短暫時光，可是這刺客卻顯示出能媲美龐斑、浪翻雲之輩的絕世輕功、刀法，和精采絕倫的誘敵手法與無懈可擊的戰略。

縱使高明如浪翻雲、龐斑，亦可能抵不住灰衣高手、老公公和葉素冬三大高手的夾擊，此人似逃不逃，多方誘敵，利用葉素冬和灰衣高手不敢跨過朱元璋龍軀的心理，爭取了一線的空隙。

朱元璋仍是氣定神閒，只是一對龍目射出奇怪的神色，盯著那刺客的眼睛。

幸好韓柏全不講規矩，一見刺客避過葉素冬和灰衣高手的阻截，立知不妙，盡展魔功，一個倒翻到了桌上，這時見刺客連人帶刀射來，人未至刀氣已及，一聲狂喝，運勁踏碎圓桌，護在朱元璋身前。

刀芒破空而來。

韓柏如入冰窖，差點全身僵硬，知道若讓對方刺中，不但自己要分作兩半，連朱元璋都逃不了，在這生死存亡的一刻，魔功全面發揮，一聲狂喝，一揮擊刀，另一拳朝對方面門遙擊過去。

刺客眼中閃過嘲弄的光芒，兩手一推，形樣古怪的長刀帶起森寒刀氣，由胸前飆射而至，另外吐出一口眞氣，擋架對方拳勁。

豈知韓柏哈哈一笑，擊向長刀的拳頭迴收護在胸前，底下無聲無息踢在長刀背底。

他精采之處在於待對方長刀刺盡，有往無回難生變化之時，才使出眞正救命絕招，即管龐斑、浪翻雲，亦要爲他的這一應變絕招喝采。

長刀應腳往上蕩起。

刺客知道已失去刺殺良機，就地滾往葉素冬那方。

葉素冬劍芒大盛，倏地刺出了十劍。

刺客連擋十劍，在其他人趕到時，彈了起來，沒入刀芒裡，沖天而起。

老公公此時來到朱元璋側，防止對方再冒死施襲。

灰衣高手一聲怒喝，連人帶枴猛撞在升到艙頂的刺客的刀芒處。

「鏘鏘」連串激響，刺客一聲厲嘯，破頂而去，灑下了一蓬鮮血。

灰衣高手則落回地上，同時噴出一口鮮血，就地立著閉目療傷，看來無甚大礙。

韓柏看著艙頂破洞，站在那第二次因他而受災的檯子破屑上，駭然道：「這麼厲害的人是誰？」

朱元璋站了起來，首次搭上他肩頭微笑道：「這就是東瀛幕府的首席教座水月大宗。專使眞是朕的福將。」

除了老公公、灰衣人和韓柏外，全部跪伏地上，惶恐請罪。

朱元璋冷哼一聲道：「傷了多少人？」

有人答道：「死了兩人，都是一刀致命。」

這時媚娘推門入來，見到連身為禁衛統領的葉素冬都跪在地上，駭然望向朱元璋，雙膝一軟跪倒地上。

朱元璋雙目閃過怒意，迅又消去，向媚娘道：「朕今晚真的非常開心，賜你黃金二十兩，免你香醉舫兩年一切稅項，秀雲明晚給朕送入宮來，艷芳則要看朴大人何時興致到了。」

媚娘渾身顫抖，但仍是喜多於驚，叩頭謝恩。

灰衣高手調息完畢，睜開眼後，忙跪下告罪。

朱元璋欣然道：「何罪之有，若非碧兄拚死攻敵，朕眞是顏面難存。」含笑看著地上水月大宗灑下的血跡，淡淡道：「朕賜你仙參一株，一罈清溪流泉，三天假期，讓碧兄可回鬼王府靜養。」

韓柏一愕望向那灰衣高手，暗忖原來他竟來自鬼王府。

這時他愈發弄不清楚鬼王和朱元璋的關係。

朱元璋下命道：「全部給我站起來。」

葉素冬站起來時，媚娘仍雙腿發軟，幸得韓柏把她拉了起來，還摟著她的蠻腰低聲道：「好在是艙頂穿洞，若是船底破了，今晚我便留宿不成了。」

媚娘恢復了氣力，不捨地輕輕推開了他，深情地白了他一眼。

朱元璋笑道：「文正你今晚想風流也不成了，月兒因到處找你不著，回府向若無兄哭訴，最後查到你來了此處，已派了莿城冷來押你去見月兒，你認為仍可在此度夜嗎？」轉身大步而去。

眾人慌忙拱護他離去。

老公公經過韓柏身旁時，慈祥地拍了他的肩頭，表示讚許。

那灰衣人則低聲道：「快去見月兒，不准欺負她呢！」友善一笑地跟著去了。

韓柏正欲離開，給媚娘扯著衣袖楚楚可憐道：「大人還會再來嗎？」

韓柏拍了拍她臉蛋，低聲道：「叫那六個美人兒和艷芳等我，我一有空便來找你們快活。」

媚娘喜出望外，挽著他往廳門走去，深情至不能自拔地道：「記著媚娘會每天都盼公子來呢！」

韓柏心道：放心吧！這麼好玩，用鍊子鎖著我都會爬著來。

第二十四章　女生外向

洞庭湖旁一所隱蔽宅院的平台處，上官鷹一人獨坐，呆看著星夜下遼闊無邊的洞庭湖。

怒蛟幫折兵損將，失去了四十多艘包括旗艦怒蛟在內性能超卓的戰船，遭到建幫以來最大的敗績。雖說敵人勢大，可是他身爲幫主，這個責任是他應該承擔的。

他亦必須有所交代。

若他不能在短期內奪回怒蛟島，天下第一大幫之名，將成爲歷史陳跡。

而這一切都落入了甄夫人算中，不虞他們不和胡節、展羽和黃河幫等鬥個兩敗俱傷。

可恨要重建艦隊，並非一蹴可幾的事，而他已失去了耐性。

他希望能迅速得到決定性的勝利，重振怒蛟幫之名。

久違了但又熟悉親切的足音在身後響起，一對纖手溫柔地按在他肩頭上，像遙遠的往昔般細意地揉搓著他疲乏的肩肌。

乾虹青柔聲道：「幫主想甚麼呢？這麼夜還不肯睡，明天尚要趕路哩！」

上官鷹沉聲道：「我是否很沒有用，根本不配做怒蛟幫的幫主。」

乾虹青眼中閃過愛憐之色，她所以肯不理毀譽，留在上官鷹身旁，固是對他餘情未了，更主要是因看出上官鷹失去了信心，所以要用自己的愛去重振他的意志。

她輕輕一嘆後，坐入上官鷹懷裡，摟著他的脖子，獻上熾烈的熱吻。

上官鷹不半晌已被這到現在他仍深愛著的美女激起了情焰，貪婪的吻著她，把所有壓抑著的感情宣洩出來。

乾虹青略挪開了身體，柔情萬縷道：「幫主不用自責，天降大任於斯人，必先苦其心志，空乏其身，才能人所不能。只要能從失敗上卓然傲立，方可對得住死去的兄弟。」

上官鷹一震道：「虹青你的話很有道理，忽然間我又感到充滿了希望和生機。」

乾虹青知道他已被自己的柔情蜜意激起了壯志，深情地道：「幫主！回房吧！讓虹青好好服侍你，虹青仍是你的人嘛。」

上官鷹心中一蕩，但又強壓下衝動，道：「我有兩個問題，若不問清楚，心中會很不舒服。」

乾虹青點了點頭，示意他說下去。

上官鷹沉吟片晌，道：「爲何我第一次要求你留下，你卻拒絕了我，而第二次當二叔和長征求你時，你又肯留下來呢？」

乾虹青吻了他一口道：「兩次都因爲愛你，第一次是怕影響了你幫主的威信，第二次卻是二叔出口，所有顧慮都沒有了，人家怕受不了相思之苦，便毅然再跟著幫主，把身心盡付幫主，這樣坦白說給你知，滿意了嘛！」

上官鷹聽得心情大佳，想起乾虹青那曾使他神魂顛倒的媚態嬌姿，豐滿婀娜的動人胴體，哪還按捺得住，抱著她站了起來，回房去了。

荒冷的黑夜忽又變得無比溫柔，生趣盎然。

荊城冷和韓柏並騎疾馳，趕往鬼王府去。

韓柏忽然想起那灰衣人，忙問「小鬼王」荊城冷，他笑道：「你說的定是碧天雁，雁叔、鐵叔、七夫人，加上小弟忝陪末席，合稱鬼王府四大家將。」

韓柏笑道：「那月兒定然懂使雙枴了！」

荊城冷笑道：「韓兄猜得好，雁叔那對枴非常有名，叫雙絕枴，當年與傳鷹共闖驚雁宮的碧空晴正是他曾祖父，那對枴便是這硬漢子的成名武器。」

韓柏恍然，難怪碧天雁如此豪勇蓋世，連水月大宗都要吃了個小虧。

這時已奔上通往鬼王府的山路上，兩人心急趕路，再不說話，專心策騎。

當兩人來到月榭時，鬼王正攤開了紙張準備寫字，白芳華在磨墨，哭腫了美目的虛夜月則呆坐一旁，失魂落魄。

荊城冷尚未踏進月榭，已在堤上興奮叫道：「月兒！看誰來了！」

虛夜月跳了起來，看到窗外韓柏這冤家正隨著荊城冷舉步走來，喜得飛掠出去，不顧一切投入韓柏懷裡，淒涼無依地痛泣起來。

「鬼王」虛若無喝出去道：「整晚哭哭啼啼，成甚麼樣子，賢婿你把這妮子帶到我聽不到她哭聲的地方，弄笑了她後，才帶她回來看虛某表演一下書法的精妙。」

白芳華垂著頭，不敢望往韓柏。

只聽韓柏應道：「小婿遵命。」

聽到他的聲音，白芳華終忍不住抬頭望往窗外，剛看到韓柏攔腰抱起虛夜月，轉瞬去遠，芳心不由湧起一陣自悲自苦。

「鬼王」虛若無嘆道：「芳華！要不要我親自和燕王談一談？」

白芳華吃了一驚，垂頭道：「讓芳華看看還可以忍受多久，好嗎？」

韓柏抱著虛夜月，來到月榭附近一個小亭裡，摟著她坐在石凳上，笑道：「還要裝哭！再哭一聲，我立即便走。」

虛夜月吃了一驚，收止了哭泣，事實上她早哭得沒有眼淚了，幽幽道：「二哥！月兒知錯了。」

韓柏訝道：「你犯了甚麼錯？」

虛夜月摟緊他脖子，乖乖的把臉貼上他的臉，低聲道：「犯了狠不下心去告訴那朱高熾現在愛的只是你！但你下樓後，月兒終對他說了，走下來時，卻見不到你，你又不在莫愁湖，擔心死月兒了。」

韓柏哂道：「狠不下心即是餘情未了。加上不忍心傷害他而忍心傷害我，又說甚麼只因是阿爹的意思！這樣的話都可以說出來，你又怎麼解釋哩！」

虛夜月惶急道：「所以人家不是認錯了嗎？二哥啊！不要嚇我，月兒怕你用這樣的口氣和人家說話。」

韓柏知道嚇夠了她，可以進行計劃了，笑道：「原諒你也可以，不過卻有一個條件，只不知虛大小姐肯否先答應我。」

虛夜月開始有點明白他在玩把戲，坐直嬌軀，細看了他一會兒後，嫣然一笑道：「原來你根本沒有惱月兒。嘿！你臨走時說那番話和表現出來的氣度，眞是迷死月兒了。嘻！甚麼是她們的自由，也是你的本事……甚麼小弟甘拜下風，月兒想起來都要喝采呢！」

韓柏不耐煩道：「不要藉拍馬屁岔開話題！一句話，答不答應。」

虛夜月白了他一眼，無奈道：「肉在砧板上，你要怎樣宰割都可以了。」

韓柏知道爲了自己美好的人生著想，這刻可退讓不得，冷起面孔道：「若答應得那麼勉強，便拉倒算了。」

虛夜月「噗哧」一笑，所有淒悲立時讓位，歡喜地摟著他的脖子，還親了他的嘴，嬌笑道：「是否在嘗過花舫的滋味後，想月兒再准你去享受哩！就算月兒不阻你，莊青霜和詩姊肯容許你常去花天酒地嗎？傻蛋！」

韓柏尷尬地摟著她站起來，頹然道：「終於笑了，抱你去看岳丈表演吧！」

虛夜月嗔道：「寫字有甚麼好看？月兒要你把人家直抱回莫愁湖去。人家歡喜那個湖。」

韓柏道：「我看是湖畔賓館內本使房間那張床吧！虛小姐能忘記那晚和我定情交歡嗎？」

虛夜月低聲道：「你若不怕詩姊她們罵你，到人家的小樓過夜吧！」

韓柏嘆道：「這是個最誘人的請求，可是我不能太虧欠三位姊姊，天光前我們必須回去，幸好三個時辰已可令月兒滿足很多次了，讓我們先到月榭看看，再找個藉口到你的小樓去好嗎？若你不怕難爲情，幕天席地也可以。」

這時兩人踏上了到月榭的長堤，虛夜月柔聲道：「月兒現在最怕的事，就是二哥再不疼人家，所以怎敢開罪你，你要拿人家怎樣便怎樣吧。」

韓柏心中一蕩，想起了榭內的白芳華，放下了虛夜月，才走進去，原來鐵青衣和碧天雁都來了，正談論著水月大宗的事。

月兒見到碧天雁，歡呼一聲，奔到他旁，湊到他耳旁說話。

韓柏想起與媚娘的鬼混，作賊心虛，和鐵青衣、荊城冷兩人打過招呼後，來到白芳華身旁，嗅著她身體發出的芳香道：「要不要我幫你，噢！墨太濃了……」他做慣侍僕，自是在行。

白芳華一震下停了手，垂下螓首，那幽怨的樣兒，令人魂銷意軟。

韓柏不敢再逗她，移到鬼王書桌旁，尚未說話，鬼王笑道：「賢婿雖救了朱元璋，但不要以爲他定會感恩圖報，我救了他超過百次，看他現在怎樣對我，不過他或會對你另眼相看，因爲你現在對他很有利用的價値。」

韓柏想起朱元璋吩咐他做的三件事，知道若不說出來，鬼王或會怪自己不夠坦誠相報，忙說了出來，並特別強調朱元璋不想鬼王府牽涉其中。

虛若無皺眉道：「你眞的說了三天內可殺死連寬？這事連我都不是那麼有把握，一來因他整天和藍玉秤不離砣，就算他泡妓院，也有藍玉的鐵衛貼身保護，蒙人在未與藍玉勾通前，曾刺殺過他十多次都無一成功。」

韓柏嚇了一跳，頭皮發麻，不過想起浪翻雲這硬得無可再硬的靠山，又放下心來，答道：「小婿盡量試試。」

虛若無奇怪地看了他一眼，道：「你似乎仍有點信心，不過即管你請得動秦夢瑤或淨念禪主，甚至浪翻雲，也要小心水月大宗，因他正是藍玉和胡惟庸方面的人，此人能在老公公和天雁等高手眼前行刺朱元璋，武技已臻宗師級的至境，天雁能傷他主因是他撲上三樓時先硬捱了老公公一指，不過你這小子亦眞不賴，竟可漂亮地化解了他一刀，這一阻之勢亦使天雁有機可乘。但你勢必惹怒了藍玉，以後出入最好多當心點。」

韓柏吐出一口涼氣道：「甚麼？水月大宗竟是藍玉和胡惟庸派來的嗎？」

鐵青衣道：「應還有其他東瀛高手，姑爺眞的要小心些。」

虛夜月這時剛和碧天雁說完密話，嘟著小嘴來到虛若無旁，怨道：「爹快寫吧！月兒還要跟你給我揀的風流小子算賬。」

韓柏心叫不妙，向碧天雁看去。

碧天雁無奈地攤手苦笑道：「不要那樣看我，我是被迫的，誰鬥得過我們的小月兒。」

荊城冷、鐵青衣等忍不住笑了起來。

白芳華垂著頭，很想離開，但身體總移動不了。

虛若無道：「那你們走吧！女大不中留，以前不是最愛看爹寫字嗎？」

虛夜月一聲歡呼，過去扯著韓柏道：「可以溜了。」

韓柏大感尷尬，問道：「岳丈爲何忽然如此有寫字興致？」

虛若無淡淡道：「我想寫一個通告，讓聚在京師的武林人均知道鷹刀在這裡，還會保留三天，三天後把鷹刀送入宮裡，作朱元璋賀壽的大禮。」

韓柏駭然道：「那豈非誘他們來偷、來搶嗎？」

荊城冷笑道：「正是這樣，還要盡快來，因爲每一天的懲罰都不同；第一天被擒者，要斬一隻尾指，第二天是一條手臂，第三天則是一條腿。」接著舒展四肢道：「有機會動動手腳，想起便令人興奮。」

韓柏聽得瞠目結舌，虛若無的行事眞是教人難以測度。

虛夜月催道：「走吧！爹的事你管不著！」

虛若無笑道：「我給你揀得這夫婿多好，你和朱高熾那小子糾纏不清的舊賬他都不放在心上，這樣心胸廣闊的人到哪裡找，人家往青樓逢場作興，你就不肯放過，惹得他不疼你時，便知道滋味兒。」

虛夜月跺足道：「你總是幫他不幫女兒，好吧！死韓柏你快滾回香醉舫找那全京師最風騷的野女人媚娘好了，不要再理月兒哪！」

韓柏扮作大喜過望，欣然道：「多謝月兒贊成兼鼓勵，我立即就去，明早再來陪你。」

虛夜月嚇了一跳，死命扯著他，不敢再發脾氣，可憐兮兮垂下頭去。

虛若無哈哈一笑，向韓柏豎起拇指，表示讚賞。

白芳華見他兩人大耍花槍，更是黯然神傷，她已有多天沒有去找燕王棣，還不是爲了這冤家韓柏。

虛若無提起毛筆，拭上濃墨，先在紙角龍走蛇遊地簽下了名字，才道：「月兒暫時放過韓柏，讓他和你華姊說幾句私話吧！」

白芳華劇震道：「不！」掠出齋外，轉瞬去遠。

「鬼王」虛若無微微一笑道：「戀愛中的女人最是動人，其實燕王後宮美女如雲，兼之他又是個只重事業的人，多或少一個白芳華，對他全無影響，只是這重情義的妮子自己看不開吧！」

荊城冷嘆道：「現在連我都有點妒忌韓兄的艷福了。」

韓柏尷尬地道：「我很多時都不知自己幹了甚麼。」

虛若無失笑道：「這正是傻有傻福，你們兩人滾吧！有你們這對冤家寶貝在旁邊，我開心得連字都不懂寫了。」

莊青霜被召到莊節的書齋時，葉素冬和沙天放都在那裡。

莊節柔聲道：「霜兒為何這麼晚還不睡？」

莊青霜像犯人般立在三人前，淡淡道：「女兒想韓柏，怎都睡不著！」

莊節強忍著怒火，道：「霜兒何時連爹的話都不聽了。」

莊青霜默然不語，但俏臉卻露出不屈的表情。

沙天放打圓場道：「霜兒也知爹和我們如何疼你，所有事都為你著想，韓柏這人身具魔種，擺明是邪道人物，現在皇上護著他，只是因他有利用價值，霜兒乃名門之後，實不宜與他纏在一起。」

莊青霜抬起頭來，看著葉素冬道：「葉師叔，你最不講究門戶之見，給霜兒說句公道話，韓柏是否邪惡的人？」

葉素冬腦海中閃過韓柏真誠熱情的面容，一時啞口無言。

莊節終按捺不下怒火，一掌拍在扶手上，喝道：「還說不是邪門人物，現在大街小巷都流傳和談論著，說薛明玉來時，韓柏和你正在浴房裡鬼混，因此他恰好救了你，告訴我，有沒有這件事？」

莊青霜俏臉霞生，咬牙道：「不要想歪了，他是女兒約來的，剛好薛明玉來到，他才闖進浴房救女兒，不讓那採花賊看到女兒的清白身體。」

莊節失聲道：「那他豈非看到你……嘿……」

莊青霜昂然道：「是的！女兒的清白之軀給韓郎全看過了，故除了他外，女兒絕不肯嫁給其他人，爹若認爲是有辱家聲，女兒自盡好了！」

莊節色變，正要怒罵時，葉素冬爲緩和僵持不讓的局面，插入道：「若霜兒所說屬實，師兄實很難怪韓柏，若不是他及時趕至，給薛明玉得了手，後果更是不堪想像，不過這薛明玉肯定是假的，說不定就是年憐丹，因爲稍後他便去尋韓柏晦氣，幸得鬼王親自出馬解圍。」

莊節仍是氣得臉色一陣青一陣白。

沙天放暗忖事勢已難挽回，嘆道：「看來韓柏不是存心來佔便宜的，否則不會把與青霜一直互相妒忌的虛夜月亦帶了來。」

莊節容色稍緩，仍未能釋懷。

莊青霜跺腳道：「誰有閒去妒忌虛夜月？」

莊節看到女兒的嬌憨神態，心中一軟，無奈嘆了一口氣。

葉素冬道：「究竟是誰把這隱秘的消息流傳出去，韓柏絕不是這種壞人女兒家清譽的人，看來定是年憐丹，想製造我們和韓柏的不和。」

莊節不悅道：「素冬看來你對韓柏還相當有好感呢？」

沙天放笑道：「掌門你對他太偏見了，只看他應付我們表現出來的智勇雙全和膽色，在八派裡可找不到有哪個年輕人能及得上。」

莊青霜聽得師伯、師叔都轉口來幫韓柏說好話，心中一甜，嘴角逸出一絲笑意。

莊節看在眼裡，苦笑道：「霜兒！爹不是不疼你，可是韓柏這小子風流得很，爹怕你從了他後不會快樂，何況你忍受得了刁蠻任性的虛夜月嗎？」

莊青霜見他語氣大有轉圜餘地，不敢露出喜色，嬌嗲地道：「女兒的身體已給他看過了，就算他有十個虛夜月，女兒捨他之外，還可嫁誰，最多便和虛夜月鬥個不休！難道女兒會輸給她嗎？」

莊節道：「最怕他不止有十個虛夜月。」

莊青霜嗔道：「爹不是想女兒嫁入皇宮嗎？韓柏怎樣本事都不會有三千佳麗吧？」

莊節為之語塞。

沙天放「呵呵」笑道：「霜兒不要再氣你爹了，哈！想不到年憐丹想害韓柏，反幫了他一個大忙。」

莊青霜突然道：「葉師叔！霜兒有事求你。」

葉素冬一呆道：「甚麼事？」

莊青霜掩不住心中的喜悅道：「霜兒想葉師叔立即帶人家去找韓柏，讓霜兒親自多謝他保住女兒清白。」

西寧三老面面相覷，說不出話來。

現在是甚麼時候了？

第二十五章　天生尤物

韓柏摟著虛夜月，共乘灰兒離開鬼王府，朝莫愁湖馳去。

虛夜月得意地道：「爹已著人把你和莊青霜在澡房的醜事傳了出去，激得莊節派人出來四下查探傳聞是誰散播的，你假朴文正真韓柏的名聲更響亮了，又可以羞死莊青霜，真好玩！」

韓柏緊張地道：「有沒有記得在韓柏的大名前加上『浪子』這漂亮的外號，若給人叫作甚麼『斷魂拳』、『無影掌』那類難聽的綽號，就糟了。」

虛夜月笑得氣也喘不過來，忽把頭仰後枕在他肩上，道：「二哥！吻我！」

韓柏如奉綸旨，吻了下去，只單睜一眼看著前路。

除了秦淮河區不夜天的世界，四周一片漆黑，在這寅時初的時刻，誰不好夢正酣。

虛夜月被吻得全身乏力，幽幽道：「遇到你這大壞人後，月兒才知甚麼是真正的男女之愛，以前朱高熾想碰月兒，月兒總受不了，連手兒都不願被他拉著，可是由第一眼見到你，便很歡喜聽你的輕薄話兒，還要縱容讓你對人家不檢點，那晚你佔人家最大的便宜時，月兒……唔！我都是不說了。」

這時來到莫愁湖的入口，守衛明顯地增多了，還有便裝的禁衛高手，見他們回來，門衛慌忙打開大門，迎他們進去。

到了賓館正門時，被聶慶童派來的太監頭子右少監李直撐著眼皮子迎上道：「三位夫人都留在左家老巷，教大人不用找她們。」

韓柏大喜，暗忖今晚可和虛夜月這美人兒胡鬧個夠了，順口問道：「那老賊！嘿！侍衛長呢？」

李直道：「侍衛長大人一直沒有回來，要不要小人使衛士去找他呢？」

韓柏暗笑這老賊頭又是因和雲清打得火熱，樂而忘返，心中著實爲他高興，忙道：「不用了，可能因流連青樓忘了回來。」

正要進入賓館，李直道：「專使大人！」一副欲言又止的樣子，拏眼看了看虛夜月，向他大打眼色。

韓柏心中大奇，向虛夜月道：「月兒！你先進去沐浴更衣，我一會兒便來。」

虛夜月怎肯離開愛郎身旁，不依道：「人家又不熟悉這地方，有話你們到一邊說吧！」一臉不高興，好像說人家是你的妻子了，還要對人家左遮右瞞。

韓柏無奈道：「李少監！有甚麼事直說無礙。」

李直猶豫片晌，道：「剛才葉素冬大人親把莊青霜小姐送了來，葉大人前腳剛走，專使便回來了，現在莊小姐正在客廳等你。」說完望向虛夜月，看來兩女水火不相容之事，已是應天城裡人盡皆知的事了。

韓柏亦向虛夜月望去。

豈知虛夜月扯著韓柏衣袖，甜甜一笑道：「進去再說！」

兩人遂步入賓館，到了內宅時，自有侍女迎迓。

虛夜月附在他耳邊輕輕道：「給你半個時辰去見她，可是月兒浴後便要來找你，今晚你是月兒的。哼！眞不知羞，若月兒這樣給人看過身體，怎也沒有那麼厚臉皮主動來找你。」

韓柏哪還有空和她計較，送了她進去後，掉頭匆匆往客廳趕去。

身穿素青色武士服的莊青霜俏立窗旁，凝視著外面莫愁湖的夜景。

韓柏揮退了侍女與禁衛後，朝她走去。

莊青霜轉過身來，臉上驚喜乍現，那動人的艷色，教人目爲之眩。

放弛了冷傲之態的莊青霜，倍顯嫵媚動人，她灼熱的目光直接大膽，全無一般少女的嬌怯。

韓柏清楚感到此女既敢愛，亦敢恨，絕不會有絲毫猶豫和後悔。

韓柏想起她蹲在浴盆旁掐水澆身，一對比之左詩與虛夜月等更聳挺的豪乳顫動著的誘人情境，哪還忍得住，迫上前去，直至兩個身體緊抵在一起，才停步下來。

他們並沒有伸手去抱對方，可是那種抵貼著的感覺更具刺激和挑逗性。

莊青霜這北方美女比虛夜月要高上小半個頭，只比韓柏矮了寸許，所以貼到一起時，兩人面面相對，四目交投。

韓柏忍不住輕輕用身體擠壓著她熟透了的高聳酥胸，陣陣銷魂蝕骨的感覺由接觸點傳來。

莊青霜眼中射出灼熱的情火，兩手緊握身後，挺起胸脯，任由這壞蛋藉擠壓之勢來輕薄她。俏臉逐漸紅了起來，卻不是畏羞，只是給挑起了處女的春情。

兩人一言不發，享受著此時無聲勝有聲的甜美滋味。

韓柏完全感受到莊青霜酥胸的柔軟、彈性甚至形狀。

他從未試過如此專一地去品味這種只限於胸與胸的觸碰。

心中暗讚她的豐滿比之妖艷的媚娘尤有過之，忽然間他明白到她爲何一向擺出冷若冰霜的樣兒，否則早將惹來男女間更大的煩惱。

這亦是她在十大美人排名後於虛夜月的原因，若她平時都像現在這個樣子，即管比起虛夜月來，誰負誰勝尚未可知。

難怪浪翻雲和鬼王都看出她身具異稟，任何男人若得到她，必會晚晚纏綿床笫，體質弱了點的，哪還不一命嗚呼。

不過對他的魔種來說，虛夜月和她都是極世珍品，當然，秦夢瑤因身具道胎，又超勝了她們一籌。

韓柏忍著親她嘴兒的衝動，低聲道：「希望以後莊小姐每次沐浴時，都由本使親自守護在旁。」

莊青霜白了他一眼，道：「男人想哄女孩子時總愛輕許承諾，最怕要你眞正實行時卻辦不到。」

韓柏想了想，點頭道：「這話很有道理，爲何你的父親忽然肯放你來呢？」暗叫好險，若莊青霜每次沐浴都要他陪伴，必會惹起眾女妒忌，假若全提出同樣要求，那以後他的大半生怕都要在浴房裡度過了。

莊青霜沒有追究他順口胡言，強忍著胸前雙丸被韓柏擠壓揩擦傳來潮浪衝激般的興奮刺激，柔聲道：「韓柏！坦白告訴青霜好嗎？你是否故意闖進浴房來，使青霜除了嫁你之外，再無別的選擇呢？」

韓柏停下了擠壓她雙峰的動作，不好意思地點頭道：「霜兒怪我嗎？我早打定主意來對你無禮，就算你當時不是在沐浴，最後的情況都會是一樣。」

莊青霜不但沒有絲毫責怪的意思，還把酥胸緊頂在他寬闊的胸膛上，情深款款道：「應該說喜歡都來不及哩！又怎會怪你，人家肯寫紙條約你晚上到閨房去，早打定主意把終身付給你，只有這樣爹才拿我們沒法。告訴霜兒，浴房的事，是否由你傳出去的？」

韓柏大感尷尬，硬著頭皮道：「可以這麼說，爲了得到你，我是有點不擇手段了。」

莊青霜雙手纏上他的脖子，笑道：「爹的家教最嚴，偏出了我這樣一個女兒。不過霜兒終不能不顧他的家聲顏面，韓柏你可否正式向爹提親，那樣霜兒便可心安理得把一切都交給你了。唉！想到事情是否能如此順意，霜兒便感到很惱哩！」

韓柏兩手探出，一手摟著她柔軟窈窕卻又充滿彈力的腰肢，另一手忍不住摸到她豐滿的高臀上，愛不釋手，笑道：「山人自有妙計，若我能請得動皇上下旨把你許配與我，那下旨的一刻便等若霜兒已成了我的妻子，至於婚宴則可再擇日舉行。」

莊青霜大喜，不顧一切向韓柏獻上初吻。

韓柏已是調情老手，溫柔多情地引導著她的小香舌，不一會兒莊青霜呻吟扭動起來，似要把身體擠入他體內，顯是春情勃發。

四腿交摩的感覺尤使雙方神魂顛倒。

鬧得不可開交時，莊青霜勉力離開了韓柏差點把她迷死的嘴唇，臉紅如火地喘息道：「韓郎啊！霜兒受不了哩！你再這麼挑逗下去，人家可甚麼也不管了。」

韓柏知她像虛夜月般身具媚骨，乃天生渴求愛情滋潤的尤物，分外受不了自己魔種的挑逗，可是記起了虛夜月只給半個時辰的警告，心中叫苦，惟有裝出大義凜然狀，昂然道：「我韓柏怎可貪一時之樂，嘿！不只是快樂這麼簡單，而是極樂，就罔顧禮法，壞了霜兒的名節，明天我立即進宮，求皇上賜婚。嘿！無論如何痛苦，今晚都要忍著不佔霜兒的大便宜。」

莊青霜哪知這小子有難言之隱，還以爲他眞的那麼偉大，一時忘了苦的其實是她自己，感動地道：「韓郎！你對青霜眞好。」

韓柏厚著臉皮接受了她的讚美，暗忖還有些許時間，不若再佔佔手足便宜，預支些許歡樂。便把她一對玉手拉了下來，放在她背後，道：「霜兒你再學學剛才那樣挺起胸脯兒好嗎？」

莊青霜雖不熟悉男女之事，可是基於女性的本能，見他目光灼灼看著自己的酥胸，哪還會不知這小子打甚麼主意，不依道：「韓郎你只顧自己快樂，不理人家難過嗎？」

韓柏慾火焚身，魔種面對美食早已躍躍欲試，哪還理得許多，舉起祿山之爪，抓著她一對豐碩至近乎奇蹟的豪乳，嬉皮笑臉道：「你不但不會難過還會挺舒服的！是嗎？」

莊青霜一對秀目再睜不開來，昵聲道：「是很舒服，但也很難過哩！韓郎啊，人家……」

韓柏正要再吻她，虛夜月的乾咳聲在入門處響起。

嚇得兩人連忙分開。

莊青霜更背轉了身，向著窗口。

虛夜月笑吟吟地走進來道：「你們繼續親熱吧！要不要月兒給你們把風。」

韓柏摸不清她眞正的心意，又不敢問她爲何半個時辰未到便闖進來破壞他的好事，便學她乾咳兩聲道：「月兒快來見霜兒，由今天開始你們兩人要相親相愛，否則我定不會饒過不聽我話的人。」

虛夜月來到兩人旁，嘟起小嘴氣道：「你就曉得恃勢逞凶！」又白了他一眼，挨著莊青霜的肩背道：「霜妹！叫聲月姊來聽聽。」

莊青霜轉過身來，沒好氣地看她一眼道：「你虛夜月比人家年長嗎？你叫我作霜姊才對。」

虛夜月微笑道：「月姊我入韓家的門比你早，自然以我爲長，快乖乖叫聲月姊來聽聽。」

莊青霜兩眼一轉，學她般笑意盈盈地道：「若韓郎異日納了個年紀比你大了一倍的女人，是否也要她肉肉麻麻地喚你作姊姊呢？」

韓柏想不到莊青霜口齒一點不遜於虛夜月，怕虛夜月著窘，兩手伸出，分別抄著她們的小蠻腰，笑道：「告訴我，誰的年紀大一點？」

虛夜月瞪了莊青霜一眼，哂道：「當然是她老過我。」

莊青霜氣得杏目圓瞪，正要反唇相稽，腳步聲由遠而近。

韓柏放開兩女，葉素冬走了進來，向韓柏和虛夜月問好後，把莊青霜拉到一旁道：「已還了霜兒的心願！可以回去了吧！」

莊青霜垂頭道：「霜兒可以待天光才走嗎？我們只是說話兒罷了！」

葉素冬嘆道：「你爹肯答應讓你夜訪韓……嘿！夜訪專使大人，全憑師叔我拍胸口保證會把你完好無恙送回去。剛才我因急事要辦，走開了一陣子，已是心中不安，幸好沒甚事情發生。聽師叔話好嗎？來日方長，哪怕沒有見面的機會。」

莊青霜無奈下惟有答應。

兩人回到韓柏兩人身旁，葉素冬道：「末將要領霜兒回去了，皇上吩咐大人明天早朝前先到皇宮見他，大人千萬不要遲到。」

韓柏失聲道：「明天？現在離天亮最多不過大半個時辰，我豈非要立即起程。」

虛夜月亦怨道：「朱叔叔眞不懂體恤人，連覺都沒得好睡。」

只有莊青霜喜道：「既是大家都沒得睡，不若大人先送霜兒回府，再去皇宮，時間上非常恰好。」

虛夜月狠狠瞪了莊青霜一眼後，忍不住「噗哧」一聲，笑了出來，挽起莊青霜的手臂對葉素冬道：「我們兩人陪專使坐車，大人在旁護送好嗎？」

葉素冬看了立顯眉飛色舞的韓柏一眼，除了心中祈禱莊青霜莫要在車內弄出事來外，還能做甚麼呢？

與鬼王府遙遙相對的大宅裡，雖燈火黯淡，可是方夜羽等亦是一夜沒闔過眼睛。

眾人坐在廳裡，除了方夜羽、里赤媚、年憐丹外，還多了個滿臉短鬚的大漢。

此人一身華服，驟眼看去像個腰纏萬貫、頤指氣使的大商賈，可是濃黑的劍眉下射出那兩道陰鷙威嚴的目光，卻教人知道他絕非善類。

更懾人的是他一臉陽剛之氣，手足都比一般人粗大，整個人含蘊著爆炸性的力量，若上陣殺敵，此人必是悍不畏死的無敵勇將。

這充滿殺氣的人正是剛剛抵步的色目第一高手，以一身刀槍不入的硬氣功馳名域外的「荒狼」任璧。

年憐丹今晚既採花不著，又折兵損將，顏面無光，默坐不語。

這時方夜羽說到水月大宗行刺朱元璋失敗的事，不悅道：「藍玉這人剛愎自用，獨行獨斷，這樣刺殺朱元璋，縱使成功了，亦打亂了我們的計劃，徒然白白便宜了燕王棣。」

任璧初來甫到，仍弄不清楚京師裡複雜的人事關係，奇道：「朱元璋若死了，天下大亂，我們不是可混水摸魚嗎？爲何反便宜了燕王棣？」

里赤媚淡淡道：「原因有兩個，首先我們是希望能把朱元璋殺死，嫁禍到燕王棣身上，去此勁敵，那就最理想了；其次則是剷除鬼王，因一天鬼王仍然健在，以他的威望，隨時可起而號召天下，跟燕王在幕後操縱允炆，在人心思治的時刻，所有人都會站到他們那一邊，那不是反幫了燕王棣一個大忙嗎？」

任璧獰笑道：「這個容易，明晚我便混在搶鷹刀的人裡，衝入去殺人放火，製造混亂，覷準機會擊殺虛若無，那不是一了百了。」

里赤媚沒好氣道：「你當自己是龐斑嗎？鬼王府高手如雲，屋宇布置隱含陣法，廝殺起來時，能逃出來已屬萬幸。唉！若鬼王眞是這麼容易幹掉，昨天里某回來時，早攜著他的人頭了。」

年憐丹領教過鬼王厲害，插口道：「現在我們的力量還是稍弱了一點，若素善和女眞族的人來了，配合胡惟庸、藍玉和東瀛高手，加上有楞嚴做內應，便會是完全不同的另一個局面。」

方夜羽苦笑道：「大師兄現在正頭痛得厲害，朱元璋被刺回宮後，大發雷霆，將師兄罵個狗血淋頭，責令他若三天內找不到水月大宗，便革了他廠衛統領之職，唉！藍玉今次眞累慘了我們。」

年憐丹皺眉道：「楞嚴他乃廠衛大頭領，只不知若有起事來，他手上那龐大的密探系統，能否爲他所用呢？」

里赤媚嘆道：「若是可以的話，朱元璋就不是朱元璋了，他連鬼王都不肯全信，何況楞嚴；楞嚴的廠衛分爲東南西北四個系統，每個系統都由朱元璋的親信統理，所以楞嚴看似權傾朝野，可是若朱元璋要革他的職，除了他特別安插屬於我方的數十人外，想多找個人支持他都難比登天，眞是半點辦法都沒有。他的權力可說全來自朱元璋。」

方夜羽接口道：「朱元璋眞正信任的人是葉素冬，這人武功既高，又可動員八派的力量，絕不可小覷。今次水月大宗刺殺失敗，必惹起他的警覺，會請八派的高手出動護駕，只要來個無想僧或不老神仙，便夠我們頭痛了，藍玉眞是胡作妄爲，眞恨不得揍他一頓出氣。」

年憐丹笑道：「很少見小魔師這麼動氣。」

里赤媚嘆道：「現在我們被迫得只剩下了陳貴妃這著棋子，若再給破壞，要被迫出手硬幹時，便是下下之著，我也給氣得要死了。」

方夜羽斷然道：「目前首要之務，就是殺死鬼王和韓柏，這兩人不除，我們所有計劃都等若水中之月，毫不著實。」

年憐丹奇道：「我雖恨不得把韓柏撕作粉碎，卻不明白他爲何會如此重要，非殺不可？」

方夜羽忽站了起來道：「我想回房休息一會兒，讓里老師告訴兩位吧！」逕自去了。

年、任兩人奇怪地看著他的背影消失在門外，轉而用詢問的眼光看著里赤媚。

里赤媚容色平靜，淡然自若道：「要殺韓柏的原因非常簡單，因爲秦夢瑤選中他來對付我們，就像當年言靜庵揀了朱元璋一樣，假若我們不趁這小子未成氣候時幹掉了他，極可能會重蹈當年覆轍。」

任璧失聲道：「難道他比浪翻雲更厲害嗎？」

里赤媚橫了他一眼道：「除了龐老外，確是沒有人可以比浪翻雲更厲害。可是浪翻雲現在和龐老正互相牽制，絕不會公然插入我們的鬥爭裡，所以反不足懼，而韓柏這小子則處處受人歡迎，無形中聯結起本已四分五裂互相對抗的各大勢力來應付我們，故若不把他剷除，後果眞是不堪想像，而且他的魔功每天都在突飛猛進中，誰能擔保他將來不是另一個龐斑。」

里赤媚見年、任兩人一時無語，又道：「韓柏這人對女人有魔異般的吸引力，各大美女包括斷了七情六慾的秦夢瑤都對他傾心，我眞怕素善亦會步上虛夜月、莊青霜的後塵，成爲了他的俘虜，那時怕我們都要返西域放牛了。」

任璧一拍胸膛道：「這事放在我身上。」

里赤媚皺眉道：「別忘了這裡是朱元璋的地盤，一個不好，誰也要吃不完兜著走。」

年憐丹笑道：「放心吧！這小子最是好色，嘗過青樓聲色之樂後，定忍不住偷偷溜去再尋甜頭，只要摸清他的動向時刻，那就可叫他向閻王報到了。」

里赤媚苦笑道：「無論用甚麼計也好，切不可用美人計，這點必須謹記。」

第二十六章　奉旨風流

莊青霜離開馬車返抵家門時，當然是面紅耳赤，釵橫鬟亂，衣衫不整。

看得葉素冬暗自心驚。

幸好他亦是花叢老手，精擅觀女之術，知她尚是完璧，忙著人先護送她進府，好讓他送韓柏進宮。

今次他肯保莊青霜去看韓柏，固是因爲一向對韓柏有好感，又知朱元璋看重他，但更重要是另外兩個原因，使他想促成這對愛侶的姻緣。

首先是他眞的感激韓柏救了朱元璋。

若朱元璋死了，在場者除老公公身分超然可以免禍外，其他所有人包括他和過千禁衛，將全無倖免地因失職被處以極刑，故韓柏可說是他的救命恩人。

朱元璋死後掌權要的是燕王棣，西寧派會被他連根拔起，代之以他的勢力。

另一個原因是韓柏已成各方勢力的寵兒，倘莊青霜嫁了韓柏，無論將來如何波翻浪湧，只要不是藍玉或蒙人得天下，誰也要看在韓柏的面子分上不動他西寧派。而他亦是憑這理由說服莊節，讓他放莊青霜去見韓柏。

想到這裡時，馬車內早隱隱傳來虛夜月的嬌喘和呻吟聲了。

葉素冬亦不由暗暗羨慕起這幸運小子的艷福來。

韓柏的兩隻大手全進入了虛夜月的男裝武士勁服裡，大恣手足之慾。

虛夜月陷進狂野的熱情中，不住嬌呼二哥。

當馬車馳進皇宮的大門時，虛夜月這艷冠京華的第一美女早在難以壓抑下與韓柏完了好事。

虛夜月滿足地伏在韓柏懷裡，由他爲她整理衣裳，赧然道：「二哥！爲甚麼會這樣的，月兒本以爲最多像第一次般快樂，可是今次眞的更刺激快意，現在月兒渾身慵軟，舒服滿足得要死哩！」

韓柏知道已完全征服了這美賽天仙的刁蠻女，乘機道：「想到我能給你這般快樂，以後你還敢不聽爲夫的話嗎？」

虛夜月嬌笑道：「月兒不敢了，以後全聽你的話。」

韓柏道：「那以後再不准你欺負霜兒。」

虛夜月委屈地道：「最多喚她作霜姊吧！好了嗎？」

馬車停了下來。

葉素冬的聲音在外面道：「專使大人請下車。」

韓柏在虛夜月連番甜吻後，才伸了個懶腰，下車去也。而「又累又睏」的虛夜月則原車打道回鬼王府去。

韓柏暗忖自己也算荒唐透頂，竟是不論時地都可以和美女歡好。不過亦只有這種像要偷偷摸摸的情況，才能特別激發起他魔種潛藏著的力量。

自己能擋水月大宗一刀，說不定也正因剛和媚娘偷歡，所以魔功才能提升至超越平時的高水平哩！

想到這裡，立即原諒了自己的好色和荒唐，認爲想做便做，才是男子漢大丈夫本色。

朱元璋在書齋接見韓柏，見他依然畢恭畢敬依禮跪拜，毫無恃功之態，滿意地賜他坐在龍桌之側，笑道：「小子你救了朕，朕便賞你一個要求，只要合乎情理，朕定不會食言。」

韓柏喜道：「那就請求皇上著莊節把莊青霜許配與小子吧！」

朱元璋愕然道：「你好像不知道我給的要求如何珍貴，這樣隨便用掉，不覺可惜嗎？」

韓柏瀟灑地道：「小子胸無大志，也沒有甚麼要求，能得莊青霜爲妻已是心滿意足了。」

朱元璋笑道：「既是如此，朕便立即下旨，把莊青霜許爾爲妻吧！」

韓柏大喜謝恩。

朱元璋沉吟片晌後，忽道：「今晚你會見燕王時代朕傳一句話，告訴他在朕有生之年，能不存異心，那朕便絕不會對付他，亦不會削他兵權。」

韓柏心中一震，亦不由佩服朱元璋目光如炬，看準了朱棣爲人。

燕王最懼怕的就是朱元璋趁仍在生時，便削他勢力，爲允炆將來的皇權鋪路，所以謝廷石才如此害怕被握到痛腳。若去此疑懼，他爲何不多等些日子，待朱元璋駕崩後才動手。

問題是朱元璋這承諾是否只是緩兵之計，待解決了藍玉，以重整六部的行動架空了胡惟庸後，才轉過槍頭來對付燕王。

朱元璋不悅道：「你在想甚麼？」

韓柏忙道：「小子在想怎樣去說服燕王，教他不會口上答應，心裡想的卻是另一套。」

朱元璋對這答案非常滿意，點頭道：「你是朕的福將，定可把他說服。何況你現在身為鬼王的女婿，他怎也要給你點面子。沒有鬼王的支持，燕王便像老虎沒有了爪牙，縱能帶來點驚嚇，亦傷不了人。」

韓柏大是懍然，朱元璋最忌的人顯然是鬼王，他會否利用他去對付自己的岳丈？他韓柏是否只是一個被利用的傻瓜呢？恐怕他也無法弄得清楚。

朱元璋沉吟半晌後，嘆了一口氣道：「早前朕向你提及要試探陳貴妃，你有沒有想到用甚麼方法？」

韓柏皺眉道：「假若陳貴妃真是蒙人的臥底，無論小子如何本事，恐也抓不著她的辮子。」

朱元璋露出惆悵之色，淡淡道：「朕不用你去尋這方面的證據，只要你能證明她會愛上別的男人，朕便立即把她處死，一了百了，更不理她是否想暗害朕的奸細。」

韓柏嚇了一跳道：「皇上不是要小子去勾引她吧！這事萬萬不成。因為只要小子想到真個逗得她愛上我後，就會把她害死，小子將一點發揮不出對女人的吸引力，縱使皇上殺了我也辦不到。」

朱元璋一掌拍在桌上，痛苦地道：「為了大明江山，我朱元璋還要犧牲甚麼呢？這樣吧！假設你弄了她上手，便把她帶走匿藏起來，永遠都不要讓朕看到或聽到有關她的任何情況。」

韓柏還是首次目睹朱元璋如此苦惱，道：「不若這樣吧！皇上把陳貴妃暫時送往別處，那她想害皇上亦辦不到了。」

朱元璋回復平靜，柔聲道：「朕亦想到這個甚或其他許多辦法，不過都不能徹底解決問題，所以還是決定由你這對女人最有辦法的人去對付她。若她對朕是眞心實意的，朕便冊封她爲皇后，算作對她起疑心的補償。」

韓柏囁嚅道：「假若她對皇上眞的忠誠，而小子卻曾對她動手動腳，那時皇上還肯饒過小子嗎？」

朱元璋怒道：「這事本是由你提出來的，你自然對自己的猜測絕對有信心，爲何現在又畏首畏尾，是否要逼朕把你推出去斬首？」

韓柏駭然道：「皇上息怒，小子自然是信心十足，只怕勾引她不成時，慘被皇上殺了，那才不値。」

朱元璋嘴角逸出一絲冷酷的笑意，哂道：「這正是最關鍵之處，所以爲了你的小命著想，你定要盡展手段，向朕證明她對朕的愛只是虛情假意。不過你也不用那麼擔心，衝著若無兄的面子，朕頂多把氣出在旁人身上，何妨想一想那被出氣的會是何人！」

韓柏第一個想起的就是陳令方，苦笑道：「皇上眞厲害，小子服了。」

宋楠、宋媚兩兄妹與乾羅在飯館裡吃早飯，經過昨夜的折騰和一夜趕路後，他倆都有點疲倦。雖說勉強睡覺，但車行顛簸，都是睡睡醒醒。

乾羅對宋媚頗有好感，不時把菜餚夾到她碗裡。

宋楠自從知道眼前這看來瀟灑好看的中年男子就是名震黑道達六十年之久的梟雄人物後，又敬又怕，反是宋媚不時向他撒嬌，視之與父親長輩無異。

乾羅舉盅喝著熱茶，宋楠忍不住道：「乾先生，今次我們兄妹所以要被藍……」

乾羅打斷他道：「人多耳雜，有機會再說吧！」

宋媚明媚的大眼望向乾羅道：「乾老啊！我眞不明白以你們這種人物，怎有閒情來理我們的事。我從未想過黑道裡會有乾老和戚兄這麼重情義的人。」

宋楠唏噓道：「出事後，我們曾向一些交情深厚的所謂正道門派求助，不是吃了閉門羹，就是未到門口便給趕走。眞是人情冷暖，世態炎涼！」

乾羅笑道：「這些事老夫早司空見慣，甚至不費神去想。」接著微笑道：「宋姑娘起始時似是非常反對令兄請長征保護你們的，後來爲何又改變主意？」

宋媚赧然道：「乾老的眼眞厲害，宋媚的確和大哥約定，必須由我見過人後同意點頭，才肯起程。」

乾羅笑道：「宋姑娘見到長征時，雙目亮了起來，是否就在那時一見傾心哩？」

宋楠當然知道乃妹愛上了戚長征。事實上他對戚長征打一開始便有好感，所以才求他出手援助。此時見乾羅像慈父般調笑自己這堅強和有自己想法個性的妹子，心中溫暖，含笑看她如何應對。

宋媚俏臉微紅，有點不依道：「不全是那樣的。只是當時心想，像戚兄那種超卓人物，要財有財，要人有人，根本不用覬覦我們的錢財或宋媚的蒲柳姿色，所以便放下心來吧！」

乾羅笑道：「宋姑娘還是錯了，我看這小子一早就在打姑娘的主意。」

宋媚嬌羞垂頭，卻是神情歡悅，想起昨晚與戚長征暗室裡的親熱廝磨，全身立時發燙起來。

這時戚長征轉了回來，坐下後道：「買了一條船，吃完飯後立即搭船，聽說近日水道的關防查得很緊，我們要喬裝一下才行。」扒了兩口白飯入口後，奇道：「宋姑娘為何臉兒紅得這麼厲害，不是……嘿！不是昨夜著了涼吧？」

他當然是想起她昨夜被自己弄得差點全裸的情景。

宋媚更是羞不自勝，橫了他一眼，催道：「你這人哪！快點吃吧！」

風行烈他們的船剛在天明時遇上了地方官府的船，當不捨打出八派的身分旗號時，官差立即放行，還恭敬無比。

眾人聚在艙廳吃罷早點，親切談了一會兒後，各自散去。

風行烈領著妻妾回房，玲瓏亦跟了進來奉侍茶水。

谷倩蓮笑道：「行烈啊！我看韓柏這小子最是風流，到京後人家可不許你隨他到青樓鬼混，快答應倩蓮。」

風行烈啞然失笑道：「本人一向對青樓的賣笑姑娘只有同情而無褻玩之心，倩蓮你太低看為夫了。」

谷倩蓮懷疑地道：「男人哪個不愛花天酒地，看來還是迫你立下誓言才妥當點。」

谷姿仙笑責道：「倩蓮呀！」

玲瓏聽得「噗哧」一笑，旋又吃驚地掩著了小嘴，想逃去時，給谷倩蓮逮著，惡兮兮道：「小丫頭你笑甚麼？」

玲瓏慌張失措，求道：「蓮姊好心，放過玲瓏吧！」

谷姿仙嗔道：「小蓮！你整天都在欺負玲瓏。」

風行烈看著這清純得像朵小百合花的少女，既多情又害羞，心癢起來，笑道：「小玲瓏過來，讓我保護你。」

玲瓏更是手足無措，只懂向谷倩蓮求饒。

谷倩蓮押著羞不可抑的玲瓏，推到風行烈身前，嚷道：「行烈吻她，看她還可以矜持多久。」

玲瓏羞得耳根都紅了，閉上雙目，嬌軀輕輕顫抖著，卻再沒有掙扎，任誰都知道她是千肯萬肯了。

谷姿仙站了起來，望往窗外道：「眞好！颳起風來了，順風順水，可能明早我們可抵達京師了。」

接著走到捉牢玲瓏雙肩的谷倩蓮旁，若無其事道：「小蓮陪我到外面走走，欣賞一下兩岸的景色。」

谷倩蓮會意，隨她出房，臨行前還不忘道：「行烈記得不要被你那些豬朋狗友影響了。」

風行烈想起明天會見到韓柏、范良極這對「豬朋狗友」，心情大佳，站了起來，把玲瓏輕輕擁入懷裡道：「你小姐有意要風某納你爲妾，玲瓏你願意嗎？」

玲瓏早意亂情迷，聞言又羞又喜，不敢看他，只是不住點頭。

風行烈終不慣在晨早起身的時刻，又再上床歡好，吻了她香唇後柔聲道：「我會像對素香般疼你，乖乖去吧！但今晚我要你陪我，不准因害羞不來，知道嗎？」

玲瓏微一點頭後，逃命般走了。

風行烈步出房外，心想趁現在閒著無事，好好和三位嬌妻美妾調情談心，到了京師後恐怕不會有這種閒情了。

韓柏步出書齋，赫然看到范良極和葉素冬正在談笑甚歡，如見親人，迎了上去。

范良極像年輕了數十年般，容光煥發，神采飛揚，說話的動作及表情比平時更誇大了。

客氣幾句後，葉素冬道：「兩位大人最好由午門離去，避免碰到上朝的文武官員。」

兩人哪會計較，拒絕了葉素冬用馬車送他們，逕自由午門溜了出去。

才走出皇城，范良極便口若懸河道：「穿著衣服眞的看不出來，雲清這婆娘不但珠圓玉潤，身材更是好得無可再好，皮膚滑如絲緞，摸上手都覺得不知多麼舒服，現在求她離開我這超級大情人，她都不會哩！」

韓柏感同身受，摟著他的瘦肩喜讚道：「老小子你眞行，昨晚幹了多少次？」

范良極傲然道：「記也記不得那麼多次，哼！我數十年的童子功豈是白練的，雲清眞是這世上最幸福的女人。」

韓柏擔心道：「現在你的童子功豈非盡喪於雲清那婆娘身上，我還有事需要你幫手呀！」

范良極哂道：「你當我眞是練童子功的嗎？放心吧！我的絕世神功保證有進無退，床上功夫更是立臻天下無敵的境界。」

韓柏差點笑彎了腰，心中一動問道：「你定從雲清處探聽得很多有關八派的消息，對嗎？」

這時兩人離開了皇城外的林蔭大道，於行人眾多、店鋪林立的長街上，朝著左家老巷的方向走去。

范良極嘻嘻答道：「當然！雲清不但把她由懂事後所有發生的事全告訴了我這夫君，還將八派的情況全盤托出，因爲她有點擔心。不老神仙今晨才抵步，現在八派的所有領袖和種子高手都會陸續住進西寧道場。年輕一輩知你偷了莊青霜的心，都恨你入骨，你往道場和她鬼混時最好小心點。」

頓了頓再道：「八派的元老會議會在朱元璋大壽前一天舉行，那就是三天之後，聽說夢瑤已答應出席，不過我看也改變不了八派坐山觀虎鬥的心態。雲清說自攔江之戰傳到八派耳中後，大部分人都希望他們兩敗俱傷，好讓八派能重執武林牛耳。」

韓柏聽得一陣心煩，嘆道：「浪大俠在哪裡呢？我有要事要勞駕他呢！」

范良極笑道：「這還不容易，他昨晚已到了左家老巷，看詩兒釀酒，你也好應去獎勵她們。」

韓柏大喜，忙和范良極趕往左家老巷，一番甜言蜜語，哄得三位姊姊心花怒放後，到內宅小室把過去所發生的事向浪翻雲詳細道出。

浪翻雲聽後點頭道：「現在我愈來愈相信朱元璋縱容藍玉和胡惟庸與外敵勾結，眞正想對付的人就是『鬼王』虛若無。只要除去虛若無，他的大明江山才有可能不會出現內鬥，使他朱家能平安的長享天下。」

范良極皺眉道：「那他何不乾脆立燕王爲太子，豈非皆大歡喜，天下太平。」

韓柏道：「這個原因我知得最清楚，一方面是朱元璋必須遵守自己定下來的繼承法，而更重要是所有人包括其他藩王在內，都怕燕王會是另一個朱元璋，所以全體激烈反對。朱元璋若立燕王，恐怕藍玉等立即舉兵叛變，天下大亂特亂。」

浪翻雲道：「我看還另有一個心理因素，就是鬼王便像明朝的太上皇，朱元璋得天下前，因要仰仗虛若無，所以還可忍受，做了皇帝後，怎可再讓虛若無暗中操縱他朱家的命運。所以在京師的選擇上首次不納虛若無之議，現在又在立太子一事上捨棄虛若無看中的燕王。他正是向天下人顯示誰在當權。」

他忽又失笑道：「韓小弟最大的本領看來是在女人方面，若你俘擄了陳貴妃，眞的解決了很多問題，創出種魔大法的魔門前輩們，恐怕造夢都想不到大法竟會被這麼利用的。」

韓柏尷尬地道：「不要這麼說吧！我自己都覺得終日在女人叢中打滾，縱情聲色，於心不安哩！」

范良極嗤之以鼻道：「你也會於心不安？我看你是樂在其中才對。」

浪翻雲正容道：「這是命運，只有通過男女之道，你魔種的潛力才可逐漸被誘發出來，否則你何來本領先後兩次擋著年憐丹，又救了朱元璋，使天下不致立時陷進四分五裂之局，夢瑤知道了，定對你重重有賞。」

韓柏喜動顏色，道：「眞的可以使夢瑤感激我嗎？」

浪翻雲看到他立動歪腦筋的樣子，忍不住笑了起來，嘆道：「此眞是天數，超塵脫俗的仙子，偏遇上你這天生色鬼。」

范良極哪還忍得住，捧腹狂笑起來。

韓柏老臉赤紅，啞口無言。

浪翻雲笑了一會兒後，道：「這樣看來，年憐丹、紅日法王和里赤媚的內傷應仍未痊癒，所以才如此低調。若他們功力盡復，第一個要對付的必然是韓小弟，所以你這幾天不用怕和你那些月兒、霜兒鬼混，她們均是天賦異稟的媚骨之女，若你能悟通如何藉她們的元陰培壯你的魔種，那就是魔門採補之術前所未有的最高境界。但記著採而有還，否則她們可能會玉殞香消。」

韓柏拍胸道：「放心吧！我早從三位美姊姊身上悟到那法門。」

浪翻雲淡淡道：「我也相信你是福將，功力增強了，要刺殺『無定風』連寬亦不是難事。」

韓柏駭然道：「不是由你出手嗎？」

浪翻雲道：「若我事事代勞，你怎能成為不世高手？」

韓柏急道：「我全無成為不世高手的野心，還是你出手較妥當點。」

范良極罵道：「有了浪翻雲，便當我不存在那樣，有我助你，那個連名字都未聽過的連寬，就算他像貓般有九條命，亦保證沒有半條能剩下來。」

浪翻雲正容道：「范兄切勿輕視此人，要知軍中臥虎藏龍，只因他們數十年均在軍中度過，立了功又給帶頭的領了去，所以名不顯於江湖，朱元璋和虛若無如此看得起這人，必然厲害之極。可以想見燕王、胡惟庸和楞嚴手下都有深藏不露的高手，就像鬼王下面的鐵青衣、碧天雁和于撫雲那樣。」

接著又道：「若非有龐斑在，我第一個要宰的就是里赤媚，敝故幫主上官飛便是間接因他的掌傷而死，可是我仍要忍著不動手，因為若我主動出手，等若迫龐斑提早出來和我決戰，在眼前的形勢裡，實在萬萬不宜。」

看了韓柏一會兒後，由懷裡掏出薛明玉精巧的面具，送入韓柏手裡道：「韓小弟行刺連寬時，或可戴上這東西，那就不虞給人認出廬山眞貌，而我亦可榮休了。」

左詩這時喜孜孜捧著香茗走了進來，笑道：「兩位大哥請用茶。」

把韓柏拉到一旁，雀躍道：「范豹告訴我，小雯雯大後天可抵京師，好柏弟，詩姊真的很感激你哩！」

韓柏想起了練功，扯著她走到外面的天井去，道：「詩姊若想謝我，立即把霞姊和柔姊喚來，找處地方溫存溫存。」

左詩俏臉飛紅，嗔道：「我們哪像你般遊手好閒，快滾去找你的月兒和霜兒，浪大哥告訴了我們你的情況，絕不會攔阻你去風流快活。別忘記今晚你還有個金髮美女啊！唉！嫁了你這麼吸引女人的好色夫君，眞不知是禍是福。」

韓柏笑道：「當然是福，看你現在那開心的樣兒便知道了。」

左詩點頭道：「詩姊眞的很開心，小雯雯來了後我就半點缺憾都沒有了。」

范豹此時進來傳報道：「大人！鬼王派人來通傳，著你立即去見他。」

左詩挽著送他出門時赧然道：「昨晚沒了你在身旁，我們都有點不習慣，今晚來陪我們好嗎？把月兒、霜兒和你那金髮美女帶回來不就行了嘛。」

韓柏哪還不明白這美姊姊的心意，趁人看不到時在她香腮親了兩口，欣然答應，這才去了。

第二十七章　駕馭魔種

韓柏獨自離開仍在動工修飾門面的舖子，拒絕了侍衛供應坐騎的要求，踏足這因左詩而聲名大振的左家老巷。

老巷並不是一條狹窄小巷，只是比秦淮大街窄了一半，是一條長約半里的繁華小街道，店舖以書店爲主，充滿文化書香的氣息。到這裡來的都以讀書人爲多。

非常別緻的是沿街各店舖前，連著一道寬達丈許的廊子，形成一個能避日曬雨淋的行人道，踏足其上時，發出「砰砰」的足音，很是有趣。

舖門間的空檔處，有攤販擺賣各種貨物，惹得路人圍觀探價，熙攘嚣騰，一片熱鬧。

整條老巷氣氛融和熱烈，樸雅別緻，具有濃厚的地方情調。

到了京師多天，他還是第一次有這種逛街的閒情。

才走出左家老巷，只見前方空地處聚集了一大堆人，原來有個走江湖的郎中，藉猴戲吸引人前來買藥。

韓柏見那猴兒精靈機警，動作妙趣橫生，忍不住駐足觀看，看到精采處時學那些孩子般鼓掌叫好。

步履聲在旁響起，一把熟悉的聲音在旁柔聲道：「看到你這麼忘憂開懷，我感到很快樂呢！」

韓柏別頭望去，只見秦夢瑤頭紮男兒髻，一襲素白長衫，隨風飄拂，配上她清秀的儀容，一派儒雅風流，尤勝虛夜月半分。

韓柏喜出望外，一把拖起她的小手，往前漫步，囔道：「想死我了，夢瑤你眞狠心。」

秦夢瑤微微一笑，握緊了他，柔情無限地道：「難道人家不對你牽腸掛肚嗎？尤其想起你左抱虛夜月，右擁莊青霜，夢瑤始終是女兒家，有時亦會泛起醋意呢！」

韓柏懷疑地道：「眞的會吃醋？」

秦夢瑤微微一笑，露出編貝般的皓齒，不置可否。

韓柏看得心癢難熬，指著前面一所客棧的大招牌道：「不若我們找間上房，到裡面促膝談心，我有很多事要說與夢瑤知道呢！」這時他哪還記得鬼王召他去見的事。

秦夢瑤白他一眼後道：「出嫁從夫，你韓柏大甚麼的要帶夢瑤到哪裡便哪裡去吧！不過須切記不可逗得人家太厲害，現在你魔功大進，兼且夢瑤愛你日深，更抗拒不了你。」

韓柏大喜，忙多走了半條街，找了所最豪華的旅館，要了個房間，打賞了店夥後，把秦夢瑤抱到床上，摟著她把所有發生了的事一股腦兒向她說出來。

秦夢瑤和他共睡一枕，靜心聽著，一臉聖潔的光輝，以韓柏這麼見色起心的人，亦被感染得心無邪念，沒有像以往般邊說邊動手動腳。

秦夢瑤不住吸收由他魔種傳來的氣感，晉入無憂忘慮的大歡喜境界，俏目射出無盡的深情，差點把韓柏的魂魄都勾了出來。

天啊！夢瑤對我眞的不同了。

一切都是那麼自然和適意，再不用擔心自己因不小心而觸怒或冒犯了她。

待他話完後，秦夢瑤道：「告訴朱元璋，明晚子時，我會和你去見他，但你定要在旁作見證，這是我的條件。」

韓柏吃了一驚道：「這怎麼行，他是想得到你呀！」

秦夢瑤「噗哧」笑道：「先不說那是否他一時衝口而出的話，秦夢瑤若是別人說要便可得到的話，慈航靜齋索性關門大吉好了。夢瑤看你只是怕朱元璋知道我們的關係罷了。」

韓柏知瞞她不過，尷尬地道：「有一點點啦，暫時我和他仍算在友好的合作中嘛。」

秦夢瑤看到他的傻相，忍不住笑了起來，主動吻上他的嘴，還吐出小香舌，任他品嚐，銷魂過後，欣然道：「夢瑤眞的以你爲榮，若不是你左右逢源，消弭了各大勢力間劍拔弩張的形勢，又救了朱元璋，夢瑤便將有負恩師所託，現在了盡禪主都對夢瑤的好夫郎刮目相看呢！」

韓柏想起浪翻雲的提示，哪還不乘機道：「好夢瑤！那該怎樣獎賞我呢？」

秦夢瑤赧然道：「快了！」接著溫柔道：「知道嗎？夢瑤是首次感到你情大於慾，若你能再進一步，使情慾分離，便能眞正駕馭魔種，達至魔種轉化爲道胎的初步上乘境界，還可使夢瑤更傾心於你，那時夢瑤將心甘情願成爲你的情侶。韓柏啊！盡量放開懷抱，發揮魔種的特性，那說不定我們可在朱元璋大壽前合體交歡，讓夢瑤向你獻出不斷蓄聚的深情和慾念，夢瑤可向你保證會在你懷裡變得比任何女人更放蕩和熱情，把清白的身體奉獻給你，作爲獎賞。」

韓柏驀地爬了起來，正容道：「我現在立刻去努力，保證三天之內必可達到夢瑤的要求。」

秦夢瑤欣然由床上坐起來，伸手愛憐地撫摸他的臉頰，秀目透出海樣深情，輕輕道：「這才是乖孩子，夢瑤會再來找你的，放心去胡混鬧事吧！但卻要小心那連寬，此人內外功均已臻至境，絕不遜於黑榜高手，你切要珍重啊！」

漫天雨粉飄飛。

長江一片迷茫。

宋媚打著傘子，挨坐戚長征旁，爲他擋著風雨，看著他掌舵和操控小風帆，一瀉千里。

戚長征愛憐地道：「雨水把你打濕了，小心會著涼。」

宋媚嬌聲道：「人家有簑衣護身，怕甚麼呢？我才不想悶在那小篷艙裡。」

戚長征調笑道：「不若把義父和令兄請出來操舟，我和你則躲在那小篷艙裡，包保你一點不會悶。」

宋媚嗔道：「你這人呢！最懂討便宜，昨晚趁人家糊裡糊塗，甚麼地方都給你壞過了。」

戚長征心中一蕩，暗忖宋媚和韓慧芷出身應大致相若，但這種調情話兒，保證韓慧芷說不出口來，大樂道：「你負責監視令兄的動靜，我負責佔你便宜。好嗎？」

宋媚嗔道：「不！我絕不會助紂爲虐，你不怕給人看見，請動手吧！」

戚長征放懷大笑，宋媚擺明對他採放縱政策，一副夠膽便放馬過來的樣子，怎不使他心情大佳。

宋媚在他手臂上狠狠捏了一把，然後愛不釋手地摩挲著，嘆道：「戚郎眞是強壯，每寸肌肉都充滿了力量，可以想像當你和賊子搏鬥時，必像虎豹般凶猛，媚媚眞想可看到那情景。」接著湊到他耳旁道：「媚媚從未想過男人的身體會令人這麼心動。」

戚長征灑然道：「歡喜請隨便摸吧！我老戚不怕被媚媚佔便宜的。嘻！媚媚多麼好聽，以後便叫你作媚媚。」

宋媚啐道：「人家讚你罷了！總不放過調笑人家。」

戚長征別過頭來細看了她那明艷照人、青春煥發的玉容，微笑道：「媚媚想老戚放過你嗎？」

宋媚垂下螓首，嬌羞地咬著唇皮輕輕答道：「不想！」旋又仰起俏臉，瞪大明亮的眼睛瞧著他道：「可是媚媚很擔心呢！你們這些江湖人物，居無定所，四處拈花惹草，逢場作興，得了人家的身心後，便不顧而去。不過縱使你是那種人，媚媚仍甘願讓你得償心願，事後亦絕不後悔。」

戚長征大訝道：「媚媚眞是敢作敢爲的奇女子，一般女人說起這些事總是扭扭揑揑，不過放心吧！我老戚做事雖率性而行，卻絕不會始亂終棄。」

宋媚一顫道：「眞的！」

戚長征微笑道：「當然是眞的！」低頭吻在她的紅唇上。

韓柏展開腳步，似緩實快地趕往鬼王府去。

鬼王府附近清涼山腳下紮起了十多個軍營，過萬全副武裝的衛士駐守著所有道路，連在鬼王府另一邊的清涼寺和向著秦淮河的石頭城舊址亦禁止任何人登上去。

韓柏在路上被截著，因他這兩天都沒有再穿官服，只是穿著朝霞和柔柔爲他縫製的淡青長衫，兼之身上又沒有任何證明文件，守衛硬是不肯讓他上山，幸好一隊鬼王府的府衛剛要回府，認了他出來，忙讓出坐騎，和他一道到山上去。

韓柏乘機問起爲何來了這麼多官兵。

帶頭的府衛道：「這是府主的意思，敝府只會在子時至寅時把通路開放三個時辰，夠膽來搶鷹刀的須在這段時間來動手。」

韓柏心中喝采，只是這策略，應可絕了很多人癡心，任誰都知道這三個時辰裡，鬼王府必是蓄勢以待，應付任何膽敢來犯的人。

鬼王的行事手段均大異常人，若換了是他韓柏，保證惟恐鷹刀收藏不密，給人知道。

轉瞬抵達鬼王府，看來全無異樣，反比平時更靜悄，難道府內的人都去了睡覺，好養足精神待晚上起來應付敵人。

鬼王今次見他的地方，竟是七夫人的湖畔小居。

虛若無居中而坐，七夫人于撫雲咬著下唇，垂著頭坐在一側，像個犯了錯事的孩子。

韓柏心叫不妙，幸好鬼王對他態度如舊，親切地招呼他坐到另一側才道：「我本以爲小雲心如止水，再不會對任何人動情，所以才准她向賢婿借種生子，現在看來卻絕非如此簡單，小雲已對賢婿生出情愫，故此我不得不加干涉。」接著搖頭苦笑道：「你這小子眞是魔力驚人，我看小雲即管與你沒有赤尊信那種曖昧的關係，假若你蓄意勾引她，小雲可能仍然抗拒不了你。」

韓柏聽得啞口無言，不知說甚麼話才好。

七夫人仍是默然垂首，不作一聲。

虛若無忽然失笑道：「一個是我的親親小師妹，另一個是我的愛婿，而你們又是光明正大，沒有瞞著我發生苟合的事，我虛若無絕不會怪你們。而且若能還了小雲這心願，我虛若無只有高興，怎會反對。」

灼灼目光掃過兩人。

韓柏昂然與他坦然對視，不敢露出心內慚愧，因為那天若不是虛夜月撞來破壞了他們的好事，說不定早和七夫人發生了肉體關係。

豈知虛若無又道：「小雲告訴我，你本有佔領她的機會，可是卻因她激不起你心中的熱情，任她怎樣求你，都不肯在沒有愛情的狀態下歡好。我聽了心中很欣慰，深慶沒有揀錯了人，否則你與一般好色之徒有何分別？我敢說除非戒絕情慾的佛門高僧，沒有人能見小雲之色而不起歪心，否則老赤亦不會看中她了。」

韓柏心中苦笑，知道于撫雲沒有把同看春畫的事說出來。

虛若無續道：「可是你亦因此牽惹出小雲的情火，剛才她來求我找你，我一看她神色，立知她動了情思。此事絕不可助長，小雲始終是月兒名義上的七娘，此乃人盡皆知的事。所以你們的事定要在秘密中進行，將來小雲的孩子須隨我之姓，若是男孩，我會認之為子，繼承我虛家的香火。事成之後你們兩人再不可有任何牽纏，我要賢婿對此的一句話。」

韓柏忙道：「岳丈放心，小婿雖愛美女，但絕對有分寸，不敢違背岳丈意思。」

虛若無哈哈一笑長身而起道：「明知是短暫的愛情，有時反更令人刻骨銘心，就像月兒的母親，若非早死，我是否仍那麼深愛著她，實在難說得很，上天並沒有虧待小雲，否則就不會長了個你這樣的赤尊信化身出來。」到了門處，溫和地道：「月兒正在睡覺，待會來和我們一起吃午飯吧！」長笑去了。

剩下這對關係奇怪的男女，默然對坐。

韓柏想起這丰姿綽約的美女因失去了胎兒，一生幸福愛情全毀於旦夕之間，每日都在折磨自己，心中憐意大起，不過又暗暗叫苦，他尚未能眞正駕馭魔種，找出釋放生機之法，不但沒法使她懷孕，連能否在朱元璋大壽前接回秦夢瑤的心脈，亦毫無把握，禁不住嘆了一口氣。

七夫人迅快瞅了他一眼，又垂下頭去。

她的眼神充滿了火熱和情慾，和以前的她眞有天淵之別。

韓柏心想現在已箭在弦上，不得不發，哪還管得那麼多，先令她在肉體上得到滿足，才計較其他吧。

站了起來，來到她身旁單膝跪下，一手按在她大腿上，另一隻手把她一對柔荑握著，細審她帶點病態美的動人俏臉，柔聲道：「小雲兒，乖雲兒，我這樣叫七夫人好嗎？」

七夫人于撫雲微微點頭，那樣子眞是又乖又可愛，惹人憐惜，比之第一次的冰冷無情，第二次的狠心出掌，第三次只想匆匆了事的神態，眞的不可同日而語。

韓柏湧起柔情道：「抱我的寶貝兒入房好嗎？」

七夫人的秀目終往他望來，抽回纖手把他挽起身來，香唇印在他嘴上。

火熱的春情立時一發不可收拾。

吻至一半時韓柏一對大手全探進她的衣裙裡，搜索著，愛撫著。

七夫人哪抵得住他魔手的挑引，積壓多年的情慾以最狂野的狀態釋放出來，主動來解他的衣服。

不片晌這對男女已裸裎相對，變成韓柏坐在椅上，而七夫人的動人肉體則以交合的姿勢跨坐在他粗壯的腿上。

激烈的動作狂野地進行著。

受到七夫人嬌吟狂呼的刺激，韓柏魔性大發，按著她香肩進行了不留餘地的撻伐，一次又一次把她送上極樂高峰，爲赤尊信做出最令她快樂的補贖。

韓柏的魔種亦在不住提升中，而這一次比以前任何一次與女人交歡都明顯不同。

他感到魔種「活」了過來。

這是一種難以形容的感覺。

首先魔種根本和他是難分彼我。

他就是魔種，魔種就是他。

可是他從自身的體會裡，感到一股不知來自何方卻濃烈得使他想狂叫舒洩的情緒，潮水般沖擊著他每一條神經，就像赤尊信在這刹那活了過來，使他感受到赤尊信對于撫雲那包含著歉疚、痛苦、熱愛的深刻情緒。

在狂熱的男女交歡中，勃發著的生機，在他丹田處積聚起來。

自有了秦夢瑤的提示後，先後兩次和媚娘與虛夜月歡好時，他都特別注意體內的狀況，知道當生機積聚至近乎爆炸性的程度時，便會激射進全身奇經八脈裡，最後重聚於眉心內後腦枕間的泥丸宮，然後泥丸不住跳動，直至完全融入本身的眞氣裡，泥丸才會停止躍動。

與虛夜月交合後，泥丸的跳動比之與三位美姊姊與媚娘等歡好後最少長了十倍時間，使他深刻體會到爲何浪翻雲說虛夜月是他培練魔種難逢的珍品。

魔功便是這樣一點一滴地積聚著，如此練功之法，確是魔門採補之術的極峰。

但現在他卻知道若把這種因男女交合而來的生機送回自己的體裡，而不是輸進于撫雲美麗的胴體內，于撫雲休想可以借種生子。

怎樣才可以控制這生機逆回順出的過程呢？

尚在焦急間，小腹處升起一股異樣的感覺，生機竟往丹田最中心的一點收縮了少許。

這是從未發生過的事，往日生機只會不住擴大，直至注流進經脈裡。

韓柏福至心靈，忽然明白到自己是因爲分心想了其他事，情慾分離了小片刻，所以無意中反成功控制了生機的擴散。

大喜下忙運起無想十式中的止念。

奇妙的事發生了，他清楚感到在丹田內的生機開始旋轉起來，完全受他無念中的既定意識駕馭。

七夫人受到魔種的生機刺激，更是如瘋如狂，全身肌膚泛起玫瑰般的艷色，香汗淋漓，身子灼熱得像火炭，俏臉每一個變化，都是欲仙欲死的妖冶神態，俏目再張不開來，晉入男女合體所能臻的狂喜極樂裡。

韓柏動作加劇，但心靈澄明如鏡，不住催動丹田處的生機，使它愈轉愈快，愈蓄愈強，就在七夫人被送上歡樂的最頂點時，韓柏連著生命的種子，把生機全激射進她體內的至深處。

七夫人一聲狂嘶，爛泥巴般癱軟下來，伏到他肩頸處，不住嬌喘，而韓柏則仍深深地留在她的嬌體裡。

他們間再沒有半分隔閡，因爲已建立了男女間至親密的肉體關係。

韓柏整個人輕鬆了起來，狂喜湧上心頭，因爲他知道已達到了秦夢瑤對他的要求。

半晌後七夫人主動地獻上香吻，熱烈至可把他融掉。

韓柏想退出來時，七夫人嗔道：「奴家不許你！」深情望了他一眼後嫵媚笑道：「現在小雲都弄不清楚是愛上了你還是仍對尊信餘情未了。但小雲定要你知道，小雲從未嘗過這麼甜蜜的滋味，亦未試過剛才般連自己都渾忘了的癡迷感覺。那時小雲心中只有一個你，連孩子都首次忘掉了。我知道這樣你定會使人家懷孕的。」

韓柏愛不釋手地在她嬌軀上揉搓撫捏，嘆道：「難怪赤老這麼愛你！」

七夫人橫他一眼道：「若你不是口不對心，這幾天有空請來找人家吧！一旦有了身孕，人家便不可以再和你相好了。」

韓柏亦嘆了一口氣，自己既答應了虛若無，便不可毀諾失信。

七夫人欣然道：「若無亦說得對，短暫的苦戀最使人回味，何況有了你的孩子，小雲已心滿意足了，你亦不用為我操心。」

韓柏道：「有時摸摸親親嘴兒都怕可以吧！」

七夫人媚笑道：「答應他的只是你而已！小雲完全不受約束，唔！人家要你以後在沒有人時都喚小雲作乖寶貝呢！」扭頭看了看窗外太陽的位置，嬌嗲得像小女孩般道：「你又在人家裡面作怪了，啊！趁還有點時間，再來一次好嗎？」

韓柏大喜道：「乖寶貝，小弟正有此意。」

雨停。

乾羅和宋楠由船艙走了出來，到了戚長征和宋媚身旁。

宋楠把預備好的食物遞給兩人，向乃妹道：「爲兄已將我們的事全部告訴了乾先生。」

乾羅向戚長征點頭道：「原來他們的父親是朱元璋派往藍玉處以當官爲名，調查爲實的官員，由於掌握到藍玉私通蒙人的證據，滿門慘被殺戮，他兄妹剛好到了鄰縣遊覽，被逃出的家將截著報訊，漏夜逃亡，碰上了我們。」

戚長征道：「那些證據呢？」

宋楠傷情地道：「那家將本來是皇上派來保護阿爹的高手，攜著可證明藍玉叛國罪行的紀錄和文件突圍逃走時，受了致命內傷，剛巧遇見我兄妹倆，指點了我們逃走的路線並把證據給我們後，立刻傷發身亡。我們東跑西逃有三個多月了，幸好遇上了戚兄。」

宋媚兩眼一紅，低頭飲泣起來。

宋楠忽道：「戚兄是否有意娶在下二妹爲妻？」

戚長征明白他乃官宦之後，又知妹子開放大膽，怕他們終會苟合，故把心一橫，索性將妹子許配自己，知道此時猶豫不得，點頭道：「大舅在上，請受長征叩禮。」起身拜了下去。

宋楠現在理所當然成了能爲宋媚作主的尊長，也不謙讓。

乾羅笑道：「江湖子女，不拘俗禮，你們兩人已成夫婦，異日再擇吉補行婚禮，長征，扶媚兒到艙內休息吧！由我來掌舵，宋楠非常博學，是我聊天的好對象。」

戚長征忙扶起又羞又喜的宋媚，鑽入船艙裡，這嬌妻實在得來非常意外，冥冥之中，似有主宰在操縱著男女間的姻緣。

不由又想起了命薄如紙的水柔晶。

第二十八章　縱論形勢

韓柏在七夫人這乖寶貝伺候下洗了個舒服的熱水浴，渾身毛孔通透，飄飄然來到虛夜月的小樓，在美丫鬟翠碧引領下，到了虛夜月的閨房。

虛夜月正對鏡梳裝，身上只有個小肚兜，青春美好身材暴露無遺。

翠碧反嚇得逃了出去，剩下他一人來到她背後，取過她的梳子，服侍她理妝。

虛夜月見愛郎如此體貼識趣，喜翻了心，不時藉鏡子的反映向他送出甜笑。挺起聳秀的酥胸，睇他一眼道：「二哥！月兒的身體好看嗎？」

韓柏當然知道戀愛中的女孩最歡喜被情郎稱讚，忙道：「看到我垂涎千尺，你說好看嗎？」

虛夜月知他暗把「桃花潭水深千尺」的「千尺」摘了出來奉承她，喜道：「當日你猜到那燈謎時，月兒便知道逃不了，嘻！幸好你猜對了，否則月兒就慘了。」

韓柏聽到那麼多情的話，忙騰了一隻手出來，往她一對椒乳摸去。

虛夜月大吃一驚，捉著了他的手，求饒道：「讓月兒歇歇吧！人家睡了整個早上，才勉強恢復了精神體力，今晚才碰月兒行嗎？」

韓柏哂道：「不要裝模作樣了，看你那容光煥發、神采飛揚的樣子，誰相信你。」

虛夜月把他的手帶到酥胸上，甜甜笑道：「那麼二哥溫柔點摸月兒吧！人家真的又甜蜜又滿足，那種感覺既溫馨又舒服，所以想保持下去。那就像暴風雨後的寧靜，暴風雨的滋味當然好，但人家亦需要稍有寧靜嘛！」

韓柏聽得呆了呆，暗忖她這番話大有道理，可是爲何自己剛和七夫人共享了最瘋狂的暴風雨，這麼快又想有另一次呢？這是否魔種需索無度的特性，看來自己亦應克服這特性，否則不是變了個色慾狂徒嗎？

要駕馭魔種，這一關必須克服才成。

微微一笑，收回魔手，又幫她紮起英雄髻，翠碧來報，原來是范良極來了。

虛夜月喜道：「快出去招呼大哥，月兒穿好衣服立即出來。」

韓柏走出小廳時，范良極正蹺起二郎腿，悠然自得地握著旱煙管呑雲吐霧。

坐定後，范良極低聲道：「你這小子在此享盡艷福，可憐我卻爲了你，整個早上東奔西跑，幸好有了點收成。」

韓柏愕然道：「甚麼收成？」

范良極得意洋洋道：「我查到了連寬最近戀上了花舫上一名艷妓，這事極端秘密，連葉素冬那小子都不知道。」

韓柏奇道：「你人生路不熟，怎會比葉素冬更本事？」

范良極瞪他一眼道：「葉素冬算老幾，我范良極又是甚麼人，我只是在連寬落腳的地方聽了個多時辰，差點連他內褲是甚麼顏色都聽了出來。不過那處的守衛確是非常嚴密，想刺殺他，必須另找方法，最佳處莫如當他和女人行雲布雨之時，他總不會教隨員在旁看著他幹吧！」

韓柏由衷讚道：「老小子你眞行，有沒有查到甚麼時候他會去找那女人，又是哪條花舫？」

范良極哈哈一笑，由懷中掏出一卷圖軸，攤在几上神氣地道：「看！這就是那條叫『忘憂舫』的花艇的解剖圖，是葉素冬給我找來的，連寬的女人叫碧桃。」指著最上層左舷尾的一間房道：「連寬應在這裡幹她，因爲那是她歇宿的地方。」

韓柏大爲佩服，感動地道：「眞令人難以置信，半天就查到這麼有用的資料。」

范良極笑道：「不知是連寬倒運還是你有福，我其實根本沒法子偷進連寬的賊巢，忽然那裡有人捧了十斤燕窩出來，送到忘憂舫去，指名給碧桃，又說連寬今晚準亥時一刻到，教鴇母推掉其他客人……」

韓柏失聲道：「今晚怎麼行，我們約了燕王棣呀！」

范良極神秘一笑道：「這才是最難得的，我剛找過謝廷石那奸鬼，今晚燕王宴客的地方，恰是你老相好那艘香醉舫，你說多麼精采。」

韓柏一呆道：「忘憂舫在香醉舫隔鄰嗎？」

范良極道：「當然不是，不過凡是船，都可以在水上航行的，你明白啦！」

韓柏雙目發光，旋又苦惱地道：「就算可靠近忘憂舫，可是怎樣瞞過所有人溜去宰那連寬呢？」

范良極兩眼一翻道：「對不起，那要由你去動腦筋了。」

虛夜月恰在此時笑盈盈走了出來，隔遠便嬌呼大哥。

范良極看得呆了一呆，誇張地驚叫道：「爲何只隔了一陣子，竟會漂亮了這麼多？」

虛夜月給讚得笑不攏嘴，用小嘴嘟向韓柏，紅著小臉道：「問他吧！」

韓柏恍然道：「難怪雲清和你打得火熱了，原來你這老小子學得這麼口甜舌滑，聲色俱備。」

虛夜月卻完全受落，嗔道：「大哥只是說實話罷了！連爹都說人家多了一種內蘊的艷光，所以以後每……唔……都要照照鏡子看看。」

看她喜不自勝的俏樣兒，韓柏不禁細心打量起她來。

她在魔種的滋潤下，確是豐腴了少許，雙峰雖及不上莊青霜裂衣欲出之勢，但配合著她纖美秀挺的身形，真是多一分嫌肥，減一分嫌瘦，恰到好處。一對秀目比前更明亮了，轉動間艷光流轉，肌膚更白裡透紅，秀色外逸，一時看得他目定口呆。

虛夜月「啐」道：「剛才又不好好看人家，要大哥提醒了才懂看，真是粗心大意，哼！人家不理你了。」向范良極道：「口甜舌滑的大哥隨月兒來吧！今天我爹特別請清涼寺的常清大師弄了一席齋菜，快來啊！」

范良極被她的輕言淺笑、且喜且嗔的嬌媚妙態哆得連雲清都暫時忘了，失魂落魄追在她背後。

站在一旁的翠碧道：「姑爺啊！小姐走了。」

韓柏跳了起來，經過翠碧身旁時迅速伸手在她俏臉擰了一把，才哈哈大笑去了。

氣得俏丫鬟翠碧跺腳不依，又氣又喜，那羞喜交集的模樣兒動人之極。

韓柏追上了兩人，來到虛夜月另一邊，一老一少，雙星伴月般並肩往月榭漫步而去。

范良極看著兩旁園林美境，小徑曲折，有感而發嘆道：「原來京師真是這麼好玩的。」

韓柏笑道：「何時帶你的雲清來聚聚，不若一起到秦淮河耍樂。」

虛夜月喝采道：「好呀！」

范良極笑得瞇起了賊眼，不迭點頭道：「就到秦淮河去，雲清都想見你哩！」

虛夜月想起一事道：「韓郎啊！何時讓人家見夢瑤姊姊，月兒很仰慕她呢！」

韓柏想起兩美相遇的美景，心都甜起來，應道：「快了快了！」

虛夜月又問范良極道：「聽爹說你以前曾多次偷入我們鬼王府，究竟想偷甚麼東西？」

范良極乾咳一聲道：「沒甚麼，只是想來看看月兒生得如何標緻吧！」

虛夜月橫他一眼嗔道：「死大哥！騙人家！」

范良極骨頭都酥軟起來，迷糊間，踏進月榭裡去。

鬼王含笑請各人入座。

女兒、女婿分坐左右，范良極坐在對面的客方主位，虛夜月那邊依次坐著鐵青衣和荊城冷，韓柏下方則是白芳華和碧天雁。

除了七夫人外，鬼王府的重要人物都來了。

白芳華回復了往日的風情，巧笑盈盈和韓、范兩人打招呼。

范良極一向對白芳華沒有好感，但現在眞相大白，印象大爲改觀，兼之心情暢快，亦和她大爲投契起來。

精美的齋菜流水般奉上。

賓主盡歡中，虛若無向范良極笑道：「范兄吞雲吐霧的是否醉草，怎及得上武夷的天香，范兄爲何退而求其次？」

范良極立時像鬥敗了的公雞般，頹然道：「唉！上次偷得太少了，又爲了韓小子無暇分身，惟有找醉草頂癮。」

虛若無呵呵一笑，向白芳華打了個眼色。

白芳華笑著站了起來，到廳的一角取了個密封的檀木盒出來，盈盈來至范良極旁，笑道：「這是乾爹以秘法珍藏的十斤天香草，請范大哥笑納。」

韓柏聽她學虛夜月般喚他作范大哥，心中一動，向兩眼放光，毫不客氣一手接過天香草的范良極道：「不准在這裡抽菸！」

范良極瞪他一眼，怪叫一聲，翻身躍起，仰身穿窗，沒入園林去了，不用說他是急不及待去享受新得的天香草。

他的反應比甚麼道謝方式更有力，虛若無嘆道：「這老賊的輕功已突破了人類體能的極限，難怪偷了這麼多東西，從沒有一次給人逮著。」

這時有府衛進來，到鐵青衣身後說了一句話，雙手奉上一封書信似的東西，才退出去。

鐵青衣把信遞給韓柏，道：「是青霜小姐遣人送來的。」

眾人都露出會心微笑。

韓柏大喜，接過書信，正拆開時，眼尾瞥見虛夜月嘟起了小嘴，一臉不高興，忙把抽出的香箋遞給隔了鬼王的虛夜月，笑道：「月兒先看！」

虛夜月化嗔爲喜，甜甜一笑道：「好夫君自己看吧！你這樣尊重我，月兒的心已甜死了。」

韓柏打開香箋，見白芳華拏眼偷偷瞟來，心中一蕩，挨了過去，把帶著清幽香氣的書箋送到白芳華眼下道：「芳華代月兒看吧！」

白芳華俏臉飛紅，嬌嗔著推開了他，跺腳不依，看得虛若無哈哈大笑。

韓柏這時目光落在箋上，只見莊青霜以秀氣而充滿書法味道的小楷寫著：

聖旨喜臨，身已屬君，望郎早來，深閨苦盼。

青霜書

韓柏看得心顫神搖。

莊青霜的愛是熾烈坦誠，沒有半點畏怯和矜持，眞恨不得能脅生雙翼，立即飛到她的香閨去。

虛夜月忍不住醋意道：「要不要飯都不吃立即趕去會你的莊青霜？」

韓柏心道這就最好，口上卻惟有道：「待會我帶月兒一起去。」

虛夜月連忙點頭，一點都不客氣，看得各人爲之莞爾。

韓柏轉向白芳華道：「芳華去不去？」

白芳華玉臉霞飛，啐道：「芳華去幹甚麼？」話完才知那「幹」字出了語病，羞得垂下頭去。

韓柏色心大起，差點要伸手過去在桌下摸她大腿，不過記起要駕馭魔種，忙收攝心神。

這時范良極渾身舒態走回月榭，坐入位內時若無其事道：「老虛我服了，決定再不偷月兒練功的紫玉寒石。」

鬼府眾人聽得一起瞪大眼睛。

紫玉寒石乃曠世之寶，是虛若無爲了虛夜月千辛萬苦求來，讓她練功時啣在小嘴裡，清神靜慮，轉化體質，想不到竟被這大賊知道了。

虛夜月大嗔道：「我要殺了你這壞蛋大哥。」

虛若無苦笑道：「這算是感激嗎？」

與范良極對望一眼後齊聲大笑起來。

笑罷虛若無道：「昨晚朱元璋遇刺後，京師展開了史無先例最大規模的調查和搜索行動，所有知道朱元璋行動的人，都受到盤問，交代這幾天碰過的人和事，燕王亦列入被懷疑的對象，弄得人心惶惶，滿城風雨。」

范良極挨在椅裡，舒適地道：「老虛你認為他是否有關係呢？雖說那人用的是東洋刀，武功又臻宗師級的境界，說不定燕王手下裡有人扮成這樣子呢！」

虛若無苦笑道：「你問我，我又去問誰。燕王確有此心，卻為我所反對。朱元璋終是我虛若無的朋友，我絕不容別人在虛某眼前把他行刺。」

青衣插入道：「四天後就是朱元璋大壽，連續三天皇城和民間都有慶典，但戲的高潮卻在最後那天的孝陵祭天、憐秀秀那台戲和皇城晚宴，因為都是朱元璋會參與的盛會，要發生事，必然會在那一天。」

一直沉默不言的碧天雁道：「由現在開始，每一天都會有事發生，只不過發生在旁人身上，為最後的陰謀鋪路。」

虛若無冷笑道：「現在形勢實在複雜無比，敵我難分，最大股的勢力，有方夜羽為首的外族聯軍，以及藍玉、胡惟庸、八派聯盟、我們鬼王府和賢婿……」

韓柏失聲道：「我可算得上一份嗎？」

虛若無雙目神光一閃，瞪著他道：「你雖看似獨來獨往，只得范老頭在旁扶持，其實後有黑榜無敵高手『覆雨劍』浪翻雲和兩大聖地三百年來最超卓的仙子劍客秦夢瑤在你背後撐腰，只要想想怒蛟幫和兩大聖地，便知你的實力如何強橫，否則朱元璋爲何求你去殺連寬。」

再微微一笑道：「那晚樹幹無故自折，累得我的寶貝月兒給你又摟又親，而月兒竟全不覺察有人暗中做了手腳。如此高明的手段，怕只有浪翻雲和秦夢瑤可以不動聲色地做到。我看還是浪翻雲居多，只有他那不拘俗禮的心胸，才會這樣助你戲弄月兒。」

虛夜月「啊」一聲叫了起來，一臉嬌嗔狠盯著韓柏，一副算賬鬧事的樣兒。

韓柏老臉一紅，乾咳一聲，岔開話題道：「岳丈眞厲害。小婿行將動手對付連寬，不知藍玉方面尙有甚麼高手。」

鐵青衣代答道：「這可是各方勢力都想保存的秘密，不過經我們多年刺探，藍玉手下各類人才都有，很多是從塞外較小的民族中招聘回來，燕王的領地與邊塞靠鄰，情況亦應大致如此。」

韓柏想起今晚燕王答應了給他的金髮美女，心都癢了起來。

鐵青衣續道：「就我們所知，藍玉除連寬外，尙有三個厲害人物，就是『金猴』常野望、『布衣侯』戰甲、『妖媚女』蘭翠晶。常野望乃第一流的戰將，形如猴精，非常易認；戰甲擅追蹤偵察；蘭翠晶則是潛蹤匿跡的高手，精於刺殺之道。這三人不像連寬般時常露面，行蹤詭秘，想找他們眞是難比登天。但最厲害的還是藍玉，此人十八般武器件件皆能，差可與赤尊信比擬，否則朱元璋亦不會那麼忌憚他。」

韓柏暗吐涼氣，原來藍玉這麼燙手，自己還糊裡糊塗答應了朱元璋。

碧天雁接入道：「不要看胡惟庸不懂武功，可是這人極懂權謀之術，否則也不能把所有開國功臣逐一排斥推倒，坐到一人之下的位置。他表面看似易於相與，其實只是個騙人的僞裝，東瀛高手十有九成是由他穿針引線搭回來，卻巧妙地推到藍玉身上去。」

虛若無忽向范良極道：「范兄有沒有聽過『天命教』？」

范良極一震道：「當然聽過，據說是由當年魔門陰癸派第一高手『血手』厲工的師妹符瑤紅所創，姦淫邪惡，專講男女交媾採補之術，可是近三十年已銷聲匿跡，再聽不到他們的消息。」

虛若無冷哼道：「若虛某法眼無差，天命教只是由地上轉入了地下，免招白道各派圍剿，而根據蛛絲馬跡，胡惟庸就是該派核心的軍師級大員，故意不習武功，以掩藏身分，否則他何能明陷暗害，弄垮了這麼多不可一世的開國功臣。」

韓柏和范良極面面相覷，至此才知道京師形勢之複雜，實遠超乎他們的想像。

很少說話的碧天雁道：「這事我們亦是兩年前因一件看似無關的事件，根查後得到了一些線索，才推斷了出來，密報朱元璋後，始令他改變了對胡惟庸的寵信，決心重整六部，架空胡惟庸的權力，希望不會是太遲了。」

韓柏頭皮發麻道：「天命教有甚麼厲害的人呢？」

虛若無道：「若沒有變動的話，天命教共分五個階層，就是法后、軍師、艷女、媚男和散士，他們極講階級，三十年前的法后乃符遙紅的嫡傳徒孫『翠袖環』單玉如，若她未死，怕有六、七十歲了，不過保證她只像個三十來歲的艷婦，她的採補術已達登峰造極的至境，武功應大致與虛某相若，只欠了我的經驗火候。」

范良極道：「不知他們因何事漏出底子？」

鐵青衣望了虛夜月一眼後，猶有餘悸地道：「可能由於胡惟庸心切對付我們，派出媚男來想以厲害春藥對付月兒，哪知月兒被府主培養得百毒不侵，又有我們日夜在旁保護，當場人贓並獲，那人吞毒自殺，而府主則憑春藥的成分，看穿天命教仍然存在，再根據那媚男的衣著、飾物、生前行藏各方面入手調查，不但發覺此人長居京師，還有揮霍不盡的財富，最後發現了他和胡惟庸有著千絲萬縷的關係，才悉破了這個大秘密。」

范良極嘆道：「難怪胡惟庸這麼得朱元璋寵信，我敢打賭他妃嬪宮女中必有很多是由胡惟庸獻上的艷女。」

碧天雁道：「實情確是如此，胡惟庸獻上的美女並不多，只有三個，都是可迷死男人的美女。朱元璋得知此事後，藉故處死了其中兩人，第三個投井自盡，可是事後我們卻鑑定這撞得面目模糊的女子只是個替身，至此朱元璋亦深信不疑我們的判斷。」

鬼王嘆道：「朱元璋這叫打草驚蛇，我看就那時開始，胡惟庸已知道事敗，於是勾結各方勢力，密謀作反。」

韓柏聽得頭都痛了起來，心掛莊青霜，站起身來請罪告辭後，逗白芳華道：「芳華不陪我們一道去嗎？」

白芳華嫵媚一笑道：「今晚的晚宴不是又可見到芳華嗎？快去吧！不要教美人兒久等了。」

韓柏的心隱隱作痛，知她下了決心跟定燕王，所以才回復平時風流的俏樣兒，意興索然下，再不理她，領著虛夜月出榭去了。

趁虛夜月找人取馬時，范良極低聲道：「老虛是想借我們的口，把有關藍玉和胡惟庸的眞正實力轉告浪翻雲和秦夢瑤，你看他一句都不提燕王方面的事，便知道這老小子手段高明。」

韓柏道：「你去不去西寧道場？」

范良極哂道：「雲清又不在那裡，去那悶死人的地方幹嘛？我還要爲我們今夜的刺殺行動安排一下，你放心去找莊青霜吧，記得要把她就地正法，好提高魔功，否則說不定反被連寬把你宰掉。」

韓柏笑道：「這還要你提醒嗎？我包保霜兒的處子之身保留不過今天的黃昏。」

這時虛夜月神氣地領著灰兒等三匹馬回來，嬌呼道：「呆頭鳥的在幹甚麼，快來啊！」

兩人對視一笑，迎了上去。

第二十九章　終身幸福

韓柏和虛夜月並騎緩緩馳往西寧道場。

虛夜月見韓柏去見莊青霜，仍肯帶她在旁，心情大佳，向他道：「韓郎會否覺得給月兒纏得很痛苦呢？可是現在月兒若見不到你，眞不知該做甚麼事才能打發哩！」

韓柏笑道：「天下所有正常男人，包括我韓柏，都不怕被你纏著，我的月兒多麼可愛啊！由小嘴開始，沒有一處不是精采絕倫的，挨挨碰碰已使人神魂顚倒，逗得情動時更能把人引死，到了床上嘛……」

虛夜月俏臉飛紅，又喜又羞道：「韓郎啊！求你檢點一下口舌好嗎？這是大街來的。」

韓柏環掃街上行人熙攘的鬧哄哄情況，笑道：「好！那便說正經的，來京前，我常聽說楞嚴和他的廠衛多麼厲害，爲何整天只見葉素冬和他的禁衛軍橫衝直撞，卻少有見到楞嚴和他的人，究竟是甚麼一回事？」

虛夜月道：「廠衛分爲東南西北四廠，各由一名指揮使統率，對大明朝的領土分區偵察，專責針對各地方官和藩王的情報工作，大部分人都被派往外地工作。其中以東廠勢力最大，原因是京師都包括在他們的情報網裡，身爲東廠指揮使的乃少林派俗家第一高手，與無想僧同輩的『夜梟』嚴無懼，這是個神秘人物，行蹤詭秘，從不在江湖露面，是朱元璋的親信，直接受朱元璋指揮。不像其他三廠般要聽楞嚴吩咐，故又名內廠，爹說他的武功可與無想僧媲美呢！當然聲名則遠遠落後於他。」

韓柏暗呼厲害，朱元璋眞的從不相信任何人，利用手下互相牽制，不教一人獨大。不免誇獎了虛夜月幾句。

虛夜月一顆芳心全繫在他身上，聽他誇讚，喜翻了心兒，意氣飛揚。

這時他們由一條橫巷切進了西寧街，朝著街端的西寧道場馳去。

街上車馬眾多，人車爭路，兩旁店舖都擠滿了人，一片熱鬧，比之韓柏以前長居的武昌，有小巫大巫之別。

陽光漫天中，又有美女虛夜月伴在身側，韓柏差點要仰天大叫，告訴街上所有人他是如何幸福。

就在這時，一股很不舒服的感覺狂湧心頭。

韓柏知道是魔種的靈覺生出感應，駭然往四周望去，一切人事全無異樣。

虛夜月這時似在對他說話，但他已無暇理會，剎那間將魔功提升至極限。

那種感覺更清晰強烈了。

靈台倏地空明通透，使他感應到那不舒服的感覺來源，魔種比之以前厲害多了。

虛夜月見韓柏不睬他，嬌嗔道：「韓郎啊……」話尚未完，韓柏策著灰兒超前而出，來到她馬前。

金屬的激響，由前方左邊的屋瓦響起，一個大鐵輪旋轉著由高而下，斜斜往他們激旋而來。

就在巨輪剛離開瓦面時，一個全身蒙在灰布裡的刺客，箭般掠下，單足以腳尖點在巨輪的正中處，像哪吒踏著風火輪般往他們飛掠過來，虛夜月還未來得及警告韓柏，人和輪已飛臨丈許外的上空，越過一架馬車之頂，以超乎人力的高速旋切過來。

韓柏的魔功亦運轉不息，心神晉入止水不波的道境，看著人和輪循著一道優美的弧線，來到眼前左方的上空。

他因早有防備，此時固然可以翻身下馬，滾往一邊躲避，可是後面的虛夜月便陷入正面遇敵的危險裡，那旋轉著的巨鐵輪，加上旋轉的力道，怕只有覆雨劍才能硬擋。

那踏輪而至的灰衣人，身材玲瓏浮凸，兩手各執一枝水刺，雙眼射出森寒殺氣，罩定韓柏，專注得就像餓了多天的猛獸找到了可口的食物。

眨眼都來不及的快速裡，那女刺客進入了一丈的近距離，一聲尖叱，纖足用力，那巨輪立即加速，鋒利的邊緣陀螺般轉著割往灰兒的馬頸。

假設韓柏等全無反應，只是這無堅不摧的巨輪，足可割開馬頸，並把韓柏攔腰切作兩半。

那人以腳尖催輪做出聲勢迫人的攻擊後，借腳踏之力，俯身前撲，手中尖刺分取韓柏眉心和胸口，教他不能分神應付巨輪。

虛夜月這時抽劍出來，離馬躍起，可是已趕不及援手。

街上行人中目睹此情景者，仍來不及做出正常反應，只是基於本能瞠目結舌，思想遠趕不上事情發生的速度。

身處險境的韓柏精確地把握到敵人的速度，略一仰身，右腳踢出，在巨輪割上灰兒前，正中巨輪的邊緣，同時兩指彈出，分別彈往對方刺尖處。

巨輪被他巧妙的一腳，踢得偏離了原本的目標，往上斜飛，恰好向著飛臨韓柏頭頂的女刺客的雙腿切去。

「噹噹」兩聲，尖刺微盪開去，而韓柏則兩隻手都被對方驚人的氣勁反震得差點麻痺了。女刺客還要變招再攻，見巨輪去勢被破，還向自己雙腿割來，一聲尖嘯，不知使了下甚麼腳法，竟又踏在巨輪上，被巨輪帶著斜飛而上，騰雲駕霧般往另一邊的屋頂迅速遠去，消沒不見。以虛夜月的身手，竟撲了一個空。

街上的人這時才懂失聲驚叫。

韓柏驚魂甫定，一手把身尙凌空的虛夜月抄到馬背處，喝道：「不要追了，追也追不到。」

虛夜月轉身緊摟著他，哭道：「韓郎啊！月兒還以爲你死定了，嚇死人哩！」

韓柏撫拍著她粉背，領著她的空騎加速馳往道場，猶有餘悸地忖道，若非魔種早一步感應到對方的殺氣，現在自己怕已浴血長街，死狀還會是非常淒慘可怖。

誰人如此厲害？

難道是藍玉手下那精於刺殺和潛蹤匿跡的「妖媚女」蘭翠晶，她的身材確是曼妙誘人。

方夜羽愕然道：「藍玉和胡惟庸兩個都否認了派人行刺朱元璋。」

使者報告道：「此事看來不假，水月大宗今晚才可抵達京師，而且藍玉和胡惟庸兩人都正在頭痛朱元璋會藉這件事打擊他們。」

方夜羽揮手教使者退下後，向坐在一旁的里赤媚道：「朱元璋若在香醉舫被刺身死，誰人會是最大的得益者？」

里赤媚沉吟片晌，緩緩道：「肯定不會是我們，因爲藍玉和胡惟庸再不用那麼倚賴我們了。雖然他們一日未得天下，仍未敢掉轉槍頭來對付我們。」

方夜羽輕嘆道：「朱元璋一死，允炆必成各方勢力爭奪的對象，挾天子以令諸侯，自古已然，胡惟庸一向以皇太孫派自居，看來應是他最有機會得到最大利益。」

里赤媚點頭道：「那時藍玉和胡惟庸的矛盾將會顯露出來，胡惟庸定要找朱元璋之死的代罪羔羊，而沒有人比把倭子勾來的藍玉更適合了。」

方夜羽道：「里老師是否認爲這刺殺行動是胡惟庸策劃的，可是誰人有能力扮水月大宗去行刺朱元璋呢？」

里赤媚苦笑道：「我也想不通這點。此人不但武功超群，還必須對香醉舫非常熟悉，才可以避過影子太監的截擊，除了『鬼王』虛若無外，一時間我眞想不起有甚麼人厲害至此。」

方夜羽皺眉苦思，忽地眼睛亮了起來，望向里赤媚。

里赤媚立知這智慧過人的寵斑愛徒，已智珠在握，想到了答案。

韓柏摟著虛夜月直進道場，道場外西寧派的暗哨早飛報回去，報告了韓柏在西寧街遇刺的事。莊節這麼有修養的人，亦禁不住勃然色變。現在韓柏既是他女婿，刺客又在西寧街動手，擺明不將他西寧派放在眼內，暗下決心，才趕出門外接韓柏。

韓柏和兩眼仍紅的虛夜月正被西寧弟子引進來，這對敵友難分的岳父、女婿，在正門處碰個正著。

兩人同時泛起「眞誠」的笑容。

韓柏跪了下去，叫道：「岳父大人，請受小婿拜禮。」

莊節雖老奸巨猾，仍想不到他有此一著，又好氣又好笑，忙扶起他道：「待正式拜堂時才和霜兒一起行禮，大人請起。」擺明不讓他這色鬼那麼輕易成了莊青霜的夫婿。

跟在韓柏後的虛月夜心中發笑，忖道莊老頭都不知我二哥的手段，月兒敢擔保你乖女兒的完璧之身保留不過今晚。

韓柏笑嘻嘻站了起來，道：「原來皇上是騙我的，他說貴國的風俗是只要皇上開了金口，霜兒即成了我的嬌妻，連擺酒的錢也可以省回來，想不到皇上的話並不靈驗，累我拜早了。」

莊節亦是非常人物，啞然失笑道：「賢婿的詞鋒爲何忽然變得這麼厲害？」

韓柏恭敬地道：「岳丈切莫見怪，我有時糊塗起來，便亂說話。」

莊節自知落了在下風，惟有微笑道：「賢婿請進內廳，霜兒正爲你坐立不安呢！」又親切地招呼虛夜月一起步往內宅去。

韓柏留心打量沿途看到的人，見到的都是西寧派的人，一個其他派系的人亦欠奉。

路尚未盡，喜色四射、穿一身雪也似白勁裝的莊青霜由林蔭彎路處奔了出來，見到韓柏嬌呼一聲，加速奔來。

當韓柏還在想著，霜兒你不是想當著你爹的眼前撲入我懷裡吧？莊青霜已帶著一團香風，衝入他懷裡去，身體火般灼熱，被她豐挺雙峰擠壓著的銷魂感覺又再次被深切體會到。

韓柏伸手想摟她時，她又離開了他的懷抱，走過去拉起莊節的手笑道：「對不起，女兒在爹前失態了，因爲霜兒太快樂了。」

莊節怒氣全消，愛憐地摸了她的臉蛋，點頭道：「爹終於明白了，隨你的夫婿去吧！明天清早你們得一起回來向我和你娘叩頭行禮。」轉向韓柏道：「今晚小心應付燕王棣，他可能比皇上更厲害。」

韓柏領著二女，直抵莫愁湖，帶入寬廣的臥房裡。

現在是申時中，還有個多時辰太陽便下山，可說時間無多，必須速戰速決，藉兩女提升魔功。

兩女當然知道這風流的夫君打她們甚麼主意，尚未進房心兒忐忑狂跳，來到房內後更是呼吸急促，面紅耳赤，不勞韓柏挑逗已情動非常。

他拉著兩女並肩坐到床沿，故意奇怪地向虛夜月瞧了幾眼。

虛夜月不依道：「你眞壞，月兒知你心裡想甚麼。」

韓柏親了親她的臉蛋，嘻嘻笑道：「我在想甚麼？」

莊青霜亦豎起耳朵探聽這「大敵」的心意。

虛夜月微嗔道：「你在笑月兒出爾反爾，既說過不會和你別的妻子陪你一起鬼混，現在爲何又肯隨你入房。」

韓柏兩手如翼之展，摟緊兩女香肩，向虛夜月道：「月兒眞冰雪聰明，那麼還不快告訴我原因。」

虛夜月瞪了莊青霜一眼，含羞道：「你的霜兒是唯一的例外，月兒要和她比比看，瞧誰更能討你歡心。」

韓柏大樂，別過來親了親莊青霜臉蛋，笑道：「霜兒怎麼說？」

莊青霜垂首含羞道：「比便比吧！難道我會怕她嗎？」

韓柏飄飄然嘆道：「能有如此動人的兩位美人兒向我爭寵，誰敢說我不是這世上最幸福的男人。來吧！顯示一下你們取悅男人的本領。」

虛夜月站了起來，笑吟吟道：「那首先要講公平了，霜兒她尚未經人道，應是絕鬥不過月兒，所以月兒先退讓一次，令她的第一次可以更能全心全意投入和享受。」

韓柏愕然把她拉著，道：「你不是認眞的吧！」

虛夜月湊過去，俯頭拿臉蛋碰了莊青霜的俏臉，又親了她一下，促狹地道：「男人都是貪新鮮的，待霜妹不那麼新鮮時，月姊才和你鬥個勁的。」

掙脫韓柏的手，笑嘻嘻走了，離房前還拋了韓柏一個媚眼。

韓柏想不到她有此一著，呆坐床沿。

莊青霜卻是心中感激，知道虛夜月有意成全，讓她能心無旁顧地去初試雲雨情的滋味。

韓柏微笑地看著她道：「緊張嗎？」

莊青霜答道：「有一點點！」旋又搖頭道：「不！一點都不緊張，和韓郎一起時，霜兒只有興奮和快樂，由第一次見你時便那樣。」接著低聲道：「愛看霜兒的身體嗎？」

韓柏目光落到她高聳的胸脯上，「咕嘟」的吞了口饞涎，嘆道：「當然愛看，那天看得眼珠子都差點掉了出來，待會我要親自動手和你兩人洗澡。」

莊青霜盈盈站起，移到他身前，緩緩寬衣解帶。

韓柏想不到她這麼大膽，眼也不眨目瞪口呆看著。

莊青霜的衣服逐件減少，只剩下褻衣時，韓柏還以爲她會停下來，由自己代勞，豈知她連最後的遮蔽物都解了下來，一絲不掛地站在遍布衣物的地上，驕傲地向他展示著清白之軀，秀眸射出無盡深情，牢牢凝視著他。

韓柏只覺渾體火熱，魔種被眼前驚心動魄，似神蹟般的美景震撼得翻騰洶湧。

她那令他神魂顛倒的雙峰再次毫無保留暴露在他目光下，勝比行將盛放的花蕾。緊靠在一起的雙腿渾圓結實，修長優美。

莊青霜俏臉神色恬靜，任由這已成了她夫婿的男人灼灼的目光飽餐她美妙嬌嫩的胴體。

韓柏緩緩探出雙手，把她一對豪乳納入掌握裡。

莊青霜劇烈的顫抖著，「啊」一聲呻吟起來，全身發軟，兩手按在他肩上，以支撐著隨時會倒往地上的身體。

上次給他愛撫酥胸時，還隔了衣服，今趟卻是赤裸的接觸，感覺自然強烈百倍。

韓柏魔種的陽剛之氣，自然而然由兩手傳入她一對椒乳裡，蔓延往她全身神經，刺激著她處子的元陰之氣。

莊青霜在他的玩弄下，嬌軀扭動起來，神態誘人至極點，臉上的表情充滿了情思難禁的冶蕩，萬種風情，一一呈現出來。

韓柏左手留在原處，另一隻手開始往下探索，當來到她一對美腿時，莊青霜一聲嬌吟，倒入他懷裡。

韓柏的手雖繼續肆虐，可是心靈卻提升上寧美的道境。

他這人最不受束縛，絕不會像道學家般視男女肉體的交接乃羞恥之事，或視爲放縱情慾好色之徒的行爲。

對他來說，肉體的交接乃人之常情，愈放恣便愈能盡男女之歡，無話不可言，無事不可做。

他溫柔地把這赤裸的絕色美女放到床上去，一邊自脫衣服，邊道：「快樂嗎？」

莊青霜秀眸緊閉，微一點頭。

韓柏命令道：「給我張開眼睛。」

莊青霜無力地睜開眼來，看到他赤裸著站在床沿，嚇得想重閉雙目時，韓柏忽地變得威武懾人，每寸皮膚都閃著潤澤的光輝，每條肌肉都發揮著驚人的力量。

她從未想過男人的裸體會如此好看和引人，一時瞳孔放大，艷芒四射，沒法把眼合攏。

天啊！她心裡暗叫。

霜兒眞是幸福哪！竟能給這麼有攝魄勾魂魅力的美男子佔有。

她坐了起來，嬌羞地道：「韓郎啊！霜兒是否淫娃蕩婦，竟然那麼喜歡看你的身體。」

韓柏暗忖我身具魔門最高境界道心種魔大法的身體，連自幼修嚴謹行的秦夢瑤都要禁不住爲之芳心大亂、六神無主，你這妮子如何抵受得了。笑嘻嘻跨上床去，坐到她背後，兩腿把她臀腿箍個結實，大手探前摟著她腰腹，臉頰貼上她嫩滑的臉蛋，誠懇地道：「就算霜兒不是蕩婦淫娃，我也會把你變成那樣子。別忘記你是我的妻子哩！出嫁從夫，自然要聽我的話。」

莊青霜意亂情迷，願意地點頭道：「韓郎啊！教霜兒怎樣取悅你吧！現在霜兒很興奮，很開心，就像在一個眞實的美夢裡。霜兒從未夢想過床笫之樂，竟是這樣令人神魂顚倒，醉心不已。好夫君！求你快點佔有人家好嗎？而霜兒甚麼都不懂啊。」

韓柏在這方面經驗豐當，知道她春情勃發，急需他的滿足和慰藉，可是他爲了藉她的處女元陰以壯大魔種，卻必須把她逗弄至慾火焚身，才可使她完全去了羞恥之心，把元陰展放，這是他從花解語學來的御女之術。笑道：「我想先看看可逗得你多麼難過，霜兒反對嗎？」一對大手立時兵分上下兩路，放恣起來。

莊青霜顫聲道：「夫君想怎樣便……啊！」

接著自是她的狂呼急喘，當韓柏佔有她時，莊青霜流下了幸福激動的情淚。

自懂事以來，她便認識到自己的美麗，爲自己日漸豐滿的胴體驕傲。

她是絕不會把身體隨便交給人的，可是在這要遵從父母之命的時代，她卻完全沒法控制自己的命運，所以當她遇上韓柏，發覺不能自拔地愛上了他時，便不顧一切去爭取終身的幸福。

在這一刻，她終於知道幸福降臨到自己身上。

在肉體的親密接觸中，她清晰感到韓柏的體貼、溫柔和眞誠的愛。

她知道對方會疼她寵她，而且他會是最懂得討好她的男人。

得夫如此，還有何求。

歡樂一波一波湧往高峰，在熾烈的男女愛戀中，莊青霜徹底迷失在肉體的歡娛，迷失在精神的交融裡。

她感到精氣由體內流往對方，又由對方流回體內，循環不休，生生不息，那種刺激和強烈的快感，絕不能用任何言語形容其萬一。

生命從未試過這麼美好。

這一生她休想再離開這正佔有著她的男子半刻的光陰。

當韓柏退出時，在極度滿足和神舒意暢裡，她沉沉睡去，以補償這些天來徹夜難眠的相思之苦。

韓柏站在床旁，閉目調息，把魔功運行遍十二周天後，衣服都不穿就那樣走出房去。

這時的他充滿了信心去應付今晚艱鉅的任務。

虛夜月正坐在小廳裡，手肘放在窗框處，支著下頷，百無聊賴地看著窗外莫愁湖黃昏前的美景。聽到開門聲，大喜轉過身來，吃了一驚道：「你想幹甚麼？」

韓柏赤裸的雄軀往她迫去道：「你說呢？」

虛夜月俏臉飛紅，挺起胸膛咬牙道：「難道月兒會怕你嗎？」

「篤篤篤！」

范良極的聲音由房外傳來道：「死色鬼快起身，陳小子和謝奸鬼都到了，我還有要事和你說。」

韓柏和兩女同時醒來，外面天色全黑。

韓柏把兩女按回被內，伸個懶腰道：「你們兩人好好睡一會兒，醒來喚人弄東西給你們吃，我要去赴燕王的宴會。」

兩女都想跟他去，可是韓柏剛才故意加重了手腳，累得她們的身體都不聽指揮，當韓柏匆匆穿好衣服時，早都睡了過去。

韓柏為兩女蓋好被子，走出房外。

范良極正吞雲吐霧，享受著今天才得到的天香草。

韓柏坐到他旁道：「有甚麼要事？」

范良極出奇爽快地道：「浪翻雲說那刺客並不是水月大宗，因為太少人見紅了。他指出東洋刀法最是狠辣，不是你死就是我亡，我想想也很有道理。」

韓柏想道，自己為何會一直認定那人是水月大宗呢？自然因為那是出於朱元璋的龍口，靈光一現，劇震道：「我知那刺客是誰了。定是燕王棣，因為當時朱元璋望向那人的眼光非常奇怪。」

范良極亦一震道：「甚麼？」

韓柏吁出一口涼氣道：「一定是這樣，朱元璋最擅看人的眼睛，自己兒子的眼睛他怎會認不出來。」

范良極收起旱煙管，點頭道：「若是如此，燕王棣這人大不簡單，連鬼王的話都可以不聽。」

韓柏頭皮發麻，駭然道：「現在我才明白為何人人都說燕王是另一個朱元璋，他爹敢把小明王淹死，這小子更厲害，連老爹都敢親手去殺。」

接著再震道：「我明白了，這就是朱元璋今早為何要我傳話給燕王，著他不可造反的背後原因。這對父子真厲害。」

兩人再商量一下今晚行動的細節後，才出去與陳、謝兩人會合，赴宴去了。

第三十章　花舫之會

當韓柏等乘艇登上香醉舫時，燕王棣和媚娘及十多名隨員倒屣相迎。

媚娘並不知道來者是韓柏，只知是燕王的貴賓，見到韓柏時，艷眸掠過動人心魄的驚喜，有點急不及待地迎了上去，大喜道：「原來是專使大人，媚娘今晚眞是幸運。」

燕王呵呵大笑道：「差點忘了你們昨晚見過了。」

韓柏踏足這煙花勝地，立顯風流浪子本色，哈哈笑道：「何止老相識，還是老相好呢！」

聽得旁邊的范良極搖頭嘆息。

媚娘横他一眼，神情喜不自勝。

連燕王亦感愕然，難道這飽歷滄桑的美婦，竟古井生波，愛上了韓柏。

這時謝廷石和陳令方乘另一小船至，要叩拜時，被燕王有風度地阻止道：「今晚我們平等論交，如此才可盡興。」

一番寒暄客氣話後，眾人一起登上三樓的大廳。

艙頂的破洞早已修好，若不留心，絕看不出來。

筵開一席，昨晚曾見過六女中的四女都在場，還多了另外四位姿色較次的年輕姑娘，卻已是中上之姿，獨見不到紅蝶兒和綠蝶兒。

四女見來的是韓柏，都喜動顏色，不時眉目逢迎，一時鶯聲燕語，好不熱鬧。韓柏自是左右逢源，來者不拒。

這時盛裝的白芳華由內室走出來，站到燕王旁，含笑向韓柏施禮問好，半點異樣或不自然的神色都沒有。

美妓奉上美酒，各人就在偎紅倚翠的喧鬧氣氛中對酒言歡，說的當然也是風月之事。

看見白芳華小鳥依人般傍著燕王，韓柏大感不舒服，覷了個空檔，把媚娘拉到一側道：「兩隻蝶兒哪裡去了？」

媚娘白他一眼道：「都是你害人，她們知道今晚花舫給燕王包了，以爲見不到你，齊托病不來。小冤家明晚再來行嗎？奴家和她們都想見你哩！莫忘了還有艷芳正等著你爲她闢地開天呢！」

韓柏大樂，可是想起明晚要和秦夢瑤去見朱元璋，忙道：「明晚不行！白天可以找到你們嗎？」

媚娘毫不猶豫說了個地址，還指示了路途走法。燕王回過頭來道：「要罰大人三杯了，怎可私自尋媚娘開心。」

韓柏待要答話，小燕王朱高熾和刻意打扮過的盈散花翩然而至。

韓柏更不舒服，白芳華如此，盈散花亦如是，不過想起自己已有秦夢瑤、虛夜月、莊青霜和三位美姊姊，亦應感滿足，不作他求。但想雖這麼想，始終有點不能釋懷。

小燕王像忘記了曾發生在他們間的所有不愉快事件，親切地向他殷勤勸酒。反是盈散花笑臉迎人的外表背後，有些微淒然無奈。

韓柏心中大訝，因爲朱高熾絕非心懷廣闊的人，爲何會表現得如此大方，難道內中另有別情。

忽然一陣鬨笑傳來，原來幾位小姐圍著口沫橫飛的范良極，看這老小子表演小把戲。

這時筵席上無形中分成三組人，一組是范良極和數名艷女；一組是陳令方、謝廷石、媚娘和另兩位姑娘；另一組則是燕王棣、小燕王、白芳華、盈散花和韓柏。

韓柏愈看燕王棣，愈覺得他像朱元璋，只是外表溫和多了，但總有種城府甚深、密藏不露的感覺。

旋又想到盈散花，秀色若不跟在她旁，那她豈非要自己去獻身給朱高熾，想到這裡，滿肚子不是滋味。

燕王棣還是首次見到盈散花，不時和她說話，顯是爲她美色所誘，生出興趣，反把白芳華冷落一旁。

總之男男女女，各有心事，分懷鬼胎。

朱高熾向韓柏道：「那晚小王年少氣盛，專使不可放在心上。」

韓柏忙反責自己不對，心知對方亦是言不由衷。

燕王棣此時向盈散花道：「盈小姐認識小兒多久了？」

盈散花向他拋了個媚眼道：「才只四天！」

小燕王插入道：「甚麼『才只』，足有四輩子才對。」

燕王棣閃過不悅之色，轉向韓柏道：「朴專使！可否讓我們兩人到外面露台吸兩口秦淮河的新鮮空氣。」

韓柏知道好戲來了，和他並肩走出廳外的畫廊處。

燕王棣兩手按著欄杆，俯瞰著對岸的景色，嘆道：「韓兄看我大明江山，是多麼繁華美麗。」

韓柏見他道明自己身分，亦不掩飾，學他般倚欄外望，嘆道：「可是若燕王你一子差錯，如此大好江山，將變成滿目瘡痍的殺戮戰場。」

燕王棣冷然道：「韓兄這話怎說？」

韓柏知道此人乃雄才大略的梟雄心性，一般言詞，絕不能打動他，只會教他看不起自己，決意奇兵突出，微笑道：「想不到燕王的東洋刀使得這麼好，差點要了韓某的小命兒。」

燕王棣虎軀一震，向他望來，雙目神光電射，肅容道：「禍從口出，韓兄最好小心說話。」

韓柏分毫不讓地和他對視著，從容道：「認出燕王來的並非在下，而是皇上，所以他教我帶來口訊，燕王要聽嗎？」

燕王棣顯然方寸大亂，深吸一口氣後道：「何礙說來聽聽！」

韓柏道：「皇上說，假若燕王答應他不再謀反，那他在有生之年都不會削你的權力。」

燕王棣呆了一呆，把眼光放回岸旁燈火處，好半晌後才道：「我可以相信他嗎？」

韓柏苦笑道：「我怎麼知道？」

燕王棣聽他答得有趣，笑了起來道：「現在本王有點明白父皇為何喜歡你了，鬼王說得不錯，你眞是福大命大。」

韓柏心中一動，捕捉到一絲靈感。

燕王棣沉聲道：「韓兄在想甚麼？」

韓柏迅速將得到的靈感和事實組織了一遍，再無疑問，微笑道：「燕王不知應否相信皇上，但定會信得過我，是嗎？」

燕王不知他葫蘆裡賣的是甚麼藥，點頭道：「可以這麼說，若非韓兄肝膽照人，芳華不會對你傾心，鬼王亦不肯把月兒許配與你。」

韓柏早知自己和白芳華的事瞞他不過，坦然受之，淡淡道：「我想和燕王達成一項交易，就是假若燕王不對付鬼王和皇上，亦不派人來殺在下，我便助燕王去對付藍玉和胡惟庸等人。」

燕王棣心頭一震，像首次認識韓柏般重新打量起他來。

韓柏這句話走的是險著。

早先小燕王對他故示大方，顯然是另有對付他的手段，才暫時不和他計較。剛才燕王棣又指他福大命大，自是有感而發。

這引發了他一連串的聯想。

首先，藍玉等已和方夜羽連成一氣，密謀推翻明室。而他們的棋子就是陳貴妃，可以想像以方夜羽等人深思熟慮想出來的妙計，必是天衣無縫，說不定可把罪名推在最大障礙的鬼王和燕王身上。那藍玉和胡惟庸反可變成勤王之師，挾允炆而號令天下。

在這種情況下，燕王扮水月大宗行刺朱元璋之舉，是使他們陣腳大亂，再沒有理由在這時刻來對付他。

而燕王卻偏找人來殺他，假若他不幸身死，鬼王和朱元璋必然震怒非常，但卻怎也不會懷疑到與鬼王關係親密的燕王身上。更且在表面上，因著謝廷石的關係，燕王和他韓柏應是同一陣線的人，所以就算朱元璋沉得住氣，鬼王必會對藍玉和胡惟庸展開報復。無形中迫得鬼王與燕王的關係更是緊密，如此一石數鳥之計，真虧他想得出來。

莊節說得不錯，燕王可能比他老子更狠辣和奸狡！

這些念頭電光石火般閃過心頭，使他得到了對策，並以之震懾燕王。

兩人目光交擊。

燕王棣點頭道：「假若本王全盤否認，韓兄會怎樣看我。」

韓柏淡淡道：「那在下會看不起你，因爲你根本沒有當皇帝的資格。」

燕王棣仰天一哂道：「說得好，無論本王承認與否，韓兄仍只會堅持自己的信念，而即管本王承認，韓兄仍然缺乏眞憑實據來指證本王，父王亦不能入我以罪。」

頓了一頓，雙目厲芒再現道：「但你爲何要助我呢？你要我答應的條件是輕而易舉，本王可暫時按兵不動，而你卻要冒生命之險，去招惹藍玉等人，這樣做對你有甚麼好處？」

韓柏嘆了一口氣道：「對我一點好處都沒有，可是眼前既成的事實就是明室的皇權必須保存。這或者對功臣百官是天大慘事，但對百姓卻是好事。而我肯助你的原因，就是因爲只有你這種但求利益、雄才大略的梟雄才會坐得穩皇帝的寶座，你亦不會蠢得去動搖國家的根本，弄壞人民的生計。因爲你就是年輕的朱元璋，他做得到的事，你也可以做得到。」

燕王臉上先是泛起怒容，接著平復下來，點頭道：「和你說話的確很痛快，到這刻我才知道所有人都低估了你，以爲你只是個好色之徒，只有泡妞的本事。」又沉聲道：「可是你手上有甚麼籌碼和本王交易，憑一個范良極並不足夠吧？即管你是鬼王女婿，但他並不會聽你主意行事。」

韓柏從容一笑道：「我背後有兩大聖地和怒蛟幫，這兩只籌碼是否令小弟夠得上資格呢？」

燕王定了定神，冷然道：「這種事總不能空口說白話吧！」

韓柏哈哈一笑道：「過了明天，燕王若耳目仍像昨晚對皇上行蹤般瞭如指掌，自會知韓某所言非虛。」深吸一口氣後笑道：「看！秦淮河的景色多麼美麗，可惜這船卻停留不動，白白錯過了無限美景。」

燕王微笑道：「這個容易，我們也出來很久了，正好返廳痛飲，待本王吩咐媚娘立即啓棹開航，暢遊秦淮河。」

絃管聲中，樂師們專心地吹奏著，早先陪酒的美妓們則翩翩起舞，並輪流獻唱，都是些情致纏綿的小調。

氣氛輕鬆熱鬧。

這時眾人均已入座，韓柏左邊的是燕王，再下是范良極、謝廷石、陳令方，右邊是白芳華、小燕王朱高熾和盈散花。廳子四周均有燕王近身侍衛站立，負起保安之責。

韓柏想不到燕王會把白芳華安排到他身旁，望前則是和朱高熾態度親暱的盈散花，立時如坐針氈，恨不得快點回家睡覺。

直到此刻，他仍摸不清盈散花對燕王父子的圖謀，又不能把她身分揭穿，因爲那定會爲她招來殺身之禍。

看她一貫慵懶嬌俏的風流樣兒，輕顰淺語，一皺眉、一蹙額，立時把白芳華比了下去，眾妓更是遠遠不及。

燕王棣顯然對她極感興趣，目光不時在她俏臉、酥胸間梭巡，而盈散花有意無意間一對翦水雙瞳亦滴溜溜地不住往燕王瞟去，瞧得韓柏更是心中暗恨，又為白芳華對他的忠心不值！像燕王棣這種帝皇之子，怎會把白芳華的誠意當作甚麼一回事，充其量看她作一只聯繫鬼王的棋子而已。

他接觸朱元璋多了，更了解這類人的心態，就是你對他盡忠是應該的，而他只會關心自己的權位，所有人都是為了鞏固他權位而存在的工具。

眾妓逐一唱罷，燕王笑道：「芳華！本王很久沒有聽過你甜美的歌聲了。」

白芳華幽怨地瞅了他一眼，再偷看了韓柏，才大方地走到廳心。

她才開腔，立時像轉了另一個人般，表情變化多姿，無論聲色技巧，均遠勝眾妓，聽得眾人如凝如醉時，她已回到席內。

眾人鼓掌叫好。

陳令方讚不絕口時，船身一震，香醉舫終啟碇開航。

媚娘返回廳內，著樂師和眾妓退下，又作出指示，佳餚美酒立時流水般奉上來。

韓柏幾次想與白芳華說話，都給她故作冷淡的態度嚇退，這時聽到范良極對燕王說及清溪流泉，一笑插入道：「早知燕王對這酒有興趣，今晚我們便捧一罈來，喝個痛快。」

燕王哈哈笑道：「不若我們再訂後會，便可一嚐貴夫人天下無雙的釀酒絕技。」

盈散花向燕王拋了一記媚眼，甜甜一笑道：「那可要預妾身一分兒，讓妾身為燕王斟酒助興。」

以燕王城府之深，仍禁不住她的公然挑逗，色授魂與，開懷笑道：「既有絕世美酒，又有當今艷色，正是求之不得。」

小燕王眉頭大皺，顯是不滿兩人眉來眼去，當眾調情，可是懾於乃父威權，哪敢露出不快之色。

韓柏和范、陳兩人交換了一個眼色，都想到盈散花的目標其實是燕王。

韓柏暗忖若盈散花要迷惑燕王，勢不能以秀色魚目混珠，那不是要親自獻上肉體嗎？旋即拋開此事，決意不再想她，藉敬酒湊到白芳華耳邊去，輕輕道：「值得嗎？」指的當然是燕王並不值她全心全意的對待。

白芳華亦湊到他耳旁，當他還以爲她回心轉意時，豈知她道：「我的事不用你管！」

韓柏怒火攻心，恰好這時穿得花枝招展的媚娘親來爲各人斟酒，遂向燕王笑道：「若主人家不反對，小使想請媚娘坐到身旁，談談心事兒。」

媚娘「啊」一聲驚喜道：「大人青睞，折煞媚娘了。」

燕王欣然道：「只要客人盡歡，何事不可爲。」

立時有人搬來椅子，安插她在白芳華和韓柏之間。

白芳華神色一黯，知道韓柏藉此表現出對她的決絕，差點要痛哭一場，只是強忍著不表現出來，心情之矛盾，說都說不出來。

媚娘欣然坐下後，韓柏立時殷勤相待，不住把佳餚夾到她碗裡，哄得她意亂情迷，芳心欲醉，任誰都看出她愛煞了這俊郎君。

韓柏故意眼尾都不望向盈散花和白芳華，一時和燕王、范良極等對酒，一時和媚娘調情，還灌了她兩大杯酒。

范良極這時亦藉敬酒爲掩護，向他打了個眼色，暗示照著現在的船速，不到半個時辰便會和連寬所在的忘憂舫擦身而過，教他想辦法溜出去。

韓柏用眼射了射身旁的媚娘，表示可藉她遁往上房，裝作借酒行凶，實則溜出去殺人。

范良極一想這也是沒辦法中的辦法，點頭表示同意。

他們兩人拍檔已久，雖眉來眼去，旁人哪能察破。

燕王又和盈散花調笑起來，互相對酒，看得小燕王更是心頭不快。

這時盈散花對燕王越發露骨，發揮著她驚人的誘惑力，當她捧胸撫心時，燕王的目光便肆無忌憚地落在她的酥胸處，視小燕王若無物。

皇室的倫常關係，確大異於平常人家。

謝廷石忽道：「燕王！是時候了。」

燕王依依不捨地收回與盈散花糾纏的目光，拍了兩下手掌。

燈火倏地熄滅，只剩下四周花舫的亮光，比前暗了很多，平添神秘的氣氛。

韓柏乘機探手下去，摸上媚娘的大腿。

媚娘一顫挨身過來，咬了一下他的耳珠，昵聲道：「冤家啊！媚娘希望以後都是你的人呢！」

韓柏大樂，待要說話，側門開處，一個全身罩在黑色斗篷裡的人跳躍飛舞地奔了出來，臉龐雖藏在斗篷的暗影裡，但誰都可從她優美修長的體態辨出是個身材動人的女性。

眾人看得屏息靜氣，連盈散花等三女都給那神秘的感覺吸引著。

燕王湊過來低聲向韓柏道：「這是外興安嶺柔夷族部酋獻給本王的大禮，韓兄留意了。」

在暗淡的光影裡，這柔夷族的女子利用寬大的斗篷，做出各種充滿勁力的動作和舞姿，卻始終不露出廬山真貌，教人更增一睹玉容的好奇心。

范良極傳音過來道：「快到秦淮橋了，還不想辦法？」

韓柏不慌不忙，湊到媚娘耳邊道：「乖乖親寶貝，立即給我在二樓預備一間上房，我要享受燕王的大禮，明天才來找你，知道嗎？」

媚娘雖是心中失望，但卻願意爲這男人做任何事，再給韓柏在桌下一輪使壞後，匆匆去了。

燕王奇怪地望了媚娘一眼，並沒有出言相詢。

這時那柔夷美女踏著充滿火和熱的舞步，以最狂野的姿態，忽進忽退地往酒席靠近過來，充滿了誘惑性。

驀地她用力往後一仰，腰肢像彈簧般有力的把身體一拋，斗篷掉往背後，金黃的秀髮瀑布垂流般散下，眼看得她站直嬌軀時即可看到她的玉容，柔夷女偏仰臉一個轉身，背著了他們。

連盈、白二女都給引得心癢難熬，更不用說其他男人了。

這柔夷女昨天才送抵京師，燕王亦是首次見到她，這時不由有點後悔說要把她送給韓柏。

哼！這小子眞好艷福。

披風緩緩落下，首先露出是閃亮的裸肩，膩滑雪白的皮膚，接著是抹胸在背後結的蝴蝶扣，然後是汗巾形的緊身褻褲，和比得上莊青霜的修長渾圓玉腿。

披風墜到地上去。

眾人呼吸都停了，不能置信地看著那誇張的寬肩蜂腰和隆臀美腿。

燕王強壓下心中的悔意，拍了一下手掌。

燈火亮起，金髮柔夷女緩緩轉身過來。

不論男女，一時無不讚嘆。

她雖比不上盈散花，甚或白芳華的美貌，可是陽光般的金黃秀髮，白雪般的皮膚，澄藍的大眼睛，高挺的鼻子，稜角分明的紅唇，似要隨時由抹胸彈跳出來的驕人豪乳，卻組成了充滿異國風情的強大誘惑，足可使她比之兩女，仍是各擅勝場。

更誘人的是她的眼睛大膽狂野，充滿了挑逗性，別具冶蕩的風姿。

如此艷麗的金髮異族美女，哪個男人能不動心。

燕王咬牙叫道：「美人兒還不過來拜見新主人。」

韓柏知道時間無多，哈哈一笑長身而起，往金髮美人走去。

盈、白二女亦不由起了妒忌之心，眞想衝出去把韓柏抓回來。

金髮美女只知出來表演艷舞後，會被轉贈予人，正擔心得要命不知被送給甚麼醜老男人時，見到竟是個比自己族內所有男子更好看、更充滿魅力、身軀壯得像匹駿馬的年輕男子時，「啊」一聲喜呼出來，金黃的長睫毛下的藍眼睛爆起動人的亮光，心甘情願跪往地上，以她剛學曉的漢語下拜道：「主人！夷姬以後全聽你的吩咐！」

連大義凜然曾嚴斥韓柏的范良極亦嫉妒得悶哼一聲，陳令方更不用說了，只希望送給自己的貨色不會差得太遠。

韓柏仰天長笑，扶她起來，然後攔腰把她抱起，大步走出廳去，在眾人瞠目結舌中大嚷道：「多謝燕王大禮，小使必有回報。」就那樣去了。

第三十一章　暗殺行動

韓柏抱著金髮美人兒，在門旁和媚娘來了個慰勞式的長吻後，推門入內，迅快俐落地為夷姬脫得身無寸縷，壓到床上去，口手並施，藉她把魔功提升到極盡時，輕輕點了她的睡穴，站了起來，眼神回復冷靜清澈。

韓柏脫掉外衣，為橫陳床上的撩人玉體蓋好被子，推開窗戶。

燈色輝煌，兩層高灰紅間雜的忘憂舫赫然入目。

韓柏取出范良極預備好給他行事的索鉤，運勁拋出，包了布絨的鉤尖無聲無息地，掛在忘憂舫的艙頂。

韓柏提氣輕身，穿窗而出，橫過兩船間七丈許的距離，迅若鬼魅般到了忘憂舫上。

韓柏找到圖示地方，伏在艙頂，把耳貼在地板上。

各種人聲、樂器聲立時盡收耳內。

他注意的是下面房內的呻吟和喘息聲。

心中大喜，這傢伙真的來了。

管他有多少鐵衛，只要自己一擊成功，人死了他們都不會知道。

時間無多，他必須立即行動，否則當香醉舫到達半里外的秦淮橋，因船高過不了橋底，便會折回來了。

忙掏出范良極給他的鋒利匕首，運起陰勁，如破豆腐般切入頂層的木板裡，小心翼翼地劃了個只可容一指穿過的小圓圈，再運功把木屑吸入掌心，燈光立由破洞透出來。

呻吟喘息聲更強烈了。

韓柏心道原來連寬這小子歡喜點著燈幹女人，藉小洞往下看去。

一個背上紋了兩條交纏著青蛇的男體，正伏在粉嫩豐滿的艷女身上劇烈地聳動著。

那艷女雙眸緊閉，不斷地抓揑著他背上的雙纏蛇，看她的浪相狂態，正是雙方在抵達高潮前的剎那。

韓柏哪敢遲疑，知道像連寬這種高手，若讓他高潮一過，耳目將立時恢復平時的靈敏，勢將察覺出他的存在，忙取出老賊頭給他七寸長鐵針，用三指揑著一端，伸入小洞裡。

女子猛地狂嘶亂叫。

連寬抽搐了一下。

這時香醉舫出現在十丈許外。

韓柏運勁一彈，鐵針閃電下射。

連寬不愧高手，在這種情況下仍能生出感應，扭頭往上望來，還未看得清楚，鐵針貫眉心而入，一聲不吭，立斃當場。

一股奇異不舒服的感覺湧上心頭，韓柏嚇得把那感覺強壓下去。

那女人還不知發生何事時，給韓柏的指風制著了穴道。

香醉舫由側旁六丈處駛過，韓柏連索勾都省了，覷準位置，神不知鬼不覺穿窗回到房裡。

立即脫衣上床，鑽入被裡，把金髮美人兒弄醒。

夷姬還以爲自己只是一時迷糊打盹，立又熱情如火地摟著這年輕俊偉的新主人，剛送上香唇，已給對方狂暴地破入體內，在痛苦與快樂難分的狂喊和熱淚中，獻出處子清白之軀。

韓柏離開上房時，金髮美人兒夷姬連抬起一個小指頭的力量都失去了。

這是韓柏生平第一次正式殺人，那種刺激，使他魔種裡傾向殺戮死亡的本質猶若脫韁野馬，闖了出來。幸好他福至心靈，藉夷姬那比任何中原女子都要白皙的肉體誘發愛念，壓下凶殘的機兆。所以起始時他全不講溫柔，恣意蹂躪，到了中段，才由狂暴轉爲熱愛，使夷姬苦盡甘來，享受到雲雨溫柔的甜頭。

最動人處，無論他如何狂暴，夷姬都是那麼婉轉承歡，而且她顯然曾受過男女性事的訓練，否則一個未經人道的少女，如何可抵受他開始時無情的撻伐。

兩旁均是廂房的長廊空無他人，只有媚娘滿臉通紅，挨在門旁的牆上，嬌柔無力地看著他。

韓柏來到她前，奇道：「你一直站在這裡？好不好聽？」

媚娘赧然道：「人家才不會偷聽，只是見快泊岸了，所以才來看你，聽到……唔……人家不說了。」

韓柏放下心來，知道她沒有發現自己的秘密，挨在她旁，側身微笑欣賞著她精緻的五官輪廓，一雙手存心作弄地摸上她高聳的酥胸，暗忖除了莊青霜外，無人及得上夷姬的碩大飽滿和彈跳力，媚娘雖很豐滿，但仍差上了一點。

媚娘被這冤家摸得嬌軀抖顫，閉目喘著道：「小冤家啊！明天記得來找人家，媚娘想得你很苦，人家從未試過如此下作的。」

韓柏輕吻她臉蛋，誠懇地道：「我不敢說明天定能來，但這幾天總會設法找你，爲我找套合適的衣衫，給夷姬穿上吧！我要上去了。」

媚娘呻吟道：「算人家求你吧，明天來媚娘處好嗎？」

韓柏點頭道：「盡量設法吧！」狠狠多揉幾下後，才上樓去了。

眾人在席上談笑風生，見他回來，男的均現出羨慕之色，只有小燕王臉色陰沉，顯然在盈散花和燕王間繼續發生了令他不快的事。

陳令方旁多了個中上之姿的外族美女，秀髮烏黑，但高鼻深目，也有對藍眼珠，喜得他意興昂揚，神魂顛倒。

韓柏先走向正呑雲吐霧的范良極背後，大力拍了他肩頭一下，笑道：「侍衛長的美人兒在哪裡？」

燕王笑道：「侍衛長練的竟是童子功，眞是可惜。」

所有男人均大笑起來，盈散花乘機嬌羞不勝地白了燕王一眼，弄得他更是酥癢難熬。

韓柏坐回位裡，故意不看狠狠盯著他的白芳華和盈散花，湊過燕王處若無其事地低聲道：「我給燕王殺了連寬，這報答夠分量了嗎？」

以燕王的城府，亦渾身一震，雙目爆起精芒，不能置信地往他望來。

他也像朱元璋那樣，恨不得置藍玉這倚之爲左右臂的謀士高手於死地，只是苦無方法。

眾人都靜了下來，奇怪地瞧著他和燕王，不明白韓柏在燕王耳旁說了些甚麼驚人之語。

韓柏含笑向燕王伸出右手。

燕王哈哈一笑，和他兩手緊握，道：「本王服了，再有一個夷姬本王亦捨得送你。」

兩人對視大笑起來。

就在這一刻，他們建立了築基於利害上的盟友關係。

韓柏載美而回，范良極則溜了去找雲清。

下車時韓柏對夷姬已有深入的了解和更親密的感情關係。

他吩咐了侍女安排這金髮美人沐浴住宿諸事，才悄悄往自己的居室走去。

到了門處，虛夜月和莊青霜的說話聲隱約傳來。

韓柏這才想起把這對充滿敵意的美女無意放到了一起，好奇心大盛，她們會談些甚麼呢？忙躲在門外運功竊聽。

這時虛夜月嗔道：「韓郎眞壞，原來早約了你。」

莊青霜天眞地道：「他當然壞透了，明知人家在洗澡，就那樣進來看個飽、親個飽，人家擺明甚麼都給他了，他還那麼急色。」

虛夜月笑道：「月兒才更不服氣，連浪翻雲都助他來調戲人。」

莊青霜嘆道：「我們都是鬥不過他的了。」

虛夜月急道：「不准你那麼沒用！」

韓柏大奇，爲何兩女一個晚上便變得這麼融洽，挺身而出笑道：「誰敢反抗爲夫！」

兩女齊聲歡呼，由椅上跳了起來，衝入他懷裡。

韓柏關心鬼王府搶鷹刀的事，問虛夜月道：「你爹方面的情況如何了？」

虛夜月緊擠著他道：「不要提了，剛有人來向月兒報告，一個小賊都沒有，眞不好玩。」

韓柏失聲道：「甚麼？」

莊青霜笑道：「甚麼甚麼的，不信你的月兒嗎？唔！爲何你一身香氣，搞過多少女人？」

韓柏左擁右抱，乘機擠壓兩女酥胸，以削弱她們的鬥志，笑道：「我找了個金髮美人兒來做你們的貼身侍女，應如何感激我？」

兩女一起譁然，不依地撒嬌，卻沒有眞的反對，在京師內，有權有勢者誰不嬌妻美妾成群，她們早見怪不怪了。

一番調笑後，侍女領著沐浴後的夷姬來到。

夷姬看到兩女，秀目一亮，顯然爲兩女驚人的美姿震懾。

兩女看到這奇異品種的美女亦目定口呆。

夷姬跪伏地上，馴服地道：「夷姬參見兩位美麗的夫人。」

虛夜月最好事，過去把她拉了起來，湊過去嗅了一下，道：「他是否搞過你？」

夷姬的漢語只是勉強可應付一般對答，惶怯道：「夷姬不明白夫人的話。」

兩女笑了起來，都覺有趣。

莊青霜也走到她旁，伸手摸上她的金髮，又細看她的金睫毛，驚嘆不已。

韓柏想起左詩的吩咐，道：「夷姬你好好給我去睡覺，其他事遲些再說。」

夷姬身心均繫在這主人身上，跪拜後依依不捨隨侍女去了。

韓柏為兩人蓋上禦寒的披風後，正要出門，忽然有人高呼道：「聖旨到！」

三人慌忙跪下接旨。

頒旨的是聶慶童，宣讀了聖諭把他封為忠勤伯，使他擁有了爵位。

韓柏心知肚明朱元璋得到了連寬被殺的消息，但封他為爵，卻是不安好心，硬迫他走上了公然與藍玉對抗的路上，因為像藍玉這樣的人很快便會獲知發生了甚麼事。勉強謝恩後，接受聶慶童的祝賀。

聶慶童走前道：「皇上著忠勤伯明天早朝前去參見。」

韓柏失聲道：「又要一早起來，我有多天未好好睡過覺了。」

聶慶童當然毫無辦法改變朱元璋的聖旨，安慰了他幾句後告辭去了。

兩女分左右挽著他，虛夜月笑道：「還不趕快到詩姊她們處睡覺？」

莊青霜赧然道：「我們兩姊妹仍感慵倦，今晚你陪三位好姊姊吧！」

韓柏心道若非自己身具魔種，這樣下去，不出三天，必然一命嗚呼，苦笑去了。

第三十二章　劍拔弩張

「砰！」

藍玉一掌拍在堅實的酸枝桌上，圓桌立時碎裂，撒滿地上。

他凶光四射的眼睛落在躺在廳心連寬冰冷的屍體上，眉心仍露出的一截小針尾。

分布兩旁的二十多名高手噤若寒蟬，無人敢在盛怒的藍玉前說話。

其中一人狀若猴子，面帶紫金，年在四十之間的，正是鐵青衣曾特別提起的高手「金猴」常野望。但這猴頭卻身量高頎，手足特別長，給人一種非常靈活的感覺。

他身旁有一中年人作文士打扮，背負長劍，額頭處紮著條玉帶，帶上最大那粒白玉晶剛好嵌在額中，英俊魁梧，正是「布衣侯」戰甲，眼中射出悲戚之色，眾人中以他和連寬相交最深。

「妖媚女」蘭翠晶雜在另一邊的高手裡，秀髮帶點棕黃色，雖不若夷姬般金黃得像陽光般耀目，但仍使人知道她不是中原女子。唇厚鼻高，顴骨高圓，身材高大卻仍保持著玲瓏浮凸的優美線條，有種獨特奇異的艷麗，雖是默然不語，但眉眼身體，仍有著說不出的挑逗性。

一向被連寬壓居在第二位的軍師方發是個五十來歲的小胖子，頭頂高冠，手搖羽扇，扁平的五官不敢露出喜色，見藍玉怒氣稍消，兩眼一睖出言道：「鄙人如若猜得不錯，朱元璋在先發制人了。」

藍玉大喝道：「閉嘴！」

方發嚇了一驚，不敢說話，垂下頭去。

藍玉目光掃過眾手下，疾言厲色下令道：「由今天開始，所有人都不准踏足煙花場所，連寬這混賬聰明一世，竟就如此死在女人身上，明知這是朱元璋的地盤，計劃又成功在望時，唉！」

眾人都知連寬之死，對他的打擊實在非常嚴重，尤其在這關鍵時刻。

藍玉轉向方發沉聲道：「若此事乃朱元璋所為，那當晚是誰人行刺他來嫁禍於我，又是誰人假扮翠晶在西寧街偷襲那色鬼韓柏？」

方發胸有成竹地道：「有兩方面的人都有資格和動機去做這件事，但又要把兩件事分開來說。刺殺朱元璋的十成就是燕王棣，怕朱元璋削他之權，所以不顧一切先下手為強。」

藍玉容色稍緩，點頭道：「這話不無道理，你可散發謠言，說燕王弒父，製造點對燕王不利的氣氛。另一件事又如何呢？」

方發忍著因藍玉開始倚重他而來的喜意，故作從容道：「燕王和西寧派均有殺死韓柏的理由，燕王是要迫鬼王出來對付我們，而西寧派則是不想韓柏得到那美艷妖冶的大美人莊青霜。」

蘭翠晶嬌笑道：「眞想知道那是誰，扮得那麼像奴家。」

藍玉沒好氣地瞪她一眼，正要說話時，有人來報韓柏被封為忠勤伯的事。

眾人愕然，因為時間上和連寬之死太吻合了。

「金猴」常野望皺眉道：「韓柏的功夫雖是不賴，但有沒有這麼了得呢？既瞞過了我們的鐵衛，又能由一個指頭大點的小洞運勁射針，貫穿了連老師的頭骨？」

藍玉沉聲道：「事發時韓柏在哪裡？」

另一專責情報的高手「通天耳」李天權踏前一步稟告道：「報告大將軍，韓柏應是到了香醉舫赴燕王的宴會。」

藍玉這時不由有點後悔把保護連寬的二十四名鐵衛全斬了首，冷喝道：「天權你立即使人找到香醉舫的媚娘，嚴刑拷問，要她說實話，哼！若我得到有力人證，便到朱元璋處告他一狀，看朱賊如何應付。」

「布衣侯」戰甲油然道：「大將軍切不可輕舉妄動，因爲刺殺朱元璋一事，東廠的大頭子『夜梟』嚴無懼已派出東廠高手，日夜不停保護香醉舫和媚娘等人，葉素冬亦有布置，若媚娘出事，又給查到是我們幹的，那時我們除了立即逃亡外，甚麼事都做不成了。」

「妖媚女」蘭翠晶昵聲道：「這事交翠晶去辦吧！擔保沒有人可發覺奴家，待奴家以鎖魂術教那媚娘盡吐所知後，她只會當是造了個噩夢哩！」花枝招展般笑了起來，看得在場的男人都心頭發癢，不過她乃藍玉的禁臠，所以誰都不敢打她主意。

藍玉像忘記了連寬的死亡，也笑了起來道：「聽說那媚娘騷得很有味道，便留她下來待我異日得了天下後，再好好享受。」

眾人齊笑了起來，男人說起這種事，總會興奮莫名。

負責情報的「通天耳」李天權見藍玉心情轉佳，乘機道：「剛接到消息，負責追殺宋家兄妹的弟兄在來京師路上全體失蹤，情況不妙，恐已遭遇毒手，但仍未知是何人所爲。」

藍玉臉色沉了下來，怒道：「立即通知隱於京師外的『毒蠍』崔山武，教他封鎖入京所有水陸道路，若他讓人來到京師，他便提頭來見我。」旋又獰笑道：「害死連寬的那婆娘帶來了沒有，我若不把她幹死，怎對得住連寬。」

風行烈睜開眼來時，在他懷裡蜷縮著裸軀的小玲瓏，正欣然看著這剛佔有了自己的男人的俊臉，嚇得忙閉起雙目，裝作睡著了。

風行烈又好笑又愛憐，雙手一緊，把她摟得靠貼懷裡，低聲道：「還痛嗎？」

玲瓏俏臉紅了起來，先點了點頭，又搖搖頭。

風行烈命令道：「張開眼來。」

這初嘗人道的美少女赧然張開秀目與風行烈的灼灼目光甫一交接，立時一聲呻吟，又垂下了目光，卻乖乖的不敢閉上眼睛。那馴服的俏樣兒，惹得風行烈情焰騰升。

兩人正肢體交纏，玲瓏怎會感不到他男性雄風的進逼，又羞又驚，呻吟求道：「姑爺！小婢不行了。」

風行烈湧起男人征服了女人的快意，微笑看著她窘迫的嬌姿美態。

玲瓏見他不作聲，又不敢看他，惶恐道：「好吧！小婢聽話了。」

風行烈溫柔地吻著她的小嘴道：「你再不是小婢了，自稱小妾倒可接受，亦不用怕我責你罵你，因爲我只會疼你惜你。」

玲瓏感激地點頭，低聲道：「小妾一生一世都要服侍姑爺和小姐。」

風行烈心中一蕩，道：「好好休息，明天便不會痛了。來！我們玩個輕鬆的遊戲。」

玲瓏赧然望向他道：「甚麼遊戲？」

風行烈笑道：「還記得我怎樣教玲瓏吐出你的小香舌嗎？」

玲瓏大窘，躲到他胸膛裡，點了點頭。

風行烈把她的俏臉逗了起來，看著星眸緊閉、面紅如火的她笑道：「現在上第二課好嗎？」

玲瓏微微點頭，表示願意。

風行烈正要吻去，敲門聲響，谷姿仙的聲音傳來道：「行烈！爹有事想和你談。」

風行烈忙穿衣出房，到了小艙廳，不捨夫婦坐在一旁，谷姿仙陪他在對面坐下。

不捨道：「剛才我遇到一艘來調查的水師船，那指揮是一個尊敬我的俗家弟子，以前曾見過我一兩面，告訴了我關於京師一些珍貴的訊息。」

風行烈精神一振，恭敬聆聽。

不捨大師講出了京師劍拔弩張的形勢，又提到韓柏行蹤和鬼王府公然讓人去搶奪鷹刀的事後，道：「八派把會議延至三日後舉行，因爲小半道人受傷的事帶來了很大震撼，現在小半已被運往京師去，待他養傷多幾天，好出席自朱元璋登基以來影響最深遠的元老會議，各派掌門均會出席。」

隨著嘆了一口氣道：「我決定去參加會議。」

風行烈和谷姿仙齊齊吃驚。

谷姿仙駭然道：「爹今次還俗，又成了我們被視爲邪魔外道的雙修府的領袖，他們已視你爲叛徒，恨不得殺了你來保持聲譽，你怎可送上門去呢？」

不捨道：「那只是他們不明雙修大法，實是源自天竺的玄門正宗先天修行之法。我眞不明白爲何那些人一提起男女之事，便視爲邪魔外道，男女交合乃天經地義的事，否則人類早絕種了。我和凝清每晚都享盡男女之歡，我不但不覺沉淪，靈台反達至前所未有的澄明境界，可知天道應不是只有禁慾一途。」

風行烈嘆道：「岳丈的話，行烈絕對同意，那些人大多做的是一套，說的又是另一套。以前行烈常以為敝師厲若海乃邪惡之徒，現在見識廣了，才知道先師只是不肯屈從於強權之下，故自行其是罷了！唉！只看八派對蒙人袖手旁觀，行烈便心生鄙厭。」

不捨臉上現出堅決的神情。

谷姿仙轉向親娘求道：「娘啊！勸勸爹吧！既知八派那些道貌岸然的人是些甚麼樣的人物，爹怎麼還要去理他們呢？」

谷凝清微笑道：「王兒放心，元老會議有夢瑤小姐在，你爹怎會有事。」

風行烈道：「韓柏眞的能治好夢瑤小姐？」

不捨搖頭道：「看來仍有點問題，否則她不會那麼低調。」

谷姿仙又擔心起來，激動地道：「爹啊！」

不捨憐愛道：「放心吧！若他們敢動手，我不捨絕不會束手待斃，要攔著我可並不容易哩！」

谷姿仙嘆了一口氣，瞪了風行烈一眼，怪他不站在她那邊勸不捨。

風行烈微笑道：「非常人自有非常事，你爹如此，韓柏亦是如此。」搖頭失笑道：「這小子到哪裡便攪得哪裡天翻地覆，眞有一手。」

谷姿仙忍不住抿嘴笑道：「可惜戚長征沒有來，否則再加上你們兩人，姿仙眞不敢想像會發生甚麼事呢！」

小風帆順江而下。

乾羅代替了戚長征的舵手之責，讓他入船篷裡和宋楠挑燈對奕，宋媚則在旁興趣盎然地觀戰，大多數時間都是幫夫郎動腦筋，因爲一向自負棋藝高超的戚長征已連續慘敗了兩局，這局開始時他雖提醒了精神，捨中宮炮主攻之局，改採守勢，仍被對方步步進逼，落在下風。

其中一個篷窗支了起來，晚風徐徐吹入，帶來江上清新的空氣。

這時宋楠單車雙馬一炮兵臨城下，戚長征展盡渾身解數，仍給對方搏掉了僅餘的雙車，給對方大了一馬單卒，唯有俯首稱臣，嘆道：「老戚還未遇過棋道比大舅更厲害的人，看來連雨時都比不上你。」

宋楠哈哈一笑，很是歡喜，正謙讓時，乾羅的聲音傳來道：「前面有五艘快艇攔在江心，我們還是棄舟登岸穩妥點。」

宋家兄妹吃了一驚。

戚長征走出篷外，朝前望去。

下游處有五艘中型風帆，正全速駛來，只看其聲勢，便知來者不善。

除非有急事，沒有人會冒險黑夜行舟，所以只是這刻相遇江心，便知大家都有點問題。

快艇往岸旁靠去。

乾羅跳了起來，一把扯著宋楠，叫道：「來不及泊岸了，我們跳上去。」話尚未完，已提著宋楠往岸上躍去。

來艇上傳來叱喝之聲。

戚長征和宋媚關係大是不同，攔腰抱起了她，追著乾羅去了，迅速沒入岸旁的野林裡去，逃之夭夭。

韓柏帶著兩女踏出賓館大門，只見二十多名全副武裝的錦衣衛士恭迎在外，其中一名頭目上前施禮道：「卑職東廠副指揮使陳成，拜見忠勤伯。」

韓柏愕然道：「不是要立即入宮吧！看來我要皇上改封忠懶伯才成。」

陳成亦覺好笑，莞爾道：「忠勤伯放心，小人等只是奉指揮使嚴無懼之命，專誠來做開道的小嘍囉。尤其因鷹刀一事，副統領怕有人會對夜月小姐起不軌之心，以之要脅威武王，請忠勤伯不要介意。卑職另有人手加強莫愁湖和左家老巷的保安。」

韓柏見這些東廠的錦衣衛人人太陽穴高高鼓起，個個氣定神閒，均非等閒之輩，這陳成又相當乖巧，哈哈一笑道：「好！那就麻煩各位大哥了。」

陳成連忙謙讓，恭請他們坐上備好的馬車，同時道：「我們每次都會採不同路線，又會派人沿途監察，忠勤伯盡可安心。」

韓柏知道自己眞的成了朱元璋的紅人，若有任何損傷，朱元璋亦大失面子，欣然登車。經過西寧街事件後，他有點怕騎灰兒，恐危急時顧不了牠，那就要悔恨終身了。看來暫時只可以騎著灰兒在鬼王府內走幾個小圈兒算了。

到了車上，兩女緊擠兩旁，誰都不肯坐到另外的座位裡。

車馬緩緩向另一出口開出。

韓柏摟著兩女香肩，每人香了個長吻後，兩手由肩上向下滑去，開始不規矩起來。

莊青霜羞然垂首，虛夜月卻沒事似的，笑吟吟道：「怕你嗎？即管使壞吧！月兒早慣了。」

韓柏笑道：「現在月兒究竟是月姊還是月妹？」

虛夜月嘟起小嘴不屑道：「不要看扁我們，人家才不那麼孩子氣，我叫她霜兒，她叫我作月兒，誰都強不過對方。」

韓柏故意挑逗俏臉不住轉紅，身體開始發熱的莊青霜道：「你們講和了嗎？」

莊青霜受不住他的怪手，伏倒他身上赧然道：「月兒哪！昨晚不知作些甚麼夢，翻了過來摟著人家猛叫夫君，差點笑死人了。」

虛夜月不依道：「霜兒你答應過不說出來的。」

莊青霜道：「對不起，人家見到夫君甚麼都忘了，很難瞞他啊！」

韓柏大樂，又香了每人一下臉蛋兒，向虛夜月道：「以後我就派霜兒監視你，若對我有任何隱瞞的行為，定不輕饒。」

虛夜月氣得杏目圓睜，嗔道：「你敢欺負我？」

調笑間，早到了左家老巷。

左家老巷的保安明顯加強了，屋頂伏有暗哨，不過對里赤媚那類高手來說，再多幾倍人都起不了作用，那天的鬼王府便讓他如入無人之境了。

不過像方夜羽這類有身分的英雄人物，絕不會低下得來對付左詩諸女。藍玉和胡惟庸就不敢保證了。江湖人物實在比朝廷中人更有骨氣和風度。

韓柏暗忖若他們來了，發現在坐鎮的竟是「覆雨劍」浪翻雲，不知會是何種感受呢？

進入內宅，赫然發覺浪翻雲居中而坐，兩旁分別坐了左詩等三女和范良極、雲清這對冤家。

虛夜月和莊青霜見到這有著不可一世的氣概和灑然不滯於物的雄偉男子，以及他舉杯暢飲的閒逸意態，都俏目一亮，「啊」一聲叫了出來，認出是這天下無雙的劍手。

浪翻雲似醉還醒的目光落在兩女身上，上下巡視了一遍，哈哈笑道：「虛空夜月、解凍寒霜，韓小弟眞是艷福齊天。天下第一獵艷高手之名，韓小弟你當之無愧。」

兩女俏臉齊紅，輕移玉步，上前行過大禮，眼中均射出崇慕之色。

浪翻雲嘴角含笑，坦然受禮。

左詩等把莊青霜喚到他們處，好認識這新來的姊妹，天不怕地不怕的虛夜月和容光煥發、眉目含春的雲清招呼過後，自行坐到浪翻雲旁的椅裡，撒嬌道：「浪大俠啊！月兒可不依啦！你竟幫大壞人來欺負月兒，怎麼賠償人家呢？」

浪翻雲失笑道：「賠了個大壞人給你還不行嗎？」

虛夜月大發嬌嗔，使出看家本領，一時間纏得浪翻雲都要步上鬼王後塵，無計可施。

韓柏看得心中溫馨，坐到雲清旁，尚未說話，雲清已杏目圓瞪，盯著他道：「我也要找你算賬，竟和老猴頭一起來害我。」

韓柏失笑道：「哈！老猴頭，眞的貼切極了。」就想憑插科打諢，扯混過去。

雲清自己亦忍俊不住，「噗哧」一笑道：「月兒說得不錯，眞是大壞人。」

韓柏狠狠瞪了范良極一眼。

范良極兩手按上雲清香肩，嬉皮笑臉道：「我決意甚麼都不瞞清妹，所以不要怪我把你這小子供了出來，以後亦免了你藉此要脅我。」

雲清給他抓著香肩，大窘下一掙責道：「還不放手！」

范良極慌忙縮手，惶恐道：「我忘了清妹說有人在時不可碰你。」

雲清立時粉臉燒紅，一腳狠狠踏在范良極腳背處。

范良極齜牙咧嘴時，韓柏捧腹笑得彎了下去。

廳內盈溢著歡樂和熱鬧的氣氛。

又談了一會兒，雲清告辭離去，范良極自然要負起送護伊人回家之責。

左詩等五女則興高采烈回前堂去了。

韓柏坐到浪翻雲之旁，報告了與燕王相見和幹掉連寬的經過。

浪翻雲皺眉道：「盈散花為何要勾引燕王呢？其中定有不可告人的陰謀，自古以來，女色累事實屢應不爽，英雄難過美人關，想不到燕王棣亦是如此。」

韓柏道：「可恨我又不敢揭破她的身分，不過這仍未算頭痛，朱元璋要我去試探陳貴妃，才眞是頭痛。」

浪翻雲嘆道：「你雖身具魔種，但依我看要在短短幾日征服陳貴妃，仍屬妙想天開的事，我看朱元璋尚未相信你的話。而且這陳貴妃是我所見過女人中最厲害的，怕你偷雞不成反會蝕把米呢！」

韓柏駭然道：「那怎麼辦？」

浪翻雲沉吟半晌後道：「現在最大的問題，是我們根本不知陳貴妃有甚麼本領，只知可能是與色目人的混毒有關，可是若陳貴妃只是想毒死朱元璋，那甚麼時候都可以進行，何用等到他大壽時才下手，可知其中必有更大的陰謀，若是成功，大明朝立即崩潰，所以你縱使不願，亦須在這幾天內揭破陳貴妃的陰謀。」

韓柏大感苦惱，點頭道：「我也見過那陳貴妃，眞是女人中的女人，難怪朱元璋如此著迷，假若我被她反咬一口，陳令方便會是第一個遭殃的人。」

浪翻雲道：「你找夢瑤商量一下，若我猜得不錯，她應是唯一可左右朱元璋的人。」

韓柏搔頭道：「這是我另一件要擔心的事，朱元璋對夢瑤存有不軌之心，她又傷勢未癒，我卻是雙拳難敵四手，鬼才知道朱元璋身旁還有甚麼高手哩。嘿！不若你來暗中保護我們好嗎？」

浪翻雲哂道：「你太小看夢瑤了，除了你外，誰能破她的劍心通明，影子太監又會維護她，放心吧！只要朱元璋給她那對仙眼一瞥，包保邪慾全消。」

韓柏點頭道：「這倒是眞的，今早我見到她時，她的修爲又深進了一層，我怎也無法動手，還是她主動來親我……」

浪翻雲打斷他笑道：「你不是打算把細節都詳述出來吧！」

韓柏尷尬道：「不知爲何對著大俠你，甚麼都想說了出來才舒服。」

浪翻雲道：「你要小心藍玉，此人心胸狹窄，倘知道是你殺死連寬，必然會不擇手段來報復，看來最好把你所有妻子都集中到這裡來，那我才可安心點。」

韓柏道：「放心吧！朱元璋早想到這點，派出了廠衛來加強保安，而我現在對自己頗有點信心，除非是里赤媚出手，其他人我總逃得了。」

浪翻雲道：「我對小弟也很有信心。剛才接到消息，乾羅、長征、行烈等都正在來京途中。」

韓柏大喜道：「長征、行烈也來嗎？哈！眞好！不知行烈有沒有帶著那小靈精呢？」

浪翻雲忽想起一事道：「假設你是藍玉，既知道你在這時被封了爵位，又知道你昨晚曾到香醉舫赴宴，會怎麼做呢？」

韓柏搔頭道：「當然是去查證我是否有離開香醉舫去刺殺連寬哩，噢！」色變叫道：「不好！」

一陣旋風般去了。

浪翻雲想了想，追著去了。

《覆雨翻雲》卷七終

國家圖書館出版品預行編目資料

覆雨翻雲 / 黃易著. --初版.--台北市 ：
蓋亞文化，2018.04 –
冊; 公分. --

ISBN 978-986-319-330-2(卷7 : 平裝)

857.9 106025409

覆雨翻雲

卷七

新編完整版

作　　者　黃易
封面題字　錢開文
封面插畫　練任
裝幀設計　莊謹銘
特約編輯　周澄秋
總 編 輯　沈育如
發 行 人　陳常智
出 版 社　蓋亞文化有限公司
地址：台北市103赤峰街41巷7號1樓
電話：02-2558-5438　傳真：02-2558-5439
電子信箱：gaea@gaeabooks.com.tw
投稿信箱：editor@gaeabooks.com.tw
郵撥帳號 19769541　戶名：蓋亞文化有限公司
法律顧問　宇達經貿法律事務所
總 經 銷　聯合發行股份有限公司
地址：新北市新店區寶橋路二三五巷六弄六號二樓
電話：02-2917-8022　傳真：02-2915-6275
初版一刷　2018年4月
定　　價　新台幣 280 元
Published and printed in Taiwan

ISBN 978-986-319-330-2